Regine Kölpin, geb. 1964 in Oberhausen (Nordrhein-Westfalen), lebt seit ihrer Kindheit in Friesland an der Nordsee. Sie hat für namhafte Verlage zahlreiche Romane und Kurztexte publiziert und ist auch als Herausgeberin tätig. Regine Kölpin wurde mehrfach ausgezeichnet, z. B. mit dem Bronzenen Homer 2020. Mit ihrem Mann Frank Kölpin lebt sie in einem kleinen idyllischen Dorf an der Küste. Dort konzipieren sie gemeinsam Musik- und Bühnenprojekte und genießen ihr Großfamiliendasein mit fünf erwachsenen Kindern und mehreren Enkelkindern oder lassen sich auf ihren Reisen mit dem Wohnmobil zu Neuem inspirieren.

REGINE KÖLPIN

STURM DER SCHULD

NORDSEEKRIMI

Überarbeitete Neuausgabe März 2025

Copyright © 2025 dp Verlag, ein Imprint der
dp DIGITAL PUBLISHERS GmbH
Made in Stuttgart with ♥
Alle Rechte vorbehalten

Sturm der Schuld

ISBN 978-3-69090-008-9
E-Book-ISBN 978-3-98998-993-1

Copyright © 2020, Gmeiner-Verlag
Dies ist eine überarbeitete Neuausgabe des bereits 2020 bei Gmeiner-Verlag erschienenen Titels Wohin die Schuld uns trägt (ISBN: 978-3-83922-772-5).

Covergestaltung: ArtC.ore-Design / Wildly & Slow Photography
Umschlaggestaltung: ArtC.ore-Design
Unter Verwendung von Abbildungen von
Shutterstock.com: © lovelyday12, © gyn9037
firefly.adobe.com: © Christin Peulecke
Lektorat: Katharina Pomorski
Satz: dp DIGITAL PUBLISHERS GmbH
Druck und Bindung: Books on Demand GmbH, Norderstedt

Das Werk darf – auch teilweise – nur mit
Genehmigung des Verlages wiedergegeben werden.

Sämtliche Personen und Ereignisse dieses Werks sind frei erfunden. Etwaige Ähnlichkeiten mit real existierenden Personen, ob lebend oder tot, wären rein zufällig.

Prolog

Topolno in Westpreußen, September 1944

Topolno war Musik. Die Musik des Windes, der über die Wiesen der Weichsel strich, als streichle er das Grün zum letzten Mal, bevor der Ton schärfer wurde. Marek war gegangen, hatte aber den Duft seiner Haut und den weichen Klang seiner Stimme hinterlassen. Das war es, was Eva für immer hören wollte. Nicht nur hier. Nicht nur jetzt. Immer. Doch das war unmöglich. Sie musste das annehmen, was ihr das Leben vorgab.

Als sie den Blick wandte, stolzierte ein Storch am Ufer, nicht mehr lange und er würde fortfliegen. Vielleicht kam er im nächsten Jahr zurück, wenn er die Sonne jenseits der Gebirge genossen hatte. Hierher, wo sich der Sommer nicht immer an sein Versprechen hielt. Die junge Frau blinzelte in die Sonne, die schon hoch am Himmel stand. Der September war viel zu warm. Lediglich die vielen Spinnweben zeugten davon, dass der Altweibersommer bereits Einzug gehalten hatte. Es war wie das Aufbegehren einer schönen Zeit, die noch lange nicht bereit war zu gehen.

Ein paar Schwalben sammelten sich bereits auf den vereinzelten Drähten, andere machten sich dicht über dem Boden auf die Jagd nach Insekten. Das Wetter würde also nicht andauern. Es wurde Zeit, in ihre Welt zurückzukehren. Eine Welt, die nichts mit dem gemein hatte, was sie hier, an diesem Ort, empfand. Auf dem Hof warteten Berge von ungewaschener Wäsche, ein Mittagsmahl, das zubereitet werden musste. Grobe Hände, die sie schlugen, wenn sie nicht das tat, was von ihr verlangt wurde, und eine herrische Stimme, die sie demütigte, wann immer es ging.

Die Kirchenglocke schlug elf Mal. Eva stand auf, denn sie musste nun wirklich gehen. Und dabei mit jedem Schritt das zurücklassen, was sie glücklich machte.

Den Rest der Woche wollte sie von der Erinnerung zehren. Daran denken, wie die leisen Wellen des Flusses ans Ufer rollten, wie der Bussard majestätisch seine Kreise zog oder der Reiher, einem Standbild gleich, auf seine Beute wartete. All das verschmolz in ihren Gedanken zu einem Bild, in das sich auch Mareks zärtliche Hände mischten und die Lippen auf ihrer Haut. Sie hatten lange gegen ihre Liebe gekämpft, nachdem sie vor so vielen Jahren schon schwach geworden waren. Aber Liebe konnte man nicht besiegen, sondern sie nur leben.

Eva wollte immer hierbleiben, die Weichsel nie verlassen. Sie wollte die Sonne genießen, die Regentropfen fallen hören. Verdrängen, was um sie herum geschah. Krieg. Tod. Gerüchte. Grausamkeiten. Nichts war gut, auch nicht, wenn sie die Augen schloss. Nein, in Zeiten wie diesen hatte der Tod das Sagen. Hass und Angst regierten.

Ein kühler Luftstrom wehte über Eva hinweg, strich über ihren Arm und bewirkte, dass sich die blonden Härchen aufstellten. Sie fröstelte, und das lag nicht an diesem leichten Lüftchen. Der Wind frischte plötzlich mit großer Wucht auf. Vereinzelte Böen drückten das hohe Gras wie in Wellen nieder. Eva ordnete ihren Rock und zupfte das Haar zurecht. Bis sie auf dem Hof angekommen war, würde auch ihr noch immer erhitztes Gesicht seine normale Farbe wieder angenommen haben und ihr kleiner Schatz der Erinnerung würde es ihr leichter machen, das zu tun, was das Leben von ihr verlangte. Sie selbst erwartete nicht mehr viel. Nur mehr diese eine gestohlene Stunde, wann immer es möglich war.

Als sie den Fuß auf die Straße setzte, kündigte ein Grollen das herannahende Gewitter an. Die Vögel verstummten nach und nach. Eva musste sich beeilen, wollte sie trockenen Fußes nach Hause kommen. Als die ersten Tropfen fielen, genoss sie aber auch die auf ihrer Haut, zeigten sie doch, dass sie lebte, dass sie fühlte und atmete. Egal, was sie gleich auf dem Hof erwartete. Egal, was das Leben noch für sie bereithielt. Diese eine Stunde hatte sie gelebt.

Der Regen durchweichte ihre Kleidung. Nichts war mehr zu spüren von der eben noch kräftigen Sonne. Die Natur war ein ebensolches Wechselspiel wie das Leben. Schon bald würden Herbst und Winter das Regiment übernehmen und damit änderte sich auch die Melodie des Windes. Er würde schärfer werden und kälter. Wie kalt, wusste die junge Frau an diesem Tag nicht. Es war ihr letzter Sommer.

1

Tania Lewalder pustete sich eine ihrer kurzen, grauen Strähnen aus dem Gesicht. Das schöne Wetter hatte sie dazu verleitet, das Frühstücksgeschirr entgegen ihrer sonstigen Gewohnheit eine Weile stehen zu lassen, und sie war zuerst eine Runde durch Jever spaziert, um die letzten Sonnenstrahlen des Spätsommers auszukosten. Der Winter in Friesland war lang und trübe genug, da war es wichtig, sich an der Helligkeit zu erfreuen, solange sie noch da war, damit man all die dunklen Monate davon zehren konnte.

Nun stand Tania in der Küche und kämpfte mit dem Abwasch. Sie besaß keine Spülmaschine, für sie allein lohnte das ihrer Meinung nach nicht, und so hatte sie keine weitere angeschafft, als die alte kaputtgegangen war. Ihr war heute Morgen so sehr nach heißer Milch mit Honig gewesen, aber dann war ein Anruf gekommen. Dabei war die Milch erst übergekocht und dann auf dem Topfboden angebrannt. Tania schrubbte ihn nun, die Hände mit gelben Gummihandschuhen geschützt. Es war ein beinahe hoffnungsloses Unterfangen.

Sie stellte den Topf ab und presste die Lippen fest zusammen. Ihr Herz klopfte und sie hatte einen dicken Kloß im Hals, doch wie immer war es ihr nicht vergönnt zu weinen. Seit damals ging es einfach nicht mehr. Nicht mehr seit ...

Tania atmete tief ein. Sie wollte sich nicht erinnern, und doch häuften sich in der letzten Zeit die schlimmen Gedanken.

Tania hasste Probleme, brauchte das seichte Plätschern des Lebens. Alles sollte einfach seinen Gang gehen. Wogen und Stürme hatte es in ihrem 78-jährigen Leben schon genug gegeben.

Nach dem Tod ihres Mannes Jürgen und dem Selbstmord ihrer Tochter Claudia war ihr nur noch ihre Enkelin Malin geblieben. Sie lebte auch in Jever und die beiden hielten sich aneinander fest. Nein, das war wohl nicht der richtige Ausdruck: Tania hielt sich an Malin fest.

Ihre Enkelin schaffte es trotz allem, das Leben mit einem breiten Lächeln zu durchschiffen, als gäbe es weder Klippen noch Untiefen. Obwohl Malins Mutter sich das Leben genommen hatte, obwohl Malin bereits geschieden war, obwohl sich ihr Vater schon in früher Kindheit abgesetzt hatte und seitdem kein Kontakt bestand. Malin lächelte alle Schwierigkeiten weg.

Ihr sonniges Gemüt und ihr unerschütterlicher Optimismus holten Tania immer wieder ins Leben zurück, wenn sie dabei war, in diese kaum zu bändigende Schwermut zu verfallen, die sie heimlich ihre schwarze Katze nannte, weil sie rücklings und ohne Vorwarnung angriff. Und dabei brutal ihre Klauen in Tania schlug.

Sie sah auf die Uhr. Malin hatte versprochen, später noch vorbeizukommen. Sie würde den Topf einweichen müssen, sonst bekam sie das Eingebrannte nicht weg.

Tania fächerte sich etwas Luft zu. Es war wirklich drückend warm heute. Vielleicht würde es helfen, ein wenig frische Luft hereinzulassen.

Sie machte einen Schritt auf das Fenster zu und hielt plötzlich inne, als sie einen Blick auf die Straße warf.

Auf dem Gehweg gegenüber stand ein alter Mann, bekleidet mit einem armselig anmutenden Anzug, der ihm zudem viel zu groß war. Er beobachtete ihr Haus, taxierte jeden Stein, als müsse er sich vergewissern, dass das, was er sah, seine Richtigkeit hatte. Tania versteckte sich hinter der Gardine, sodass sie ihn beobachten, er sie aber nicht sehen konnte.

Verstohlen zerrte der Mann mit zitternden Händen einen Zettel aus der Tasche, studierte, was darauf vermerkt war. Dann machte er einen Schritt auf das rot geklinkerte Einfamilienhaus zu. Seine Bewegungen waren zögernd, als könne er sich nicht recht entschließen, das Grundstück zu betreten. Überhaupt wirkte er gebrechlich und müde.

Vorsichtig betrat der Mann den Vorgarten und stolperte über das Pflaster in Richtung Briefkasten. Rasch warf er etwas hinein, wandte den Blick zum Fenster und verließ mit schlurfendem Schritt das Grundstück. Gebückt, als trage er die gesamte Last dieser Welt auf seinen dünnen Schultern.

Tania schluckte. Sie hatte für einen Augenblick seine Augen gesehen. Tief wie ein See, in dem sich die Sonnenstrahlen brachen. Dabei dieser Blick! Wissend, und doch unergründlich und warmherzig.

Beides hatte sie schon einmal gesehen. Vor langer, langer Zeit. Aber das konnte nicht sein! Solche Augen hatte nur ein Mensch auf dieser Welt und egal, wie alt er auch war: Sie würde ihn daran jederzeit wiedererkennen.

Für Tania stand außer Zweifel, dass es sich bei dem Mann um Matteusz handelte. Aber wie zum Teufel sollte der nach all den Jahren nach Jever gekommen sein?

Wir trennen uns nie, Tania. Ich bin dein Freund. Immer und ewig.

Tania setzte sich auf den nächstbesten Stuhl und strich sich über die Stirn. Hatte sie wegen des vielen Alleinseins schon Halluzinationen?

„Ich muss zu ihm und herausfinden, ob er das wirklich war", flüsterte sie, schaffte es aber nicht, sich aus der Erstarrung zu lösen und dem Mann zu folgen.

Wenn Matteusz tatsächlich gekommen war, würde das Folgen haben. Erinnerungen aufbrechen lassen. Und Tania wusste nicht, ob sie das ertrug.

Das Brummen eines Rasenmähers holte sie aus ihren Gedanken.

Der Mann hatte doch etwas in den Briefkasten geworfen!

Tania stemmte sich am Tisch hoch, durchquerte den schmalen Flur, den sie erst im letzten Frühjahr in hellem Beige hatte streichen lassen – ihre einzige Renovierung in den letzten 20 Jahren –, nahm den Briefkastenschlüssel vom Schlüsselbrett und öffnete die dunkel verglaste Haustür. Dann schloss sie den Briefkasten auf. Mit zitternden Fingern entnahm sie einen Umschlag. Er schien alt zu sein, das Papier war gelb und roch muffig. An den Kanten war er zerknickt und schmutzig.

Zurück in der Küche legte Tania ihn auf den Tisch.

„Ich mach erst Tee", murmelte sie und setzte Wasser auf. „Dann sehe ich nach, was drinsteht."

Sie brauchte den Aufschub, war unsicher, was sie tun sollte. Bitte keine Probleme mehr. Nichts hochkochen lassen, so wie diese verdammte Milch!

Wir sind Freunde für ewig, Tania!

Immer wieder hämmerte Matteusz' kindliche Stimme, die aber manchmal brach und laut kiekste, durch ihren Kopf. Freunde wollten sie sein. Als sie Kinder waren, hatte es so leicht geklungen. Einmal Freund, immer Freund.

Das Teekochen lenkte Tania ab, verschaffte ihr etwas Zeit.

Der Kessel pfiff, sie goss das Wasser über die Teeblätter und setzte sich hin. Drei Minuten brauchte der Tee, wenn er so schmecken sollte, wie sie es mochte. In diesen drei Minuten würde sie entscheiden, ob sie den Umschlag öffnete oder sang- und klanglos entsorgte und einfach so weiterlebte wie bisher.

Und doch gelang es Tania kaum, den Blick von dem Umschlag zu wenden. Mit krakeliger Schrift war ihr Vorname darauf geschrieben. Nur der.

Noch zwei Minuten. Tanias Finger tasteten über die Rückseite des Kuverts. Ihr Herz klopfte.

Freunde für ewig, Tania.

Hatte es sich tatsächlich um Matteusz gehandelt? Warum war er dann nicht reingekommen? Hatte mit ihr gesprochen?

Als sie ihn zum letzten Mal gesehen hatte, waren sie Kinder gewesen, aber nicht mehr unbeschwert. Es war die Zeit, als sie noch viele Tränen gehabt hatte. Tränen, die kurz darauf ganz versiegten.

Tania, ich bin immer für dich da, hörte sie wieder seine Stimme.

Vorsichtig griff sie nach dem Umschlag, öffnete den Falz und nahm das Papier heraus.

Das Erste, was sie las, war das Wort „Borntuchen".

Tania schloss die Augen und ließ das Blatt Papier sinken. Die Vergangenheit hatte sie eingeholt.

Es war eben tatsächlich Matteusz gewesen. Ihr alter Freund aus Polen. Es gab also mindestens noch einen Menschen, der auch diese Schatten sah, die seit damals um sie herumtanzten und sich auch nach all den Jahren nicht verscheuchen ließen.

Sie waren auf der Flucht aus Topolno in Westpreußen gewesen und Matteusz lebte auf diesem Gutshof in Borntuchen, wo sie eine Zeit lang hatten rasten müssen. Er war ihr Freund geworden in der kurzen Zeit. Ein Mensch mit Wärme, während sich alles andere kalt angefühlt hatte. Die Temperaturen, die Menschen. Alles.

Tania hatte all die Jahre nie wieder von Matteusz gehört, trotz ihres kindlichen Versprechens.

Wie viel Zeit war seitdem vergangen? Tania rechnete nach. Sie war jetzt 78, Matteusz musste ein paar Jahre älter sein. Damals war er zwölf gewesen. Ein kleiner zerlumpter Kerl mit Zahnlücken, der stets mit Knickerbockern und barfuß herumlief. Auch bei der eisigen Kälte, die geherrscht hatte. Das tat er nicht, weil er Schuhe ablehnte. Er hatte schlichtweg keine besessen. Dennoch war er für Tania herumgeflitzt, hatte versucht, ihr das Leben leichter zu machen.

Noch eine Minute, dann musste Tania die Teeblätter aus der Kanne nehmen. „84", flüsterte sie. „Er muss jetzt 84 Jahre alt sein." Und wieder diese Fragen: „Was will er hier? Warum spricht er nicht mit mir?" Sie entnahm die Teeblätter. Dann goss sie sich die Tasse voll.

Ihre Hände zitterten, als sie das Stück Papier wieder in die Hand nahm. Zuerst betrachtete sie es genauer. Es war sehr vergilbt und trocken und schien irgendwo herausgerissen worden zu sein. Die Sätze waren in einer fein geschwungenen Handschrift verfasst, die sich von der auf dem Kuvert unterschied. An der Seite war der Abdruck eines Hühnerfußes zu erkennen.

Tania atmete einmal tief ein. Dann wagte sie, auch die nächsten Sätze zu lesen. Der Kloß in ihrem Hals löste sich, und nach fast 70 Jahren kam eine erste Träne. Der Brief war von ihrer toten Mutter.

***

Kenza Klausen sah sich in ihrem neuen Büro um. Letzte Woche hatte sie ihren Dienst bei der Mordkommission Wilhelmshaven/Friesland begonnen und musste in der Dienststelle in Wilhelmshaven erst heimisch werden. So einfach war das nicht, aber sie hatte zuvor in Oberhausen gearbeitet und das dringende Bedürfnis gehabt, in der Nähe des Meeres zu leben.

Sie wollte einfach nur weg aus der Großstadt, weg von Jasper und weg von alten und bösen Erinnerungen. Ihre Mutter war viel zu früh gestorben. Vermutlich, weil sie ihrem gewalttätigen Ehemann nie Paroli geboten hatte. Ihre Seele war daran zerbrochen und am Ende auch ihr Herz.

Jasper war mit Kenzas Trauer und Wut über das alles nicht zurechtgekommen, und so war es an der Zeit gewesen, sich ein neues Leben aufzubauen. Nur, so leicht ließen sich alte Verletzungen nicht abschütteln. Ihre Wohnung, die sie in einem Einfamilienhaus in der

Schulstraße bezogen hatte, war noch nicht einmal halbwegs eingerichtet. Es fehlte noch an allem. Dass sie die Umzugskisten schon ausgeräumt hatte, war ein Sieg über ihre Ohnmacht, die sie nach all dem ihrem Leben gegenüber verspürte. Morgen wollte sie die Bücherregale anbohren, Gardinen aufhängen ...

Es klopfte und die Sekretärin Frau Martens steckte den Kopf ins Büro. „Moin, Frau Klausen. Schon etwas heimisch geworden?"

„Ich arbeite dran. Nicht alle Kollegen sind glücklich über mein Kommen." Kenza dachte an Bert Janßen, der ihr gleich unmissverständlich klargemacht hatte, für wie falsch er ihre Besetzung hielt. „Muss mich erst an alles gewöhnen."

Frau Martens lächelte Kenza an. „Bleiben Sie entspannt. Kollege Janßen kann ein Ekel sein, aber er beruhigt sich auch wieder. Spätestens, wenn ein anderer oder eine andere neu ist."

Rosige Aussichten, dachte Kenza. Wer weiß, wann das der Fall ist.

Zum Glück machte der Rest des Teams einen netteren Eindruck, allen voran Thilo Frahm, der Leiter der Spusi. Ein freundlicher Teddybär mittleren Alters mit Vollbart, hatte Kenza gleich zu Beginn gedacht.

„Aber weshalb ich hier bin", Frau Martens reichte Kenza eine Akte, „es gibt im LK Friesland in der letzten Zeit gehäufte Einbrüche in Einfamilienhäuser oder Einkaufsläden. Vermutlich organisierte Banden. Und da es momentan keine Morde aufzuklären gibt ... Sie können sich ja mal reinlesen."

Kenza nickte, dankbar, eine Aufgabe zu haben und sich so abzulenken. Mit Janßen würde sie schon klarkommen. Nicht jeder Kollege tat sich leicht damit, eine junge Frau vor die Nase gesetzt zu bekommen, und schon gar nicht, wenn sie blonde lange Haare hatte und kurze Röcke oder enge Jeans trug.

„Dann gutes Gelingen", sagte Frau Martens. „Und der Janßen, der ist doch nur stinkig, weil der sich selbst Hoffnung auf Ihren Posten gemacht hat. Aber gut, dass er den nicht bekommen hat. Das denken wir übrigens alle."

Das erklärte natürlich so Einiges.

***

„Da war ein Mann auf der Straße!", wurde Malin Meißner von ihrer Oma empfangen. Sie schaute wie immer nach der Arbeit bei ihr vorbei. Zum einen, weil sie ihre Oma sehr liebte, zum anderen, weil sie sich verantwortlich fühlte. Malin war Freelancer und hatte ein eigenes Büro mit einer Unternehmensberatung, sodass sie sich die Zeit meist frei einteilen konnte.

Ihre Oma ließ sich jetzt mit zitternden Händen auf den Küchenstuhl fallen. Sie wirkte völlig aufgelöst, etwas, was Malin von ihr nicht kannte.

„Was für ein Mann, Oma? Du bist so blass, als hättest du ein Gespenst gesehen."

„Er war vor meinem Haus! Ich kenne ihn, aber er ist einfach so wieder verschwunden."

Malin setzte sich ihrer Großmutter gegenüber. Normalerweise hätte sich ihre fürsorgliche Oma zu allererst darum gekümmert, dass ihre Enkelin eine Tasse

Tee vor der Nase hatte. Dass sie es nicht tat, zeigte, wie aufgewühlt sie war. Trotzdem versuchte Malin, die Situation zu entschärfen. „Ein Mann. Was redest du denn, Oma? Es gibt viele alte Männer in der Stadt. Warum sollte nicht auch einer an deinem Haus vorbeilaufen?"

„Gib mir bitte ein Glas Wasser!" Es wirkte, als wären Malins Sätze an ihrer Großmutter einfach abgeprallt. Ihre Stimme bebte, die ganze Körperhaltung hatte etwas Geducktes.

„Oma!", begann Malin behutsam, aber die winkte ab.

„Ich bin nicht verwirrt! Dieser Mann ... Ich weiß nicht, wie ich damit umgehen soll."

Malin umfasste die faltigen Hände und streichelte sie sacht. „Dann schieß mal los!"

„Matteusz", stieß Tania schließlich hervor. „Der Mann war Matteusz!"

Malin verstand nicht. Den Namen hatte sie noch nie gehört. „Wer ist Matteusz? Dein heimlicher Verehrer, von dem Opa nichts wissen durfte und der dir nun auf deine alten Tage den Hof macht? Dann freu dich doch!", versuchte Malin zu scherzen, doch ihre Oma winkte ab.

„Nein, um Himmels willen." Pause. Schlucken. „Ich kenne ... ich kenne Matteusz aus Polen. Aus meiner Kindheit."

Malin lachte auf. „Oma, damals warst du ein kleines Mädchen! Wie willst du ihn nach der langen Zeit wiedererkennen? Das ist Jahrzehnte her! Wie alt warst du da? Fünf?"

„Sechs", antwortete Tania. „Ich war sechs und ich kenne diese Augen. Die hat nur er. Das war Matteusz."

„Oma, du weißt doch gar nichts mehr aus dieser Zeit! Oder besser, fast gar nichts mehr. *Deine* Worte! Du hast immer behauptet, du kannst dich nicht einmal an deine Mutter erinnern. Außer an die Farbe ihrer Schuhe. Und nun willst du einen Mann, der zu der Zeit ebenfalls ein Kind war, wiedererkannt haben?"

Ihre Oma formte lautlos ein paar Sätze, ehe sie weitersprechen konnte. „Als er vorhin gegangen ist, war es, als hätte er gleichzeitig ein Tuch vor meinen Augen weggezogen. Es ist alles wieder da. Alles. Jedes Detail. Halte mich für senil, weil ich ihn aus der Vergangenheit zu kennen glaube. Aber es sind diese Augen, die ich nie vergessen habe. Er war immer für mich da, als ich so allein war. Er war mein Freund, auch wenn er ein paar Jahre älter war als ich." Ihre Stimme brach.

„Vielleicht wünschst du dir auch nur so sehr, dass er es war?", fragte Malin vorsichtig. „Ich meine, du bist viel allein, da können schon mal eigenartige Gedanken kommen."

„Ich irre ganz bestimmt nicht!", beharrte ihre Oma. „Ich kann es beweisen. Auch wenn er einfach so wieder weggegangen ist, ohne mit mir zu sprechen."

Malin seufzte. Was nur war mit ihrer Großmutter passiert? Warum erzählte sie so merkwürdige Dinge, die nicht stimmen konnten? „Oma, warum sollte er nach all den Jahren aus Polen kommen, dich in Deutschland ausfindig machen und einfach so wieder verschwinden?" Weil ihre Großmutter nicht mehr antwortete, sprach Malin weiter: „Ich glaube, du hast dich doch geirrt. Wenn er es wirklich gewesen und extra aus

Polen gekommen wäre, hätte er doch mit dir gesprochen, oder meinst du nicht? Vor allem, wo er doch dein Freund aus Kindertagen war."

Ihre Oma ging auf die letzte Bemerkung nicht ein, sondern erhob sich. „Ich habe recht, weil er mir etwas hiergelassen hat, Malin. Ich sag doch, ich kann das beweisen." Sie öffnete eine Schublade und kam mit einem geöffneten Briefumschlag zurück. Vorsichtig, als wäre er sehr kostbar, legte sie ihn auf dem Tisch ab.

Malin sah sie fragend an, wagte aber nicht, das Kuvert in die Hand zu nehmen, solange ihre Großmutter sie nicht dazu aufforderte.

„Es hatte den Anschein, als wolle Matteusz nicht gesehen werden. Vielleicht hatte er vor irgendwas Angst? Er sah arm aus, ein bisschen zerlumpt. Matteusz hat den Umschlag in den Kasten geworfen und ist dann rasch verschwunden. Trotzdem muss es ihm wichtig gewesen sein, sonst hätte er die weite Reise nicht auf sich genommen und hätte ihn mit der Post geschickt." Tania schob Malin den Brief hinüber.

Die sah ihn sich genauer an, erfasste die krakelige Schrift.

„Wenn er extra gekommen ist, wird er bestimmt später mit dir reden wollen", überlegte Malin. „Es kann doch sein, dass du erst den Brief lesen sollst und er dann zurückkommt." In Malin arbeitete es fieberhaft. „Vielleicht war es ihm wichtig, dich erst mit dem Geschriebenen allein zu lassen. Weil es so plötzlich ist. Steht denn etwas Schlimmes drin?" Ihre Oma zitterte mittlerweile am ganzen Körper, sie kämpfte mit sich und die Augen schimmerten merkwürdig feucht. Malin hatte ihre Oma noch nie weinen sehen, nicht einmal, als ihr Mann gestorben war. Sie jetzt so zu erleben, berührte sie tief. Und machte sie hilflos.

Sie rückte ein Stück näher und nahm ihre Oma in den Arm. Seit Malin sich erinnern konnte, roch Oma Tania gleich. Ein bisschen nach Seife und ein bisschen nach Sommerwiese. Dieser Duft war untrennbar mit ihr verbunden, genau wie ihre Stimme und ihre zarten, nur leichten Gesten, mit denen sie Worte, die ihr wichtig erschienen, unterstrich.

Jetzt aber wirkte ihre Großmutter fast statisch, ihre Stimme hatte keinerlei Klang und unter den typischen Omaduft mischte sich der von Schweiß.

„Soll ich den Brief wirklich lesen?", fragte Malin. Sie scheute sich noch immer, das zu tun.

Tania nickte. „Ja, sollst du. Und zwar jetzt!" Ihre Oma wirkte inzwischen so verletzlich wie ein Vogeljunges, das aus dem Nest gefallen war.

Malin griff zögernd nach dem Umschlag.

Die Stimme ihrer Großmutter war brüchig, als sie flüsterte: „Er konnte ihn nicht mit der Post schicken, Malin. Weil er nicht verloren gehen durfte. Er ist von meiner Mutter!"

Malin wich zurück. „Von deiner Mutter? Und das sagst du erst jetzt?" Sie überkam Gänsehaut. Wie oft hatte sie sich Gedanken über ihre leibliche Urgroßmutter gemacht. Oma Eva, über die man nicht sprach. Oma Eva, die irgendwo im Nirwana des Krieges gestorben und vergessen worden war. Oma Eva, von der sie nur ein Foto kannte, ein Bild, das die Ähnlichkeit zwischen ihr selbst und der eigenen Urgroßmutter zeigte. Oma Eva, die große Unbekannte, über die sie nur einmal die Aussage gehört hatte, sie wäre schön gewesen.

Und jetzt plötzlich gab es einen Brief von ihr? Einen letzten Gruß an ihr Kind?

„Oma Tania, der ist tatsächlich von deiner richtigen Mutter? Die den Krieg nicht überlebt hat?"

Ihre Oma schloss die Augen und schien plötzlich sehr weit weg. Ihre Stimme hatte eine weiche Färbung angenommen, als sie sprach. „Ja, von ihr. Von Eva von Kraft, meiner Mutter. Sie hatte schönes Haar. Blond, und wenn die Sonne hineinfiel, wirkte es wie mit Honig getränkt. Ich bin mit ihr immer an die Weichsel gegangen. Wir hatten so viele Störche, das kannst du dir gar nicht vorstellen! Und die Sommer waren warm. Zumindest der letzte Sommer, an den ich mich erinnere."

„Du erinnerst dich wirklich. Komisch."

„Ja, ich weiß plötzlich alles noch beinahe genauso, als wäre es gestern gewesen. Aber ich wünschte fast, ich würde mich nicht erinnern." Tania wischte sich wieder über die Augen, die feucht schimmerten, aber nicht bereit schienen, wirkliche Tränen herauszulassen.

Malin schluckte und hielt den Briefumschlag noch immer fest umklammert. Niemals hatte man ihre Oma zuvor nach der Vergangenheit fragen dürfen. Fast wütend war sie stets geworden. Ausweichend. Genau wie ihre Stiefuroma, die im Heim in Wilhelmshaven lebte, und ihr Urgroßvater, ein alter Brummbär, dem Nähe zuwider war. „Lass mich in Ruhe mit den alten Geschichten, ich weiß nichts mehr", waren die immer gleichlautenden Worte gewesen.

Und so hatte sich ein dunkles Tuch über die Zeit des Krieges und den Tod von Uroma Eva gelegt. So, als hätte es all das niemals gegeben.

Das Auftauchen von Matteusz und dieser Brief aber hatten ein Loch in dieses Tuch gerissen. Doch es war zu klein, um wirklich dahinterschauen zu können.

Tania hatte die Augen schon wieder geschlossen und sprach leise weiter. „Ich bin mit meinem Vater oft Heu machen gewesen. Auf einem großen Leiterwagen. Wir mussten aber nicht hart arbeiten, das haben die Leute gemacht."

„Die Leute?", hakte Malin vorsichtig nach.

„Ja, die Leute, die für uns gearbeitet haben. Meine Mutter hat für sie gekocht und Vater hat mit ihnen geschimpft, weil er sagte, sie wären faul. Stimmt aber nicht, sie haben hart gearbeitet. Vor allem Marek. Er hat mir immer Bonbons gegeben", erzählte ihre Oma weiter. „Er war nett. Der Netteste von allen."

„Wer ist Marek?"

„Er war auch einer von den Leuten. Genau wie Anna. Von der hab ich eine Gänsefeder bekommen. Meine Großmutter hat sie allesamt gehasst. Sie Polacken genannt. Das Wort an sich klang schon böse. Ich mochte es nicht. Heute weiß ich, wie böse es wirklich war." Ihre Oma verlangte nach einem weiteren Glas Wasser. Sie stürzte es in einem Zug hinunter. „Mein Vater ist weggegangen, als es kalt wurde. Wir sind etwas später mit Pferd und Wagen gefahren. Ganz früh am Morgen. Da herrschte tiefster Frost. Es war sonnig, aber eiskalt. Unsere Haare waren ständig mit Raureif bedeckt. Und hinter uns haben wir den Feind schießen gehört. Wir mussten weg, einfach nur weg. Dann haben wir in einem Pferdestall gewohnt. Borntuchen hieß der Ort. Das weiß ich noch genau. Und da kommt auch der Brief her." Malins Oma leckte sich die Lippen. Ihre Stimme schien noch immer aus der Ferne zu kommen. "Sie haben alles von ihr verbrannt." Sie wurde plötzlich lauter, ihre Stimme wirkte voller. "Es hat so gestunken und alles war weg." Tania deutete auf den Brief. "Da, lies! Den haben sie wohl nicht gefunden. Den nicht! Und es gibt noch mehr!"

Malin schluckte und begann zu lesen:

Liebe Tania, Borntuchen, 27.2.1945
ich muss gehen, viel zu früh und es gibt nichts mehr, was ich für dich tun kann. Ich muss dich allein zurücklassen in einer Welt, die unbeherrschbar geworden ist und von der niemand sagen kann, was aus ihr wird. Der Krieg ist eine hässliche Fratze, die alles Menschliche in den Hintergrund drängt. Ich würde so gern erleben, wie du zur Schule kommst oder wie du einmal heiratest und selbst Mutter wirst.
Aber das ist mir nicht vergönnt. Ich bete, dass dich das Schreiben eines Tages erreicht, denn du musst die Wahrheit kennen, wissen, was passiert ist. Lies das Tagebuch, darin findest du alles, was du wissen musst. Ich sterbe nicht, weil ich krank bin, egal, was du je hören wirst. Meine Kräfte schwinden, Liebes.
Verzeih mir, mein Kind. Alles! Nichts war mir je wichtiger als du ...

An der Stelle brach der Satz ab und die Schrift verwischte. Das "Mutter" hatte sie nur noch schwer darunterschreiben können, der letzte Buchstabe zog sich nach unten, als wäre ihr beim Schreiben der Stift aus der Hand gefallen.

Mit fremder Schrift war eine Notiz auf dem Brief zu erkennen. Direkt neben einer kleinen Zeichnung, die einen See darstellte. Daneben stand das Wort „Borzytuchom".

Malin ließ den Brief sinken und sah ihre Großmutter an.

„Was ist das?"

Oma Tania zuckte mit den Schultern. „Was weiß denn ich? Wem nützt es nun, in den alten Geschichten zu wühlen?" Sie entriss ihrer Enkelin den Brief und knüllte ihn zusammen. „Ich werfe ihn weg. Ein Tagebuch ist ja ohnehin nicht dabei."

Malin nahm ihr das Papier aus der Hand, glättete es und steckte den Brief zurück in den Umschlag. „Nein, Oma, heb ihn auf. Es ist das Einzige, was dir geblieben ist. Sei froh, dass du das hast. Matteusz wird sicher zurückkommen und er wird dir ein paar Fragen beantworten. Vielleicht hat er auch das Tagebuch. Bestimmt wollte er dich nicht mit allem überfordern oder es gibt einen anderen triftigen Grund, warum er das Tagebuch nicht gleich mit abgegeben hat." Malin legte den Brief zurück in die Schublade und schloss sie nachdrücklich.

„Es ist nicht das Einzige, was ich von damals habe. Es gibt die Puppe noch", sagte ihre Oma. „Sie liegt im Schlafzimmer in der Kiste. Meine Leni." Tania stand mühsam auf und schlurfte nach nebenan, bis sie mit einer verwaschenen Stoffpuppe zurückkam. „Die hat mir meine Mutter gemacht."

Malin hatte sie noch nie gesehen und nahm sie in die Hand. Einfache Wollfäden simulierten blonde Zöpfe, das Kleid bestand aus grauem Leinenstoff, die Schürze aus Sackleinen.

Ihre Oma schluckte. Dabei wurden die Augen erneut feucht. Dann sog sie die Luft scharf ein. „Bitte lass mich jetzt allein!", sagte sie plötzlich und nahm Malin die Puppe aus der Hand. „Wir sehen uns morgen."

„Sicher, dass ich gehen soll?" Malins Stimme schwankte.

„Ja, bitte! Sei mir nicht böse, aber ich muss nachdenken. Ich kann das alles jetzt nicht. Es – ist – zu – viel."

Malin stand auf. Auch wenn sie ihre Oma jetzt wirklich nur ungern allein ließ. „Ich rufe später noch mal an!"

„Ja, mach das. Danke."

Malin zuckte mit den Schultern. Ihre Oma Tania saß mit leerem Blick auf dem Stuhl und starrte abwechselnd von der Puppe zum Fenster, das einen Blick in den Garten ermöglichte. Sie kannte ihre Großmutter. Kein Wort würde sie jetzt noch aus ihr herausbekommen. Zögernd schloss sie die Tür hinter sich.

Tania

Borntuchen (Borzytuchom), Februar 1945

Brandgeruch stieg in Tanias Nase. Das kleine Mädchen sah in den dunkel aufsteigenden Qualm, der sich senkrecht wie eine Säule in den klaren Winterhimmel schraubte. Ich will zu meiner Mutter, dachte sie und wischte sich über die nassen Wangen. Die Tränen kamen und ließen sich nicht zurückhalten.

Über dem Hof hing ein bestialischer Gestank, weil ihre Oma alle Dinge ins Feuer warf, die Tanias Mutter gehörten. Ihre Unterwäsche, das einzige Buch, das sie auf die Reise mitgenommen hatte. Sogar ihre Bibel und die wollenen Strümpfe wurden ein Opfer der Flammen. Warum tat ihre Oma das? Es gehörte doch alles Mutter und die würde traurig sein, wenn es vernichtet war. Und sie würde frieren, schließlich war es unglaublich kalt. So kalt, dass sich beim Atmen kleine Dampfwölkchen bildeten.

Tania durfte seit dem kargen Frühstück nicht mehr zu ihrer Mutter. Sie war die letzten Tage blass und müde gewesen, hatte krank ausgesehen. Heute Morgen war es besonders schlimm gewesen. „Ich muss schlafen, Tania. Bin so müde. Oma gibt auf dich Acht!"

Aber jetzt müsste ihre Mutter doch lange wieder wach sein.

Jemand zupfte am Ärmel des Mädchens. Sie schrak zusammen. Es war Matteusz, ihr Freund. Seine Augenbrauen zuckten, wie immer, wenn er aufgeregt war. Oder wenn er etwas ausgefressen hatte. „Komm! Du sollst Milch vom Bauern holen. Schon vergessen?"

Matteusz' Augen waren so blau wie der Sommerhimmel. Tania mochte es, wenn er sie lange ansah. Sie kannte keinen, der so schauen konnte wie ihr Freund. Heute aber blickte er auf seine Füße, die er der Kälte wegen mit Wolllappen umwickelt hatte. Das Tuch war schwarz vor Dreck. Er schabte damit über den gefrorenen Boden. „Kommst du jetzt?"

Tania schüttelte den Kopf. Sie hatte den Auftrag ihrer Oma nicht vergessen, aber sie fürchtete sich. Wenn sie nicht tat, was die Großmutter verlangte, würde Tania Schläge bekommen. Das hielt sie immer noch besser aus, als die Angst, an den Männern vorbeizulaufen, die im Stall arbeiteten und deren Augen in schwarzen Höhlen lagen. Sie lachten, wenn Tania sie anschaute und entblößten ihre gelben Zähne. Die meisten waren alt, hinkten oder liefen krumm. Für ihre Oma zählte das nicht. „Du kriegst wenigstens etwas. Du mit deinen blonden Locken und diesen Katzenaugen. Dir geben sie nicht nur Milch, sondern auch einen Kanten Brot mehr mit. Oder einen Apfel."

Und so quälte Tania sich Tag für Tag mit klopfendem Herzen an den Männern vorbei, die vielen Stufen hinauf zur Veranda des Gutshofes. Matteusz wusste von ihrer Angst und begleitete sie, aber er wagte sich niemals bis zur Haustür hinauf. Die Bäuerin hätte ihn geschlagen, hätte er das getan. Matteusz war ein Niemand, das hatte Tania schon begriffen. Ihn durften alle prügeln und schubsen. Nur ihre Mutter tat das nicht, sondern goss ihm von der Milch den Rest in eine der Blechschalen. Auch das Stück Brot, was sie immer für ihn bereithielt, half ihm, den Tag besser zu überstehen. Matteusz verehrte Tanias Mutter, und manchmal war sie eifersüchtig, vor allem, wenn sie ihm zu häufig über das wirre dunkle Haar strich.

„Komm, Tania", wiederholte er. „Lass uns Milch holen, bevor deine Oma böse wird."

Das Mädchen schüttelte den Kopf. „Will bei Mutter bleiben, Matti", sagte sie. Der Rauch des Feuers breitete sich nun über den Hof aus, weil ein leichter Wind aufgekommen war. Tania hustete und zog sich den Wollschal vors Gesicht. Sie hüpfte auf und nieder, weil sie kalte Zehen hatte. Ihre Schuhe waren zu klein und so konnte sie keine dicken Wollsocken darin tragen.

Matteusz zerrte heftiger am Stoff ihrer Schürze, die sie über dem zerlumpten Wollkleid trug, unter dem sie drei Schichten Pullover anhatte. „Nein, du kommst jetzt!"

Tania stampfte mit dem Fuß auf. „Ich will aber nicht!" Ihre Stimme überschlug sich.

Matteusz riss sie mit sich und schleppte Tania hinter die Wand der Stallung, wo sie der Rauch nicht mehr erreichen konnte. Dort drückte er sie mit dem Rücken gegen die Mauer. „Hör auf zu schreien! Du kannst nicht mehr zu deiner Mutter!"

In Matteusz' Ton schwang so starke Verzweiflung, dass Tania augenblicklich innehielt. „Warum? Warum geht das nicht?", hauchte sie. „Hat sie noch nicht ausgeschlafen?"

Matteusz' Augen wirkten dunkel. Er schluckte, bevor er antwortete. „Sie wird nie mehr aufstehen ... Deine Mutter ist ... tot!"

Tania stieß Matteusz weg. Tot waren die Schweine, wenn Vater sie geschlachtet hatte und das Blut in den Trögen aufgefangen wurde, damit sie braune Wurst davon machen konnten. Tot waren auch die Hühner, die Mutter rupfte, bevor sie Suppe kochte. Tot war auch Tante Ottilie. Aber die war plötzlich einfach weg, und dann hatte es Kaffee gegeben und leckeren Kuchen. Damals, als sie noch zu Hause waren. „Hau ab, du lügst. Sie kann nicht tot sein. Sie ist ja noch da. Ich will sofort zu meiner Mutter!"

„Das geht wirklich nicht, Tania!" Über Matteusz' sommersprossige Wangen rannen Tränen. „Hat deine Oma dir denn nichts gesagt? Deine Mutter schläft jetzt für immer." Der Junge zitterte.

Tania schüttelte den Kopf. Warum sollte ihre Mutter das tun? Sie mussten schließlich bald weiterziehen zum Vater ins Reich. Er würde dort auf sie alle warten. Tania hatte am Morgen noch mit ihrer Mutter gesprochen, ihr einen Kuss auf den Scheitel gehaucht und sie festgehalten, weil sie so traurig aussah. Bis ihre Oma sie weggezerrt hatte. „Ich muss schlafen, Tania. Bin so müde. Oma gibt auf dich Acht!" Wieder hämmerten diese Worte durch Tanias Kopf.

Sie war danach aus dem Stall gestolpert, hatte sich in der Tür noch einmal umgedreht und ihre Mutter auf ihrem Strohbett angesehen. Das Letzte, an was sich Tania erinnern konnte, war das schmale Gesicht und dass ihre Mutter kurz darauf fürchterlich gehustet hatte und es danach klang, als würde sie sich übergeben.

„Mach dich fort! Deine Mutter ist krank!" Wenn Großmutter in diesem Tonfall sprach, gehorchte Tania. Nur an den Männern hatte sie sich nicht vorbeigewagt. Sie hatte sich durch die Hintertür hineingeschlichen und im Pferdestall verkrochen. Hier war es immer angenehm warm und es roch gut. Den Kopf ans Holz gelehnt, lauschte sie dem Schnauben der Tiere und hoffte, dass der Husten ihrer Mutter aufhörte. Das war dann auch geschehen, doch kurz darauf hatte Großmutter alle Sachen verbrannt.

„Mutter war müde", sagte Tania schließlich. „Ja, sehr müde."

„Noch viel müder als Miez, wenn sie sich zusammenrollt", bestätigte Matteusz. „Deine Mutter schläft jetzt ganz fest und es geht ihr gut. Richtig gut, weißt du? Da, wo sie fortan sein wird, sind die Engel und die machen Musik. Sie wird ein weißes Kleid anhaben und ... auch einer von ihnen werden."

„Dann ist sie im Himmel?", fragte Tania nach.

Matteusz nickte erleichtert. „Noch nicht, aber bald."

„Warum macht Oma ein Feuer mit Mutters Sachen?"

„Weil sie krank war. Da muss man alles verbrennen, sonst steckt man sich an. Hat deine Oma mir so gesagt."

Tanias Kinn zitterte bereits wieder. Sie schlich zur Stallecke und wagte einen Blick auf den Hof, wo das Feuer noch immer loderte. Sie sah, wie ihre Großmutter auch das Kleid in die Flammen warf, das ihre Mutter stets angezogen hatte, wenn sie schön aussehen wollte. Sie hatte darin getanzt und gelacht, sich über den weichen grauen Stoff gefreut, der um ihre Beine geschwungen war.

„Aber wie kommt Mutter jetzt in den Himmel?", überlegte Tania. „Hat sie Flügel?"

Matteusz trat von einem Fuß auf den anderen. Er biss sich auf die Unterlippe und schwieg.

Tania musterte ihn. „Lügner! Mutter ist gar kein Engel! Das hast du nur so gesagt!"

„Doch ist sie wohl. Es dauert nur ein paar Tage. Ihr müssen erst die Flügel wachsen, das Wolkenzimmer muss eingerichtet werden und so. Da kann sie nicht gleich hinreisen."

Tania blickte Matteusz noch immer zweifelnd an. „Wie lange dauert das?"

Ihr Freund zögerte. „Weiß nicht genau. Aber nach der Beerdigung wird sie in den Himmel fliegen. Das ist der Tag, wo wir uns von ihr verabschieden, du weißt doch, was ein Friedhof ist, oder?"

Tania nickte. „Da, wo die vielen Steine stehen und die Blumen blühen. Und bei einer Beerdigung gibt es Kaffee und Kuchen. Wie bei Tante Ottilie."

„Genau, jedenfalls wenn kein Krieg ist. Und vom Friedhof aus werden die Toten zu Engeln und fliegen los. Das ist wie ein Flughafen für die Toten." Matteusz redete und redete. Tania verstand zwar nicht alles, was ihr Freund sagte, aber offenbar war es nicht schlimm, tot zu sein.

2

Der September zeigte sich auch heute von seiner schönsten Seite. Der Tote, der neben der Schlossgraft lag, passte ebenso wenig in das Bild wie die Plastiktüte, die sich in einem der herunterhängenden Äste verfangen hatte. Trotz der ungewöhnlichen Wärme rieb sich Polizeihauptkommissarin Kenza Klausen die Oberarme. Sie fröstelte.

Gestern noch hatte man sie mit dieser Diebstahlsache betraut und nun gab es tatsächlich einen Mord. Ein wenig unsicher war sie schon und erhoffte sich Unterstützung von den erfahrenen Kollegen, doch wenn etwas schieflief, würde sich jeder darauf berufen, dass sie die leitende Kommissarin war. Sie hatte die Verantwortung, ob es ihr gefiel oder nicht.

Ihrem Kollegen Bert Janßen war die Schadenfreude anzumerken gewesen, als er sie beim Frühstück gestört und ihr telefonisch von dem Mordfall berichtet hatte. Er glaubte an Kenzas Scheitern und machte weiterhin keinen Hehl daraus, dass er mit der neuen Ersten Hauptkommissarin nicht einverstanden war. „Wenn die uns so ein junges Gemüse vor die Nase setzen, dann muss es auch allein wachsen." Das sollte seiner sonoren Lache nach witzig klingen, aber Kenza hatte er nichts vormachen können. Bert Janßen war ein ähnlicher Typ wie ihr Vater. Gedrungene Statur, kurzes blondes Haar und leichter Bauchansatz. Er war genauso bestimmend, herrschsüchtig und von sich überzeugt. So sehr, dass er die Grenzen der anderen nicht mehr wahrte.

Kenza streckte den Rücken durch. Sie durfte sich jetzt keinesfalls von Janßen aus dem Konzept bringen lassen.

Die Spurensicherung unter Thilos Leitung war schon vor Ort und durchkämmte den Jeverschen Schlosspark. Überall blitzten die weißen Anzüge durch die Büsche. Der Pfau schlug aufgeregt sein Rad, während der Ganter sich eben einem Kollegen zischend näherte, der die gefällte Eiche untersuchte.

Eine junge Frau mit schwarzem Bubikopf und schlanker, sportlicher Figur stand etwas abseits und schüttelte immer wieder den Kopf. Ihr Gesicht war leichenblass. Sie hatte nach Janßens Auskunft den Toten in der Graft entdeckt. Mit ihr musste Kenza gleich noch sprechen, jetzt wollte sie sich zunächst den aktuellen Stand der Spurensicherung einholen. Sie näherte sich Thilo Frahm, mit dem sie von der ersten Begegnung an per Du war.

„Hallo, Thilo, kannst du schon was sagen?"

„Moin, Kenza. Ein bisschen. Es sieht nicht so aus, als wäre der Mann in der Graft ertrunken. Die Schlagwunde am Hinterkopf lässt den Verdacht auf Fremdeinwirkung zu. Ich vermute, er war schon tot, als er hineingeworfen wurde."

Er deutete mit dem Kopf hinter sich, wo ein weiterer Mann das Geschehen betrachtete. „Das ist Doc Stock, der Leiter der Rechtsmedizin aus Oldenburg. Wir holen ihn in solchen Fällen gern dazu, ich hoffe, du bist damit einverstanden. Er sagt, er hat einen besseren Überblick, wenn er selbst am Tatort war."

„Doc Stock?", fragte Kenza.

Thilo grinste. „Wir nennen ihn so, weil er wirkt, als hätte er einen Stock verschluckt. Dass sein Nachname so gut dazu passt, ist Zufall. Aber er ist ein supernetter Kollege."

„Ist okay, dass ihr ihn geholt habt. Wichtig ist ja nur, dass der Fall schnell geklärt wird. Und wer helfen kann: immer zu. Ich stell mich ihm gleich mal vor." Kenza konzentrierte sich wieder auf das, was Thilo zuvor gesagt hatte. „Ihr geht also von Mord aus. Schon bekannt, wie lange er dort liegt?"

Thilo wiegte den Kopf. „Ich denke", er sah auf die Uhr, „jetzt ist es acht ... so vier Stunden bestimmt. Meint Doc Stock auch. Später mehr, du weißt schon. Der Leichnam wird gleich nach Oldenburg in die Gerichtsmedizin gebracht."

Kenza nickte. „Und wer ist der Tote? Weiß man das schon?"

Thilo schüttelte den Kopf. „Er trägt keine Papiere bei sich. Aber er wirkt der Kleidung nach verarmt. Ich schätze ihn auf mindestens 80."

„Und es ist ganz sicher, dass er nicht einfach in die Graft gefallen ist, sich dabei oder zuvor gestoßen hat und dann ertrunken ist?" Eine letzte hoffnungsvolle Frage.

„Ganz sicher, Kenza. Die Wunde kann so nicht entstanden sein." Thilo sah sie mit schief gelegtem Kopf an, als ahnte er etwas von ihren Zweifeln. „Das wird schon. Du schaffst das. Lass dir von Janßen nicht ans Bein pinkeln! Der kocht auch nur mit Wasser."

„Das sagst du so leicht. Er will mich loswerden, so schnell es geht."

„Das hat er ja nun nicht zu entscheiden, oder?" Thilo lächelte sie freundlich an und strich sich über den Bart. „Wir sind jedenfalls allesamt froh, dass du unser neuer Boss bist und nicht er - guck, da kommt auch schon Verstärkung." Er wies auf einen schlanken jungen Mann, der sich, in Jeans und leichten Blouson gekleidet, näherte. Er war etwa 40 Jahre alt, hatte blondes, leicht gescheiteltes Haar und ein verschmitztes Lächeln im Gesicht, sogar wenn er wie jetzt ernst guckte.

„Moin, Thilo", begrüßte er den Ermittler. „Und Sie sind Kenza Klausen? Hi."

„Ja, ich bin die Neue", erwiderte Kenza. „Ich komme aus Oberhausen, also mitten aus dem Pott, und hab mich nach Wilhelmshaven versetzen lassen. Ich dachte, hier gibt es weniger Kriminalität. Das war wohl ein Irrtum." Kenza unterbrach sich. Herrgott, was quasselte sie hier rum? Der Kollege hatte sich ja noch nicht einmal vorgestellt! „Darf ich nach Ihrem Namen fragen?", stieß sie rasch hervor.

„Finn Gerdes. PHK aus Jever. Ich unterstütze Sie hier vor Ort. Also Mord in Jever, deshalb auch ein Bulle aus dem ansässigen Kommissariat zur Unterstützung."

Zumindest wirkte dieser Mann sympathisch. Kenza entspannte sich etwas und lächelte ihn freundlich an. „Willkommen im Team. Ich geh dann mal zu Doc Stock."

Kenza stellte sich dem Rechtsmediziner vor, der zwar nicht lächelte, sie aber neugierig musterte. „Ach, die neue Kommissarin! Ich mache mich nachher gleich an die Arbeit, dann wissen wir mehr."

Kenza bedankte sich und blickte sich um.

Die Schaulustigen scharten sich bereits hinter dem blau-weißen Band, mit dem der Tatort neben der Graft großzügig abgesperrt worden war, und versuchten einen Blick zu erhaschen. Zur Untersuchung hatten die Kollegen den alten Mann aus dem Wasser gezogen und auf einer Plane abgelegt.

„Bauen Sie bitte einen größeren Sichtschutz!", forderte Kenza die Kollegen auf. Sie mochte es nicht, wenn ihnen Fremde bei der Arbeit zusahen und womöglich sogar Fotos schossen, die sie später bei Facebook oder sonst wo verbreiteten. „Sofort!" Ihre Stimme klang eine Spur zu herrisch und sie erkannte an Janßens Mimik, dass er sie vor den Kollegen der KTU imitierte. Sie seufzte. Nein, leicht wurde es ihr hier wirklich nicht gemacht.

„Ich muss mich dann jetzt um die Zeugin kümmern." Kenza nickte den Kollegen freundlich zu.

Sie näherte sich der jungen Frau, die noch immer wachsbleich an einem Baum lehnte und dem Treiben mit reglosem Gesichtsausdruck zusah. Sie war etwa in Kenzas Alter, wirkte mit der sportlichen Kleidung recht burschikos. Ihre beiden kleinen Hunde, die eher an zu groß geratene Ratten erinnerten, sprangen hektisch um ihre Beine herum.

„Wollen Sie sich besser hinsetzen?" Kenza wies auf die Parkbank, die so stand, dass sie den Blick auf den Toten verhinderte.

Die Frau nahm das Angebot dankbar an und fächerte sich mit der Hand etwas Luft zu. „Danke, jetzt geht es wieder! Mich nimmt das alles etwas mit. Man findet ja nicht täglich eine Leiche." Sie band die Leinen der

Hunde an der Lehne der Parkbank fest und wirkte erleichtert, nicht mehr auf das Tatgeschehen blicken zu müssen.

„Ich bin Kriminalhauptkommissarin Kenza Klausen und leite die Ermittlungen", stellte Kenza sich vor. „Sie haben den Verstorbenen also entdeckt?"

Die Frau nickte.

„Ihren Namen, bitte!" Kenza zückte ihren Block. „Entschuldigung. Malin Meißner. Ich lebe hier in Jever in der Großen Burgstraße. In einem winzigen Einzimmerappartement." Sie deutete mit dem Kopf in Richtung der hohen Mauer, die die Schlossgraft von der Straße abgrenzte. „Das liegt gleich dort drüben."

Kenza schrieb sich die genaue Adresse auf und fragte dann nach: „Sie haben vermutlich Ihre Hunde im Schlosspark ausgeführt, als Sie den Toten entdeckt haben?"

„Ja, ich war mit ihnen draußen. Meine Nachbarin ist verreist und ich passe auf die Tiere auf. Sie kommt heute zurück." Die Frau strich einem der weiß gescheckten Hunde über den Kopf. Der leckte ihr die Hand.

„Aber Sie kannten den Toten nicht?"

„Nein. Woher? Ich kenne hier längst nicht jeden. Auch wenn Jever fast ein Dorf ist. Außerdem bin ich nicht allzu dicht an ihn herangegangen."

Über ihnen kreiste gerade lautstark krächzend ein Schwarm Saatkrähen.

Malin Meißner folgte Kenzas Blick. „Die Vögel machen einem manchmal Angst. Ich kann irgendwie verstehen, dass viele Menschen sie hier nicht wünschen. Todesvögel."

Kenza lächelte nur. Die Krähen waren in Jever offenbar ein Thema, das heiß diskutiert wurde. Sie hatte erst gestern wieder in der Zeitung davon gelesen. Sie schaute die junge Zeugin abwartend an, aber die Krähen waren wohl abgehakt.

„Bei dem Toten handelt es sich um einen sehr betagten Mann, mindestens 80 Jahre alt. Er war ärmlich gekleidet und trug einen Anzug. Es könnte sich um einen Obdachlosen handeln."

Bei ihren Worten war Malin Meißner merklich erblasst.

„Kennen Sie ihn doch?", fragte Kenza, denn die Frau wirkte, als hätte sie eine Ahnung.

„Kommt er aus Polen?", fragte sie schließlich.

„Wir wissen es nicht. Er trug keine Papiere bei sich. Warum?"

Malin Meißner nagte an ihrer Unterlippe. „Ich weiß nicht, ob es so ist, aber das alles kommt mir eigenartig vor, Frau Klausen. Kann aber auch sein, dass ich völlig danebenliege. Völlig!"

Wieder wartete Kenza ab. Sie mochte die junge Frau und unter anderen Umständen hätte sie sich durchaus vorstellen können, mit ihr ein Bier trinken zu gehen.

„Was vermuten Sie denn?"

„Nun", druckste Malin Meißner herum. „Meine Oma, Tania Lewalder, lebt in der Anton-Günther-Straße in der Nähe des Bahnhofs. Gestern war ein älterer Herr vor ihrem Haus, zu dem Ihre Beschreibung passt."

„Hat er Ihre Großmutter kontaktiert? Oder belästigt?", unterbrach Kenza sie.

„So kann man das nicht sagen. Er hatte einen Brief dabei. Den hat er in den Briefkasten geworfen und dann ist er verschwunden. Oma war völlig aufgelöst, wissen Sie." Malin verkrallte ihre Hände ineinander.

„Das ist ein Ding!" Kenza Klausen pfiff durch die Zähne. „Sie haben ihn aber nicht gesehen, oder?"

Malin schüttelte den Kopf. „Nein, nur meine Oma. Sie hat ihn mir genau beschrieben und könnte ihn identifizieren, denn sie glaubt zu wissen, wer das war. Ein Freund aus ihren Kindertagen, sagt sie. Jener vermeintliche Freund sollte aus Polen kommen. Deshalb meine Frage eben."

„Und? Wie lautet sein Name? Wissen Sie das?", hakte Kenza vorsichtig nach.

Malin zuckte mit den Schultern. „Irgendein typisch polnischer Name mit M und a ..." Sie schlug die Hände vors Gesicht. „Ich weiß es nicht mehr. Völliger Blackout. Sorry. Wie furchtbar, wenn meine Oma nun auf ihre alten Tage noch in einen Mordfall verwickelt wird! Sie war schon aufgeregt genug."

„Wissen Sie, was in dem Brief stand?", hakte Kenza nach.

„Es ging um den Tod ihrer leiblichen Mutter. Aber das ist schon so lange her. Sie ist im Februar 1945 auf der Flucht in Polen verstorben."

In Kenza arbeitete es. Hatte der Mann Tania Lewalder tatsächlich eine Botschaft aus der Vergangenheit gebracht und das war ihm zum Verhängnis geworden? Aber warum? „Hat Ihre Großmutter noch mehr über ihn erzählt?"

Malin Meißner schüttelte den Kopf. „Nein. In ihr kamen nur plötzlich viele alte Sachen hoch, über die sie jahrelang nicht hatte reden wollen. Sie hat mich deshalb weggeschickt. Als ich später bei ihr angerufen habe, war sie wieder völlig normal. Auf jeden Fall wollte sie nicht weiter mit mir darüber sprechen."

„Wo genau ist denn die Mutter ihrer Oma ums Leben gekommen? Wissen Sie das?"

Malin versuchte sich zu erinnern, was ihre Großmutter gestern gesagt hatte. „Auf einem Gutshof in Polen. Der Ort hieß Borntuchen oder so. Danach sind sie da ganz schnell weg. Sie waren ja auf der Flucht aus Westpreußen, da hatte man keine Zeit für Trauer und so was. Und schon gar keine Muße, sich um eine Sechsjährige mit großem Kummer zu scheren."

„Gibt es denn eine offizielle Version vom Tod der Mutter?", hakte Kenza Klausen nach.

Malin Meißner zuckte mit den Schultern. „Das weiß keiner so genau. Man munkelt etwas von Diphterie, aber so recht rausgerückt ist keiner je damit. Uroma Eva ist so etwas wie ein Mysterium in der Familie. Das große Geheimnis. Es gibt auch nur ein Foto von ihr, das meine Oma immer bei sich trägt." Malin Meißner senkte die Stimme. „Es ist eine Art Fluch, wissen Sie? Sie stirbt, keiner darf drüber reden, und danach ist in unserer Familiengeschichte so ziemlich alles schiefgelaufen, was schieflaufen kann. Nur kaputte Beziehungen, jeder hat Angst vor jedem. Alle misstrauen einander." Malin Meißner machte eine neuerliche Pause.

„Also keine Bilderbuchfamilie", stellte Kenza fest. Das kannte sie. Dieses Vertuschen, das Deckeln und das daraus resultierende Misstrauen, das kaum auszuhalten war. Diese vermaledeite Vergangenheit: Zäh und klebrig verhinderte sie das Fortkommen. Nicht abzustreifen ...

Malin Meißner schien froh über die kurze Gedankenpause zu sein. Sie starrte auf das Grün der Wiese.

„Ich denke, es ist besser, Sie reden selbst mit meiner Oma, auch wenn es sie aufregen wird."

Kenza nickte. Das würde unumgänglich sein. Sie wollte Thilo gleich um ein Foto des Toten bitten. Das musste sie der alten Dame wohl oder übel vorlegen, damit sie den Ermordeten identifizieren konnte.

„Da ist noch etwas ..." Frau Meißner stockte. „Oma war heute Morgen am Telefon davon überzeugt, jemand wäre in ihrem Garten gewesen und hätte in der Nacht die Herbstastern zertrampelt."

„Herbstastern?"

„Meine Oma liebt Blumen. Ihr ganzer Garten ist voll davon."

Kenza straffte den Rücken. „Ich möchte mehr über den alten Mann wissen. Vielleicht ist es wirklich unser Toter! Bringen Sie mich zu Ihrer Großmutter? Ich hole nur meinen Kollegen, der kann uns begleiten. Des Weiteren kann die Spusi mal sehen, ob man die Fußabdrücke identifizieren kann." Kenza machte eine Pause, Malin Meißner wirkte sichtlich überfordert. „Außerdem muss ich Ihrer Großmutter ein Foto vorlegen. Das würde ihr aber zumindest den Gang zur Rechtsmedizin ersparen." Sie wusste, dass sie Janßen nun endgültig gegen sich aufbringen würde, wenn sie Finn Gerdes zu dieser Befragung mitnahm und Thilo ohne sein Wissen auf die Spuren ansetzte. Aber es war als Leiterin der Mordkommission ihre Entscheidung. Sie konnte mitnehmen, wen sie wollte. Das gesamte Team würde sich jetzt zwar rasch auf 50 Personen belaufen, ihrem direkten Arbeitskreis gehörten jedoch nun mal Finn und Janßen an.

***

Bert Janßen sah seiner neuen Kollegin mit bissigem Blick nach. Was für eine Frechheit, ihn zu übergehen! „Ich nehme Herrn Gerdes mit zur Großmutter der Zeugin. Womöglich kann sie uns Auskünfte über die Identität des Toten geben", hatte sie gesagt. „Und Thilo brauche ich auch ganz kurz."

Keine Info, warum. Keine Info, wohin sie genau ging. Nichts! Sie behandelte ihn wie irgendwen. Pah, wo kamen sie denn dahin? Kenza Klausen würde schon noch sehen, wohin das führte, ihn derart zu behandeln. *Er* war schon länger Kommissar in Wilhelmshaven. *Er* hatte die größeren Erfahrungen. Und *er* hatte die Verbindungen, die diesem Mädchen fehlten. Das würde sie schon bald zu spüren bekommen.

Er war ihr offizieller Partner und sie wechselte ihn gegen den Frischling aus dem Mini-Kommissariat Jever aus? Nicht mit ihm! Er würde seine eigenen Ermittlungen durchziehen, ob es ihr passte oder nicht.

Janßen wandte sich an Thilo, der eben dabei war, seine Sachen zu packen. „Was hast du nun Genaues?"

„Hab ich Kenza schon alles erzählt. Lass mich einfach meine Arbeit machen, Bert, und schließe dich mit ihr kurz! Sie ist dein Boss, ob es dir gefällt oder nicht. Ich habe jetzt ohnehin einen weiteren Termin."

„Habt ihr euch alle gegen mich verschworen, oder was? Wir sind ein Team, verdammt!" Berts Gesicht war rot angelaufen.

„Dann benimm dich auch so", gab Thilo ungerührt zurück. „Noch einmal: Kenza ist unsere neue Chefin, und ein bisschen frischer Wind im Kommissariat ist nur von Vorteil!"

Bert machte eine abwehrende Handbewegung. „Ihr denkt doch alle nur noch mit eurem ... Da wackelt so ein junges Ding mit dem Hintern unter ihrem kurzen Rock und ihr vergesst, dass sie meinen Platz eingenommen hat. Ich wäre der nächste EPHK in Wilhelmshaven geworden. Das wisst ihr genau."

Thilo schloss die Tasche. „A bist du es aber nicht geworden, B haben wir die Entscheidung von oben zu akzeptieren und C", jetzt sah er Bert an, „ahne ich, warum *sie* den Posten bekommen hat und nicht du. Wenn du dich ständig aufführst wie ein Berserker, war das sicher eine gute Entscheidung."

Bert schnaubte und stampfte davon. Sie würden schon noch alle sehen, was sie davon hatten. Sie würden schon noch sehen!

Tania

Borntuchen (Borzytuchom), Februar 1945

„Komm!", forderte Matteusz Tania schließlich auf. „Ich zeig dir deine Mutter. Dann siehst du, dass sie schläft, während ihr langsam die Flügel wachsen."

Tania folgte ihrem Freund, der die Stallung umrundete. Er zeigte auf ein Fenster, das klein und mit Spinnweben verhangen in das rote Mauerwerk eingelassen war. Matteusz legte seine Hände zusammen: „Los, stell deinen Fuß dort hinein. Ich hebe dich hoch."

Tania zögerte, aber sie wollte ihre Mutter sehen. Sie hoffte, schon ein kleines bisschen von den wachsenden Flügeln zu erkennen. Also tat sie, was Matteusz ihr gesagt hatte, und zog sich am Fenstersims hoch. Der Raum war dunkel, sie wischte den groben Schmutz von der Scheibe, legte die Hände an den Kopf und presste die Nase ans Fenster. Ihre Mutter lag auf dem Strohbett, noch genau so wie am frühen Morgen. Sie schlief, wie Matteusz es gesagt hatte. Aber die Lippen waren blau und es befanden sich dunkle Borken darauf. Vor dem Bett stand eine Emailleschüssel mit abgeblättertem Rand, darin schwamm eine trübe Brühe. Jemand hatte ihre Mutter auf dem groben Leinen abgelegt und ihre Hände zusammengefaltet. „Sie schläft!", verkündete sie mit einem Blick auf Matteusz, der seine Zunge in den Mundwinkel geklemmt hatte und Tania ausbalancierte. „Du hast recht." Er ließ sie langsam hinunter.

Sie lächelte ihn stolz an. „Tot beim Schwein ist anders als tot beim Menschen. Schweine werden keine Engel und den Hühnern nehmen sie die Federn ja ab. Wenn ein Mensch tot ist, schläft er nur, bis ihm die Flügel wachsen."

„So ist es. Und nun musst du endlich die Milch holen, sonst schlägt deine Großmutter dich!" Matteusz hatte rote Augen, seine Hände waren unruhig und sein Blick wirkte noch dunkler als sonst.

„Und du lügst auch nicht?", fragte Tania.

Matteusz schüttelte entschieden den Kopf. „Nein, ich lüge nicht. Ich bin dein Freund. Und immer für dich da!"

Tania sah ihn noch immer zweifelnd an.

„Freunde, Tania. Freunde für ewig!"

„Freunde für ewig", wiederholte sie. „Mach dir jetzt keine Sorgen, Matti. Es braucht eben bis zur Beerdigung, bis die Flügel groß und stark sind", versuchte Tania nun ihrerseits, den Freund zu trösten. „Jetzt ist es erst einmal gut, dass Mutter schläft. Vor allem, weil es so kalt ist." Sie hauchte ihren Atem in die Luft, der in kleinen Wölkchen verpuffte.

Plötzlich näherten sich derbe Schritte. Matteusz hatte sie rechtzeitig gehört und rannte davon. „Was machst du da, Tania?", herrschte ihre Oma sie an.

„Mutter ..."

Das Mädchen wurde zur Seite gestoßen und schlug sich das Knie auf. Sie spürte das Blut nicht, das warm an ihrem Schienbein hinunterlief. „Ich habe gesagt, du sollst dich fortmachen und Milch holen! Los!"

„Mutter ..."
„Deine Mutter ist tot. Die kommt nicht wieder. Sieh zu, dass du loskommst!" Ihre Großmutter holte zum Schlag aus und traf Tanias rechte Wange. Weinend stolperte das Mädchen in Richtung Gutshaus.

3

Tania brauchte dringend frische Luft. Sie hatte die ganze Nacht versucht, die Erinnerungen wegzusperren. Auf die Schublade, rein mit den Gedanken und dann abschließen. Aber es war ihr nicht gelungen. Immer wieder tanzten die Bilder des Todestages ihrer Mutter vor ihrem inneren Auge.

Das musste aufhören, denn es war besser, alles ruhen zu lassen. Egal, was in diesem Tagebuch, von dem ihre Mutter geschrieben hatte, stand: Es änderte nichts. Sie hatte nicht mehr viele Jahre und die wollte sie so nehmen, wie sie kamen. Das Leben war seit der Flucht über sie hinweggerollt, hatte sie immer wieder geprüft und gestraft. Sie konnte nicht mehr! Und wo sollte sie nach dem Buch suchen, falls Matteusz nicht zurückkam, um es ihr zu bringen oder ihr wenigstens zu sagen, wo es war?

Es klingelte und wie immer sah Tania erst aus dem Küchenfenster, bevor sie zur Haustür ging. Davor stand Malin in Begleitung einer anderen jungen, elegant wirkenden Frau. Ein schlanker Mann schlenderte eben über den Gartenweg. Er hatte ein freundliches Lächeln im Gesicht.

Tania schleppte sich zur Tür und öffnete.

„Hallo, Malin", begrüßte sie ihre Enkelin. „Ist was?"

Malin wirkte sehr ernst. „Hallo, Oma." Sie hauchte ihr einen Kuss auf die Wange. „Ja, es ist was. Lass uns bitte erst reinkommen."

Tania trat einen Schritt beiseite und bat ihre Besucher ins Haus. Malins Mimik beunruhigte sie.

Tania ging vor ins Wohnzimmer und schämte sich wegen der altmodischen Einrichtung, den düsteren Möbeln, die ihre innere Verfassung ein bisschen zu deutlich widerspiegelten, und dem Geruch nach Alt, den sogar sie wahrnahm, wenn sie von draußen hereinkam. Das Haus hätte schon längst eine Renovierung nötig gehabt, aber Tania hatte sich dazu nicht aufraffen können, mehr als den Flur, wo die braunen Tapeten jeden Besucher mit ihrer Hässlichkeit erdrückt hatten, streichen zu lassen.

„Ist alles in die Jahre gekommen", entschuldigte sie sich, um überhaupt etwas zu sagen. Sie schämte sich mittlerweile für alles. Manchmal sogar für sich selbst, weil sie war, wie sie war.

„Alles gut", sagte die fremde Frau und stellte sich als Kenza Klausen vor. „Ich bin von der Kriminalpolizei Wilhelmshaven. Ich habe einfach nur ein paar Fragen. Keine Angst." Sie wies auf den Mann, der hinter ihr im Flur stand. „Das ist mein Kollege Finn Gerdes."

Tania zuckte zurück. Außer in Verbindung mit Claudias Freitod hatte sie noch nie mit der Polizei zu tun gehabt. Sie hatte doch nichts verbrochen!

„Gleich kommt noch ein Kollege. Wegen der zertrampelten Astern", erklärte die Polizistin weiter. Sie war etwa in Malins Alter. Hatte die denn schon so viel zu sagen?

„Wegen der zertrampelten Blumen kommt die Polizei?", fragte Tania erstaunt. „Da muss doch kein so großes Gewese drum gemacht werden. Hast du das angezeigt?", wandte sie sich an Malin, die aber den Kopf schüttelte. „Nein, nur könnte es wichtig sein. Hör uns doch erst einmal zu, Oma."

Es klingelte ein weiteres Mal.

„Augenblick." Tania drängte sich zur Tür. Davor stand ein etwa 50-jähriger dicklicher Mann mit finsterem Gesichtsausdruck. Er hielt Tania seinen Ausweis vor die Nase. „PHK Bert Janßen", sagte er. „Meine Kollegen sind schon da. Darf ich reinkommen?"

Ehe Tania etwas erwidern konnte, hatte er sich schon an ihr vorbeigeschoben. Sein Blick, seine ganze Haltung machten ihr noch mehr Angst, als sie ohnehin schon hatte.

Sie folgte ihm ins Wohnzimmer. Kenza Klausen verzog das Gesicht, als sie ihn erblickte. „Herr Janßen? Woher wissen Sie, wo wir sind?"

„Bin Bulle, da kann ich kombinieren. Die Personalien der Zeugin hatte ich schon aufgenommen, bevor Sie zum Tatort gekommen sind, da Madam ja noch gemütlich beim Frühstück saß. Da war ich eben schneller als das Junggemüse, was sich erst stylen muss. Und jetzt habe ich eins und eins zusammengezählt."

Kenza Klausen schluckte den aufkommenden Ärger sichtlich hinunter. Sie wandte sich nach kurzem Zögern an Tania. „Gut, ich beginne dann mit der Befragung. Können wir uns setzen?"

Tania wirkte nervös, als sie zum Esstisch wies, auf dessen beigefarbenem Tischtuch noch das aufgeschlagene Kreuzworträtselheft lag. Sie wartete, bis alle saßen und Malin ihnen Wasser zum Trinken hingestellt hatte. Tania war froh, dass sie ihr die Bewirtung abnahm, sie hätte womöglich die Gläser vor Aufregung fallen lassen.

Sie setzte sich auf den freien Stuhl an der Ecke. „Was soll ich denn getan haben, dass Sie mich etwas fragen müssen? Und dann zu dritt. Das ist ja wie vor einem Tribunal", hob sie an und schaute Hilfe suchend zu Malin, die ihr beruhigend zulächelte.

„Keine Sorge, Oma. Du hast nichts gemacht. Frau Klausen muss aber was wissen. Über den Mann von gestern. Und den Brief."

Tania schluckte. Das war ihre Sache, das ging doch die Polizei nichts an!

„Nun, Frau Lewalder", begann die Polizistin, „Ihre Enkelin hat mir erzählt, Sie hätten gestern Besuch gehabt? Von einem alten Freund aus Polen?"

„Matteusz. Es war Matteusz", flüsterte Tania. „Ja, er war mal mein bester Freund." Sie lächelte. „Ich war ja noch so klein! Sechs war ich. Erst sechs Jahre alt."

Die Beamtin legte ihr die Hand auf den Arm. „Ich weiß, dass das nicht einfach ist, aber es ist wichtig. Geht es?"

„Kollegin Klausen, kommen Sie bitte zur Sache!", mischte sich der dicke Polizist jetzt ein. „Wir dürfen keine Zeit verlieren. Das ist hier kein Ringelpiez mit Anfassen, schließlich haben wir einen Mord aufzuklären."

„Bert, nun lass Kenza bitte ihre Arbeit machen", maßregelte ihn der jüngere Kommissar, dessen Namen Tania schon wieder vergessen hatte.

Der andere zog die Mundwinkel nach unten.

Frau Klausen hatte Tanias Unterarm nicht losgelassen. „Also, Frau Lewalder. Der Mann, den Sie gestern als Ihren Freund erkannt haben, hieß also Matteusz?"

Tania zitterte. Warum sah der andere Mann sie so böse an?

„Ihnen passiert nichts, sprechen Sie ruhig!", forderte Frau Klausen sie auf.

„Ja, Matteusz ist sein Vorname. Aber ich weiß nicht mehr, wie sein Nachname war. Es ist unendlich lange her, das wissen Sie doch!"

„Papperlapapp. Schluss jetzt mit dem Herumgeeiere. Und nun raus mit der Sprache!" Bert Janßens Stimme dröhnte in ihren Ohren nach.

„Was soll ich Ihnen denn sagen, wenn ich es nicht weiß?", fragte Tania verzweifelt.

Die junge Kommissarin öffnete empört den Mund, aber ihr Kollege redete einfach weiter. „Dann eben Tacheles! Am frühen Morgen wurde in der Schlossgraft ein alter Mann tot aufgefunden. Es handelt sich vermutlich um diesen Matteusz. Er wurde ermordet und so wie es scheint, sind Sie die Einzige, die ihn kannte. Also bitte keine weiteren Ausflüchte, wir müssen aus dem Quark kommen."

Tania fasste sich an den Hals. Glaubte zu ersticken. Sie rang nach Luft.

Matteusz war tot! Ihr Matteusz!

Sie begann heftig zu zittern. Die Kommissarin umfasste ihre eine, ihre Enkelin die andere Hand.

„Ganz ruhig, Oma", hörte sie Malins Stimme.

Tania atmete ganz tief ein und langsam wieder aus. Das tat sie ein paarmal, bis sie sich wieder gefangen hatte. „Er muss Angst gehabt haben", flüsterte sie.

„Furchtbare Angst. Sonst wäre er doch reingekommen und hätte mir einfach alles gegeben."

„Lauter!", forderte Bert Janßen sie auf, aber Tania blieb jedes weitere Wort im Hals stecken.

Der jüngere Polizist blitzte seinen Kollegen wütend an und wollte eben etwas sagen, als Kenza Klausen dazwischenfuhr. „Janßen, bitte lassen Sie mich das Gespräch fortsetzen. Sie sehen doch, dass Sie die alte Dame mit einem solchen Überfall einschüchtern! Das bringt doch nichts. Außerdem leite ich die Ermittlungen!"

Bert Janßen grinste nur und holte sein Handy aus der Tasche, mit dem er sich nun demonstrativ gelangweilt beschäftigte. „Machen Sie doch, was Sie wollen. Nur werden Sie so nicht weiterkommen."

„Das werden wir ja sehen", knurrte der jüngere Polizist. Frau Klausen sah ihn dankbar an.

Es klingelte erneut und Malin öffnete. Ein weiterer Mann stand vor der Tür, dem Malin nun das zertrampelte Beet zeigte, damit er dort die Fußabdrücke nehmen konnte. Kurz darauf kehrte sie wieder zum Tisch zurück.

Tania hatte den Kopf in die Hände gestützt. Das konnte doch alles nicht angehen! „Das ist alles ein bisschen viel für mich, Frau Kommissarin", sagte sie.

Kenza lächelte sie mitfühlend an. „Das glaube ich Ihnen, aber wir sind leider noch nicht fertig. Ihre Aussage ist für uns unter Umständen von großer Bedeutung, wissen Sie?"

Tania nickte.

„Ich werde Ihnen jetzt ein Foto zeigen, Frau Lewalder. Darauf ist der Ermordete zu sehen. Bitte schauen Sie genau hin. Erst dann können wir sagen, ob es tatsächlich Matteusz ist oder ob wir einer falschen Spur nachjagen. Vielleicht sind Sie uns ja schon gleich wieder los." Kenza scrollte auf dem Handy nach dem Bild, behielt aber Tania dabei im Auge. Vorsichtig schob sie nun das Handy über den Tisch zu ihr herüber. Sie wagte zuerst kaum, einen Blick darauf zu werfen. Als sie sich schließlich ein Herz fasste, betrachtete sie das Foto lange und eingehend. Schließlich füllten sich ihre Augen wieder mit Tränen. „Das ist Matteusz. Auch wenn ich seine Augen jetzt nicht erkennen kann. Ich bin ganz sicher: Der Mann war gestern bei mir vor dem Haus und hat den Brief eingeworfen." Nach einem tiefen Atemzug wirkte Tania schon wieder gefasst. „Wissen Sie, ich weine nicht mehr, seit damals. Als der Krieg zu Ende und ich ganz auf mich allein gestellt war, ist irgendwas in mir versiegt. Aber jetzt, wo Matteusz da war ..." Sie brach ab und legte das Gesicht in ihre Hände. Zu viel war geschehen, bevor sie Hals über Kopf von diesem Gutshof verschwunden waren. Ohne ihre Mutter.

„Ich gebe Ihnen den Brief", sagte sie schließlich. „Was auch immer Sie damit anfangen können. Ich habe Matteusz jedenfalls nicht umgebracht." Sie stand mit zitternden Knien auf und zerrte das Papier aus der Schublade. Dann reichte sie es Kenza Klausen, die ihre Augen über die Zeilen gleiten ließ.

Nach einer Weile sah die Kommissarin auf. „Sagen Sie mal, Frau Lewalder: Kann es sein, dass Ihre Mutter keines natürlichen Todes gestorben ist?"

Sie bekam keine Antwort.

„Wenn Ihnen noch etwas einfällt: Hier ist meine Karte mit Telefonnummer. Bitte melden Sie sich dann."

Da Tania immer noch keine Reaktion zeigte, griff Malin danach und steckte sie sich ins Portemonnaie.

Tania

Borntuchen (Borzytuchom), 1. März 1945

Zwei Tage später schneite es schon am frühen Morgen heftig.

Tania saß traurig vor ihrer Milchschale, denn sie durfte ihre Mutter nicht besuchen. Ihre Großmutter hatte sie windelweich geprügelt, als sie einmal versuchte, in die Stallkammer zu gelangen.

„Sie ist jetzt angezogen, wird gleich beerdigt und fertig", sagte ihre Oma.

„Wo ist Matteusz?", fragte Tania, denn ihr Freund war seit vorgestern verschwunden. Tania hatte ihn überall gesucht. An allen Lieblingsplätzen war sie gewesen. Am See, der hinter dem Haus lag, im Rattenhaus, wo die dicken Viecher herumflitzten, und auch im Pferdestall, wo er genauso gern wie sie im Heu lag und dem Schnauben der Tiere lauschte. Außer ihr vermisste ihn keiner. Selbst der Gutsherr nicht, obwohl er nun niemanden hatte, den er herumscheuchen und quälen konnte. Aber es hing etwas in der Luft, das für Tania nicht einzuordnen war.

Die Großmutter hatte ein sorgenvolles Gesicht aufgesetzt. „Wir müssen bald weiter, hier können wir nicht bleiben", sagte sie, während sie ein Stück trockenes Brot in den Rest der erbettelten Milch tunkte. Seit Mutter ein Engel war und Matteusz nicht mehr vorbeikam, waren die Portionen etwas üppiger geworden. „Wir werden uns einem der Trecks anschließen und zu Fuß nach Stolp gehen. So weit ist es nicht mehr. Aber die Zeit drängt. Es ist egal, wie lange der Frost noch anhält, wir können ihn hier nicht abwarten. Es geht nie wieder zurück nach Hause." Sie atmete einmal tief ein und aus. „Den Gerüchten nach sind die Russen bald hier. Es ist zu gefährlich für uns alle, vor allem für uns Frauen." Sie hieb die Zähne in den Kanten. „Pferd und Wagen behält der Gutsherr als Bezahlung. Das ganze Restgeld geht für die Beerdigung drauf. Ich habe gestern den Tod auf dem Amt in Bütow angezeigt. So sind wir heute schnell fertig mit dem Begräbnis." Tanias Oma kaute, tunkte. Biss erneut ab und musterte ihre Enkelin, die eher wie ein Mäuschen an dem Brot herumknabberte. „Was sag ich nur deinem Vater? Jetzt hat er nur noch dich! Du musst für die Beisetzung auch noch was zum Anziehen haben, Marjellchen."

Tania sah ihre Großmutter erstaunt an. Ihre Stimme war kurz weich geworden und normalerweise benutzte sie den Kosenamen für Tania nicht. Marjellchen, kleines Mädchen. Der Moment war auch schon vorbei und ihre Stimme bekam die gewohnte Härte zurück.

„Kannst ja nicht in dem zerlumpten Kleid gehen." Sie stand auf und riss ein dunkles Tuch aus den Habseligkeiten, die sich in der Ecke des Stalls auftürmten. „Das kannst du dir umlegen wie eine Stola und auch auf der Reise anbehalten. Es wärmt, das ist das Wichtigste. Von Stolp aus sehen wir zu, dass wir nach Westen kommen. Aber erst begraben wir deine Mutter."

Tania verstand nicht. „Wir begraben Mutter? Sie muss doch in den Himmel." Ihre Mutter sollte nicht in die dunkle Erde.

Die Großmutter hörte nicht auf das Geschwätz des Mädchens, sondern umwickelte sie bereits mit dem schwarzen Tuch. „Leg es dir auch ums Haar! Der Wind bläst frostig."

Nach dem kargen Frühstück machten sie sich auf den Weg zur Kirche. Ein paar Leute, die auch in den Stallungen auf dem Gutshof lebten, schlossen sich ihnen an. Die meisten Gesichter waren wie versteinert, Tania hatte lange niemanden mehr lachen oder weinen gesehen. Alle Gefühle waren weg, seit sie mit den Leiterwagen losgefahren waren. Es gab nur noch diesen einen starren Blick. Tania sah sich auf dem Weg zur Kirche immer wieder um und hoffte, Matteusz doch noch irgendwo zu entdecken, doch ihr Freund blieb verschwunden.

Es war bitterkalt. Tania fror. Der Wind zerrte an ihrem viel zu dünnen Mantel, auch der Umhang, den ihre Oma ihr gegeben hatte, hielt die Kälte nicht ab. Die Schneeflocken schmolzen auf Tanias Gesicht und malten schwarze Streifen, weil sie den Schmutz dabei abwuschen. Tania stapfte an der Hand ihrer Oma über die steinharten Wege. Es war fast genauso kalt wie bei ihrer Abreise aus Topolno. In Tania kamen die Erinnerungen hoch.

„Wir dürfen eigentlich noch nicht weg", waren die Worte ihrer Mutter damals gewesen, nachdem der Vater plötzlich bei Nacht und Nebel verschwunden war. „Es ist verboten." Sie hörten aber schon die Geschütze der Russen und das Wort „Hopfengarten" hatte sich bei

Tania eingeprägt. Dort waren sie. Es sollte schlimm sein, wenn der Russe kam, aber der Gauleiter hatte gesagt, sie müssten alle auf den Höfen bleiben. Nur waren alle immer nervöser geworden, genau wie jetzt auch.

Tania hatte die Angst in den Gesichtern lesen können. Die Großeltern packten den Leiterwagen und spannten das Pferd davor. Heinz war auch dabei. Er war noch recht jung, ein bisschen hochmütig und ein Bewunderer von Tanias Vater. Er hatte im Nachbarbezirk sehr viel zu sagen und trug stets seine Uniform. An diesem Tag aber nicht. An diesem Tag sah er aus wie ein Bauer.

Tania versteckte rasch ihre Miez, die kleine Hofkatze, und Leni, die Puppe, die sie von Mutter zum letzten Geburtstag bekommen hatte. Sie war aus Stoffresten gebastelt, aber Tania fand sie wunderschön. „Das ist mein Marjellchen. Mein kleines Mädchen", flüsterte sie.

Opa hustete sehr und sagte immer wieder, er könne das alles nicht mehr. „Ich will meinen Hof nicht verlassen. Ich bin hier doch zu Hause."

Er musste trotzdem mitkommen, aber er schwieg die ganze Fahrt über.

Tania durfte auf dem Wagen sitzen, dick in Decken eingehüllt. Anna und die Leute winkten kurz zum Abschied. Mutter weinte sehr. Deshalb wurde sie von Oma Luise geschlagen. „Man weint nicht wegen eines Polacken", sagte sie. „Und die Frau des Ortsbauernführers schon gar nicht!"

Danach war Mutter merkwürdig still geworden. Und sie waren gefahren. Und gefahren. Und gefahren. Wohin auch immer, das sagte keiner. Sie fuhren durch die Nacht, durch den Tag. Ein paarmal rutschte das Pferd auf der eisglatten Straße aus und um ein Haar wäre der Leiterwagen umgekippt.

An manchen Abenden hielt der Treck in Dörfern, wo alle hofften, etwas zu essen zu bekommen. Meist gelang das nicht, aber oft konnten sie wenigstens in den Scheunen der Höfe schlafen. Dort war es nicht ganz so kalt. Trotzdem wurden Tanias Füße nie ganz warm.

Wenn sie am nächsten Morgen weiterzogen, fehlte meist jemand. Tania erinnerte sich an die Schreie der Mütter, wenn sie ihre Kinder suchten, die sie, in der verzweifelten Hoffnung, ihnen würde man eher etwas geben als den Erwachsenen, losgeschickt hatten, um ein paar Bissen zu essen und ein wenig Milch aufzutreiben. Der Treck aber war so groß, dass nicht alle ihren Wagen wiederfanden. Der Treckführer nahm darauf keine Rücksicht, und so hörte Tania dieses Weinen und grausame Schreien jeden Morgen.

Ihr Opa war von Tag zu Tag immer stiller geworden, aß nicht einmal mehr das Wenige, das sie hatten. Eines Abends nahm er Tania in den Arm, drückte ihre Großmutter und Mutter, nickte Heinz zu und ging fort. Kurz darauf hörten sie Gewehrsalven. Oma Luise, Heinz und ihre Mutter beteten stumm. „Jetzt hat ihn doch der Iwan erwischt." Oma Luises Stimme wurde bei diesem Satz ganz leise.

Deshalb war Tania froh, ihre kleine Katze heimlich mitgenommen zu haben, damit der Russe wenigstens ihr nichts tun konnte. Auch wenn Heinz tüchtig mit ihr geschimpft hatte.

Großvater war nicht zurückgekommen und so waren sie am nächsten Morgen ohne ihn weitergezogen.

„Was ist mit Opa?"

„Er hat Herzeleid, meine Kleine", sagte ihre Mutter. Ihre Augen schimmerten dabei feucht. „Er wird nicht mehr kommen. Manchmal muss man Menschen gehen lassen, wenn man sie liebt."

Nach einer unendlich erscheinenden Zeit hatten sie den Gutshof in Borntuchen erreicht. Er lag am Rand eines kleinen Dorfes, das von einer Kirche aus rotem Backstein geprägt war und sonst sehr ruhig wirkte.

„Hier bleiben wir, bis der Endsieg da ist", hatte Oma Luise erklärt. „Hier ist der Russe weit weg und wird nicht so schnell kommen. Und bei der Kälte haben wir wenigstens ein Dach über dem Kopf."

Tania erinnerte sich nicht mehr an viel. Nur, dass Oma Luise keine Träne vergossen hatte, obwohl doch Opa von den Russen erschossen worden war.

Ja, es war damals genauso kalt gewesen wie heute, als Tania durch Borntuchen lief.

Sie ließen den Ort hinter sich und folgten dem Sarg ihrer Mutter zum deutschen Friedhof, der ein Stück außerhalb des Ortes in einem Waldstück lag.

Tania setzte einen Fuß vor den anderen, der Weg von der Kirche zum Friedhof war lang für zwei kleine Mädchenbeine. Tanias Füße schmerzten, sie bekam in den viel zu eng gewordenen Schuhen Blasen. Zudem hatten Schnee und Eis die Oberfläche der Straße in eine gefährliche Rutschbahn verwandelt.

Ihre Großmutter hielt Tanias kleine Hand fest umklammert und schleifte ihre Enkelin hinter sich her, bis sie jammerte, dass sie nicht so weit laufen könne. „Stell dich nicht so an! Ab morgen musst du viel weiter gehen."

Sie versuchte, sich den ausgreifenden Schritten der Großmutter anzupassen, doch sie glitschte immer wieder aus. Sie liefen direkt hinter den schwarz gekleideten Herren, die es eilig hatten, während sie den Sarg ihrer Mutter festhielten, dabei aber bemüht waren, mit den Widrigkeiten des Wetters zurechtzukommen.

Der Zug hatte den Rand des Friedhofes erreicht. Er lag auf einem Hügel und sie bildeten eine kurze Schlange, die sich nun langsameren Schrittes den schmalen Pfad hinaufwand.

Überall standen Steine herum, auf vielen war ein Engel abgebildet. Tania freute sich auf den Moment, wenn ihre Mutter losfliegen konnte. Bestimmt hatten die anderen Engel ihr Wolkenzimmer schon hergerichtet und sie konnte es sofort beziehen.

Auf halbem Weg hielten die Männer unter einer Buche mit ausladenden Zweigen an und setzten den Sarg auf dem Waldboden ab. Seitlich des Baumes war ein Loch ausgehoben, in das sie die Kiste mit Tanias Mutter hinabließen. Tania sah atemlos zu, wie sie verschwand. Der Pastor sagte noch etwas, bevor er vom Grab zurücktrat und den Trauernden zunickte.

Tania zog ihre Großmutter an der Hand und flüsterte: „Die müssen den Deckel doch abmachen, Oma. Mutter kann sonst nicht in den Himmel fliegen und ein Engel werden!"

„Sei still. Das macht man eben so." Sie griff nach der kleinen Schaufel und schippte etwas Sand in die Grube. Tania stand wie erstarrt vor dem dunklen Loch.

Ihre Großmutter zog sie vom Grab weg und sie verließen den Friedhof. Immer wieder sah Tania sich um, ob endlich jemand den Deckel abnahm. Sie blieb stehen.

„Oma, wir müssen umdrehen. Mutter kann doch so nicht in ihr Wolkenzimmer fliegen. Der Deckel muss ab, sie hat doch jetzt Flügel und ..."
Ihre Großmutter packte sie am Arm und riss sie zu sich herum. „Hör zu, ich weiß nicht, wer dir diesen Blödsinn erzählt hat, aber ich sage dir eins: Deine Mutter kommt nicht zurück und sie wird auch nirgendwo hinfliegen. Sie ist jetzt unter der Erde und fertig."

4

Kenza atmete tief durch, bevor sie aus der Tür trat. Als sie hinter ihr ins Schloss fiel, wandte sie sich zu Janßen um. „Was fällt Ihnen eigentlich ein, mir derart bei einer Befragung in den Rücken zu fallen? Und dazu in diesem Ton und Wortlaut?"

„Ich weiß nicht, wovon Sie sprechen, mien Deern." Janßen grinste Kenza unverschämt an.

„Und ‚mien Deern' schon mal gar nicht", polterte Kenza zurück.

Jetzt mischte sich Finn ein. „Bert, ehrlich: Was sollte das? Kenza und ich hatten abgesprochen, bei der Befragung von Frau Lewalder behutsam vorzugehen. Wenn unsere Vermutung stimmt, könnte sie gestern Infos über ihre tote Mutter erhalten haben. Da müssen wir sensibel sein. Das ist ein heikles Thema!"

Bert Janßen winkte verächtlich ab. „Mann, das ist ewig her. Die Frau ist alt, da muss man heutzutage keine Welle mehr von machen. Die ist lange drüber weg."

„Eben nicht, das hat man ja gemerkt", sagte Kenza. „Schon mal was von Kriegstrauma gehört?" Ihr tat Tania Lewalder unglaublich leid. Sie fand die Frau sympathisch, genau wie deren Enkelin Malin. Sie wirkten ungeheuer freundlich, und doch haftete beiden eine nicht zu erklärende Tragik an. Vielleicht hatte das mit dem Tod von Tanias Mutter und dessen Verdrängung zu tun. Solche Dinge schleppten sich ja häufig über mehrere Generationen. Und Bert Janßen war über die alte Frau hergefallen wie ein Raubvogel.

Der zuckte mit den Schultern. „Wir haben einen Mord aufzuklären, da können wir nicht auf alle Animositäten Rücksicht nehmen. Aber wir wissen ja nun, was wir wissen müssen. Das ist das Einzige, was zählt."

Kenza sog die Luft scharf ein, biss sich dann aber auf die Lippen. Es brachte nichts, sich mit diesem Mann anzulegen. Er wollte Kenza an den Karren fahren und dazu waren ihm alle Mittel recht. Eigentlich müsste sie ihn nun als Chefin zurechtweisen, nur wurde es dann nicht noch schlimmer?

Kenza beschloss, das Ganze zunächst zu vertagen.

Sie fuhren nach Jever ins Kommissariat, wo Finn ein Einsatzbüro als Anlaufstelle einrichten wollte. Das war praktisch, da der Mord in Jever verübt worden war und sie auf diese Weise nah am Geschehen waren. Kenza hatte das erst einmal so hingenommen.

Das Kommissariat lag in der Ziegelhofstraße und war von der Größe her recht überschaubar.

„Kaffee?", fragte Finn, als sie beide Platz genommen hatten.

Kenza fragte nach Tee, den vertrug sie besser. Egal, welche Sorte. Janßen verlangte hingegen nach einer extrastarken Kaffeedröhnung.

Finn stand auf und holte das Gewünschte. Derweil saßen sich Kenza und Janßen stumm gegenüber und vermieden sorgfältig jeglichen Blickkontakt.

Kurz darauf balancierte Finn ein Tablett herein, auf dem zwei Kaffeepötte und ein Becher mit heißem Wasser und einem Teebeutel dampften. Er stellte alles vor seinen Kollegen ab. „Was haben wir nun?", fragte er. „Lasst uns mal zusammenfassen und schriftlich festhalten, damit uns keine Info, so unwichtig sie auch erscheinen mag, durch die Lappen geht."

Kenza konzentrierte sich und referierte die bekannten Fakten. „Bei unserem Mordopfer handelt es sich also um den Polen Matteusz, vermutlich wohnhaft in der Gegend um Borntuchen, auf Polnisch ‚Borzytuchom'." Das hatte sie auf der Fahrt eben noch rasch gegoogelt. „Wir müssen die vollständige Identität mithilfe der polnischen Kollegen herausbekommen. Vielleicht wird er irgendwo vermisst."

Finn stand am Whiteboard und notierte alles.

„Wichtig ist weiterhin sein Umfeld, warum er nach all den Jahren nach Deutschland zu Frau Lewalder gekommen ist und dergleichen. Der Brief und das verschollene Tagebuch sind sicher wichtige Hinweise. Vielleicht finden wir darin ja ein Motiv."

Bert Janßen brummelte etwas, schwieg aber, als Finn ihm einen scharfen Blick zuwarf.

„Wäre gut, dieses Tagebuch zu finden. Wer weiß, ob es nach der langen Zeit noch existiert", sagte er dann und schrieb auch das ans Whiteboard.

„Der Tote wurde in der Nacht zum Montag wahrscheinlich in den frühen Morgenstunden mit einem noch unbekannten Gegenstand erschlagen und ist danach in die Schlossgraft geworfen worden", fuhr Kenza fort. „Seine einzige momentan bekannte Verbindung nach Jever ist Tania Lewalder."

„Wer weiß, wegen welch krummer Geschäfte er sonst noch so hier war", sagte Janßen nun wieder lauter. „Ich denke, der gehörte zu einer polnischen Einbrecherbande. Dann ist ihm irgendwie untergekommen, dass hier in der Stadt Frau Lewalder lebt, und er ist da kurz vorbeimarschiert. Hätten sie den nicht umgebracht, wäre die bestimmt auch noch ausgeraubt worden. Mann, es gab doch überall vermehrt Einbrüche, die auf die Konten professioneller Ostbanden gehen."

„Bert, stopp!", unterbrach Finn ihn sofort. „Bloß weil Matteusz aus Polen kommt, muss er noch lange nicht kriminell sein. Unglaublich, mit was für Vorurteilen du arbeitest. Das ist völlig haltlos und vor allem unprofessionell!"

„Der Mann war außerdem schon 84, Herr Janßen", gab Kenza zu bedenken.

Bert Janßen lehnte sich siegessicher auf seinem Stuhl zurück.

„Ihr seid betriebsblind, meine Lieben. Es müsste längst bei euch klingeln! Das sind doch wahre Clans, die rauben und brandschatzen ..."

„Konzentrieren wir uns auf die Fakten! In seinem Alter wird er wohl eher keine Türen mehr geknackt haben." Finn betrachtete die Aufzeichnungen am Whiteboard, aber Bert Janßen gab nicht auf. Er erinnerte Malin jetzt an einen Pitbull, der heiß darauf war, seine Beute zu zerfleischen.

„Dann hat er eben nur für die Horde ausgekundschaftet oder was weiß ich. Wir müssen in alle Richtungen ermitteln, das wisst ihr. In alle!"

Finn stimmte ihm zu. „Das ist grundsätzlich richtig, deshalb ist mir auch schon durch den Kopf geschossen, an die rechte Szene zu denken. Immerhin wirkte der Mann wie ein Obdachloser und vielleicht haben sie ihn seines vernachlässigten Aussehens oder seines ausländischen Hintergrundes wegen umgebracht."

„Rechte Szene! Das sind doch genauso haltlose Spekulationen wie die sentimentale Geschichte mit dem alten Freund aus Polen", ereiferte sich Janßen jetzt.

Kenza schlug mit der Faust auf den Tisch. „Wir werden alle Möglichkeiten in Betracht ziehen, ganz sicher. Sowohl Finns Idee als auch Ihre, Janßen. Tatsache aber ist, dass unsere einzige echte Spur im Augenblick in die Vergangenheit führt. Und der werden wir jetzt mit Unterstützung von Frau Lewalder und den polnischen Behörden nachgehen. Ende der Ansage." Sie schlauchte dieser Kampf mit Janßen. Nur mussten sie unbedingt eine Basis für die Zusammenarbeit finden.

Doch Bert gab nicht auf. Er agierte nun wie ein Wadenbeißer. „Ach, Leute! Weg mit der sentimentalen Story! Der Typ hat irgendwie rausbekommen, wo seine alte Kindheitsfreundin jetzt lebt und da konnte er gleich zwei Dinge miteinander verbinden. Denkt an die Fußabdrücke im Garten! Ihr fallt auf die tränenreiche Story rein und er macht die nächsten Brüche klar. Dann ist was schiefgelaufen und das war's mit ihm."

Es klopfte und Thilo steckte seinen Kopf ins Zimmer. Kenza war froh, dass er da war – Bert Janßen war unerträglich und je mehr Leute sie auf ihrer Seite wusste, desto besser.

„Wir haben die Papiere des Toten gefunden. Sie lagen ein Stück weiter in der Graft. Der Täter muss sie hineingeworfen haben. Oder das Opfer selbst. Weil er nicht erkannt werden wollte." Er übergab Kenza eine geschlossene Tüte mit einem polnischen Pass, was

Janßens Mimik merklich verfinsterte. „Ist alles noch einigermaßen lesbar. Er heißt Matteusz Mazur und er lebte in Borzytuchom. Auf Deutsch heißt oder hieß das ‚Borntuchen', aber das wisst ihr sicher längst. Da sind am Ende des Krieges etliche Flüchtlingstrecks vorbeigezogen. Richtung Stolp oder wie es heute heißt: *Słupsk.*"

„Danke, Thilo." Kenza nagte am Ende des Kugelschreibers. Sie überlegte kurz.

Bert Janßen bekam bei dieser Nachricht wieder Oberwasser. „Na bitte, passt voll in meine Theorie. Papiere schnell weggeworfen, damit ihnen keiner draufkommt, dass die Diebesbande aus Polen stammt. Ihr werdet sehen, da kommen noch Brüche auf uns zu, weil sie grad die Gegend unsicher machen. Fall schon fast gelöst, meine Lieben."

Kenza überging den Einwand. „Finn, kümmerst du dich bitte um die polnischen Kollegen? Ich muss wissen, ob er drüben polizeibekannt war. Was er gemacht hat. Vielleicht kann man was über sein Leben herausfinden. Und Bert ..."

Er grinste sie an. „Ich werde der Lewalder mal ein paar Geheimnisse entlocken. Auf meine Weise."

Kenza schüttelte den Kopf. „Nein, mit Frau Lewalder und ihrer Enkelin spreche ich selbst. Du arbeitest bitte jetzt eng mit Thilo zusammen und wertest alle relevanten Spuren aus." Sie warf Thilo einen entschuldigenden Blick zu. Janßen war damit sichtlich unzufrieden, aber er schwieg.

***

Tania schreckte hoch und sah auf den Wecker. Es war halb sieben morgens.

Wieder klapperte es.

Sie hatte sich nicht geirrt, da war ein Geräusch gewesen. War da jemand, der sie verfolgte? War es dieselbe Person, die ihre Astern zerstört hatte?

Vorsichtig tastete sie sich aus dem Bett, schlich zur Schlafzimmertür und nahm einen hölzernen Kleiderbügel in die rechte Hand. Sollte sich jemand ins Haus gewagt haben, könnte sie dem Einbrecher damit von hinten eins über den Schädel ziehen.

Tania sog die Luft scharf ein und konzentrierte sich, als sie Schritte auf der Treppe hörte. Den Kleiderbügel hielt sie fest umklammert.

„Oma?"

Tania senkte den Arm und trat hinter der Tür hervor. Sie sah ja wirklich schon Gespenster!

Was aber wollte denn Malin so früh von ihr?

Ihre Enkelin schaute ins Zimmer. „Du bist schon auf? Entschuldige, dass ich um diese Zeit hereinplatze, aber ich war unruhig und konnte seit 5 Uhr nicht mehr schlafen. Dachte, ich schau mal kurz vorbei, bevor ich anfange zu arbeiten. Ich mache mir Sorgen um dich. Das war gestern doch alles ganz schön viel."

„Es ist alles in Ordnung, du kannst wieder gehen. Bin eben aufgestanden. Ich habe nichts mehr zu sagen, Malin", stieß Tania hervor. „Ich will nicht mehr an die schlimme Zeit denken. Und wem nützt es noch? Matteusz ist tot, das reicht!" Sie sah Malin mit durchdringendem Blick an. „Und weißt du was? Ich habe Angst, dass ich die Nächste bin! Irgendetwas geht hier vor und ich will mit alldem nichts zu tun haben, verstehst du? Nichts! Ich – will – einfach – nur – meine – Ruhe."

Tania setzte sich auf die Bettkante.

Malin nahm neben ihr Platz. Jetzt war es fast so wie früher. Als Malin noch klein war und Tania bei ihr am Bett gesessen hatte. Sie strich ihrer Oma über die faltige Hand. "Ich glaube, dass der Grund für Matteusz' Tod mit dem deiner Mutter zu tun hat. Es gibt da eine Verbindung, ich bin mir ganz sicher."

Tania winkte ab. "Ach was, Malin! Wer damals dabei war, lebt schon nicht mehr. Wer sollte jetzt plötzlich Interesse daran haben, etwas zu vertuschen oder gar einen Menschen umzubringen?"

"Genau das will ich herausfinden, Oma!"

"Ich aber nicht. Ich habe genug durchgemacht und es ist jetzt gut. Es würde meine Mutter auch nicht wieder lebendig machen, warum also soll ich mich jetzt noch mit der Vergangenheit belasten. Nenn mir einen Grund!"

Malin schwieg und nagte an der Unterlippe. "Weil ich es wissen will. Wenn da was faul war, muss ich es wissen. Es geht um meine Urgroßmutter!"

"Die du nicht einmal kanntest", sagte Tania. "Mich interessiert es nicht, ob es ein Tagebuch gibt. Ich will nicht wissen, warum Matteusz nach so vielen Jahren hier aufgekreuzt ist. Er hätte besser in Polen bleiben sollen. Jetzt sind alle tot. Alle. Bis auf mich."

"Eben, es lebt sonst keiner mehr", bestätigte Malin. "Du bist die Letzte, die das Rätsel um deine Mutter noch lösen kann."

Tania wurde nachdenklich. "Oma Luise ist 1997 gestorben. Und Heinz ..." Sie machte eine Pause. "Ich weiß nicht, was aus Heinz geworden ist. Er ist auf der Flucht plötzlich verschwunden. Wahrscheinlich haben sie ihn erschossen. Ich habe nie danach gefragt, weil ich ihn nicht leiden konnte. Er war ein unangenehmer junger Mann. So gleichgültig und überheblich. Aber mein Vater mochte ihn. Hat immer so getan, als wäre er sein Sohn. Ich glaube, es gab Schwierigkeiten mit der Familie. Jedenfalls sind seine Eltern nicht mit geflüchtet. Ich habe kaum Erinnerungen an sie." Tanias Gedanken stolperten durcheinander.

„Weißt du denn, wie er mit Nachnamen hieß?", fragte Malin.

Tania verneinte. „Heinz war Heinz. Marjellchen, hat er immer zu mir gesagt. Mein kleines Marjellchen!" Gemocht hatte sie das allerdings nicht. Tania überlegte weiter. „Es gibt nur noch meine Stiefmutter Paula, die spätere Frau meines Vaters. Aber die war in Borntuchen nicht dabei. Sie ist, wie du weißt, mittlerweile 93."

Paula von Kraft lebte in Wilhelmshaven im Pflegeheim. Tanias Stimme wurde zu einem Flüstern, als aus ihr herausbrach: „Wir hatten nie ein gutes Verhältnis. Sie hat mich immer gehasst und ich fand sie furchtbar. Wie du weißt, ist das bis heute so."

Das schwierige Verhältnis zu Uroma Paula war Malin bekannt. Und sie konnte ihre Großmutter verstehen. Selbst jetzt, im hohen Alter, war Uroma Paula eine schwierige Frau. Deshalb besuchte Malin sie nur höchst selten. Sie hatte sich schon als Kind unglaublich vor ihr gefürchtet und sich oft gefragt, wie Oma Tania ihre Kindheit in ihrer Nähe überstanden hatte. „Ich würde gern alles wissen und es verstehen. Es würde mir wirklich helfen. Du hast dich doch gestern erinnert, Oma. Bitte, erzähl mir von Borntuchen!"

Tania schluckte. „Nein, das kann und will ich nicht. Es geht einfach nicht."

„Oma, bitte! Du kannst doch nicht einfach so tun, als wäre das alles nicht passiert! Als wäre Matteusz nicht da gewesen! Er ist gestorben, und ich wüsste gern, warum!"

„Ich nicht", bockte Tania.

„Oma! Dieses Familiengeheimnis geht auch mich etwas an!" Malin war laut geworden. „Es geht hier um einen Teil meiner Identität. Oder meinst du wirklich, dass das alles gar nichts mehr mit uns macht? Meine Mutter hat sich das Leben genommen und ich habe es nie verstanden. Ich wage nicht, mich wirklich auf andere Menschen einzulassen, weil ich ständig glaube, dass sie sowieso wieder gehen und ich es nicht wert bin, dass sie bleiben!" Malin schluchzte auf. „Verdammt, Oma! Rede mit mir! Der Tod deiner Mutter kann das fehlende Puzzlestück sein!"

„Ich kann nicht", sagte Tania. „Ich kann einfach nicht!"

„Dann geh ich zu Uroma Paula. An das, was früher war, wird sie sich noch gut erinnern."

„Mach das! Geh in die Höhle des Löwen", sagte Tania. „Mach das, aber lass mich damit in Ruhe."

Tania

Borntuchen (Borzytuchom), 2.März 1945

Am nächsten Tag standen sie im Morgengrauen auf und luden ihre Sachen in einem Kinderwagen zusammen, den Tanias Großmutter irgendwo aufgetrieben hatte. „Nicht mehr lange und der Russe steht vor Bütow. Er kommt aus Konitz." Die schneidende Stimme mit den knappen Worten der Großmutter klang noch immer in Tanias Ohr nach.

„Wo ist Heinz?", fragte sie. Sonst war er nicht zu überhören, wenn er alle herumkommandierte.

„Weg. Schon los in der Nacht." Die Antwort kam so heftig, dass Tania nicht weiterfragte.

„Und Matteusz?", fragte sie. Er war noch nicht wieder aufgetaucht, bestimmt hielt er sich versteckt. Tania hatte sogar das Ufer des kleinen Sees, der hinter dem Gutshof lag, noch einmal durchstreift. Doch wo auch immer sie gesucht hatte: Ihr Freund war unauffindbar.

„Matteusz bleibt hier. Der Junge ist schließlich ein Polacke! Überhaupt ist er ein Herumtreiber. Warum ist er weg? Bestimmt treibt ihn sein schlechtes Gewissen!"

„Warum soll er ein schlechtes Gewissen haben?", fragte Tania.

„Er stellt doch ständig was an, der Junge. Er ist ein Nichtsnutz!" Oma Luise spuckte das Wort förmlich aus.

„Und Miez?"

„Das Katzenviech kann nicht mit. Es würde nur elendig verrecken."

„Aber ..." Tania blieb das Wort im Hals stecken. Ihre Großmutter würde doch tun, was sie wollte. Tania rannte in den Stall und holte ihre Puppe Leni. Um Miez würde Matteusz sich kümmern, wenn er wieder da war. Bestimmt tauchte er bald auf. Aber Leni konnte sie unmöglich zurücklassen.

„Nun hilf lieber mit!", herrschte Oma Luise sie an. „Mach dich fort zur Gutsherrin, vielleicht hat sie noch was für uns zu essen."

Die Bäuerin gab Tania etwas Speck und Milch mit. „Damit du Kleine nicht verhungerst. Kannst ja nichts für all das." Ein Lächeln fand sich nicht auf ihrem Gesicht. „Ich würde nicht gehen. Der Deutsche hat die Wunderwaffe und wird den Russen in Grund und Boden schießen. Ihr werdet noch reumütig zurückgekrochen kommen, weil ihr nicht jeden Zentimeter mit eurem Blut verteidigt habt!"

Tania schämte sich, weil sie so feige waren, aber sie musste das tun, was Oma Luise sagte. Sie bedankte sich höflich und brachte die Gaben zur Großmutter, die alles kommentarlos auf dem Boden des Gefährts verstaute.

Auf dem Gutshof zeichnete sich an diesem Morgen ein ziemliches Durcheinander ab. Sie würden nicht allein reisen, etliche der anderen Menschen, die in den Stallungen lebten, schlossen sich ihnen an.

„Ich hoffe, das geht alles gut." Die Stimme eines alten Mannes zitterte. „Hoffentlich ist es richtig zu gehen. Was, wenn die Gutsherrin doch recht hat und wir nicht da sind, wenn der Endsieg kommt?"

Tanias Großmutter fuhr ihm über den Mund. „Nun seien Sie schon still. Keinen Ton mehr! Es muss gut gehen. Sonst verrecken wir alle! Der Endsieg? Ein Wort noch, und ich sorge dafür, dass Sie hierbleiben!"

Als Tania den Blick ihrer Oma sah, wusste sie, dass die nicht zögern würde, diese Androhung durchzusetzen.

Kurz darauf setzte sich der Flüchtlingszug in Bewegung und verließ Borntuchen. Als Tania sich noch einmal umdrehte, sah sie Matteusz, der mit hängenden Schultern an einer Hausecke stand. Er hatte Miez auf dem Arm, winkte, und verschwand mit der kleinen Katze so plötzlich, wie er aufgetaucht war.

Tanias Großmutter trieb zur Eile an. Sie mussten den vorbeiziehenden Treck erreichen, damit war es sicherer zu reisen. Außerdem hatte sie oft genug betont, dass sie befürchtete, es könne der letzte sein, der Polen verließ.

„Wir sind doch alle zu spät weggekommen", hörte Tania immer wieder. „Wir hätten eher gehen sollen! Es gibt die Wunderwaffe nicht."

Die Straßen waren verstopft, von überallher drängten sich Menschen mit Pferd und Wagen oder anderen Gefährten. Leiterwagen reihte sich an Leiterwagen, Karren und Kinderwagen quälten sich über die rutschigen Wege. Die Pferde stapften müde ihren Tritt, die Menschen froren und viele sahen krank aus. Eine beklemmende Stille lag über dem Treck, in dem fast nur Frauen, Kinder und alte Menschen mitreisten. Kaum ein Kind weinte, die Erwachsenen waren damit beschäftigt, voranzukommen, und blickten meist stur auf den Boden. Tania glich ihre Körperhaltung den Menschen im Zug an, wurde eins mit der endlosen dunklen

Raupe, die in Richtung Ostsee kroch. Dort sollte Stolp liegen. Schon bald spürte Tania die schmerzenden Füße nicht mehr, schon bald klang in ihren Ohren nur noch das Klackern und Schaben der Sohlen. Einfach weitergehen, nicht innehalten.

Sie zogen wieder durch ärmliche Dörfer, machten in einem von ihnen am Abend Rast und bettelten um Lebensmittel. Etwas Milch oder einen Kaffee, eine warme Suppe ...

Meist schickten sie kleine blonde Mädchen wie Tania los. Dieses Mal sträubte sie sich nicht, um Milch und Brot zu betteln, aber sie lief nie weit weg, weil sie nicht verloren gehen wollte. Doch ihr Magen knurrte und ihr einziger Wunsch bestand darin, etwas essen und trinken zu können, um dann einzuschlafen, bevor es in der Morgendämmerung weiterging.

Ihre Oma packte schon früh die Sachen zusammen. Bloß nicht den Anschluss verpassen! Der Kinderwagen bog sich unter der Last der Habseligkeiten.

Ein Junge rannte mit weit aufgerissenen Augen an ihnen vorbei. „Wo ist Mutter?", schrie er. „Mutter?"

Eine andere Frau suchte ihren Mann, eine andere ihre Tochter. Es war ein heilloses Durcheinander, aber der Treckführer hatte wieder kein Erbarmen. Es war Schicksal, wenn jemand fehlte und zurückgelassen werden musste. „Auf geht's! Der Iwan marschiert auf Bütow, wir haben keine Zeit mehr."

Die eine Frau blieb zurück und rief nach ihrer Tochter, ihre Stimme gellte schrill über den Treck, bis sie leiser und leiser wurde.

Tania lief mit herabhängenden Armen neben dem Kinderwagen her. „Ich will zu Mutti!"

Ihre Oma fuhr herum. „Halt den Mund! Die gibt es nicht mehr. Und ich will auch nie wieder etwas von ihr hören. Deine Mutter", sie sah Tania mit eiskaltem Blick an, „ist ein schlechter Mensch gewesen. Deshalb gibt es sie für uns von dieser Stunde an nicht mehr. Hast du das verstanden? Sie war böse!" Oma Luise blieb stehen, packte Tania bei den Schultern und fixierte sie. „Du – hast – keine – Mutter – mehr!"

5

Horst Eichler warf die Zeitung mit zitternden Händen in die Ecke. „Lies du es mir vor, Lutz! Mein Augenlicht ist zu schlecht." Der alte Unternehmer saß in seinem Ohrensessel im Esszimmer, neben sich auf dem Beistelltisch ein kleines Tablett mit dem Frühstück darauf. Etwas weiches Weißbrot mit Butter und Erdbeermarmelade, eine Tasse Tee mit Kluntjes und Sahne sowie eine Schale Apfelmus mit Zimt.

Sein Enkel Lutz trat auf den 97-Jährigen zu, der vergebens versuchte, das Geschriebene zu entziffern.

„Nun lies schon! Was gibt es denn Neues in der Welt? Ich muss das wissen, sonst werde ich auf meine alten Tage noch senil! Ich muss im Bilde sein! Immer!"

Lutz hatte zu seinem Großvater nie eine innige Beziehung gehabt, aber er war der Boss in der Familie und hatte das Sagen. Frauen spielten bei den Eichlers, die eine große Lebensmittelkette führten, nur eine untergeordnete Rolle. Entweder waren sie früh verstorben oder verschwunden.

Die beiden alten Eichlers, Vater Horst und Sohn Jobst, wohnten in einer feudalen Stadtvilla in Jever. Lutz hatte sich ein ähnliches Objekt in Wilhelmshaven zugelegt, wo er seit einigen Jahren allein lebte. Horst Eichler hatte ihn damals sehr bei dem Anliegen unterstützt, sich eine eigene Immobilie zu kaufen. Geld war bei den Eichlers kein Problem. Und so residierte Lutz Eichler im Villenviertel auf 300 Quadratmetern mit Sauna und kleinem Innenpool, der ihm in Jever, neben der Unabhängigkeit, gefehlt hatte. Er hatte es sich aber angewöhnt, schon früh am Morgen, bevor er sich um die Geschäfte kümmerte, erst bei seinem Großvater vorbeizukommen, um ihm beim Frühstück Gesellschaft zu leisten. Es war vorteilhaft, sich gut mit ihm zu stellen.

Lutz nahm die Zeitung in die Hand. „Also, die Schlagzeile für Jever sagt: Es gibt einen Toten in der Schlossgraft!"

„Wer?" Der Alte fixierte seinen Enkel mit wässrigem Blick. Seine mit Altersflecken übersäte Hand zitterte, als er nach der Teetasse griff. „Ist da ein Penner ins Wasser gefallen? Oder ein Betrunkener? Die machen ja die ganze Stadt unsicher. So was hätte es zu meiner Zeit nicht gegeben." Es klackerte, als er die Tasse zurückstellte. Er angelte nach dem Apfelmus, das er stets zuerst aß.

„Nein, sieht nicht so aus. Es handelt sich um einen Mann mit polnischem Pass. Ein Gewaltverbrechen wird nicht ausgeschlossen. Mehr steht da nicht, wahrscheinlich ermitteln sie noch und dürfen nichts preisgeben. Kennt man ja. Nun die Börse?"

Horst Eichler räusperte sich. „Erst Sport. Bitte erst den Sportteil!" Er zitterte schon wieder, als er den ersten Löffel zum Mund führte, aber egal, wie tatterig er auf Außenstehende auch wirken mochte: Sein Geist war trotz des hohen Alters erstaunlich fit.

Es rumorte und kurz darauf trat sein Sohn Jobst ein. Er wirkte wie immer gehetzt, war aber, auch wie immer, überaus korrekt gekleidet mit seinem grauen Anzug, selbst das Einstecktuch saß auf den Millimeter genau. „Vater, ich muss leider los! Es gibt Schwierigkeiten mit der Filiale in Schortens. Die Polizei hat eben angerufen."

Trotz seines Alters wurde Horst Eichler noch über alle Entscheidungen, die das Geschäft betrafen, informiert. Jobst hingegen hatte sich schon weitgehend zurückgezogen und mischte sich nur ein, wenn es nötig war. So wie heute. Trotzdem hatte er noch ein Büro im Stammsitz des Betriebes.

„Worum geht es? Was Schlimmes?"

„Einbruch", sagte Jobst. „Jemand hat versucht, über den Hintereingang in die Filiale einzudringen. In meinem Büro ist alles durchwühlt! Mehr weiß ich auch nicht."

Lutz hieb mit der Faust auf den Tisch. „So ein Mist. Ich lese dir später weiter vor. Da muss ich wohl mit."

Er wandte sich an die Haushälterin und Pflegekraft, die eben dabei war, die Tabletten seines Großvaters zu sortieren. „Frau Mischke, würden Sie an meiner Stelle bitte den Sportteil vorlesen? Dann muss er nicht so lange warten. Sie wissen, wie wichtig ihm das ist."

„Natürlich, Herr Eichler. Gehen Sie nur. Ich kümmere mich, seien Sie unbesorgt!"

Jobst tätschelte zum Abschied die Hand seines Vaters. „Ich sehe später noch nach dir." Lutz wusste, dass sein Vater immer froh war, wenn er sich nicht um den alten Mann kümmern musste, obwohl sie unter einem Dach lebten. Warum auch immer es ihm nicht gelungen war, sich abzunabeln.

„Wir müssen dann, Großvater", sagte Lutz noch von der Tür aus, aber der lauschte schon den Worten der

Pflegerin, während er auf seinem Weißbrot kaute. Hernach würde er seine Zigarre rauchen. Eine Unart, die er sich nie abgewöhnt hatte.

„Dann lassen wir uns mal überraschen, was da in Schortens los ist. Die Einbrüche von Ostbanden nehmen in letzter Zeit wirklich überhand", sagte Lutz beim Rausgehen. Aber so leise, dass es der Großvater nicht hörte.

Sie stiegen in den schwarzen BMW X7 und fuhren los. „Aktuell gab es ja auch wieder vermehrt Einbrüche in Privatwohnungen. Hab ich in der NWZ gelesen. In der letzten Woche war der Schwerpunkt im Raum Rastede, davor hier in Friesland." Lutz setzte den Blinker, um auf die Anton-Günther-Straße abzubiegen.

Sein Vater äußerte sich nicht dazu. Er wollte erst mal abwarten, was genau passiert war, bevor er sich ein Urteil bildete.

„Hast du heute schon die Zeitung gelesen? Ein toter Pole als Schlagzeile", wechselte Lutz daher das Thema. „Guck doch mal nach, ob der Artikel auch online zu finden ist. Bestimmt hängt das alles miteinander zusammen. Der Tote hat den Bruch bei uns gemacht, das Diebesgut unterschlagen und seine Quittung dafür erhalten."

Auf dem Parkplatz vor dem Supermarkt in der Nachbarstadt Schortens, wo die Eichlers eine große Filiale ihrer Kette „Kleeblatt" hatten, waren schon zwei Streifenwagen zugegen. Lutz umkurvte das Gebäude und parkte den BMW direkt vor dem Hintereingang, wo bereits ein weiteres Polizeiauto und ein dunkler Passat standen.

Ein Mann mittleren Alters schoss sofort auf sie zu. „Thilo Frahm", stellte er sich vor. „Leiter der KTU." Er deutete hinter sich. „Das ist Herr Matzen, Leiter der Dienststelle Schortens."

„War das wieder eine von diesen Banden?", fragte Lutz mit vor der Brust verschränkten Armen.

Frahm hob die Hand. „Keine voreiligen Schlüsse. Wir klären das! Noch können wir wirklich nichts sagen."

„Ja, aber gestern ist doch dieser Pole ermordet worden. Bestimmt war das einer von denen. Die Kausalität ist da!" Lutz Eichler war von seiner Theorie bereits restlos überzeugt. „Lassen Sie uns reingehen. Mein Büro ist unversehrt?"

„Wenn es das rechte von beiden ist, ja." Frahm deutete mit der Hand hinein.

Jobst Eichlers Büro war abgesperrt und die Spusi tobte sich darin nach verwertbaren Spuren aus.

„Hatten Sie Geld oder Wertgegenstände darin?", fragte Matzen.

„Nein. Wir haben einen Tresor. Dahinten." Jobst Eichler wies mit dem Kopf den Gang hinunter.

„Der ist verschlossen", erklärte Frahm. „Das hat der Sicherheitsdienst als Erstes überprüft, als die Alarmanlage angegangen ist. Was könnten die Täter sonst bei Ihnen gesucht haben?"

Jobst Eichler zuckte mit den Schultern. „Da gibt es nichts. Ich bewahre keine Wertsachen im Büro auf und an was anderem sind sie ja wohl nicht interessiert. Bestimmt sind sie von der Alarmanlage und dem Wachdienst gestört worden und haben mein Geschäftszimmer nur als Zugang genutzt."

„Möglich", sagte Frahm und sah auf die Uhr. „Wir sind dann auch fertig. Wenn Sie Fragen haben, wenden Sie sich bitte an die Schortenser Kollegen."

Lutz bat Matzen und seinen Vater, ihm in sein Büro zu folgen und an dem kleinen Tisch, der sich links an der Wand befand, Platz zu nehmen. Er stellte eine Flasche Wasser und drei Gläser auf den Tisch.

Es klopfte und einer der Polizisten trat ein. Er nahm seine Mütze ab.

„Ja?" Matzen sah ihn fragend an.

„Schönen Gruß von Frahm. Ähnlicher Fall wie letzte Woche in Rastede und zuvor in Sande. Jedenfalls den Einbruchsspuren nach. Dieselbe Masche. Scheint sich um die gleiche Gruppe zu handeln. Wollte ich nur kurz erwähnen!" Er tippte sich an die Mütze und schloss die Tür.

„Sag ich doch: Es fügt sich. Gestern haben sie einen von ihnen zur Strecke gebracht und gleich sind sie weiter auf Diebestour." Lutz wiederholte seine Theorie zum x-ten Mal.

Matzen schwieg dazu, aber Lutz Eichler ließ nicht locker.

„Die haben sich in die Wolle bekommen und zack: Rübe eingeschlagen! Die sind doch längst über alle Berge."

„Sie müssen noch genau kontrollieren, ob wirklich nichts weggekommen ist. Es wäre hilfreich, meinen Kollegen den Schaden genau aufzuzeigen. Wir gehen gleich gemeinsam herum und schauen, ob was fehlt. Auch wegen der Versicherung. Aber das wissen Sie ja selbst."

„Sie tun ja gerade so, als wäre das alles eine Bagatelle!", schimpfte Lutz Eichler plötzlich los. „Für uns aber geht es um die Existenz! Da denken immer alle, ach, den Eichlers geht es super, die haben ja ihre Einkaufszentren. Und keiner ahnt, was das für ein Überlebenskampf ist. Wir brauchen jeden Kunden. Jeden! Und so ein Einbruch gibt negative Publicity. Die Leute könnten sich fürchten, weiter herzukommen. Und Sie, Sie fangen gar nicht erst an, richtig zu ermitteln ..."

Matzens Gesicht war starr geworden. „Ich denke, wir brechen das Gespräch an dieser Stelle ab, Herr Eichler. Ich bitte Sie nun zu prüfen, ob Wertgegenstände oder Ähnliches abhandengekommen sind. Dann sehen wir weiter."

***

Kenza schob am Whiteboard die Bilder des Toten hin und her und atmete tief durch. In Schortens war in einem Einkaufszentrum eingebrochen worden, das dem Imperium der Eichlers gehörte. Das waren, wie sie erfahren hatte, ganz besondere Leute in der Gegend. Menschen mit Geld und Einfluss, Menschen, die beinahe wie Könige agierten. Da die Familie ein wichtiger Arbeitgeber war, nahm auch die Politik gehörig Rücksicht auf ihre Bedürfnisse, wenngleich das natürlich niemand zugab.

Jedenfalls war die Handschrift des Einbruchs eindeutig einer Ostbande zuzuordnen, auch wenn offenbar nichts gestohlen wurde. Der Wachmann hatte den Einbruch schnell entdeckt, trotzdem hatten die Täter flüchten können. Zum Glück war niemand zu Schaden gekommen.

Kenza seufzte. Janßen würde sich nunmehr auf seine Einbrecher-Ostbanden-Theorie einschießen und sie musste ihm recht geben: Es war notwendig, Matteusz Mazur auch daraufhin zu überprüfen. Wenn der Einbruch auch nur das Geringste mit dem Mord zu tun hatte, musste sie das klären.

Kenza hätte es spannender gefunden, wenn die Tat wirklich eine Spur in die Vergangenheit aufweisen würde, aber es ging ja nicht darum, was ihr als Ermittlerin besser in den Kram passte. So richtig weiter war sie mit Tanias Erzählungen schließlich nicht gekommen. Die Frau verschloss sich und es war vermutlich müßig, weiter in sie zu dringen. Wenn sie nichts erzählen wollte, konnten sie sie nicht dazu zwingen und die Ermittlungen stagnierten.

Nun galt es, die Rückmeldungen aus Polen abzuwarten. Die Kollegen würden sicher schon bald etwas über Matteusz Mazur sagen können, sofern er irgendwie auffällig gewesen war.

Das Telefon klingelte. Es war Thilo. Er hatte die Spuren im Herbstasternbeet identifizieren können.

***

Malin half Tania, sich aufs Sofa zu legen. Sie hatte ihren Laptop nach dem Frühstück geholt und bei ihrer Oma gearbeitet. Die war so durcheinander, dass sie sie derzeit nicht allein lassen wollte.

Auf der Lehne des Sofas hockte die Stoffpuppe und sah Tania mit einem fast vorwurfsvollen Blick an. Immer wieder strich sie ihr versonnen über den verwaschenen Körper. „Das ist das Einzige, was es von damals noch gibt. Meine Leni und jetzt den Brief von Matteusz."

„Und das Tagebuch, Oma. Von dem wir aber nicht wissen, wo es ist. Ich habe da so meine Theorie. Der Mörder hat es Matteusz abgenommen, damit du es nicht bekommst. Und ich vermute, er war sogar in deinem Garten."

Aus Sorge um das Wohlergehen ihrer Oma hatte Malin im Baumarkt zumindest eine Sicherheitskette besorgt und gleich an der Haustür angebracht. Trotzdem würde die Tür in ihrer einfachen Ausführung für professionelle Einbrecher kein wirkliches Problem darstellen. Daher hatte Malin beim Tischler angerufen und eine massive Haustür mit sicherem Schließmechanismus bestellt, doch das würde dauern, auch wenn der gute Mann versprochen hatte, sich zu beeilen.

Das Telefon klingelte. Es war Kenza Klausen.

„Ja, bitte, können wir noch etwas für Sie tun?"

„Ich habe eben den Bericht der KTU bekommen, Frau Meißner. Wir wissen nun, wer die Blumen im Garten ihrer Oma zertrampelt hat."

Malin hielt die Luft an. „Wer war es?"

„Matteusz Mazur. Kein Zweifel."

„Matteusz? Aber warum ...?"

Kenza Klausen holte tief Luft. „Es gibt da eine Möglichkeit, der wir noch nachgehen, und sie hängt mit einer Einbruchsserie zusammen. In dem Fall kann es sein, dass Herr Mazur das Haus Ihrer Oma nur ausgekundschaftet hat. Das ist mir aber wegen der alten Verbindung und dem Brief ein bisschen zu viel Zufall."

„Und was heißt das?", hakte Malin nach. „Sie sprachen von einer Möglichkeit. Gibt es eine zweite?"

„Er könnte auch da gewesen sein, um Ihrer Großmutter das Tagebuch zu bringen, und wurde gestört."

„Und dann ermordet?"

„Ja."

Malin hielt die Luft an. So langsam wurde der Radius immer enger. Ihre Großmutter steckte, wenn auch ohne ihr Zutun, ganz tief in der Geschichte drin. Es half nichts, sie musste sofort zu Paula von Kraft, der Stiefmutter ihrer Oma. Es war fast die einzige Möglichkeit, überhaupt etwas zu erfahren.

„Sind Sie noch da, Frau Meißner?"

„Ja, danke. Ich habe verstanden."

„Bitte", drängte die Kommissarin nun. „Wenn Sie den Hauch einer Chance sehen, etwas aus ihrer Großmutter herauszubekommen: Tun Sie das!"

Malin versprach es ihr, verschwieg aber ihr Vorhaben, zu Paula von Kraft zu fahren. Sie wusste schließlich nicht, ob sie dort etwas erreichen würde. Sie legte auf.

„Wer war das?", fragte ihre Oma.

„Nichts Wichtiges. Ging um die Haustür", wich Malin aus. Sie wollte ihre Großmutter jetzt nicht noch mehr beunruhigen.

„Ich muss etwa zwei Stunden weg, Oma. Kommst du solange klar? Bin zum Abendessen zurück."

Tania nickte und fragte zum Glück nicht nach, wohin Malin wollte. „Ich löse gleich noch ein Rätsel und gehe danach in den Garten. Ich muss schließlich die Astern wieder in Ordnung bringen, bevor es regnet."

Malin schlüpfte in ihre Jacke und trat vor die Tür. Ihren Golf hatte sie direkt davor geparkt. Viel versprach sie sich nicht von dem Besuch bei Uroma Paula, aber es war einen Versuch wert, um vielleicht etwas Licht ins Dunkel der Familienvergangenheit zu bringen.

Malin fuhr über die neue B210 nach Wilhelmshaven. Das Pflegeheim lag in der Nähe der Innenstadt. Sie war nur selten hier gewesen.

Jetzt rächte sich das, denn Malin verlief sich zweimal in den vielen Gängen und musste sich am Ende zu ihrer Stiefurgroßmutter durchfragen, was ihr irgendwie peinlich war. Aber schließlich stand sie im richtigen Flur und brauchte nur noch das Zimmer zu finden. Sie erinnerte sich an ein Fimo-Bild mit einer darauf abgebildeten Möwe.

Malin schlenderte von Tür zu Tür und fühlte sich mit jedem Schritt unwohler. Es war still im Heim. Keine Musik, ab und zu ein paar leise Worte. Ein älterer Bewohner schob sich fast lautlos mit seinem Rollator an ihr vorbei, der Geruch von Nudelsuppe hing noch in der Luft. Am Ende des Ganges stand ein Pflegewagen, plötzlich begann eine Klingel mit lautem Hupen zu leuchten und die Stille zerbarst in viele Töne.

Malin hatte die richtige Tür erreicht. Name und Möwenbild stimmten überein. Da sie auf ihr Klopfen keine Antwort bekam, drückte sie die Klinke hinunter und trat ein.

Uroma Paula stand am Fenster und sah hinaus. Sie wirkte noch kleiner und schmaler, als Malin sie in Erinnerung hatte. Wie immer war sie ganz in Schwarz gekleidet, trug Rock und Pullover, das Haar perfekt onduliert. Sie reagierte mit keiner Bewegung auf Malins Eintreten. Genauso hatte sie auch bei ihrem letzten Besuch vor etlichen Jahren dagestanden. Ein alter Mensch, in dieser Welt lebend und doch so fern. Warum auch immer, denn sie war keineswegs dement.

„Hallo, Oma Paula", sagte Malin.

Keine Reaktion.

„Oma Paula, ich bin's, Malin." Sie stellte sich neben die alte Frau und tippte ihr auf die Schulter.

Endlich sah diese sie an, verzog das Gesicht und fragte mürrisch: „Was willst du?"

„Wir haben Post bekommen. Aus Polen. Von Eva."

Uroma Paula begann plötzlich zu zittern. „Eva?"

„Ja, von der ersten Frau deines Mannes."

„Ich weiß, wer Eva ist."

„Kennst du Matteusz?"

Paula sah wieder mit starrem Blick aus dem Fenster. Es dauerte eine Weile, ehe sie antwortete. „Matteusz", wiederholte sie nur.

Malin atmete tief ein. Uroma Paula war und blieb merkwürdig.

„Weißt du, wer Matteusz war? Was weißt du denn überhaupt aus der Zeit, bevor Tania nach Deutschland kam?"

„Sie kam ins Reich und sie ist das Kind einer Hure." Kurz, knapp, schonungslos. Eben Uroma Paula.

„Kennst du", Malin überlegte kurz, wie der Name des Mannes war, den ihre Oma noch erwähnt hatte, „Marek?"

„Lass mich in Ruhe mit den alten Geschichten." Uroma Paulas Stimme war nun glasklar und so schneidend, dass sie im Ohr wehtat. „Es sind schlimme Dinge passiert, die ich nicht mit dir besprechen will. Mit dir nicht!"

„Mit wem dann?"

„Verschwinde! Du hast mit mir nichts zu tun."

Malin schüttelte den Kopf. Uroma Paula wusste mehr, als sie zugab, aber sie würde es ihr, der Anverwandten der Stieftochter, niemals auf die Nase binden.

Trotzdem wollte Malin nicht klein beigeben.

„Weißt du, was mit Uroma Eva im Krieg passiert ist?", fragte Malin nun mit leiser Stimme.

„Sie ist tot", sagte Uroma Paula nur, aber ihre Hände krampften sich dabei zusammen. Erst als sie wieder entspannt war, stellte Malin ihre nächste Frage.

„Hatte Matteusz damit zu tun?" Malin fasste Paula an die Schulter. Sie war knochig und dünn und die alte Frau reagierte auf die Berührung nicht, sondern hielt den Kopf stur geradeaus gerichtet.

Uroma Paula wirkt ebenfalls wie tot, dachte Malin. Was nur war passiert, dass ein älterer Mensch so wurde? Welche Verletzungen hatte sie erlitten, dass sie jetzt einem Stein glich? Sie war ein Wesen ohne Gefühle. Selbst ihre Antworten kamen ohne Regungen.

Sie ist einfach alt, korrigierte Malin sich. Das hat mit der Vergangenheit nichts zu tun. Du interpretierst da jetzt was rein, was reine Vermutung ist. „Bitte, was weißt du?", wagte sie einen neuerlichen Vorstoß.

Paula von Kraft drehte sich wieder zu Malin um. „Hau ab!", schrie sie dann los. Ihre Augen waren rot unterlaufen, ihr Atem roch pelzig. „Geh einfach weg!"

„Ganz ruhig, ich will doch gar nichts Schlimmes! Nur ein paar Antworten. Ich muss das wissen!" Malin legte ihre Hand auf Paulas Unterarm.

Aber die schüttelte sie wütend ab und richtete den Blick wieder geradeaus aus dem Fenster. Ihre Stimme klang erneut wie von einem Tonband abgespult. Ein gleichförmig schneidender Singsang. „Ich will das nicht mehr hören! Eva ist tot. Er kann sie nicht mehr lieben. Und er hat sie auch nie geliebt. Aber mich, mich hat er vergöttert! Ich habe seinen Bastard großgezogen. Seinen Bastard, hörst du?"

Malin schluckte. Mit der nun folgenden Reaktion hatte sie nicht gerechnet, denn in Uroma Paula zeigte sich plötzlich eine immense Veränderung. Sie ballte die Hände zu Fäusten und begann mit ausholenden Schritten vor der Fensterfront auf und abzulaufen.

Vier bis fünf Schritte, dann wendete sie. Ihr zuvor maskenhaftes Gesicht verzerrte sich zu einer Mischung aus Wut, Schmerz und wahrhafter Verzweiflung.

Dann blieb sie stehen und schrie wie von Sinnen: „Geh weg! Sie ist tot. Sie ist weg! Und ich habe damit nichts zu tun!"

Einige Sekunden standen sie sich stumm gegenüber, dann kam eine Pflegerin ins Zimmer gestürzt, die den Lärm gehört haben musste. „Was haben Sie mit Frau von Kraft gemacht?", fuhr sie Malin an.

„Nichts", versicherte Malin, aber Uroma Paula beruhigte sich nicht mehr. Immer wieder sagte sie nur diese drei Worte: „Sie ist tot!"

Ihre Stimme verfolgte Malin noch, als sie das Pflegeheim verlassen hatte.

Tania

*Zwischen Borntuchen (Borzytuchom) und Stolp
(Słupsk), 3.März 1945*

Am zweiten Tag durchquerten sie ein großflächiges Waldgebiet. Die Bäume trugen keine Blätter, sondern reckten die kahlen Äste in den Himmel und wirkten wie bedrohliche Mahnmale.

„Meine Mutter liegt auch unter einem solchen Baum", sagte Tania zu sich. Sie hatte sich angewöhnt, mit sich selbst zu sprechen, seit Matteusz nicht mehr an ihrer Seite weilte. Ihre Augen verfingen sich in der Landschaft, fasziniert davon, dass der Boden mit einem dichten Blätterteppich bedeckt war, es aber kaum Unterholz gab, wie sie es von den Wäldern direkt an der Weichsel kannte. Sie betrachtete die Bäume, die eine glatte Rinde aufwiesen. Die Frau vor ihnen auf dem Wagen hatte ihrer Tochter vorhin erzählt, dass es ein Buchenwald sei.

„Ja, unter genau so einem Baum schläft meine Mutter!", wiederholte Tania.

Diesen Satz hatte sie zu laut ausgesprochen. Ihre Oma hatte ihn gehört, und sofort spürte sie schmerzhaft ihre Handfläche auf der Wange. Sie begann wie Feuer zu brennen, war die Haut doch von der kalten Witterung gereizt und spröde.

„Du hast keine Mutter mehr!", war alles, was ihre Oma dazu sagte, dann stapfte sie weiter. Schritt für Schritt. Meter für Meter.

Den einzigen Trost fand Tania in ihrer kleinen Stoffpuppe Leni. Mit ihr sprach sie unaufhörlich, aber leise, damit es keiner mitbekam. Sie erzählte ihr von der Weichsel und den Störchen. Von der Kirche in Topolno. Von Matteusz und von ihrem Vater, der sicher auf sie wartete und dann aufpassen konnte, dass der Feind nicht kam. Sie erzählte von ihrer Mutter, die hoffentlich jetzt in ihrem Wolkenzimmer wohnte, weil sie es trotz des Grabes geschafft hatte, dass ihr Flügel wuchsen, mit denen sie in den Himmel flog.

Als sie eine Lichtung durchquerten, ertönte plötzlich ein leises Brummen, dann ein kurzes Knattern. Die Frau auf dem Wagen vor ihnen fiel vom Bock, und man konnte sehen, dass ein Loch in ihrer Stirn klaffte. Fast gleichzeitig stürzte auch ihre Tochter hinab. Tania nahm einen dunklen Schatten wahr, der über die Köpfe hinwegglitt. Es dröhnte, es knallte, fast eintönig, aber in regelmäßiger Abfolge. Eines der Kutschpferde brach zusammen und riss den angeschirrten Wagen um. Menschen schrien, die zuvor noch alles beherrschende Stille wurde von einer wilden Panik abgelöst. Um Tania huschten Menschen herum, rissen ihre Kinder an sich, neue Schatten flogen über ihre Köpfe hinweg, immer wieder dieses Knallen. Frauen, Kinder, Männer und Tiere fielen einfach um.

Plötzlich spürte Tania einen Ruck, dann schlug sie hart auf dem Boden auf. Sie schmeckte Erde.

„Schaufeln!", hörte sie ihre Oma sagen. „Einfach eingraben. Schnell!" Erde wurde über sie geschüttet, darüber regnete es Blätter. Knallen und Knattern hörten nicht auf. Malins Kopf wurde noch stärker ins Blättermeer gedrückt. Das Mädchen bekam kaum Luft. Tat ihre Oma mit ihr nun das gleiche wie mit ihrer Mutter? Begrub sie sie, weil sie nach ihr gefragt und Leni alles erzählt hatte? Tania wollte weinen, schlucken, aus dem Erdloch herauskommen, doch ihre Großmutter drückte sie mit aller Macht auf den Boden. Ihr gelang kaum ein Strampeln.

Schließlich gab sie den Widerstand auf und ergab sich ihrem Schicksal. Ihre Oma sang ein Kinderlied, doch sie konnte die Geräusche ringsumher nicht übertönen, zumal ihre Stimme dumpf und gepresst klang. Tania kniff die Augen fest zusammen, ihr Herzschlag donnerte. Darunter mischten sich noch immer die Schreie der anderen Menschen.

Einmal stolperte jemand über Tanias Körper und blieb auf ihrem rechten Unterschenkel liegen. Es wurde warm am Bein, so als liefe ihr erhitztes Wasser in die Schuhe.

Nach einiger Zeit lockerte sich der Griff auf Tanias Rücken. Die Blätter wurden heruntergefegt und sie konnte sich endlich aufrappeln. Das Mädchen rang nach Luft und war froh, als sie die klare Winterluft in ihren Lungen spürte. Ihre Kleidung war vom Boden feucht geworden, überall an ihrem Mantel klebten gelbe Blätter. Die Strümpfe waren nass und klebrig, und als sie genauer hinsah, erkannte sie, dass sie rot getränkt waren. Ihr Blick wanderte weiter. Neben ihr lag ein Mädchen, etwa in ihrem Alter. Ihr Gesicht war in den Blättern vergraben und sie rührte sich nicht. Der graue Mantel wies an der Seite die gleiche Färbung auf wie Tanias Strümpfe.

Ihre Großmutter zog sie an sich, versuchte, ihrer Enkelin den Anblick zu ersparen. Doch es war zu spät. Um sie herum lagen unzählige reglose Menschen. Ihre Blicke waren starr in den Himmel gerichtet, über einige Gesichter lief Blut. Viele der Pferde waren ebenfalls in sich zusammengesackt. Ein paar hingen noch im Geschirr, andere hatten die Wagen umgerissen. Die noch lebten, waren schweißbedeckt und rollten mit den Augen, sodass man das Weiße darin sah.

Neben dem toten Mädchen, das auf Tania gestürzt war, lag eine Frau, ihr Neugeborenes bei sich. Es maunzte wie ein hungriges Kätzchen. Tanias Oma nahm es hoch und drückte es Tania in den Arm, die ihre Puppe noch immer krampfhaft umklammert hielt. „Setz dich damit an den Baum, ich komme gleich zurück." Mit diesen Worten ließ sie Tania allein.

Das Mädchen betrachtete das winzige Wesen in seinem Arm. Es weinte wieder, suchte mit den kleinen Lippen, bis es schließlich den Daumen fand und gierig daran sog.

„Fliegerangriff", hörte Tania einen Mann in ihrer Nähe sagen. „Die Vorhut ist schon da."

Die Menschen huschten hin und her, schirrten die verendeten Pferde aus, sammelten die Toten ein. „Wir haben keine Zeit, sie zu begraben", sagte jemand. „Wir müssen weiter, sonst schaffen wir das alles nicht." Ein anderer erklärte, der Boden wäre ohnehin zu hart, um die Leute so rasch zu beerdigen. „Schließlich haben wir keine Spitzhacken mit."

Wie viele Engel nun in den Wolken eine Wohnung brauchen, dachte Tania und fand Trost in dem Gedanken, dass ihre Mutter bereits eine hatte.

Das kleine Kind in ihrem Arm war eingeschlafen und fühlte sich schwer an. Der Kopf sackte zur Seite. Tania hielt ganz still, damit sie es nicht weckte. Nach einer Weile kehrte auch ihre Großmutter zurück. Sie schüttelte den Kopf, murmelte so etwas wie: „Hab keinen gefunden und Milch gibt es nirgendwo." Ihr Blick wurde hart, als sie das Kleine ansah, das die Augen geschlossen hielt und sehr blass war. Dann nahm sie Tania das Kind aus dem Arm und legte es an der Wurzel der Buche ab. Sie warf ein paar Blätter darüber und zerrte ihre Enkelin hoch. „Los jetzt! Wir müssen weiter."

Tania wehrte sich, wollte ohne das Kind nicht gehen.

„Wir können für das Kleine nichts mehr tun! Und jetzt liegt es wenigstens bei der Mutter."

Noch ehe sich Tania versah, saß sie auf einem Kutschbock.

„Die Kutsche gehört uns doch gar nicht", sagte sie, aber Oma Luise antwortete ihr nicht. Stattdessen bugsierte sie den bepackten Kinderwagen auf die Ladefläche und zog sich dann selbst hoch. „Ist ja für uns noch mal gut gegangen", sagte sie. „Und jetzt haben wir wenigstens einen Wagen." Das schwarze Pferd davor glich einer abgeklapperten Mähre und hätte dringend etwas Heu gebraucht. Früher hätte Tania interessiert nach seinem Namen gefragt, jetzt war es ihr egal.

Oma Luise schnalzte mit der Zunge und trieb das Pferd an, das aber nur langsam loslief.

„Das Kind", flüsterte Tania und schaute sich um. „Wir müssen das Kind doch mitnehmen."

„Es ist tot!"

Tania wandte den Kopf, glaubte, erneut ein Wimmern zu hören. „Es weint, Oma!" Tania zupfte am Ärmel der Großmutter, doch die lenkte das Gefährt zurück auf die Straße, achtete darauf, dass sie sich nicht festfuhren. „Es ist tot, und jetzt verschwende keinen Gedanken mehr daran."

Nach und nach fanden sich viele Menschen auf der Straße ein. Die Leute, die sich wie Tania und ihre Oma eingegraben hatten, waren den Schüssen größtenteils entkommen. Die gewohnte Stille löste die zuvor herrschende Unruhe ab, nur wenigen Frauen liefen lautlos geweinte Tränen über die Wangen. Aus dem Wald erklang das Weinen eines Säuglings und hallte wie ein Echo der Anklage nach. Wieder wollte Tania absteigen und zurücklaufen, doch ein Blick ihrer Großmutter genügte, dass sie sitzen blieb. Sie hielt sich die Ohren zu und als sie nach einer Weile die Hände wegnahm, war kein Laut mehr zu hören.

Sie fuhren vorbei an verendeten Pferden und Maultieren. An erschossenen Frauen und Männern. Einige Mütter hielten ihre toten Kinder im Arm. Ein Mann versuchte, seine Frau zu begraben, doch er gab es rasch auf, als er sah, dass er dadurch den Anschluss an den Treck verlieren würde.

An Tania zogen diese Bilder vorbei wie in dem großen Kino, in das ihr Vater sie einmal nach Bromberg mitgenommen hatte. Dort hatte sie auch nicht alles verstanden.

„Mach die Augen zu und denk an was Schönes! Der Treck ist verdammt lang. So schnell hört das hier nicht auf", sagte ihre Großmutter, als die Eindrücke am Straßenrand immer unerträglicher wurden. Ihre Stimme zitterte, klang nicht so, wie Tania es von ihrer Oma kannte. Der vordere Teil des Trecks hatte den dichten Wald bereits passiert und war von den Tieffliegern auf freier Fläche überrascht worden. Hier hatte kaum jemand überlebt.

Ihre Großmutter zog Tania eng an sich heran. Das Mädchen spürte den schnellen Herzschlag der Frau, sah, dass sich auf ihrer Stirn Schweißperlen gebildet hatten. Noch nie war Tania ihrer Oma körperlich so nah gewesen wie jetzt. „Bitte, schließe die Augen", bat sie das Mädchen erneut. „Schau nicht hin. Bitte schau nicht hin!"

Tania tat, wie ihr geheißen, und hielt sich an ihrer Puppe Leni fest. Erst nach langer Zeit erlaubte ihre Großmutter der Enkelin, die Augen wieder zu öffnen.

Vor ihnen lagen nun riesige Felder, auf denen im Sommer das Korn hochstand. Jetzt wirkten sie kahl und bedrohlich. Die Augen der Menschen im Treck schweiften immer wieder ängstlich nach oben, in der Furcht, einem neuen Fliegerangriff ausgesetzt zu werden. Ständig lauschten sie nach dem Brummen der Flieger und sahen ängstlich zum Himmel, ob die Schatten der Flugzeuge irgendwo zu sehen waren.

6

Malin war es zunächst schwergefallen, sich auf ihre Arbeit zu konzentrieren. Sie saß in ihrem Homeoffice und arbeitete ihren wichtigsten Auftrag ab. Es war besser, die Kunden nicht zu verprellen und alle Termine einzuhalten.

Viel war allerdings nicht mehr zu tun, ihre Auftragslage war momentan nicht die beste. Gerade deshalb war es aber von fast existenzieller Bedeutung, jetzt saubere Arbeit abzuliefern. Als sie sich endlich ein wenig in die Materie eingearbeitet hatte, lief es besser als erwartet, sodass sie gut vorankam.

„Dann kann ich heute problemlos eher Schluss machen", sagte sie zu sich selbst. Malin warf einen Blick auf die Uhr. Es war gleich fünf. Sie hatte fast acht Stunden nonstop in ihrer kleinen Wohnung gearbeitet und es wurde Zeit, mal rauszukommen. Sie sah sich um. Ihr Appartement bestand aus einem Raum, indem sie ein Schlafsofa und ihren Arbeitsbereich untergebracht hatte. Von hier ging eine Tür zu einer winzigen Küche ab, die aus einer einzigen Küchenzeile bestand. Eine weitere Tür führte in ihr Bad. Es war alles sehr beengt, aber mehr konnte sie sich derzeit nicht leisten.

Der Besuch bei ihrer Urgroßmutter gestern hatte sie sehr aufgewühlt, sodass sie im Anschluss doch nicht mehr zu Oma Tania gefahren war. Es war nicht gut, wenn sie von dem Gespräch erfuhr, weil es sie unnötig aufregen würde. Ihre Oma hatte keinen Hehl daraus gemacht, wie problematisch ihre Beziehung zur Stiefmutter war. Malin hatte das schon immer gut nachvollziehen können, aber gestern war ihr noch deutlicher geworden, wie schlimm die Kindheit ihrer Oma tatsächlich gewesen sein musste.

Zuordnen hatte sie die wirren Ausführungen und Andeutungen aber nicht können. Was hatte Matteusz getan, dass Uroma Paula selbst jetzt noch so aus der Fassung geriet, obwohl sie damals noch gar nicht zur Familie gehörte?

Malin seufzte und fuhr den PC runter. Sie war dankbar, dass die Arbeit sie ein paar Stunden abgelenkt hatte.

Sie ging zum Schrank, wo sie die Kiste mit alten Familienfotos aufbewahrte. Sie hatte ihrer Mutter Claudia gehört, die sie auch hin und wieder nach deren Oma Eva gefragt und nie Antworten bekommen hatte.

Malin hatte nach dem Tod ihrer Mutter nicht in die Kiste hineingesehen, aus Angst, auf Erinnerungen zu stoßen, die ihr wehtaten. Bilder ihrer Mutter aus fröhlichen Tagen, Bilder aus einer Zeit, ehe sie keine Kraft mehr zum Leben gehabt hatte. Jetzt aber musste sie sich überwinden, denn wenn sie etwas aus der Vergangenheit erfahren wollte, konnten Hinweise in dieser Kiste zu finden sein. Hinweise, die zu ihrer Großmutter führten. Sie musste das tun, was sie auch von Oma Tania verlangte: sich der Vergangenheit stellen.

Zuoberst lagen ein paar Fotos. Sie zeigten sie selbst gemeinsam mit ihrer Mutter, und auf einem war sogar ihr Vater zu sehen. Er war ihr fremd, Malin konnte sich nicht an ihn erinnern. Ein smarter junger Mann, blonde Haare wie sie selbst. Malin legte das Foto weg, denn es löste nichts in ihr aus. Sie konnte keinem Menschen nachtrauern, den sie nicht gekannt hatte und der sich seinerseits nicht im Geringsten für sie interessiert hatte. Ihre Wut auf ihn war lange verraucht, denn Malin hatte erkannt, welch Verschwendung es war, ihre Lebensenergie für ein „Arschloch" wie ihn zu opfern. Es hätte nichts geändert und so hatte sie für sich beschlossen, den Blick auf das Gute und Positive in ihrem Leben zu richten, was ihr bislang immer weitergeholfen hatte.

Doch jetzt war diese andere Vergangenheit da, hatte sich von hinten an sie herangeschlichen und war nicht mehr abzuschütteln. Ihre verstorbene Urgroßmutter, Eva von Kraft, war mit dem aufgetauchten Brief auferstanden, verlangte das Recht auf Wahrheit, und es gab einen Menschen, der das um jeden Preis verhindern wollte. Davon war Malin nach dem Gespräch mit Uroma Paula fest überzeugt.

Während ihre Gedanken kreisten, durchsuchte sie weiter die Kiste, bis sie auf einen Umschlag stieß, der in einem Seitenfach untergebracht war. Als sie ihn vorsichtig öffnete, fielen ihr zwei Fotografien entgegen. Sie zeigten ihre Urgroßmutter in Nahaufnahme. Malin war ihr tatsächlich wie aus dem Gesicht geschnitten.

Auf dem anderen Foto waren fünf Menschen abgebildet. Ihre Urgroßmutter Eva mit einem kleinen Mädchen an der Hand. Vermutlich Oma Tania. Daneben stand Malins Urgroßvater Georg – ein stattlicher Mann mit strengem Gesichtsausdruck, aber durchaus gut aussehend. Dahinter hatten sich zwei ältere Leute platziert. Dem Aussehen nach könnten es seine Eltern sein. Sie waren nur schwer zu erkennen. Neben Georg von

Kraft stand ein Mann in Naziuniform, die Mütze akkurat auf dem Kopf und ein gewinnendes Lächeln im Gesicht. Obwohl er Malin irgendwie bekannt vorkam, konnte sie ihn dennoch nicht zuordnen. Vermutlich handelte es sich um diesen Heinz.

Sie steckte das Foto in ihre Handtasche – diese Frage konnte ihr nur ihre Oma beantworten. Malin stellte eine Ansage auf dem AB ein, dass sie erst morgen wieder zu erreichen war, und fuhr mit dem Rad auf dem schnellsten Weg zu ihrer Oma in die Anton-Günther-Straße.

***

„Hier, Chefin!" Finn legte Kenza kurz vor Dienstschluss eine ausgedruckte Mail auf den Tisch. „Post aus Polen. Matteusz ist dort vor einer Woche als vermisst gemeldet worden. Von seinem Enkel Michal, mit dem er noch immer in dem kleinen Dorf lebt, von dem Frau Lewalder gesprochen hat. Er ist nach dem Krieg dort nicht weggegangen."

„Ist er irgendwann mal auffällig geworden?", fragte Kenza. „Diebstahl, Gewalt oder Ähnliches?"

Finn schüttelte den Kopf, wobei ihm sein blonder Pony ins Gesicht fiel. „Nein, er hat als Landwirtschaftsgehilfe gearbeitet, war verheiratet, ist aber früh Witwer geworden und dann regulär in Rente gegangen. Völlig unauffälliger Mann."

Kenza nagte wieder am Ende des Kugelschreibers. Eine blöde und völlig überflüssige Angewohnheit. „Dann passt das nicht zu Janßens Einbrechertheorie."

Sie klang sehr zufrieden, doch Finn wiegte den Kopf. „Stimmt nicht ganz, Kenza, denn jetzt kommt's."

Sie zog fragend die Brauen hoch. „Was kommt? Nun mach es nicht so spannend, Finn!"

„Im Bezirk Bütow haben die polnischen Kollegen vor zwei Jahren einen Einbrecherring hochgehen lassen. Sie haben den Kopf der Bande aber nicht gefasst. Ein Teil der Gruppe soll nach Deutschland abgetaucht sein und zwei von ihnen sind später definitiv auf Usedom als Autoschieber aufgefallen."

„Bütow", überlegte Kenza. „Das ist nicht weit von Borntuchen, oder?"

„Es ist die Kreisstadt des Powiats Bytowski, also des Kreises Bütow."

„Puh", stöhnte Kenza. „Und gibt es eine Verbindung zu Matteusz Mazur? Außer, dass die Bande aus der Nähe seines Wohnortes stammt?"

„Leider ja. Einer der Köpfe ist Bogdan Baran. Der wiederum ist der Enkel eines Cousins von Mazur, mit dem er bis zu dessen Tod eng befreundet war. Engere Verwandte hat Mazur außer dem Enkel nicht. Er wurde als Kind aufgelesen und auf einen Gutshof in Borntuchen gebracht. Es könnte tatsächlich der sein, von dem Frau Lewalder gesprochen hat. Nach dem Krieg hat er dann seine spärliche Verwandtschaft zusammengesucht. Irrsinnigerweise haben seine Tante und sein Onkel direkt in Bütow gelebt und hätten sich um ihn kümmern können. Aber das hat er als Junge nicht gewusst und zu der Zeit ging es dort viel zu sehr drunter und drüber, als dass es sonst jemandem aufgefallen wäre. Zumal sich da ohnehin keiner um das Schicksal einer polnischen Waise geschert hat. Er war eine billige Arbeitskraft auf dem Gutshof und für den Menschen dahinter hat sich keiner interessiert. Manchmal gibt es echt traurige Schicksale."

„Scheiß Krieg", sagte Kenza. „Scheiß Imperialismus. Blöde totalitäre Regimes. Mistiges Nationaldenken. Und genau danach verlangen im Augenblick so viele wieder. Versteh ich nicht." Sie schluckte. „Okay und was gab es weiter?"

Finn sah auf die Mail. „Die Kollegen waren echt rührig drüben. Eben weil Mazur als vermisst galt. Jedenfalls war dieser Anverwandte Bogdan in Polen kurz in Haft, ist dann auch nach Deutschland geflohen. Seine letzte Spur verliert sich in Bremen. Er ist aber noch auf freiem Fuß."

„Shit!" Kenza hieb mit der Faust auf den Tisch. „Dann lag Janßen vielleicht doch nicht ganz so verkehrt. Eine Verbindung ist tatsächlich nicht ausgeschlossen."

„Alte Spürnase eben." Finn grinste breit. „Ich denke auch, wir sollten den Fokus darauf lenken und mit dem Dezernat zusammenarbeiten, das sich mit dem Einbruch in Schortens beschäftigt. Was auch immer Mazur bei Tania Lewalder wollte: Vielleicht lag Bert gar nicht so falsch. Er war aus niederen Gründen in Friesland und hat zufällig erfahren, wo Frau Lewalder heute lebt. Sowohl sein Auftauchen dort als auch seine eventuelle Verstrickung in die Einbrüche können Ursache für seinen Mord gewesen sein. Es wartet viel Arbeit auf uns."

„Die Besitzer der Supermarktkette heißen doch Eichler, wie ich nachgelesen habe", begann Kenza vorsichtig.

„Jep."

„Das sollen keine einfachen Typen sein, habe ich gehört. Thilo hat da was abgelassen." Sie sah ihn abwartend an.

„Es sind keine Zeitgenossen, die dir sympathisch sein werden. Nicht nach dem, was du eben über Nationalstolz und so gesagt hast. Nein, du wirst sie ganz sicher nicht mögen." Finn grinste. „Darin sind wir uns aber zumindest einig."

„Gehören sie denn der rechten Szene an?" Kenza grauste es schon jetzt. Wenn der Mord in Zusammenhang mit dem Einbruch stand, würde sie mehr mit den Eichlers zu tun bekommen.

„So krass würde ich das nicht ausdrücken, aber die Inhaber unseres so freundlich klingenden ‚Kleeblatt'-Imperiums haben sicher keine sozial anmutenden Züge. Da geht es immer nur ums Geld. Und sie sympathisieren auch nicht unbedingt mit Gewerkschaften und Umweltschützern. Mehr kann ich aber auch nicht dazu sagen."

Tolle Wurst, schoss es Kenza durch den Kopf. Ihr blieb auch nichts erspart. Das alles war nicht das, was sie sich erhofft hatte, aber es war, wie es war. „Wie hoch beläuft sich der Schaden bei den Eichlers? Weißt du das?"

Finn hatte seine Hausaufgaben gemacht. „3.000 Euro."

„Mehr nicht? Nur Sachschaden, oder?"

„Jo."

„Da lag der gute alte Bert ja richtig, was, Junggemüse?" Bert Janßen lehnte im Türrahmen. Kenza wusste nicht, wie lange er dort schon stand.

„Ja, es ist tatsächlich eine Spur, die wir verfolgen sollten, Herr Janßen", bestätigte Kenza.

„Sie sollten auf einen alten Hasen wie mich hören, mien Deern." Er lachte laut, klopfte sich auf den Bauch und verschwand im Nebenbüro eines Kollegen, wo er sich für die Zeit der Ermittlungen häuslich eingerichtet hatte.

„Na, super", flüsterte Kenza, „jetzt hat der Affe auch noch Oberwasser!"

Es klopfte und ein junger Mann mit Dreadlocks, zerrissener Jeans und einem Ring in der Nase schaute ins Büro. Er knetete die langen Riemen seiner Jutetasche, die er seitlich um den Hals gehängt hatte und die nun locker auf Höhe seiner Hüfte baumelte.

„Ja, bitte?" Kenza sah den Besucher freundlich an.

„Ich muss eine Aussage machen." Er musterte Kenza mit unsicherem Blick.

„Worum geht es? Sie sind hier bei der Mordkommission."

„Dann bin ich richtig. Es geht um den Toten in der Schlossgraft. Darf ich mich setzen?"

Finn stand auf und holte einen Stuhl aus der Ecke. „Wie ist Ihr Name?"

„Theo Oltmanns. Ich wohne in Jever in der Georg-von-der Vring-Straße."

Finn notierte das. „Haben Sie etwas gesehen, was zur Aufklärung des Mordes beitragen kann?"

Der junge Mann schüttelte den Kopf. „Nein, aber gehört. Ich bin in einer Gruppe. Gegen rechts und so. Wir schleusen unsere Leute in Kneipen ein oder in Gruppen, die den Rechten nahestehen. Wir müssen schließlich wissen, was in Friesland und Wilhelmshaven vor sich geht."

„Und was geht so vor sich?", fragte Kenza.

„Also, dass diese Nazi-Typen was gegen Asylanten haben, ist ja schon klar. Aber es gibt eine neue Dimension, die von den Ballungsgebieten erst auf Oldenburg und jetzt auch auf Wilhelmshaven/Friesland überschwappt. Sie heißt ‚Aktion Sauberes Leben' und richtet sich gegen Obdachlose aus anderen europäischen Ländern."

„Die machen unsere Straßen und unser Leben schmutzig oder was soll das heißen?", empörte Kenza sich. Sie hatte die Nase gestrichen voll von so was.

„So sieht die Gruppe das", fuhr der junge Mann ungerührt fort. „Ich habe schon viel zu viel gehört und gesehen, als dass mich das noch schockieren kann. Trotzdem muss man sich wehren und die Menschen schützen, auf die sie es abgesehen haben."

„Sie reden von ausländischen Obdachlosen?", mischte sich nun Finn wieder ein. Er wirkte wie ein Spürhund, der eine Fährte aufgenommen hatte. „Diese Aktionsgruppe macht Jagd auf ausländische Obdachlose?"

„Genau. Die Anzahl der Obdachlosen ist in den letzten Jahren um ein Drittel angestiegen und man rechnet in diesem Jahr mit weiteren 10.000 Menschen. Es verschärft die Situation auf der Straße sehr." Theo Oltmanns stockte und bat um ein Glas Wasser. „Das wollen sie nicht hinnehmen. Deutschland den Deutschen, auch in der Obdachlosigkeit."

Finn stellte eine Flasche und ein Glas hin.

Der junge Mann schenkte sich umständlich ein, nahm einen Schluck und dozierte sofort weiter. „Die Hälfte der Obdachlosen sind keine deutschen Staatsangehörigen, sondern kommen aus dem europäischen Ausland, oft aus Osteuropa. Hinzu kommen etliche Flüchtlinge. Die ‚Aktion Sauberes Leben' hat es sich zur Aufgabe gemacht, Jagd auf die ausländischen Obdachlosen zu machen, weil sie ihrer Ansicht nach den deutschen Obdachlosen Platz in den Unterkünften streitig, ihnen beim Betteln Konkurrenz machen und so. Der übliche Sozialneid, nur jetzt auf einer ganz anderen Ebene. Ich persönlich denke, es geht nur um Stimmungsmache und Krawall."

Kenza begriff, worauf Theo Oltmanns hinauswollte. „Sie glauben, diese Gruppe hat das Opfer für einen Obdachlosen gehalten und den Mann umgebracht?"

Der junge Mann nickte. „Die haben die Stadt von ihm gereinigt, wie sie das nennen. Er sah schließlich leicht verwahrlost aus, wie es in der Presse stand. Dazu war er Pole und sprach bestimmt kein reines Deutsch. Da habe ich eins und eins zusammengezählt."

Kenza spitzte die Lippen und wandte sich an Finn. „Wir müssen prüfen, ob es Vergleichsfälle aus anderen Städten gibt und ob diese Gruppierung hier bekannt ist." Dann wandte sie sich erneut an Theo Oltmanns. „Haben Sie Namen? Wer ist der Kopf der Gruppe hier vor Ort?"

Theo Oltmanns fischte einen Ausdruck aus der Tasche. „In Friesland/Wilhelmshaven ist es Lutz Eichler. Weil es schlecht für die Publicity ist, wenn ein Geschäftsmann offen für die rechte Szene arbeitet, verschleiern sie es mit irreführenden Ausdrücken. Sieht auf den ersten Blick sauber aus, ist es aber nicht."

„Was heißt das genau? Verschleiern? Was verschleiern sie?", hakte Kenza sofort nach.

„Sie bezeichnen sich als Unterstützer für die heimischen Obdachlosen und kassieren dafür sogar Spendengelder", erklärte Theo Oltmanns. „Dass sie im Gegenzug planen, die anderen wegzureduzieren, sagen sie nicht. Ist aber so. Ich weiß das von unseren V-Männern."

Kenza schluckte. Das war der totale Hammer. „Wir müssen dem nachgehen. Danke. Und Sie sind ganz sicher, dass Lutz Eichler damit zu tun hat?"

„Ja, das hat er. Lutz Eichler ist ein echt mieser Typ."

Finn runzelte die Stirn, aber Theo Oltmanns war noch nicht fertig. „Er ist der Sohn von Jobst Eichler, dem derzeitigen Geschäftsführer der Handelsgruppe ‚Kleeblatt'."

Kenza sog die Luft scharf ein. „Herr Oltmanns, ich glaube, Sie haben uns sehr geholfen."

Der Fall bekam eine immer interessantere Wendung.

„Was, wenn der Einbruch ein Racheakt von Bogdans Crew war, weil der junge Eichler Matteusz getötet hat?", fragte Finn, als Theo Oltmanns verschwunden war.

***

Ihrer Großmutter ging es besser, das erkannte Malin schon an ihrer Haltung. Die Blässe und die tiefen Falten waren fast verschwunden. Allerdings wirkte sie nachdenklich. Sie hockte in der Küche auf ihrem Stuhl und rührte unaufhörlich in der Teetasse. Malin setzte sich zu ihr.

„Du siehst nicht mehr so müde aus", sagte sie.

Ihre Oma lächelte. „Ja, es ist besser. Danke. Trotzdem habe ich Angst vor der nächsten Nacht. Sie haben Matteusz getötet, was, wenn ich die Nächste bin? Warum auch immer?" Sie sah ihre Enkelin an.

„Dazu müssten sie ein Motiv haben, Oma. Du weißt doch nichts."

„Aber sie könnten denken, dass ich was weiß. Dass ich das Tagebuch habe. Ich habe mir so meine Gedanken gemacht. Darin könnten wirklich Dinge stehen, die für jemanden gefährlich sind. Sonst hätte Matteusz keine Angst gehabt und wäre reingekommen. Hätte mich in den Arm genommen. Mit mir geredet. Stattdessen ist er förmlich geflohen und nun tot."

„Ähnliche Gedanken sind mir auch schon durch den Kopf gegangen", gab Malin zu.

„In dem Tagebuch wird mit Sicherheit zu finden sein, wer meine Mutter umgebracht hat." Oma Tania flüsterte nur noch. „Matteusz hätte sein Wissen wahrscheinlich besser für sich behalten sollen. Dann würde er drüben in Polen seinen Lebensabend genießen und manchmal an mich, seine kleine Flüchtlingsfreundin, denken."

„Nun, Oma, sein Tod kann natürlich auch ganz andere Ursachen haben. Mal sehen, was die Gerichtsmedizin in Oldenburg herausfindet."

„Du glaubst doch selbst nicht dran, dass es einen anderen Grund gibt, Malin. Gib es ruhig zu: Du warst bei Oma Paula."

Malin war es unangenehm, dass Tania sie durchschaut hatte. „Woher weißt du denn ...?"

„Die Schwester hat angerufen. Meine Stiefmutter muss sehr aufgeregt gewesen sein. Was zum Teufel hast du ihr erzählt?"

„Ich habe sie nur nach deiner Mutter gefragt. Und nach Matteusz."

Tania lachte leise auf. „Da hast du in ein Wespennest gestochen, zumindest, was meine Mutter angeht. Sie war für Mutter Paula immer ein rotes Tuch. Sobald der Name fiel, ist sie ausgeflippt. Mein Vater hat nie aufgehört, meine Mutter zu lieben. So was merkt man auch als kleines Mädchen. Es war die Art, wie er von ihr sprach. Seine Stimme, sein Blick dabei." Tania stockte. „Aber es muss auch etwas passiert sein, was ihn unglaublich wütend auf sie hatte werden lassen. Denn am Ende hat sich sein Gesicht immer versteinert - einmal hat er sogar ein Bild von ihr zerrissen."

„Du meinst also, deine Stiefmutter war eifersüchtig auf meine Uroma?"

„Ja, sie hat meine Mutter sogar als billiges Flittchen bezeichnet. Und immer wieder gesagt, sie wäre aber jetzt tot und könne nichts mehr anrichten."

„So etwas Ähnliches hat sie zu mir auch gesagt." Malin stand auf und sah aus dem Fenster. Täuschte sie sich oder war da tatsächlich eben jemand weggelaufen? Es dämmerte bereits, sodass sie den gesamten Garten nicht mehr genau erkennen konnte. Besser, sie sagte ihrer Oma nichts von dieser Vermutung, sie war aufgeregt genug. Auf jeden Fall würde Malin heute Nacht bei ihr bleiben. Immerhin war es nicht auszuschließen, dass ihre Großmutter recht hatte und sie wirklich in Gefahr war. Zu dumm, dass ihre Wohnung zu klein war, um ihnen beiden Platz zu bieten.

„Was hat sie denn noch gesagt?", holte Oma Tania sie in die Gegenwart zurück.

Malin wandte sich zu ihr um. „Dass Eva böse war. Genau wie Matteusz."

Tania nickte. „Außer meiner Mutter haben sie meinen Freund allesamt gehasst, das muss Oma Luise ihr erzählt haben."

Malin setzte sich wieder. „Du, Oma, ich muss noch etwas von dir wissen."

„Noch mehr?"

Malin zupfte das Foto aus der Tasche, das sie vorhin eingesteckt hatte, und deutete auf den Mann in Uniform. „Die Aufnahme habe ich in Mutters Kiste gefunden. Ist das Heinz?" Sie schob das Bild zu ihrer Oma hinüber.

Die nahm das Bild mit zittrigen Fingern und studierte es eine Weile. „Ja, das ist er. Er ist einen Tag vor uns aus Borntuchen verschwunden."

„Er kommt mir dem Gesicht nach bekannt vor."

Tania überlegte. „Er war nicht mit uns verwandt, sondern ein guter Freund meines Vaters. Und er war nicht nur ein überzeugter Nazi, sondern auch ein hohes Tier bei dem braunen Gelump."

Von draußen ertönte ein Geräusch, das Malin zusammenfahren ließ. Ihre Oma hatte offenbar nichts gehört.

Sie ging wieder zum Fenster. Ihr Herz klopfte wie verrückt, als sie diesmal deutlich einen Mann aus dem Gartentor huschen sah. Mit einem mulmigen Gefühl zog sie die Gardine vor. Sie wollte ihre Oma jetzt nicht beunruhigen, aber sie musste unbedingt und so schnell es ging noch einmal bei Frau Klausen anzurufen und ihr von dem ungebetenen Besucher erzählen. Vielleicht konnte sie ab und zu eine Streife vorbeifahren lassen. Sonst war Oma Tania keinesfalls sicher.

„Du hast vorhin gesagt, ich würde nicht mehr so müde aussehen." Oma Tania sah sie mit einem leicht verunglückten Lächeln an.

Malin riss sich zusammen. Sie durfte sich jetzt nichts von ihrem Verdacht anmerken lassen. Darum wollte sie sich später kümmern. Sie durfte Oma Tania in ihren Befürchtungen nicht weiter bestärken, aber es führte kein Weg daran vorbei, die Kommissarin heute noch zu verständigen. „Das stimmt, warum fragst du das, wo sich doch herausgestellt hat, dass du Angst hast?"

Ihre Großmutter räusperte sich. „Weil sich trotzdem etwas verändert hat. Nach dem Brief und der Nachricht von Matteusz' Tod war ich wie gelähmt. Ich wurde von etlichen Bildern heimgesucht, mir ist so vieles wieder eingefallen von damals. Ich werde dir auch gleich erzählen, was ich wieder weiß."

„Und was hat sich verändert?", hakte Malin nach.

„Ich will kämpfen. Nicht mehr alles hinnehmen und mich von der vor mir tanzenden Schlange lähmen lassen."

Malin sah ihre Oma fragend an. „So ganz verstehe ich noch nicht, was du mir sagen willst."

„Lass uns nach Borntuchen fahren", sagte Oma Tania.

„Wie bitte?", fragte Malin überrascht. „Du willst was?"

„Matteusz darf nicht umsonst gestorben sein und meine Mutter wollte, dass ich die Wahrheit kenne, sonst hätte sie den Brief nicht geschrieben. Ich will dieses Tagebuch finden."

„Wer sagt denn, dass es in Borntuchen ist? Was, wenn der Mörder es Matteusz abgenommen hat?"

„In dem Fall sind wir machtlos, das weiß ich. Aber ich bin fest davon überzeugt, trotzdem in Borntuchen einen Teil der Wahrheit zu finden. Und wenn schon das nicht, dann wenigstens das Grab meiner Mutter. Ich muss mich von ihr verabschieden."

Malin war etwas erstaunt über den plötzlichen Sinneswandel. Damit hatte sie keineswegs gerechnet. „Du meinst das tatsächlich ernst. Wann willst du denn los?"

„So schnell es geht. Wann kannst du weg? Geht es überhaupt?"

Malin dachte einen Moment nach. Ihre Auftragslage war marode, das einzige momentan lukrative Geschäft hatte sie fast abgeschlossen. Wenn es nicht zu lange dauerte und sie zwischendurch online gehen konnte, um ihre Mails zu checken und Anfragen zu beantworten, konnte sie die weitere Akquise kurzfristig verschieben. „Ein paar Tage kann ich problemlos verreisen. Mails kann ich von unterwegs beantworten. Die Auftragslage ist ohnehin gerade mies, das passt. Ich bin allerdings etwas klamm, was die Reisekosten angeht."

„Ich habe Geld genug! Daran darf es nicht scheitern."

Malin klopfte das Herz. Sie war unsicher, was sie von der Idee halten sollte. Das Einzige, was sie sicher wusste, war, dass sie ihre Oma bestimmt nicht allein nach Polen reisen lassen würde.

„Dann fahren wir hin und machen uns auf die Suche nach diesem Tagebuch und deinem früheren Leben", begann sie, aber ihre Oma schüttelte den Kopf.

„Es geht nicht um mein Leben, Malin. Es geht um das meiner Mutter. Ich muss mich daran erinnern, und das geht nur da, wo ich sie verloren habe. Egal, ob das Tagebuch dort ist oder nicht."

„Gut, Oma, dann kümmere ich mich um ein Zimmer für uns beide und um die Reiseplanung, damit wir so schnell wie möglich loskommen." Malin strich Oma Tania über den Handrücken, als sie bemerkte, dass diese offenbar noch etwas auf dem Herzen hatte. „Das war nicht alles, oder?"

Ihre Großmutter nickte. „Ich glaube, Matteusz wusste, dass er es nicht überleben würde, mir den Brief zu bringen", sagte sie. „Er hatte furchtbare Angst, das habe ich an seinen Augen gesehen. Trotzdem wollte er es mir schonend beibringen und wäre sicher ein zweites Mal zu mir gekommen, wenn ich den ersten Schock verdaut hatte. Das hat er dann nicht mehr geschafft."

„Er war ein zweites Mal da, Oma. Er hat deine Astern zertrampelt." Malin sprach sehr behutsam. Kenza Klausen hatte sie über das Ergebnis der KTU informiert und auch gesagt, dass nicht auszuschließen sei, dass Matteusz Mazur einem Einbrecherring angehörte. Das erzählte sie ihrer Oma aber lieber nicht.

Tania nickte jedoch. „Das überrascht mich nicht. Ich habe schon vermutet, dass er es gewesen ist. Da er in derselben Nacht ums Leben kam, muss ihm sein Mörder vor meinem Haus aufgelauert haben." Jetzt sah sie Malin mit festem Blick an. „Ich bin davon überzeugt, dass sein Mörder noch immer mein Haus im Visier hat.

Das ist übrigens auch ein Grund, weshalb ich die Reise nach Polen für eine gute Idee halte. Ich will hier nicht einfach so darauf warten, bis er eine Gelegenheit findet, mich auszuschalten. Und halte mich jetzt bitte nicht für dement, das bilde ich mir nicht ein."

„Das tue ich nicht, Oma, ich habe das auch schon gedacht. Es würde aber bedeuten, dass Matteusz' Mörder aus Jever oder der Gegend kommt."

„Oder dass ihm jemand aus Polen gefolgt ist. In dem Fall wäre unsere Flucht natürlich kein Schutz."

Malin überlegte einen Moment. „Gibt es denn jemanden, der damals mit auf dem Gutshof war, vom Tod deiner Mutter was wusste und der heute in Jever oder hier in der Nähe lebt?"

Oma Tania schürzte die Lippen. „Ich glaube nicht und hoffe einfach, dass uns die Reise ein Stück nach vorn bringt."

„Ja, Oma, wir fahren." Malin klang zuversichtlicher, als sie war. „Ich bleibe bis dahin aber bei dir. Bei mir zu Hause ist es einfach zu eng für uns zwei."

Tania nickte, sie kannte Malins kleine Einzimmerwohnung.

Wie von selbst tasteten sich Malins Finger zum Handy und wie von selbst googelte sie nach dem Ort Borzytuchom in Pommern.

„So, wo wir das nun geklärt haben, schlage ich vor, den Pizzadienst zu bemühen." Oma Tania grinste.

Malin lachte auf. Das waren ja ganz neue Töne. Oma Tania wollte tatsächlich Pizza bestellen und nicht selbst kochen?

„Ich weiß, wie gern du Pizza magst", sagte ihre Großmutter. „Der Abend heute wird lang, mien Deern, denn ich habe dir viel zu erzählen."

Malin nickte. „Ich bestelle uns zweimal Salami", sagte sie und stahl sich hinaus. Sie rief den Pizzadienst an und auch Frau Klausen.

Tania

Stolp (Słupsk), 6. März 1945

Am dritten Tag erreichten sie nachmittags Stolp. Sie waren einen Tag lang nicht weitergekommen und hatten in einem Wald Rast gemacht. Der Schneesturm war zu heftig gewesen.

Ein paar Menschen kamen ihnen aus Stolp entgegen: „Der Russe ist in Schlawe! Er steht an der Südgrenze von Bütow. Die Deutschen sprengen alles!"

Tania sah aus Richtung der Stadt schwarze Rauchwolken aufsteigen. „Stolp brennt! Sie bringen alle um! Die Stadt wird nicht mehr verteidigt!"

Im Treck brach Panik aus, vor allem als eine große Detonation ertönte und am Horizont erneut Rauchwolken aufstiegen. Tanias Leiterwagen wurde von einem vorbeistürmenden Gefährt gerammt und verlor ein Rad. Er kippte beinahe zur Seite. Ihre Großmutter fackelte nicht lange und sprang vom Bock. Sie streckte die Arme nach Tania aus und hob sie herunter, dann schnappte sie sich den Kinderwagen von der Ladefläche. Sie schirrte das Pferd aus und gab dem völlig entkräfteten Tier einen Klaps auf die Kruppe. Es begriff nur langsam, dass es gehen durfte, und zupfte zunächst ein paar Grasbüschel, die aus der gefrorenen Erde ragten. Dann schlich es langsam davon, als wüsste es genau, dass es ohnehin nicht weit kommen würde.

„Wohin gehen wir?", fragte Tania, als sie merkte, dass ihre Großmutter den Weg in die Stadt einschlug, ungeachtet der Tatsache, dass von Ferne das Dröhnen der Panzer zu hören war.

Weitere Flüchtlinge waren umgekehrt und kamen ihnen bereits wieder entgegen. „Wir versuchen es später", hörte Tania. „Lassen Sie es! Wir versuchen, über Lauenburg weiterzukommen."

Tanias Oma winkte ab. „Glaubt ihr wirklich, die Umstände werden besser? Es wird schlimmer für uns. Tag für Tag. Der Tod lauert vor uns, rechts und links und genauso dort, wohin Sie nun gehen wollen."

Ihre Großmutter stapfte mit raschem Schritt in die Stadt, die wie ausgestorben wirkte. Überall hingen weiße Fahnen aus den Fenstern, ein paar Plünderer drangen in die verwaisten Geschäfte ein.

Sie irrten kreuz und quer. Die wenigen Menschen in den Straßen hasteten mit gesenktem Kopf über das Pflaster und versuchten sich mit Schals oder Tüchern vor dem beißenden Qualm zu schützen. Nur ein Mann nahm sich Zeit und erklärte den Weg zum Bahnhof, als Oma Luise ihn ansprach. „Aber machen Sie sich keine Hoffnung. Ich glaube nicht, dass da heute noch ein Zug fährt. Der erste ist schon zurückgekommen. Er wollte nach Lauenburg, aber das ging nicht. Man kommt ausschließlich über die Ostsee weg. Wenn überhaupt!" Dann hastete auch er weiter.

Tanias Großmutter ließ sich nicht beirren und kämpfte sich durch die Straßen. „Wir schaffen das, Tania!", sagte sie. „Wir kommen hier weg!"

Obwohl Tania zum ersten Mal das Gefühl hatte, dass sich ihre Oma wirklich um sie kümmerte, konnte sie sich nicht darüber freuen. Sie wurde seit dem frühen Morgen von Bauchschmerzen gequält und ihr Kopf tat weh. Es war, als wütete das Feuer nicht nur hinter Stolp, sondern auch in ihr. Dazu war sie furchtbar müde. Doch sie sagte ihrer Oma nichts davon. Es würde schon vorübergehen. Sie mussten nur den einen Zug erreichen, hatte Großmutter gesagt. Deshalb schleppte sich Tania hinter ihrer Oma her, aber als sie kurz vor dem Bahnhof standen, brach sie zusammen. Sie fiel einfach um und konnte um nichts in der Welt wieder aufstehen. Ihre Großmutter riss sie hoch, warf ihre Enkelin über das Gepäck auf den Kinderwagen und schob entschlossen auf das Bahnhofsgebäude zu.

„Da geht nichts mehr. Alle müssen nach Stolpmünde", hörte Tania wie durch eine Nebelwand.

„Wie weit ist das noch?", fragte ihre Großmutter.

„18 oder 19 Kilometer. Ihr müsst die Stolpmünder Chaussee rauf. Da ist aber viel los. Alle wollen dorthin. So viele Schiffe gibt es gar nicht."

Tania stöhnte auf und musste sich heftig übergeben.

„Es geht nicht, wir müssen die Nacht in Stolp bleiben, Russe hin oder her", flüsterte Tanias Oma. „So kriege ich dich die letzten Kilometer niemals dorthin. Wenn wir morgen stramm marschieren, können wir bis zum Abend dort sein."

Sie schnappte sich wieder den Kinderwagen und steuerte eine Halle an, die schon mit vielen anderen Menschen voll war, wo sie aber trotzdem Unterschlupf fanden.

7

Kenza freute sich aufs Wochenende. Sie wollte endlich einmal ans Meer fahren und hatte sich für den Südstrand in Wilhelmshaven entschieden. Der Blick auf den Arngaster Leuchtturm sollte schön sein, genau wie die Südstrandpromenade mit den kleinen Hotels und Cafés, die allesamt Blick auf den Jadebusen hatten. Später würde sie dann noch das Wangerland und die Küste dort erkunden und alle Ostfriesischen Inseln.

Ja, sie wollte ein Kännchen feinsten Ostfriesentee trinken, dazu Ossitorte oder eine heiße Waffel mit Roter Grütze.

Eine kleine Pause würde ihr guttun.

Kenza hatte Lutz Eichler gestern nicht mehr erreicht, er hielt sich gerade in Münster auf, wollte aber heute Nachmittag zurück sein. Ob er wirklich, wie Theo Oltmanns behauptet hatte, zur rechtsradikalen Szene gehörte, würde sie schon noch herausfinden. Jedenfalls erschien ihr diese Theorie wesentlich plausibler als Janßens Bandentheorie, obwohl sie auch das prüfen mussten. Nach dem Gespräch mit Eichler würde sie kurz pausieren, bevor es am Montag mit voller Kraft weiterging. Finn hatte am Wochenende Bereitschaft und würde sie entsprechend vertreten.

Es war noch sehr früh am Morgen, sicher würde sie die Erste im Büro sein, aber sie wollte alles abarbeiten, damit einem freien Wochenende nichts im Weg stand. Je eher sie begann, desto eher würde sie fertig sein. Kenza litt nicht unter Aufschieberitis und packte lieber alles sofort an.

Sie betrat das Büro in Jever und sah sich einem betreten wirkenden Finn Gerdes gegenüber, der eben die Jacke von der Stuhllehne nahm. Er sah arg übernächtigt aus.

„Hast du hier im Büro geschlafen?", fragte Kenza.

Finn grinste verunglückt. „Fast. Eher zu früh aus dem Bett gefallen und Stalldrang ins Büro gehabt. Stress mit meiner Freundin." Er hob abwehrend die Arme. „Nein, ich möchte nicht darüber reden."

„Schon verstanden", sagte Kenza. „Sag einfach Bescheid, wenn du mal was loswerden musst."

„Danke. Es ist aber noch etwas. - Eben reingekommen."

„Was ist denn los?"

Seinem Gesichtsausdruck nach hatte er keine guten Nachrichten. „Es gibt noch eine Tote, Kenza. Dem Arzt kamen ein paar Sachen merkwürdig vor."

„Okay. Also kein eindeutiger Mord? Und wo ist es passiert?" Noch ein Verbrechen konnte sie weiß Gott nicht gebrauchen.

„In einem Altenheim in Wilhelmshaven. Kommt ja eher selten vor, dass Hausärzte bei einer so betagten Frau genau hinsehen, denn die Dame war schon 93. Aber er sagt, etwas sei komisch."

„Dann müssen wir dorthin. Hast du Doc Stock schon angerufen? Er hat mir in der letzten Mail sehr deutlich gemacht, dass er gerade in prekären Fällen gerne anwesend sein möchte und die Toten nicht erst auf dem Tisch sehen will."

Finn nickte. „Das habe ich. Ihn möchte ich schließlich nicht zum Feind haben. Außerdem ist er wirklich ein fairer Kollege, auch wenn er auf den ersten Blick etwas, na ja, eben wirkt, als hätte er einen Stock verschluckt."

„Okay, dann los ins Altenheim", sagte Kenza. „Vielleicht löst sich alles in Wohlgefallen auf und die alte Dame ist einfach friedlich eingeschlafen. Wir haben mit dem Mord an Matteusz Mazur wahrlich genug zu tun und ein paar Stunden frei wären auch nicht zu verachten."

Finn ging voraus zum Parkplatz und schloss den dunkelblauen Passat auf, den sie als Dienstfahrzeug nutzten.

Die Fahrt verlief zunächst schweigend.

„Noch was, Kenza", druckste Finn schließlich herum. „Janßen ist schon vor Ort. Er war wohl kurz vor mir im Büro und ist direkt zum Altenheim geheizt. Der Mann leidet an seniler Bettflucht, so früh, wie der immer anfängt."

„Janßen ist schon da?", wiederholte Kenza entsetzt. „Warum das? Warum erfahre ich nicht zuerst, was Sache ist, sondern er? Hallo? Ich bin die leitende Ermittlerin und bin die Dritte, die Bescheid bekommt. Geht's noch?"

Finn wirkte sichtlich geknickt. „Bert wollte die Spusi überwachen, wie er so schön sagte."

„Wieso Spusi? Noch wissen wir ja nicht einmal, ob ein Verbrechen stattgefunden hat." Kenza schüttelte den Kopf. „Noch einmal, Finn! Warum habt ihr mich nicht zuerst angerufen? Ich wohne doch in Wilhelmshaven, da wäre ich schnell vor Ort gewesen und hätte das Feld nicht ihm überlassen müssen. Ich bin hier die Chefin, verdammt!"

Finn sah sie jetzt schuldbewusst von der Seite her an. „Sorry, das geht echt nicht auf meine Kappe. Janßen hat gesagt, er hätte dich nicht erreicht, obwohl er sofort bei dir angerufen habe, als er informiert wurde. Er meinte, dass du noch im Schönheitsmodus wärst und unter der Dusche oder in den Schminktiegel gefallen und sicher bald aufkreuzen würdest. Wer auch immer dann im Kommissariat wäre, sollte dir Bescheid geben."

„Dieses Ar..." Kenza unterbrach sich selbst. „Ich hatte mein Handy die ganze Zeit an und es ist kein einziger Anruf eingegangen. Er hat es nicht einmal versucht."

„Er ist echt mies drauf. Aber Stress mit ihm bringt uns jetzt auch nicht weiter."

Kenza schluckte. Da gab es wohl noch einige Dinge zu klären. Als Erstes würde sie veranlassen, dass sich ab Montag wieder alles im Wilhelmshavener Kommissariat abspielte. Die Verlegung des Büros von der Hauptdienststelle in Wilhelmshaven nach Jever behagte ihr gar nicht mehr. Vor allem wenn es einen weiteren Todesfall gab, der nichts mit Mazurs Tod zu tun hatte, ergab das einen Sinn. Sie wollte die Ermittlungen im Heim abwarten und ihre Kollegen dann davon in Kenntnis setzen. Egal, wie sympathisch ihr Finn auch war: Sie war seine Vorgesetzte und sie würde ihm deutlich machen müssen, dass er auch vor Janßen nicht zu kuschen brauchte, wenn das zugleich die Herabsetzung ihrer Kompetenz zur Folge hatte.

„Zu welchem Pflegeheim müssen wir?"

„‚Deichkrone'", sagte Finn. „Es ist recht groß, liegt in der Südstadt, fußläufig zum Bontekai. Zuvor gab es keine besonderen Vorkommnisse dort. Es sieht übrigens aus wie ein Schloss, weil es so Türmchen auf dem Dach hat."

Finn fuhr weiter in rasanter Geschwindigkeit in Richtung Wilhelmshaven und dort auf den Parkplatz des Pflegeheims. Zwei Streifenwagen waren schon vor Ort und Bert Janßen rannte draußen geschäftig hin und her. So als habe er gewaltig etwas zu sagen.

Kenza sprang aus dem Passat und eilte auf ihren Kollegen zu, ohne auf Finn zu warten. „Janßen, warum erfahre ich erst als Dritte von dem allen hier?"

„Na, hast dich hübsch gemacht, mien Deern?" Er griente sie frech an. „Da wollte ich nicht stören."

Kenza presste die Lippen aufeinander. Dann rang sie sich ein Lächeln ab. „Wir sprechen uns noch! Sie bleiben bitte draußen und halten die Schaulustigen fern."

„Aber ich ..."

„Sie kennen Ihre Aufgabe, Herr Janßen. Ist Doktor Stock schon da?"

„Er kommt gerade." Janßen wies auf den dunklen BMW, der mit knirschenden Reifen auf dem Parkplatz zum Stehen kam.

„Bitte lassen Sie ihn gleich hochbringen. Ich gehe mit dem Kollegen Gerdes schon vor und sondiere die Lage."

„Ich bin doch kein Portier", blaffte Janßen los. „Ich war schon oben und ..."

„Danke, ich warte am Tatort auf Doktor Stock." Kenza hatte absolut keine Lust, mit Janßen zu diskutieren. Er nervte sie einfach. Sie betrat mit festem Schritt das Pflegeheim und wartete im Foyer auf Finn.

„Geh du man allein hoch, Kenza. Ich versuche derweil die Wogen zu glätten. Janßen ist auf 180, da ist es gut, ihn ein bisschen runterzufahren. Thilo ist vorsichtshalber schon mitgekommen und kann dir die wichtigsten Sachen erzählen." Er biss sich auf die Unterlippe. „Außerdem ist mir nach der letzten Nacht einfach nicht nach Leiche. Hatte einen Schnaps zu viel. Etwas frische Luft tut mir sicher ganz gut."

Kenza zwinkerte ihm verständnisvoll zu. Er war ein feiner Kerl und konnte nichts für das Kollegendilemma. „Da kommt auch schon Thilo. Der weiß ja, wohin ich muss."

„Danke!" Finn ging wieder raus und steuerte auf Janßen und Doc Stock zu, die sich bereits angeregt unterhielten.

Thilo strahlte Kenza an. „Moin, ich wollte grad rauskommen und schauen, wo du bleibst, aber auch der gute Doc."

„Der kommt gleich, steht da bei Janßen. Ich will mich zuvor aber selbst umsehen. Bringst du mich hin?"

Thilo winkte ihr und lief voraus. Kenza machte ein paar große Schritte, bis sie auf einer Linie waren. „Dann schieß schon mal los!"

„Kann sein, dass die Tote erstickt worden ist. Sie hat zwei Hämatome, die dem Arzt merkwürdig vorgekommen sind. Könnten Kampfspuren sein. Muss Doc Stock nachher gucken. Auch ob er noch mehr Hinweise findet. Wenn, dann müssen wir hier alles auf den Kopf stellen."

„Wie heißt die Dame?"

„Paula von Kraft. 93 Jahre und wohnte in der ‚Deichkrone' seit 2009."

Dann betrat Kenza zusammen mit Thilo das Zimmer der Toten. Die Luft roch abgestanden, ein bisschen nach Urin. Der erste Eindruck des Tatortes war immens wichtig, wusste die Kommissarin, und konnte später das letzte Detail zur Lösung des Falls bringen. Kein Wunder, dass Doc Stock stets den Tatort sehen wollte.

Also schaute Kenza sich gewissenhaft um. An der Stirnseite befand sich eine große Fensterfront mit Blick in den hauseigenen Park. Gleich rechts stand eine Eichenkommode, auf der ein grünes Samtdeckchen mit Goldrand und ein modernes Telefon, das so gar nicht zur Einrichtung passte, platziert waren. Darüber hing ein Stickbild, das eine Parforcejagd als Motiv hatte. An der rechten Längsseite des Zimmers stand neben einem Nachttisch ein Pflegebett, in dem die Verstorbene noch immer lag. Vor der Fensterfront parkte ein weinroter Rollator.

An der linken Längsseite befanden sich ein kleiner runder Tisch mit zwei Stühlen und einem Relaxsessel, der ebenfalls mit grünem Samt bezogen war. Insgesamt war das Zimmer größer, als Kenza es erwartet hatte. Und individueller, denn offensichtlich durften die Bewohner auch eigene Möbel mitbringen, um sich nicht allzu fremd zu fühlen.

Kenza ging zum Bett und betrachtete die Tote. Sie war dünn, hatte aber noch volles graues, dauergewelltes Haar, das jetzt von ihrem Kopf abstand. Ihre Lippen waren schmal, das Gesicht war von vielen Falten zerfurcht. Ein Mäander aus Lebenserfahrungen. Mehr war spontan nicht zu begutachten, das würde sie gleich gemeinsam mit Doc Stock tun.

Kenza näherte sich der Kommode, denn darauf standen, neben dem Telefon, zwei Bilder, die sie interessierten. Sie zeigten eine nur etwas jüngere Frau von Kraft und einen Jugendlichen von etwa 15 Jahren mit klaren Gesichtszügen. Er lächelte selbstbewusst in die Kamera und entblößte seine ebenmäßigen Zähne. „Ihr Enkel oder so?", fragte Kenza.

Thilo zuckte mit den Schultern, während er seine Sachen einsammelte. „Frag bitte nachher die zuständige Pflegerin. Sie hat die Tote über mehrere Jahre betreut. Sie wartet im Büro der Pflegedienstleitung. Völlig aufgelöst, die Frau."

„Weil eine 93-Jährige verschieden ist? Sie ist Altenpflegerin, da müsste sie das doch kennen."

Thilo spitzte die Lippen. „Mit dem natürlichen Tod kann sie umgehen, sagt sie, aber nicht mit Mord."

Kenza winkte ab. „Erst mal schauen, ob es wirklich einer ist."

Sie nahm das zweite Bild in die Hand. Es war erheblich älter und ein Hochzeitsfoto. Wieder Frau von Kraft, dieses Mal als wirklich junge Frau mit knielangem weißem Brautkleid und Schleier. Ihr Mann trug einen dunklen Anzug, das Haar war schon merklich gelichtet. Glücklich sah keiner der beiden aus. Für ein Hochzeitsbild schauten sie viel zu ernst drein.

Aber wahrscheinlich waren die Zeiten damals anders.

„Ach, da kommt auch schon unser Doc", hörte sie Thilo sagen.

Der Rechtsmediziner begrüßte die beiden und steuerte sofort auf das Bett der alten Dame zu. „Da war ein Hausarzt ja direkt mal übervorsichtig, was? Kommt selten genug vor."

Er schlug die Decke zurück. „Was hat ihn denn bei einer so alten Dame stutzig gemacht?"

Kenza wies auf die Hämatome an den unglaublich dünnen Oberarmen. Die Tote hatte ein kurzärmeliges Nachthemd an, das von kleinen blauen Blumen übersät war. „Das da hat ihn zum Nachdenken gebracht."

Doc Stock beäugte die blauen Flecken. „Das könnten Kampfspuren sein, aber auch Blessuren von Pflegern, wenn sie die Frau aus dem Bett geholt haben. Wenn jemand so dünn und alt ist, können bei einem kräftigen Griff schon mal Gefäße platzen. Sehen Sie, so!" Er umfasste Kenzas Oberarme und demonstrierte, was er meinte. „Die Hämatome sehen auf jeden Fall frisch aus. Noch was?"

Kenza reichte ihm den Bericht des Hausarztes, den Thilo vom Tisch genommen und ihr in die Hand gedrückt hatte.

Doc Stock las alles durch und warf die Decke dann ganz beiseite. „Spusi ist durch?"

Thilo verneinte. „Müssen ja erst einmal die Handhabe bekommen."

„Dann bitte alle in Schutzkleidung, damit wir hier keine weiteren Spuren reintragen. Ich teile den Erstverdacht des Hausarztes."

Alle schoben sich aus dem Raum und schlüpften in Kittel, Hauben und Überschuhe. Erst dann konnten sie das Zimmer wieder betreten.

Doc Stock untersuchte die Tote weiter. „Petechien", grunzte er. „Also kleine Blutungen im Gesicht, im Augapfel und", er öffnete den Mund der Verstorbenen weit und leuchtete hinein, „der Mundschleimhaut." Dann sah er sich den Unterleib an, indem er das Nachthemd ganz hochschob. „Sie hat unter sich gemacht. Spontane Urin und leichte Darmentleerung, was ebenfalls für einen Erstickungstod sprechen kann, aber nicht muss." Er sah Kenza an. „Der Hausarzt hat recht. Diese Frau wurde gewaltsam und sehr stümperhaft getötet. Ich werde sie obduzieren und auch auf Faserspuren in Mund und Nase untersuchen. Ich brauche die Fasern von allen Kissen und Decken zum Abgleich."

Kenza sah ihren Kollegen mit einem Schulterzucken an. „Thilo, dann macht euren Job!"

„Alles klar, Chefin!", versicherte Thilo. „Ich trommle die Jungs zusammen, sie stehen ja schon Gewehr bei Fuß." Er zückte das Handy.

Der Rechtsmediziner war zufrieden. „Perfekt. Mehr kann ich erst nach der Obduktion sagen. Mal sehen, was wir in Oldenburg rausfinden."

Kenza nickte. Es war also ganz sicher Mord. Ade, freies Wochenende, ade, Südstrand.

„Können Sie schon was zum Todeszeitpunkt sagen, Doktor Stock?"

Er hatte bereits das Thermometer in der Hand und las die Temperatur genau ab. Dann schloss er die Augen. „Es ist etwa drei Stunden her. Vielleicht vier? Alles ohne Gewähr. Geht auch bald genauer, junge Frau." Er zwinkerte ihr zu, und hätte er keinen Mundschutz getragen, wäre Kenza ganz sicher gewesen, dass er sie anlächelte. Aber anders, als man eine Kollegin anlächelte. Und das sollte Doc Stock sein? Er flirtete!

Kenza wurde rot. Dann sah sie auf die Uhr. Jetzt war es neun. „Also war die Tatzeit um 5 oder 6 Uhr morgens. Um diese Zeit stehen die Türen zum Heim wohl nicht offen für Besucher. Von außen kann also kaum wer

reingekommen sein, ohne dass es aufgefallen wäre."
Sie sah sich noch einmal um, aber es gab keine sichtbaren Einbruchsspuren. Kenza schaute zu Thilo, der den Daumen senkrecht in die Luft hielt, weil er eben die Fenster untersucht hatte. „Alles paletti. Eingebrochen worden ist hier nicht."

Kenza zeigte auf das gekippte Fenster.

„Ist erst nach dem Auffinden geöffnet worden", wusste Thilo zu berichten. „Hatte ich vorhin die Pflegerin schon gefragt."

Kenza wusste, dass viele Pflegekräfte die Fenster nach einem Todesfall öffneten, damit die Seele hinausfliegen konnte.

„Gut, dann ist auch das geklärt. Gibt es Angehörige, die wir verständigen müssen?"

Kenza sah zu Thilo, der mittlerweile mit seinem Team durchs Zimmer huschte.

„Da musst du wirklich die Pflegerin fragen, genau wie nach Details wegen der Bilder. Sie kann dir bestimmt mehr persönliche Dinge verraten."

„Du sagtest, sie wartet im Büro? Wo ist das bitte?"

Thilo erklärte es ihr. Kenza verabschiedete sich von Doc Stock, der sie eine Spur zu lange ansah und dann - dieses Mal ohne Mundschutz - freundlich lächelte. „Sie hören von mir, Frau Klausen. Den Obduktionstermin gebe ich nachher noch rüber. Da sehen wir uns. Sie sind diesmal doch dabei oder schicken Sie wieder Herrn Janßen und einen Kollegen?"

„Ich komme selbst. Beim letzten Mal war ich verhindert."

„Schade, aber bis dann!"

Kenza ging auf den Flur. Ja, sie hatte die Obduktion von Matteusz Mazur an Janßen abgegeben, weil sie nur ungern dabei war. Sie mochte es nicht. Janßen schon. Aber es mussten zwei Beamte anwesend sein und dieses Mal konnte sie sich nicht drücken, wenn sie nicht noch mehr Macht an Janßen abgeben wollte.

Kenza schlug den Weg zum Büro der Pflegedienstleitung ein.

Durchquerte unzählige Flure, die mit kleinen Sitznischen versehen waren. Alles war in freundlichen Farben gehalten, überall hingen maritime Bilder und von den Bewohnern gestaltete Deko. Überhaupt haftete dem Heim eine Seefahreratmosphäre an, ohne überladen oder gediegen zu wirken. Wer auch immer für das Interieur zuständig war, hatte Geschmack. Es war alles funktionell und behaglich zugleich.

Endlich hatte Kenza den Fahrstuhl erreicht und gelangte von dort in die richtige Etage. Sie fragte sich zum Büro durch und stand dort einer etwa Mitte 40-jährigen Frau in weißer Dienstkleidung gegenüber. Sie saß mit blassem Gesicht am Tisch und knetete ihre Finger im Schoß. Ihr langes strohblondes Haar hatte sie mit einer Bananenspange am Hinterkopf zurückgesteckt, weiteren Schmuck trug sie nicht. Wie es Vorschrift war, keine Ohrringe, keine Kette, keine Uhr. Letztere hatte sie an der oberen Tasche ihres Kasacks befestigt, es war eine spezielle Schwesternuhr.

Die Pflegerin hatte sich noch nicht gerührt oder ihre Körperhaltung verändert. Sie war sichtlich betroffen vom Tod der alten Frau. Das wunderte Kenza noch immer, denn in einem Pflegeheim gehörte der Tod zum Alltag, so blöd das auch klang.

Kenza streckte ihr die Hand entgegen. „Guten Tag, ich bin Kenza Klausen, Erste Polizeihauptkommissarin der Mordkommission Wilhelmshaven/Friesland."

Endlich schaute die Frau sie an.

„Hallo, Lavina Post. Ich habe Frau von Kraft etliche Jahre betreut", sagte sie mit einem leichten Akzent, den Kenza nicht gleich zuordnen konnte. Norddeutsch klang es jedenfalls nicht. „Ihr Chef hat mich schon befragt, aber der etwas kräftigere Mann meinte, ich müsste auch noch mit Ihnen sprechen."

„Mein Chef?" Kenza zog die Brauen hoch. Das konnte ja nur Janßen gewesen sein.

„Er meinte, er wäre hier der Boss und hätte alle Fäden in der Hand", sagte Frau Post.

„Da hat er wohl etwas übertrieben, denn ich leite die Ermittlungen. Sie haben Frau von Kraft also gefunden?"

Frau Post nickte. „Genau. Ich wollte sie fürs Frühstück fertig machen. Ihre Mahlzeiten verpasst sie nie und wird sehr unruhig, wenn es an der Zeit ist. Sie braucht etwas Unterstützung beim Waschen. Ihre Knochen machen nicht mehr so mit. Ein Wunder, wie sie so lange stehen kann." Die Pflegerin schluckte. „Das alles jetzt in der Vergangenheitsform. Ich habe mich einfach noch nicht daran gewöhnt. Bitte entschuldigen Sie, Frau Kommissarin."

„Und zuvor ist keinem etwas aufgefallen?"

Frau Post schüttelte den Kopf. „Nein, alles war ganz normal. Die Nachtwache hat noch nach ihr gesehen, da hat sie geschlafen. Na ja, oder dann vielleicht auch nicht. Vielleicht war sie schon tot." Sie senkte den Kopf.

„Ich brauche noch den Namen der Nachtwache, weil ich dringend mit ihr sprechen muss. Wer war denn zuständig? Oder gab es mehrere?"

„Drei für die verschiedenen Abteilungen auf unserer Etage. Gestern hatten Amelie Bürger, Jens Hoffmann und Tessa Meier Dienst. Für die anderen Bereiche weiß ich das nicht. Also die Schwerstpflegestation, die Hospizabteilung und die geriatrische Kurzpflege."

„Konnten denn alle auf die Station gelangen?"

„Theoretisch schon, aber es würde doch auffallen, wenn drüben wer fehlt und bei uns aufkreuzt."

Kenza machte sich eine geistige Notiz. Janßen konnte das wunderbar überprüfen und war somit sinnvoll beschäftigt.

„Dann waren in der Nacht also die von Ihnen namentlich Genannten hier verantwortlich. Waren denn auch alle für Frau von Kraft zuständig?", fragte Kenza.

Lavina Post schüttelte den Kopf. „Nein. Insgesamt pflegen wir tagsüber mit dem System der Gruppenpflege. Nachts ist pro Abteilung ein Pfleger da. Um Frau von Kraft und die restliche Station hat sich in der Nacht Jens Hoffmann gekümmert. Die anderen beiden kommen normalerweise nicht in die Zimmer, nur wenn es Schwerstpflegefälle gibt, die man gemeinsam lagern muss oder so."

Kenza fragte noch einmal nach den Namen und vermerkte sie. Um die beiden Frauen konnte Janßen sich nachher auch kümmern, mit dem zuständigen Pfleger wollte sie selbst reden. „Mir stellt sich noch die Frage, wie der Täter ins Pflegeheim gekommen sein könnte. Vorausgesetzt, es war kein anderer Bewohner oder einer vom Personal." Wieder nagte Kenza am Ende des

Kulis und zog ihn verschämt aus dem Mund, als sie diese Geste bemerkte. „Frau von Kraft ist in den frühen Morgenstunden zu Tode gekommen. Ich gehe davon aus, dass der Haupteingang um diese Zeit noch verschlossen ist und es für Fremde überaus schwierig wäre, ins Gebäude zu kommen, oder?"

„Das stimmt. Der Mörder muss sich über einen Seiteneingang Zugang verschafft haben, wenn es kein Einbruch war. Manchmal steht der seitliche Lieferantenzugang neben der Küche offen. Die Nachtwachen rauchen dort in der Pause, weil sie es drinnen nicht dürfen. Vielleicht hat eine vergessen, wieder abzuschließen, oder die Alarmanlage nicht wieder aktiviert? Alle Nachtwachen haben Zugriff auf einen Transponder für diese Tür."

Kenza schrieb auch das auf.

„Was können Sie mir zu Frau von Kraft sagen? Wenn Sie sie schon so lange betreut haben, kannten Sie die Verstorbene ja etwas besser."

„Sie war still", sagte Frau Post. „Ich habe sie, wenn ich Frühdienst hatte, immer aus dem Bett geholt und sie beim Waschen und Herrichten unterstützt. Sie war immer sehr eigen, und wusste stets genau, was sie tragen wollte, welche Frisur wir ihr kämmen sollten und so weiter. Zum Essen, gleich welche Mahlzeit, ist sie selbstständig mit dem Rollator gegangen. Und den Rest der Zeit hat sie gestanden."

„Was heißt denn das?", hakte Kenza sofort nach.

„Sie hat stumm aus dem Fenster gestiert. Immer auf ein und derselben Stelle. Frau von Kraft redete nur selten mit anderen. Und wenn, dann hat sie sich aufgeregt."

„Worüber?"

„Über alles. Das Essen war schlecht, unser Land in einem schlechten Zustand. Da müsste mal wieder einer aufräumen und so. Frau von Kraft hatte eine eher konservative Einstellung, wenn ich das mal vorsichtig ausdrücken darf. Zu mir war sie aber immer nett gewesen, obwohl ich Polin bin und sie an meinen Landsleuten kein gutes Haar gelassen hat."

„Haben Sie sie darauf hingewiesen, dass sie auch Polin sind?", hakte Kenza nach.

„Ja, schon. Aber sie sagte, ich wäre eben Lavina."

Frau Post überlegte kurz. „Meist hat sie tatsächlich gemurmelt und geschimpft. Ich glaube, Frau von Kraft war eine sehr unglückliche Frau. Mir schien es immer so, als hätte sie in ihrem Leben nicht viel zu lachen gehabt."

Kenza überlegte weiter. „Gab es denn Bewohner, mit denen sie aneinandergeraten ist? Wir müssen wirklich allen Spuren nachgehen."

Frau Post verneinte vehement. „Nein, sie saß allein, weil sie keine anderen Menschen mochte, hat an keinen Aktivitäten teilgenommen. Ich glaube, die wenigsten hier haben sie überhaupt bemerkt."

Kenza überlegte wieder einen Moment, ehe sie die nächste Frage stellte. „Gab es in den letzten Tagen Besonderheiten? Irgendetwas abseits vom täglichen Trott?"

Frau Post nickte. „Ja, die gab es. Frau von Kraft bekommt nur selten Besuch, habe ich Ihrem Kollegen schon gesagt. Und vorgestern war ihre Urenkelin da. Danach ist sie völlig ausgeflippt. Wir mussten ihr etwas zur Beruhigung geben. Und jetzt ist sie tot."

Kenza notierte sich auch das. „Ihre Urenkelin?"

„Sie war sehr selten hier und dann nur in Begleitung ihrer Oma, also der Stieftochter. Darauf bestand Frau von Kraft. Dass es ihre Stieftochter war und keine aus eigen Fleisch und Blut, wie sie immer sagte. War wohl kein enges Verhältnis. Ich hatte das Gefühl, sie mochten sich nicht. Undankbar, sage ich."

Kenza konnte sich da nicht einfach so anschließen. Sie sprach mit ihrem gewalttätigen Vater auch kein Wort mehr. Er spielte vor Fremden den Charmeur und es mochte sein, dass andere den Abbruch ihrer Beziehung nicht nachvollziehen konnten. Aber darüber wollte sie jetzt nicht mit der Zeugin diskutieren.

„Die Adresse der Stieftochter brauche ich, bitte. Wir müssen sie informieren. Oder hat es das Heim schon getan?"

„Angesichts der Umstände hielten wir es für richtig, das der Polizei zu überlassen." Lavina Post tupfte sich die Augen.

„Gab es weitere Angehörige?"

„Manchmal hat Frau von Kraft behauptet, sie hätte auch noch einen Sohn. Es kann sein, dass es ihn gar nicht gibt und er nur ihrer Fantasie entsprungen ist. Hin und wieder kam ein Mann mittleren Alters vorbei, aber das war bestimmt nicht ihr Kind. Jedenfalls vergötterte sie den imaginären Sohn."

„Der Name? Falls es ihn geben sollte, müssen wir ihn finden."

Frau Post zuckte mit den Schultern. „Ich habe schlichtweg keine Ahnung. In den Papieren steht auch nichts von ihm."

„Okay", fasste Kenza zusammen. „Ihre Urenkelin, dann war es wahrscheinlich auch die Stiefurenkelin, war also als letzter Besuch da. Wissen Sie, worum es ging, weil Frau von Kraft sich derart aufgeregt hat?"

„Ich bin aus ihren wirren Wortfetzen leider nicht schlau geworden. Sie hat herumgeschrien, immer gesagt, Georg gehöre ihr, Eva wäre lange tot und böse und er hätte sie nie geliebt, sie habe es immer gewusst und so. Klang fast, als wäre sie eifersüchtig auf eine andere Frau. Jedenfalls wollte sie am Ende, dass die Polizei kommt. Sie hätte eine Aussage zu machen. Da haben wir ihr was zur Beruhigung gegeben. Sie hat ja alle ganz wuschig gemacht mit dem Geschrei."

Merkwürdig, schoss es Kenza durch den Kopf. „Wissen Sie, wie die Urenkelin heißt?"

Frau Post schüttelte den Kopf. „Ich kenne nur den Namen der Stieftochter. Sie heißt Tania Lewalder und kommt aus Jever."

Tania

Von Stolp (Słupsk) nach Wilhelmshaven, März 1945

Es krachte, als sie die Stadt hinter sich gelassen hatten, und eine Rauchsäule schraubte sich aus Richtung des Bahnhofs in die Höhe. Kurze Zeit später ging der Alarm los.

Ein Fahrradfahrer brauste an ihnen vorbei. „Räumungsbefehl für Stolp! Alle müssen raus aus der Stadt. Und jetzt haben sie den Bahnhof gesprengt, der Alarm vor dem Angriff kam erst fünf Minuten später. Ein Witz ist das alles, ein Witz!" Dann raste er mit seiner Botschaft weiter.

„Gut, dass wir nicht mehr am Bahnhof waren", brummte Oma Luise. Sie warf einen besorgten Blick auf Tania, der es noch immer nicht gut ging. Sie behielt absolut nichts im Magen. Oma Luise hatte den Kinderwagen komplett ausgeräumt und alles in der Halle gelassen, damit sie ihre Enkelin hineinlegen konnte. Es waren nur noch eine Decke und die wichtigsten Papiere und Wertsachen darin. Tania hatte dafür nun etwas mehr Platz. Es war eng genug, in ihrem Alter lag man normalerweise nicht mehr im Kinderwagen, aber nun galt es nur noch, die 18 Kilometer nach Stolpmünde zu bewältigen, und zwar so rasch es irgendwie ging. Es war ihre letzte und vermutliche einzige Möglichkeit, Stolp in Richtung Westen zu verlassen.

Oma Luise legte einen schnellen Tritt vor. Ab und zu überholten sie ein paar Menschen, aber viel zu oft geriet die Kolonne ins Stocken.

Von hinten kam erneut ein Mann auf dem Rad. „Der Bahnhof steht in Flammen. Ein Großteil der Stadt ist zerstört, geplündert. Ich war eben am Bismarckplatz, da sind vorn am Haus alle Fensterscheiben kaputt. Und so sieht es an vielen Orten aus."

Tania krümmte sich in ihrem Kinderwagen und hoffte einfach nur, dass der furchtbare Bauchschmerz gleich verging.

Es dämmerte bereits, als die Lichter von Stolpmünde zu sehen waren. Oma Luise hatte ihre Geschwindigkeit noch immer nicht gebremst. Sie nahm keine Rücksicht auf die langsameren und schwächeren Menschen. Einmal stieß sie sogar einen alten Mann zur Seite, der in den Schnee fiel und dort liegen blieb.

„Oma", sagte Tania, aber ihre Großmutter hatte nur ein Ziel: den Hafen von Stolpmünde.

Am Kai drängelten sich die Menschen um einen Dampfer. An Deck standen sie schon dicht an dicht. Tanias Oma drängte alle Umstehenden zur Seite, stolperte über eine alte Frau, die im Getümmel gestürzt war. Ohne Rücksicht riss ihre Großmutter die Enkelin aus dem Kinderwagen, ebenso die unter der Matratze liegenden Papiere, stieß den Wagen zur Seite und drängelte sich zur Gangway des Schiffs.

„Ich habe ein kleines Kind, ich muss mit!", schrie Oma Luise und irgendwie gelang es ihr, gleich an Bord gelassen zu werden.

Tania nahm nur schemenhaft wahr, was um sie herum geschah, denn ihr Bauch grummelte wieder ganz fürchterlich. Ihr ganzer Körper schmerzte. Schließlich konnte sie es nicht mehr aushalten und erleichterte sich. Warm schoss der Inhalt des Darms an ihren Beinen herab.

Ihre Großmutter schälte sie, trotz der eisigen Kälte, aus den Anziehsachen und reinigte sie notdürftig mit dem Laken. Gerade, als sie Tania wieder ankleiden wollte, kam ein Mann in Uniform auf sie zu. „Frauen und Kinder unter Deck." Er wies auf eine Tür.

„Das Kind ist krank!", rief einer der Männer. „Nachher steckt sie uns noch an. Womöglich hat das Marjellchen Typhus! Die muss runter vom Schiff!"

Oma Luise schleppte Tania rasch ins Innere. Sie flüsterte: „Du bist krank. Sehr krank. Sei einfach still, sonst werfen sie uns von Bord und das werden wir nicht überleben."

Tania nickte und kuschelte sich in die Arme ihrer Großmutter.

Ein Mann sah in den Laderaum. „Alle bitte ganz ruhig bleiben! Es ist noch unklar, ob wir heute ablegen können. Zu viel Wind. Die Wellen türmen sich auf der Ostsee. Auf der Landseite tobt das Feuer, auf der Seeseite fahren U-Boote und liegen Seeminen."

Doch dann wurden die Panzerschüsse lauter, ein Mann schrie: „Stolp brennt lichterloh!"

Der Kapitän musste sich kurzfristig anders entschieden haben, denn gleich darauf wurden die Turbinen des Dampfers angeworfen und das Schiff schob sich in die stürmische Ostsee.

„Nicht nur Stolp, die ganze Küste brennt", sagte eine Frau, die kurz nach oben an Deck gegangen war und eiligst zurückkam, denn es war mit dem Einsetzen der Dunkelheit wieder bitterkalt geworden. „Und unsere Männer haben draußen bei dem Frost und Seegang mittlerweile Mäntel aus Eis an."

Das Schiff hatte auf Tania groß und mächtig gewirkt, aber nun tanzte es in den Wellenbergen, ging auf und nieder oder beugte sich zur Seite.

Tania wachte einmal auf in der Nacht. Eine besonders heftige Welle war gegen die Bordwand geschlagen und kurz darauf ertönte der Ruf: „Mann über Bord!"

Tania wusste nicht, ob man ihn wiedergefunden hatte. Keiner redete darüber.

Gegen Mittag des nächsten Tages liefen sie eine Stadt an und das Schiff machte fest. „Das ist Swinemünde", hörte sie. „Hier sind wir in Sicherheit."

„Die Stadt ist voller Flüchtlinge. Wir werden nach Stralsund gebracht. Alle müssen an Bord bleiben", war die nächste Info.

Tania war einfach nur froh, dass es nicht mehr so schaukelte und ihre Bauchkrämpfe in der letzten Stunde ein kleines bisschen nachgelassen hatten. Trotzdem fühlte sie sich unglaublich schwach und war froh, Leni an sich drücken zu können.

Sie legten wieder ab, der Seegang ließ nach. „Der Kapitän fürchtet die Minen und U-Boote", gab eine weitere Stimme kund. „Wir fahren durchs Haff bis Ueckermünde und dann durch den Peenestrom bis Stralsund."

Tania war das alles egal. Sie bekam die Ankunft in Stralsund nicht mit. Auch an die Weiterfahrt nach Wilhelmshaven konnte sie sich nur bruchstückhaft erinnern. Dort sollten Verwandte leben, die ihnen weiterhelfen würden, bis der Vater zurückkam.

Kurz vor Ankunft in der völlig zerbombten Marinestadt ging es Tania besser.

„Du hattest Typhus", sagte Oma Luise. „Gut, dass es überstanden ist, sonst würden uns die Verwandten sicher nicht reinlassen. Der Arzt im Lager war sehr besorgt um dich."

Tania vergewisserte sich, dass Leni da war, und stapfte vom Bahnhof aus an der Hand ihrer Oma durch die Trümmerfelder der Stadt.

Es stand kein Haus mehr an der Peterstraße, wo sie unterkommen sollten. Nur an der Gökerstraße ragte noch ein Eckhaus in die Höhe. Die Stadt glich einem Schutthaufen.

Oma Luise arbeitete sich mit Tania auf dem Arm über die Geröllwüste zu dem einzigen noch intakten Haus vor.

„Wen suchen Sie? Hier ist kaum noch wer." Ein alter Mann musterte sie neugierig.

„Meine Cousine. Sie lebt in der Hegelstraße, aber ich weiß nicht, wo das ist. Und meine Enkelin ist sehr geschwächt."

Der Mann zeigte in die andere Richtung. „Da in etwa."

Tania liefen die Tränen über die Wangen. Sie wollte zurück nach Topolno. Oder nach Borntuchen. Zu Matteusz. Zu Mutter.

Aber hier war nichts als Schutt und Asche.

8

"Janßen?" Kenzas Stimme klang scharf, als sie aus dem Pflegeheim trat und auf Finn und Janßen zuging.

Ihr Kollege fuhr herum. "Jo, what's up?"

"Sie sind hier nicht der Boss, ich leite die Ermittlungen. Ist das ein für alle Mal klar? Ich möchte Sie bitten, das auch nach außen und vor Zeugen kein bisschen anders zu kommunizieren."

Janßen senkte nicht einmal den Blick, sondern feixte Kenza an. "Oh, habe ich dem werten Fräulein von der Mordkommission auf die hübschen Stiefeletten getreten? Das tut mir leid. Kommt nicht wieder vor."

Kenza beließ es dabei. Sie befürchtete eine Eskalation, denn Janßen wollte sie provozieren. "Gut, dann wäre das geklärt. Wir haben es hier mit einem Mordfall zu tun. Ich habe nun ein paar Aufgaben für Sie, Janßen. Das wird bitte umgehend und ohne Diskussion erledigt." Kenza reichte ihm eine Liste mit den Namen.

"Und was soll ich damit tun, mien Deern?"

"In der Mordnacht hatten drei Pfleger und Pflegerinnen Nachtschicht. Bitte überprüfen Sie Tessa Meier und Amelie Burger. Hinzu kommen die anderen Nachtwachen aus den übrigen Abteilungen. Die müssen Sie im Personalbüro noch erfragen."

"Wie, die soll ich alle abgrasen?"

„Ja, genau. Herr Gerdes und ich kümmern uns um den Nachtpfleger Jens Hoffmann, der für unsere Tote zuständig war."

„Ich soll Handlangerdienste machen?" Das unverschämte Grinsen in Janßens Gesicht war nun wie eingefroren.

„Ich nenne das polizeiliche Ermittlungen, Herr Janßen. Und bitte gleich und nicht übermorgen. Ich muss schnellstens wissen, was hier letzte Nacht passiert ist und ob irgendjemand etwas gesehen hat. Wir müssen die Nachtwachen leider auch in den Kreis der Verdächtigen miteinbeziehen. Bei der Dienstbesprechung in Jever tragen wir alles zusammen."

Janßens Gesicht verfinsterte sich. „Erst brauche ich den aktuellen Ermittlungsstand, sonst weiß ich ja gar nicht, was genau ich fragen soll."

Finn hatte die ganze Zeit still danebengestanden und nickte nun unmerklich. „Ja, Kenza, den braucht er. Und ich auch. Also, was haben Thilo und Doc Stock herausgefunden, was weißt du? Nur im Groben, ins Detail gehen wir dann bei der Besprechung."

Kenza seufzte kurz, fasste dann aber zusammen, was sie zum neuen Stand wusste.

Danach wandte sie sich an Finn. „Wir fahren jetzt zuerst zu Frau Lewalder und überbringen ihr die Todesnachricht. Darum hat sich nämlich noch keiner gekümmert. Und dann suchen wir Jens Hoffmann auf. Avanti!"

Janßen trollte sich ins Personalbüro.

***

Malin war eben bei ihrer Großmutter in der Anton-Günther-Straße eingetroffen, als Kenza Klausen und ein männlicher Kollege mit ihrem Dienstwagen vorfuhren. Sie hatte gestern noch bei Frau Klausen angerufen und darum gebeten, ab und zu eine Streife vorbeizuschicken, weil sie und ihre Großmutter das Gefühl hatten, beobachtet zu werden.

Die beiden Polizisten wirkten sehr ernst und Malins Brust zog sich zusammen. Sie hielt den Reiseführer aus Polen in der Hand und steckte ihn sofort in ihre Handtasche. Sie hatte das Buch und die aktuelle Tageszeitung in der Neuen Straße in der Buchhandlung gekauft. Die beiden Polizisten mussten nicht mitbekommen, dass sie vorhatte, mit ihrer Großmutter zu verreisen. Und wohin schon gar nicht. Sie lächelte Kenza Klausen und ihren Kollegen unsicher an. „Ja, bitte? Was kann ich für Sie tun?"

„Können wir reinkommen? Es gibt Dinge, die wir nicht auf der Straße besprechen möchten."

Malin öffnete die Haustür und ließ die Kommissare ein. „Oma, die Polizei ist noch einmal da", rief sie in Richtung Küche, damit ihre Großmutter vorgewarnt war.

Tania kam mit einer Schürze vor dem Bauch in den Flur. „Schon wieder Polizei?", fragte sie erstaunt. „Was gibt es denn? Ich bin gerade am Kochen."

„Wir haben keine guten Nachrichten, Frau Lewalder", begann Frau Klausen. „Können wir uns setzen?"

Tania wies aufs Wohnzimmer. „Ich muss nur rasch den Herd runterstellen."

Als sie in die Stube kam und sich an den Tisch gesetzt hatte, erzählte Frau Klausen, was passiert war.

„Meine Stiefmutter wurde umgebracht?", fragte Tania entsetzt. „Wir hatten kein gutes Verhältnis, aber das? Was ist passiert? Warum hat man das getan?"

„Das werden wir herausfinden. Auf jeden Fall war sie sehr aufgewühlt in den letzten Tagen. Nach Ihrem Besuch, Frau Meißner. Worum ging es da?"

Malin schluckte. „Ich habe kaum Kontakt zu Uroma Paula gehabt. Ich fand es schräg, dass sie meine Großmutter noch immer als ihre Stieftochter bezeichnete, obwohl sie sie doch quasi großgezogen hat. Meine Oma war sieben Jahre alt, als Uroma Paula in die Familie eingeheiratet hat. Meine Mutter war in ihren Augen nie ihre Enkelin und ich somit nie ihre Urenkelin. Das hat zu keiner wirklichen Beziehung geführt."

„Sie mochten sie also nicht", stellte Kenza Klausen fest.

„Nein. Ich nicht, und meine Oma und sie waren sich auch nicht grün." Malin sah keinen Sinn darin, jetzt zu lügen.

Der andere Kommissar spielte mit dem Kugelschreiber, der neben Tanias Rätselheft auf dem Tischtuch lag. „Trotzdem haben Sie sie vorgestern im Pflegeheim besucht und sie sichtlich durcheinandergebracht. Was wollten Sie von ihr?"

Malin erzählte von dem Gespräch. „Aus meiner Großmutter war ja nichts herauszubekommen", sagte sie. „Da hatte ich mir erhofft, von Paula mehr über Matteusz und die Vergangenheit zu erfahren."

Die Kommissarin sah sie fragend an. „Aber Frau von Kraft war doch auf der Flucht gar nicht dabei? Woher sollte sie Matteusz Mazur denn kennen?"

„Ich dachte, dass mein Urgroßvater bestimmt so einige Dinge erzählt hat. Den bruchstückhaften Erzählungen nach ist meine Großmutter Tania von ihrer Oma Luise über die Ostsee aus dem brennenden Stolp heraus erst bis nach Stralsund und dann bis Wilhelmshaven gebracht worden." Malin sah entschuldigend zu ihrer Oma. „Ich dachte, sie hätte meinem Uropa vielleicht erzählt, was damals in Borntuchen und auf der Flucht passiert ist. Ich hatte gehofft, dass er alles an seine zweite Frau weitergegeben hat."

Kenza nickte verständig. „Das leuchtet ein. Aber haben Sie etwas herausgefunden?"

„Kaum. Ich hatte gehofft, ihr Langzeitgedächtnis ein bisschen anzuregen, wenn ich die richtigen Fragen stelle." Malin gab sich zerknirscht. „Aber das hat nicht funktioniert. Sie ist völlig ausgerastet, hat herumgeschrien und wollte, dass ich verschwinde. Ich habe mich total erschrocken, es klang fast so, als hätten die beiden Stress wegen seiner ersten Frau, also Eva, gehabt."

„Wo waren Sie denn heute Morgen zwischen 4 und 7 Uhr?", fragte der Kommissar.

„Hier, bei meiner Großmutter. Ich habe sie nicht mehr allein gelassen. Sie wissen ja, wegen der zertrampelten Blumen und unserem Gefühl, dass jemand das Haus beobachtet. Ich habe Sie deswegen gestern Abend noch angerufen." Malin warf wieder einen Blick zu ihrer Oma, die aber gar nicht zugehört hatte.

Kenza Klausen notierte auch das. „Bitte kommen Sie im Laufe des Tages aufs Kommissariat nach Wilhelmshaven und geben Sie dort ihre Fingerabdrücke ab. Beide. Es muss sein, und sei es nur zum Ausschluss."

Malin fand das gruselig und völlig überflüssig. Das alles verschob ihre Abreise nach Polen. Sie wollte hier einfach nur noch weg.

Kenza Klausen aber war noch nicht fertig. „Ich muss Sie das jetzt fragen: Erben Sie, Frau Lewalder?"

Tania winkte ab, stand auf und durchwühlte eine Schublade, bis sie ein Stück Papier in der Hand hielt. „Nein, das tue ich nicht. Sehen Sie selbst." Sie legte das Schriftstück den Kommissaren auf den Tisch. „Ich bin keine leibliche Verwandte und nie adoptiert worden. Sie hat meinen Vater geheiratet, er hatte nach dem Krieg ja nichts mehr. Natürlich hat sie einen Ehevertrag abgeschlossen, damit alles in ihrer Hand bleibt und nur ihr leibliches Kind erben soll. Das gab es aber nicht. Keinen Sohn, keine Tochter. Da war nur ich, der Bastard. Irgendwie waren wir miteinander verbunden und irgendwie nicht. Ich bekomme also nichts und ich will auch nichts von einer Frau, die zeitlebens behauptet hat, dass ihre Stieftochter von einer Hure auf die Welt gebracht worden sei. Und dass sie so einer Brut auch bis ins fünfte Glied nichts vermachen würde. So einfach ist das."

„Ich ahne mittlerweile, warum Sie nicht allzu oft bei Ihrer Stiefmutter waren", sagte Kenza. „Haben Sie sie gehasst?"

„Hass ist ein großes Wort, Frau Kommissarin", sagte Tania.

„Nein, ich habe sie nicht gehasst. Nicht gemocht, das ja. Aber bitte verzeihen Sie meine Direktheit. Meine Stiefmutter und ihr Schicksal haben mich irgendwann nicht mehr berührt. Ich bin nur noch aus Pflichtgefühl bei ihr gewesen. Einer musste schließlich alles organisieren."

„Die Pflegerin sprach von einem Sohn, den sie aber auch nicht kannte."

Tania schüttelte den Kopf. „Meine Stiefmutter hatte keinen Sohn. Ganz sicher nicht."

„Wissen Sie denn, wer das restliche Vermögen erben wird?", fragte Kenza.

„Keine Ahnung. Wahrscheinlich irgendein Katzenverein oder dergleichen. Eine soziale Ader hatte sie nicht, aber ihr Kater war ihr immer wichtig."

„Erbe klären", vermerkte Kenza innerlich und wollte Finn darauf ansetzen. Erst als sie im Auto saß, fiel ihr ein, dass sie Frau Lewalder gar nicht nach dem jungen Mann auf dem Bild gefragt hatte. Das würde sie nachholen, vermutlich war es unwichtig.

Tania

Cäciliengroden, 1948

Tania mochte die Schule nicht. Die Kinder lachten sie aus, weil sie anders redete, und sie setzte alles daran, sich der hier üblichen Sprache anzupassen. Aber immer wieder englitten ihr die Konsonanten, vor allem das „G" wurde rasch zu einem „J". Oder es schlichen sich polnische Wortbrocken ein. Tania war so durcheinander, dass sie am Ende gar nicht mehr wusste, wer sie eigentlich war und welche Sprache zu ihr gehörte.

Ihr Vater interessierte sich nicht für ihre Probleme, er war damit beschäftigt, bei seiner neuen Stelle bei der Bahn Fuß zu fassen. Er betonte oft, wie froh er war, dass gute Leute immer gebraucht wurden.

Tania ging, trotz ihrer neun Jahre, noch in die zweite Klasse, denn wegen der Flucht und dem Krieg fehlte ihr einfach zu viel Wissen. Hinzu kam, dass sie nach ihrer Ankunft in Wilhelmshaven vor drei Jahren zunächst sehr krank geblieben war und nicht belastet werden konnte. „Das Kind ist schwermütig", hatte der Arzt gesagt, ihr eine Eisenspritze verabreicht, die aber außer einem dicken blauen Fleck am Po keine Wirkung gezeigt hatte. Daraufhin hatte der Arzt Georg von Kraft angeraten, wieder zu heiraten, damit das Kind eine Mutter hatte.

Kurz darauf war Paula Müller zu ihnen gekommen und schnell Frau von Kraft geworden. Deren Vater besaß ein großes Gehöft mit viel Land bei Cäciliengroden, und Paula war die einzige Tochter.

Tania fürchtete sich vor der neuen Mutter, denn sie mochte das kleine Mädchen nicht, das sie zu sehr an Georgs erste Frau erinnerte. Dafür verstand sie sich prächtig mit Oma Luise, die sie und ihren Sohn zusammengebracht hatte und die nicht müde wurde zu betonen, wie wichtig es war, dass sie nun endlich eine richtige Familie waren.

Über den Krieg und die Flucht sprachen sie nicht mehr. Wären die zerstörten Straßenzüge in Wilhelmshaven nicht gewesen, der Staub und Dreck der Stadt, die sich nur sehr langsam von den geschlagenen Wunden erholte, bei denen es kaum vorstellbar war, dass sie sich jemals wieder schlossen, wäre es Oma Luise vollends gelungen, so zu tun, als hätte es all das nicht gegeben. Das nicht und auch Tanias Mutter nicht. Vorbei. Vergessen. Verdrängt. Lediglich ihre heroische Rolle bei der Flucht thematisierte sie hin und wieder.

Aber Tania hatte Leni und ihre Erinnerungen. An den großen Fluss. An die Störche. An Mutters Stimme. Und an Matteusz. Nur manchmal schreckte sie hoch, weil diese Erinnerungen blasser wurden und sie Angst hatte, dass sie bald verschwanden und ihre Mutter und ihr Freund dann weg waren. Unauffindbar wie ein Sandkorn, das eben noch ihre Wange gestreift hatte.

Vor einem halben Jahr waren sie aufs Land nach Cäciliengroden auf den Hof von Mutter Paula gezogen. Deren Vater konnte die Landwirtschaft nicht mehr allein führen und lag nun in seiner Kammer, wo er von

Oma Luise mit Brei gefüttert wurde. Tania war froh, dem Schmutz der Stadt entkommen zu sein. Hier bekam sie besser Luft und ihre Wangen röteten sich wieder. Die Kinder in der Schule waren freundlicher, sie scherten sich nicht um ein verrutschtes G zum J. Die Straßenzüge waren heil, nachts, wenn der Wind günstig stand, hörte Tania das Meer. Sie liebte die vor dem Deich liegende Salzwiese am Rand des Jadebusens. Die Möwen schrien tagsüber und ließen sich im Wind treiben. Auf dem Deich tummelten sich die Schafe, die im Frühjahr lammen würden. Wenn Tania am Meer war, empfand sie endlich wieder so etwas Ähnliches wie Glück. Sie ging oft dorthin, breitete ihre Arme aus, lief den Deich rauf und runter und stellte sich vor, sie wäre eine Möwe, die weit übers Meer flog. Bis zum Horizont, der nirgendwo endete, aber hinter dem irgendwo ihre Mutter war, die ihrer Tochter beim Fliegen zusah.

Mutter Paula mochte es nicht, wenn sich Tania am Deich herumtrieb. Aber sie hatte mit dem Hof viel Arbeit und konnte sich nicht um ihre Stieftochter kümmern. Das Wort „Stief" betonte sie immer sehr. „Warte nur ab, du Bastard, bis ich meinen Sohn gebäre. Dann hast du nichts mehr zu lachen. Dann schützt dich auch dein Vater nicht mehr, wenn der Erbe erst da ist."

Tania hatte Angst vor diesem Sohn, der ihr womöglich auch noch den Vater nehmen würde. Aber er kam nicht. Dafür kam die Währungsreform im Juni und man konnte plötzlich wieder alles kaufen, was das Leben veränderte. Nur bei Paula von Kraft blieb alles beim Alten.

Einmal war Tania bei ihrer Freundin Gertrud zum Spielen. Sie lebte auf einem Gehöft auf der anderen

Seite des Dorfes in Richtung Sandergroden. Tania war mit dem Rad dorthin gefahren und sollte pünktlich zu Hause sein. Den ganzen Tag hatten sie Bilder gemalt und ausgeschnitten. Sie wollten ihre Mütter damit überraschen. Tania konnte wunderbare Schmetterlinge zeichnen.

„Da wird deine Mutter sich bestimmt freuen", sagte Gertruds Mutter, die deren Bild gleich an die Wand hing.

Tania hoffte, dass es so war. Sie packte ihre Sachen zusammen, doch als sie in die Jacke schlüpfen wollte, donnerte es.

„Oje, von See kommt ein Unwetter", sagte Gertruds Mutter. „Das habe ich gar nicht bemerkt. Du kannst jetzt nicht losfahren, das wäre lebensgefährlich."

Draußen kam ein heftiger Sturm auf, der die Bäume zum Wanken brachte und eine Dachpfanne auf dem Hof zerschellen ließ.

„Ich muss aber doch los", sagte Tania.

Mittlerweile blitzte und donnerte es fast ununterbrochen.

„Nein, das kann ich nicht verantworten. Dein Bild wäre dann auch hinüber. Du wartest besser, meist ist der Spuk in einer halben Stunde vorbei."

„Aber meine Stiefmutter ..."

„Sie wird das verstehen. Jeder versteht das."

Jeder schon, dachte Tania. Aber nicht sie. Trotzdem blieb sie, denn Tania fürchtete sich vor Gewitter. Der laute Donner erinnerte sie an die Geschütze in den letzten Kriegstagen, an die Tiefflieger, die sie beschossen hatten. Sie hätte so oder so nicht losfahren können.

Bei jedem Blitz kniff sie die Augen zu und jeder Donner ließ sie zittern. Sie saß in der Diele an der Wand und hielt sich die Ohren zu, um den Krach abzumildern.

Gertruds Mutter erkannte ihre Not, setzte sich zu ihr und nahm Tania in den Arm, bis das Schlimmste vorbei war.

Draußen war es nun kühl geworden.

„Soll ich mitfahren?", fragte Gertruds Mutter, weil Tania noch immer zitterte. Jetzt aber war es eher die Angst vor der Reaktion ihrer Stiefmutter, weil sie zu spät war. Sie würde sie gleich windelweich prügeln, sodass sie mindestens eine Woche kein Radfahren, geschweige denn in der Schule vernünftig sitzen konnte. Zu oft hatte sie schon den Holzlöffel oder den harten Latschen gespürt.

„Ich schaff das schon", sagte Tania. „Ist ja nicht weit."

Und so raste sie mit dem Rad ihrer Stiefmutter, weit über den Lenker gebeugt, quer durch den Ort nach Hause zu ihrem Hof.

Paula von Kraft stand schon in der Haustür, die Fäuste in die Hüften gestemmt. „Wo kommst du jetzt erst her?"

Tania versuchte zu erklären, warum sie zu spät war, und holte das Bild hinter dem Rücken hervor. „Ich habe dir auch was gemalt."

Ihre Stiefmutter riss Tania das Bild mit den aufgeklebten Schmetterlingen aus der Hand und zerfetzte es in viele kleine Teile.

„Du hast nach Hause zu kommen, wenn ich das sage! Gewitter hin oder her. Das hast du extra gemacht, du

Bastard. Hättest doch eher losfahren können!" Ihre Stimme überschlug sich.

Dann griff sie hinter sich und nahm den Holzlöffel von der Kommode. Kaum war die Tür hinter ihnen zugefallen, tanzte das Holz auf Tanias Rücken und zerschlug die Haut ihrer Hände, mit denen sie sich zu schützen versuchte.

9

Jens Hoffmann lebte in Rüstersiel mit einem herrlichen Blick auf den historischen Hafen. Er war noch im Bademantel, als er die Tür öffnete, und sah die beiden Kommissare erstaunt an. „Was kann ich für Sie tun? Entschuldigen Sie, ich komme eben aus der Dusche, weil ich gleich wieder zum Dienst muss."

Kenza und Finn zückten die Dienstausweise und erklärten, wer sie waren.

„Polizei? Worum geht es?"

„Dürfen wir reinkommen? Hier draußen ist es doch etwas ungünstig. Wir müssen mit Ihnen reden. Es geht um Ihre letzte Nachtschicht in der ‚Deichkrone'."

Hoffmann bat die beiden hinein. „Bitte nehmen Sie in der Stube Platz", sagte er und wies auf eine zweiflügelige weiße Tür, die zum Wohnzimmer führte. Kenza blieb fast die Luft weg, als sie den Ausblick bemerkte. Sie schauten direkt auf den Hafen, wo die ersten Lichter schon an und die letzten Segelboote vertäut waren.

„Darf ich Ihnen was zu trinken anbieten?", fragte der Pfleger.

Kenza wählte ein Glas Wasser und Finn schloss sich ihr an.

Jens Hoffmann betätigte den Wassersprudler, stellte ihnen zwei Gläser hin und entschuldigte sich kurz, um sich etwas anzuziehen.

Kurz darauf kam er in Jeans und blau-weißem Streifenhemd zurück. Das kurze dunkle Haar war gekämmt und ein Duft von Rasierwasser „Irish Moos" umwaberte ihn.

Kenza betrachtete ihn genauer. Er war ziemlich hochgewachsen, mindestens 1,90 groß und von schlanker, aber nicht hagerer Statur. Er und Finn könnten Brüder sein, schoss es Kenza durch den Kopf, denn sie hatten das gleiche Lächeln und eine ähnliche Art, sich das Haar zurückzustreichen.

„Ich muss aber wirklich in 30 Minuten los und vorher noch einen Happen essen. Um was geht es denn?"

„Wir beeilen uns, Herr Hoffmann, und kommen am besten sofort zum Punkt. In Ihrer letzten Schicht ist am frühen Morgen Paula von Kraft ermordet worden." Kenza nannte ihm die ungefähre Tatzeit, die von der Rechtsmedizin in Oldenburg mittlerweile auf den Zeitraum zwischen 5 und 6 Uhr morgens eingegrenzt worden war. „Wir wissen ziemlich sicher, dass sie mit einem Kissen oder Ähnlichem erstickt wurde. Das alles ist während Ihrer Dienstzeit passiert."

Jens Hoffmann wirkte ernsthaft erschrocken. „Ich kann es kaum glauben! Frau von Kraft war zwar alt, aber wenn sie wollte, konnte sie messerscharf kombinieren. Wer sollte sie töten und warum? Sie war eine eigenwillige Person, streitbar, wenn sie tatsächlich einmal den Mund aufmachte. Also, ich hätte bestimmt privat keinen Kontakt zu ihr gepflegt, aber ab einem gewissen Alter muss man den Leuten ihre Vergangenheit einfach verzeihen. Sie können ja keinem mehr etwas antun."

Jens Hoffmann wirkte noch immer fassungslos. Er stand auf, schüttelte den Kopf und raufte sich das Haar. „Wer sollte denn eine so alte Frau töten? Dafür muss es doch ein Motiv geben, oder nicht?"

„Das wüssten wir auch alles gern."

„War es vielleicht ihre Stieftochter? Frau von Kraft war meines Wissens nicht arm."

Kenza schüttelte den Kopf. „Sie ist nicht erbberechtigt. Sie ist, wie Sie schon sagten, die Stieftochter." Sie wandte sich an Finn und flüsterte: „Kümmerst du dich morgen um das Testament?"

Er nickte ihr beruhigend zu.

Jens Hoffmann hatte den kurzen Austausch zwischen den Kommissaren nicht bemerkt und redete einfach weiter. „Im Heim hatte sie keine Kontakte und dieser imaginäre Sohn, von dem sie nachts fantasierte, der existiert bestimmt gar nicht. Ich glaube, den hätte sie einfach gern gehabt, aber soweit ich informiert bin, ist ihre Ehe kinderlos geblieben. Vermutlich war es tatsächlich ein Wunschdenken."

„Wer der junge Mann auf dem Bild ist, wissen Sie auch nicht, oder? Wir meinen das auf dem Nachttisch."

„Nein, sorry." Jens Hoffmann wirkte mitgenommen. „Nachts kam ja kein Besuch und ob er sonst mal im Heim war, weiß ich wirklich nicht."

„War Frau von Kraft denn anders als sonst? In der Nacht ihres Todes?"

Jens Hoffmann schüttelte den Kopf. „Sie war stiller, man hatte ihr ein Mittel gegeben, weil sie seit dem Besuch der Urenkelin ungewöhnlich aufgebracht war. Wir waren aber schon dabei, das Medikament wieder auszuschleichen. Sie hat es schließlich schon seit Mittwochabend bekommen. Sonst kann ich nichts dazu sagen." Er kratzte sich am Hinterkopf. „Was mich wirklich beschäftigt, Frau Klausen: Wie soll sie denn in meiner Schicht umgekommen sein? Ich habe nichts gesehen, nichts gehört. Ich war, im Gegensatz zu meinen zwei Kolleginnen, nicht rauchen und habe die Station nicht verlassen. Die beiden Damen sind sehr dicke miteinander und helfen sich lieber gegenseitig, bevor sie mich dazurufen. Ich bin im Team nicht so stark integriert. Tessa und Amelie sind schon über zehn Jahre im Dienst, Sie wissen sicher, wie das ist."

„Also gab es nichts, was Ihnen komisch vorkam."

„Nein. Nichts. Und ich bin mir zu Hundertprozent sicher, dass Frau von Kraft bei meinem letzten Durchgang noch am Leben war."

„Was macht Sie so sicher?", fragte Finn sofort nach.

„Ganz einfach: Ich habe ihr etwas zu trinken gegeben, und sie ist daraufhin sofort wieder eingeschlafen."

„Wann war das genau?", fragte Finn gleich nach.

Jens Hoffmann schüttelte den Kopf. „Hab nicht auf die Uhr gesehen. Kurz nach fünf? Vielleicht viertel nach?"

Kenza presste die Lippen zusammen. „Wann kam die Frühschicht?"

„Die Ersten um halb sechs, wie immer. Dienstbeginn ist um 6 Uhr. Dann ist Übergabe, Tabletten stellen und ab 7 Uhr sind wir in den Zimmern. Zuvor ist Nachtruhe."

Kenza stand auf. „Danke, Sie haben uns sehr geholfen. Demnach könnte aber die gesamte Frühschicht den Mord begangen haben. Nur, warum?"

„Das wüsste ich auch gern. Wobei mir da die Vorstellung fehlt, wie sie es angestellt haben sollten. Bei der Übergabe waren jedenfalls alle in der Dienstküche", sagte Herr Hoffmann. „Oder es war doch der große Unbekannte. Ich hoffe, Lavina verkraftet das. Sie war mit Frau von Kraft sehr eng."

„Was heißt das?"

Jens Hoffmann druckste herum. „Ich würde es mal fachlich ausdrücken. Mir kam es oft so vor, als fehle ihr bei Frau von Kraft die nötige professionelle Distanz."

„Danke, dann wissen wir jetzt, was wir wissen müssen. Bitte kommen Sie morgen nach dem Dienst aufs Kommissariat nach Wilhelmshaven. Wir brauchen Ihre Fingerabdrücke als Abgleich. Eine ruhige Nacht!"

Kenza und Finn verabschiedeten sich und gingen zurück zum Auto.

„Verdammt, das kann ja nun jeder gewesen sein, Finn. Da sind wir genauso wenig weitergekommen wie mit dem Tod von Matteusz Mazur."

„Auf Wiedersehen, freies Weekend für dich und Bert", sagte Finn. „Da müsst ihr wohl an meiner Seite bleiben. Ich habe ja sowieso Dienst."

Kenza trat spaßeshalber nach ihm und er hüpfte ein Stück weg. Dann wurde er wieder ernst. „Aber was ist, wenn der Hoffmann lügt? Wenn er die von Kraft erstickt hat, wird ihm das nur schwer nachzuweisen sein. Genau wie allen anderen, die dort arbeiten."

Kenza seufzte.

„Nun ab in die Höhle des Löwen zu unserem lieben Bert. Mal sehen, ob er aus den Pflegerinnen was rauskitzeln konnte."

***

Bert Janßen saß schon im Büro, konnte aber wirklich nichts Bahnbrechendes zum Fall beitragen. Die anderen Pflegerinnen und Pfleger waren allesamt auf ihren Stationen geblieben und hatten dementsprechend nichts mitbekommen.

Mittlerweile war es fast 22 Uhr und in Jever begann die Kirchenglocke zu läuten.

„Was ist denn das um diese Zeit?"

Finn grinste „Sag bloß, du kennst unser Marienläuten nicht?"

„Marienläuten? Was soll das sein?"

„Die Glocke zu Ehren von Fräulein Maria. Der Sage nach hat sie vor ihrem geheimnisvollen Verschwinden angeordnet, dass die Glocke allabendlich ertönen soll, bis sie zurückkommt. Sie ist aber noch nicht wieder da, also läuten die Jeveraner."

„Du willst mich doch auf den Arm nehmen!"

„Nein. Unter der französischen Besatzung sollte es eingestellt werden, aber die Glocke ging von allein an. Der Geist des Fräuleins ist also allgegenwärtig!"

„Oje, wohin bin ich nur geraten?" Kenza gähnte. „Morgen müssen wir noch zu Lutz Eichler. Das haben wir heute einfach nicht mehr geschafft. Er ist aber aus Münster zurück."

„Das wird eine feine Samstagsbeschäftigung." Finn griff nach der Lederjacke. „Soll ich dich mitnehmen, Kenza?"

„Du wohnst doch gar nicht in Wilhelmshaven", sagte sie erstaunt.

„Korrekt, aber ich muss heute tatsächlich dorthin."

„Immer dieses Rumgebaggere", motzte Bert Janßen, der die ganze Zeit still zugehört hatte, und stob grußlos zu seinem Auto.

„Ich bin selbst mit dem Wagen da, Finn. Aber danke."

„Wollte nur mal sehen, was unser Berti dazu sagt, wenn er glaubt, wir kommen uns näher."

Kenza zog nur kommentarlos die Brauen hoch. Sie war einfach nicht gern Mittel zum Zweck.

Genervt bestieg sie ihren roten Golf und beschloss, trotzdem noch zum Südstrand zu fahren. Einmal die frische Meeresbrise atmen, damit sie das alles hier schadlos überstand. Sie fuhr mitten durch Jever und erfreute sich an dem wunderschön beleuchteten, rosafarbenen Schloss mit dem hellen Zwiebelturm. Auch das wollte sie demnächst noch besichtigen. Mal sehen, ob das Fräulein ihr erschien. „Später", seufzte Kenza und fuhr aus Jever heraus in Richtung der neuen B 210. Dazu musste sie am Famila-Markt links abbiegen.

Am Südstrand angekommen, stellte sie ihr Fahrzeug am Fliegerdeich ab und erklomm die Deichkrone. Auf dem unteren Weg stritt sich ein Pärchen, sonst war sie allein hier. Kenza lief hinunter und setzte sich auf die Steine, die die Uferböschung befestigten. Von der See wehte eine leichte Brise den fischigen Geruch des Wattenmeeres zu ihr herüber. Es herrschte Ebbe und der Jadebusen lag mit dem knisternden Watt vor Kenza. In der glatten Oberfläche spiegelte sich der Mond. Ab und zu blitzte ein Licht vom Arngaster Leuchtturm auf.

Kenza schloss die Augen. Bis auf das Knistern war es jetzt still, das Pärchen war den Deich hochgelaufen und verschwunden.

Ja, es war schön, hier allein zu sitzen und den Gedanken freien Lauf zu lassen. Zum ersten Mal seit ihrem Beginn in der neuen Dienststelle hinterfragte sie nicht, ob es wirklich eine gute Idee gewesen war, sich nach Wilhelmshaven versetzen zu lassen. Es war die Nähe zum Meer, dieses Einssein mit der Natur, das sie ankommen ließ.

10

Kenza und Finn trafen zeitgleich um 10 Uhr im Büro in Jever ein.

„Du, Finn", sagte Kenza. „Ich möchte, dass wir ab Montag unsere Ermittlungen ausschließlich von Wilhelmshaven aus tätigen. Bitte veranlasse das."

Finn sah sie erstaunt an. „Aber es war doch praktisch."

„Für dich ja, für mich nicht. Ich sehe keine Veranlassung mehr, den Stützpunkt hier aufrechtzuerhalten. Ab Montag sind wir in Wilhelmshaven. Anlaufpunkt ist mein Büro dort."

„Verstehe, wegen Janßen."

„Nicht nur. Es ist besser so. Nun auf zu Lutz Eichler!"

Er hatte gestern Nachmittag nach seiner Rückkehr aus Münster im Kommissariat angerufen. Da keiner der verantwortlichen Kommissare spontan abrufbereit war, hatte er den Termin für heute Vormittag festgemacht: „Ich erwarte die Herren und Damen dann gegen zehn in meinem Haus im Villenviertel."

Kenza hatte die Nachricht von der Sekretärin eben auf ihrem Schreibtisch gefunden. Lutz Eichler schien ein arroganter Schnösel zu sein.

Kenza griff nach dem Autoschlüssel, als sie Janßens sonore Stimme hörte.

„Habt ihr das Gelaber von Eichler schon gelesen? Na, das klingt nun nicht gerade nach schlechtem Gewissen!"

„Wir wollten eben zu ihm."

Janßen warf sich auf einen der Stühle und fuhr den PC hoch.

„Ich kümmere mich derweil mal um die wahren und wichtigen Spuren im Fall Mazur." Er hatte bereits gestern wieder damit begonnen, weitere Täter des Einbrecherringes auszumachen. Von seiner Theorie, dass es dort eine Verbindung zu Matteusz Mazur gab, war er nicht abzubringen.

Kenza war froh, dass er beschäftigt war und Finn sie begleitete. Die zwei Morde hatten jetzt oberste Priorität.

***

Lutz Eichler wohnte in der Hegelstraße in einer weißen Gründerzeitvilla. Sein Garten war von einem hohen schmiedeeisernen Zaun umfriedet, eine Alarmanlage hing unübersehbar neben dem Eingang, genau wie eine Überwachungskamera.

Er öffnete nach dem Klingeln sofort und sah die beiden Polizisten mit einem unergründlichen Lächeln an.

Kenza versuchte derweil, ihn irgendwie einzuordnen.

Lutz Eichler trug eine Jeans, dazu ein helles Hemd mit aufgekrempelten Ärmeln. Sein dunkles Haar war kurz geschnitten und gekonnt gegelt. Er war ein smarter Mann mittlerer Größe mit unstetem Blick. Seine Augen schienen nirgendwo zu ruhen, sondern ständig die ganze Umgebung abzusuchen.

Aber ihm fehlt der Arsch in der Hose, dachte Kenza mit einem Seitenblick auf Finn, bei dem das Gegenteil der Fall war. Sie meinte es natürlich nicht äußerlich – zumindest nicht nur.

„Ach, die werte Staatsgewalt ist pünktlich, wie erfreulich", begrüßte Eichler die Besucher mit jovialem Tonfall. „Was verschafft mir die Ehre? Nicht, dass ich was gegen die Polizei habe, aber wenn man mich schon um Rückruf und einen Besuchstermin bittet, bin ich doch gespannt, was man von mir will." Er machte eine einladende Handbewegung und bat Kenza und Finn ins Haus. „Wenn Sie dann bitte eintreten möchten!"

Innen war alles ganz in Weiß und Marmor gehalten, große Fliesen in Schachbrettmuster beherrschten den Fußboden. Lutz Eichler ging voraus in ein Zimmer, das er wohl als Empfangsraum nutzte: Mit dem Kamin, einem kleinen roten Sofa und einem dazugehörigen Tischchen wirkte es wie ein Salon. Dem Raum haftete etwas Steriles an, denn nirgendwo fanden sich persönliche Dinge wie Bilder oder dergleichen. Das Fenster zeigte in den Garten, der kunstvoll im Barockstil gestaltet war.

„Nehmen Sie Platz! Darf ich Ihnen etwas anbieten? Wasser? Kaffee? Cappuccino? Oder einen Drink?"

Erst jetzt fiel Kenza der Beistelltisch neben dem Sofa auf, wo Eichler verschiedene Karaffen mit Alkoholika stehen hatte.

„Wasser, bitte!", sagte sie. „Wir sind im Dienst."
Finn nickte.

Als Eichler ihnen das Gewünschte hingestellt hatte, strich er sich mit einer lässigen Handbewegung durchs Haar.

„Und?"

Kenza klärte ihn mit wenigen Worten auf, warum sie dringend mit ihm sprechen mussten.

„Die ‚Aktion Sauberes Leben' ist eine Initiative, der sich viele besorgte Bürger angeschlossen haben", begann Lutz Eichler schließlich. „Es ist ja mittlerweile so, dass man sich am Abend kaum noch aus dem Haus wagen kann. In Innenstädte schon gar nicht. Da muss man beizeiten was tun." Er lächelte jetzt Kenza direkt an. „Vor allem für die weibliche Bevölkerung ist es unzumutbar geworden, nicht wahr? Also in Wilhelmshaven würde *ich* als Frau nicht mehr allein herumspazieren."

Kenza dachte an ihren wunderbaren Abend gestern am Südstrand, wo sie keine Sekunde lang Angst gehabt hatte, aber sie kommentierte seine Aussage jetzt nicht, sondern fragte lieber weiter. „Und was unternimmt diese Bürgeraktion so?"

„Wir leisten Aufklärungsarbeit und unterstützen unsere eigenen gestrandeten Mitbürger." Lutz Eichler nahm einen Schluck Wasser. „Wir weisen zudem darauf hin, wie sich Dinge entwickeln. Zunahme der Obdachlosen wegen der Zuwanderung, die Gleichgültigkeit von Vater Staat und dergleichen."

„Nur das?" Finn schien Lutz Eichler mit seinen Blicken zu durchbohren.

„Was denn sonst?"

Kenza hasste seine Art, den Unschuldigen zu mimen. Sie glaubte ihm kein Wort. „Nun, in anderen Städten hat es durchaus schon Übergriffe von befreundeten Verbänden auf diese Mitbürger gegeben. Wir haben Ihre Organisation daraufhin überprüft." Das hatte ein

Kollege für Kenza im Vorfeld recherchiert. Sie wollte den Fall schließlich lösen und sich nicht von Janßen vorführen lassen.

Lutz Eichler winkte ab. „Wir in Friesland/Wilhelmshaven sind ganz artig. Oder haben Sie da andere Informationen?"

Die Kommissare verneinten.

„Man wird sich als mündiger Bürger ja wohl noch so seine Gedanken machen dürfen. Und achtsam sein mit denen, die in unser Land gehören."

Und wer gehört in unser Land, dachte Kenza. Wer entscheidet das? Lutz Eichler und Co? Sie atmete einmal tief ein und sagte laut: „Die sogenannte ‚Aufklärungsarbeit' hat in anderen Städten zu einer wahren Hetzjagd auf Obdachlose aus anderen Nationen geführt."

„Nun, dafür bin ich ja nicht verantwortlich und die ‚Aktion Sauberes Leben' schon gar nicht. Wir sind schließlich keine Kindergärtner."

Kenza musste sich bei dieser Unverfrorenheit fast auf die Zunge beißen. Das Schlimme war ja, dass Lutz Eichler recht hatte. Sie konnten ihm nichts. Sie hatten nichts gegen ihn in der Hand.

„War es das?

„Nicht ganz. Wir müssten jetzt noch wissen, wo Sie in der Tatnacht waren." Finn nannte ihm Ort und Zeit. Es wunderte keinen der beiden, dass Lutz Eichler selbstverständlich ein Alibi vorzuweisen hatte. Wenn er etwas mit dem Mord an Mazur zu tun hatte, würde sich ein solcher Mann ganz sicher die Hände nicht selbst schmutzig machen. Und wenn, war es mit Sicherheit schwierig bis unmöglich, ihm auch nur das Geringste nachzuweisen.

„Können wir noch weitere Informationen zu ihrer Organisation haben?", fragte Kenza. „Haben Sie Flyer? Irgendwas, wenn Sie doch aufklären wollen."

Lutz Eichler stand wortlos auf und holte ein Informationsblatt aus der Schublade. „Wir haben auch eine Homepage. Alles völlig legal, junge Frau. Besorgte Bürger sind ja nicht gleich schlechte Menschen." Wieder lächelte er sein süffisantes Lächeln, das aber seine blauen Augen nicht erreichte.

„Wissen Ihr Vater und Ihr Großvater von Ihren Aktivitäten?", hakte Kenza nach.

„Natürlich. Sie unterstützen das. Schließlich sind sie als Geschäftsleute direkt von diesem Desaster betroffen."

Kenza runzelte die Stirn. Die gesamte Familie Eichler sympathisierte mit völkischem Gedankengut. Beruhigend fand sie das weiß Gott nicht.

Sie trank den letzten Schluck Wasser aus und erhob sich. „Gut, das wäre dann alles. Ich bitte Sie dennoch, Ihre Fingerabdrücke zum Abgleich im Kommissariat Wilhelmshaven abzugeben. Nach Möglichkeit bitte schon am Montag."

„Ich wasche meine Hände in Unschuld, meine Liebe. Wird erledigt." Er stand ebenfalls auf und geleitete die beiden zur Tür.

„Was für ein weichgespülter Schnösel", entfuhr es Finn auf dem Weg zum Auto.

Kenza nickte zustimmend. Dieser Mann würde schwer zu knacken sein.

***

„Wir müssen wirklich dringend nach Polen", sagte Malin am Abend zu ihrer Oma, die in den letzten Stunden noch schweigsamer geworden war. Sie waren gestern am späten Nachmittag schon in Wilhelmshaven auf dem Kommissariat gewesen und hatten ihre Fingerabdrücke scannen lassen. Sie wollten das so schnell wie möglich hinter sich bringen.

„Ja, Malin, das müssen wir. Jetzt noch mehr denn je. Jemand hat meine Stiefmutter getötet und ich bin davon überzeugt, dass auch das etwas mit Matteusz zu tun hat."

Malin waren schon ähnliche Gedanken gekommen.

„Aber müssen wir nicht erst warten, bis Uroma Paula unter der Erde ist?"

Ihre Oma zuckte mit den Schultern. „Ich habe sie nicht gemocht und werde deshalb darum kein Tamtam machen. Wann wollen wir los?"

„Ich buche ein Hotel für Ende nächster Woche. Bis dahin geben sie deine Stiefmutter bestimmt frei."

Ihre Oma brummte. „Mir ist das hier zu heiß und zu eng. Wir fahren morgen. Sonntags sind wenigstens keine Laster auf der Autobahn. Der alte Drachen kann allein zur Hölle fahren. Mich braucht er dazu nicht."

„Aber du musst die Beerdigung doch in die Wege leiten. Als einzige Hinterbliebene."

Tania lachte auf. „Wenn es nach meiner Stiefmutter gegangen wäre, gäbe es mich gar nicht. Es wäre heuchlerisch, nun so zu tun, als weinte ich ihr auch nur eine einzige Träne nach. Geld für die Beerdigung wird sie schon noch genug haben. Sie war ein Fuchs und hat das mit Sicherheit im Vorfeld geregelt. Ich bin schließlich keine Blutsverwandte, sondern nur die Stieftochter. So einfach ist das!"

„Wen hat sie denn beerbt, weißt du das?"

Oma Tania zuckte mit den Schultern. „Ich weiß es nicht und es ist mir auch egal."

„Also brechen wir eher nach Polen auf?", versicherte Malin sich.

„Ja, das tun wir. Komm, wir fahren zum Heim. Das ist teuer genug da. Ich gebe ihnen Bescheid, dann können sie sich um alles kümmern. Ich werde anregen, meine Stiefmutter zu verbrennen und anonym begraben zu lassen. Im Leben habe ich um ihre Liebe gekämpft, später getan, was ich konnte. Stets habe ich im besten Fall Gleichgültigkeit von ihr zurückbekommen. Jetzt will ich nichts mehr mit ihr zu tun haben."

Tania

Sommer 1948

Tania wachte nachts oft auf, weil sie von Albträumen geplagt wurde. Dann ging sie nach unten in die Küche und holte sich ein Glas Wasser. In dieser Nacht war es aber draußen hell, aus der Ferne leuchtete es herüber. Das war ihr bislang nie aufgefallen, weil ihre Stiefmutter stets die Gardinen fest zuzog.

Tania trank einen Schluck und ging dann zum Fenster. Am Horizont in Richtung Sande flackerte es orangefarben.

Es brennt, schoss es Tania durch den Kopf. Oje, es brennt! Plötzlich sah sie das Feuer, mit dem man die Sachen ihrer Mutter vernichtet hatte. Hörte die Tiefflieger, die über sie hinwegknatterten und alles zerstörten. Sah das brennende Stolp, die Rauchsäule vom zerstörten Bahnhof und in ihren Ohren schrillte der viel zu späte Alarm. Dann begann sie zu zittern. Und schließlich schrie Tania. Und schrie. Und schrie. Und schrie.

„Was soll das Gebrüll?" Stiefmutter Paula stand in der Tür, hinter ihr Oma Luise. Beide sahen wütend aus. Tania aber zitterte.

Sie rieb sich die Wange, nachdem sie eine schallende Ohrfeige ihrer Stiefmutter kassiert hatte.

„Es brennt", hauchte Tania.

Ihr Vater war auch in die Küche gekommen. Er stürzte zu seiner Tochter und nahm sie in den Arm. „Das ist kein Feuer. Das sind die Eisenwerke, die du da siehst. Komm, es ist alles in Ordnung!"

Tania zitterte noch immer, aber die Nähe ihres Vaters tat ihr gut. Doch der wurde grob von Stiefmutter Paula weggerissen. „Nun tröste das Ding nicht auch noch! Sie ist aufsässig und macht nur Scherereien! Von wegen, es brennt, und dieses Geschrei mitten in der Nacht! Blödsinn. Sie will nur Aufmerksamkeit. Tania folgt nicht und ist böse."

„Aber, Paula!", versuchte Tanias Vater, seine Frau zu beschwichtigen. „Sie ist ein Kind, das Schlimmes erlebt hat. Wir müssen ihr ein bisschen Verständnis entgegenbringen."

Tanias Stiefmutter lief puterrot an. „Verständnis? Für diesen Bastard, den deine Frau dir geboren hat?"

„Sie ist kein Bastard!", beharrte Tanias Vater.

„Das Mädchen hat das schlechte Blut deiner Frau! Und du verteidigst sie auch noch! Weißt du was? Du trauerst diesem durch und durch undeutschen Weib noch immer nach. Aber sie ist tot! Hörst du? Tot! Und *ich* bin jetzt deine Frau. Ich! Ich! Ich!" Noch im Weggehen trat sie nach Tania.

Seufzend rannte ihr Vater Paula hinterher. Seine Tochter ließ er stehen.

Tania schluckte, bekam den Kloß aber nicht aus dem Hals. Er wollte sich einfach nicht lösen. Er blieb dort, als wäre er festgewachsen und wollte sie für immer begleiten.

Und es kamen keine Tränen mehr, eine endlos lange Zeit nicht. Erst 69 Jahre später wieder, als Matteusz vor Tanias Haustür stand ...

11

Die Fahrt durch Polen zog sich endlos hin. Sie waren tatsächlich am Sonntagmorgen aufgebrochen, nachdem Tania sämtliche Beerdigungsmodalitäten mit dem Heim und dem Bestatter abgesprochen hatte. Paula von Kraft hatte verfügt, wie alles zu laufen hatte und zu finanzieren war. Sie wollte eine christliche Bestattung mit Pastor und Predigt. Anschließend sollte die Überführung ins Krematorium erfolgen.

Sogar die Farbe der Urne hatte sie bestimmt. Ein dunkles, marmoriertes Grün. Wo diese Urne aber bestattet werden sollte, war nirgends hinterlegt.

Und so hatte Tania bestimmt, dass es ein anonymes Grab sein sollte. Am Rande des Friedhofes auf einer Wiese.

„Ich will nichts mehr mit ihr zu tun haben. Meine Stiefmutter wird auch anonym im Jenseits ihresgleichen finden, die sie demütigen kann", waren Tanias kühle, aber klare Worte gewesen. Malin war überrascht, kannte sie ihre Großmutter doch als freundlichen und liebevollen Menschen. Aber Paula musste ihr tiefe Wunden zugefügt haben, die sie zu solchen Worten hinreißen ließen.

Malin lenkte sich von den düsteren Gedanken ab und konzentrierte sich aufs Fahren, das nun ohnehin ihre volle Aufmerksamkeit verlangte. Schon bald gab es keine Autobahn mehr und in jeder Ortschaft befanden sich Blitzautomaten, die ein zu schnelles Fahren teuer werden ließen. Malin fiel es nicht leicht, sich an die Geschwindigkeitsbegrenzungen zu halten, denn sie wollte so rasch es ging ihr Ziel erreichen.

Am Abend kamen sie in Borntuchen an. Die kleine, rot geklinkerte Kirche, die rechts von ihnen lag, dominierte das verschlafen wirkende Dorf. Tania hatte die Augen geschlossen, als wolle sie nicht sehen, was zu sehen war, als ängstigten sie die Erinnerungen, die sie an diesem Ort einholen würden. Wieder drängte sich Malin die Befürchtung auf, ihre Oma könne sich selbst überfordert haben, doch nun war es zu spät. Sie waren nun dort angekommen, wo ihre Familie, ja, ihr ganzes Leben zerbrochen war. Um zu erfahren, wie das hatte passieren können.

Malin orientierte sich kurz, passierte die Kirche und bog nach links ab. Sie drosselte dort die Geschwindigkeit und fuhr langsam an den einzelnen Gebäuden vorbei, bis sie schließlich vor einem kleinen grauen Haus anhielt.

Malin hatte nur ein einziges Zimmer bekommen. „Ich habe ein Doppelbett im Dachgeschoss. Einfach, aber sauber", hatte die Wirtin ihr in gebrochenem Deutsch mitgeteilt.

Diesen Umstand hatte Malin ihrer Großmutter verschwiegen. Als ahnte sie, was die nächsten Tage auf sie zukommen würde, zögerte Tania beim Ausstieg. Ihr Gesicht wurde immer länger, als sie realisierte, dass es sich bei dem trostlosen Gebäude wirklich um ihre Unterkunft handelte.

Das Haus war mit einer halbhohen Mauer versehen, auf der oben ein Maschendraht gespannt war. Als sie das Gartentor öffneten, war trotz der Dämmerung zu erkennen, dass auf dem Grundstück tagsüber Hühner herumliefen und sich seitlich ein großer Gemüsegarten anschloss.

„Bist du sicher, dass wir hier richtig sind?", fragte Oma Tania. „Das sieht ja eher nach einem Einfamilienhaus mit kleiner Landwirtschaft als nach einer Pension aus."

Malin nickte. „Wir hätten in Stolp oder Bütow ein Hotel bekommen können, aber das hätte uns nicht geholfen. Wir müssen vor Ort sein, mit den Menschen hier reden, sonst wird das nichts."

Eine Dame in Tanias Alter öffnete ihnen. Sie trug eine gemusterte Kittelschürze und hatte das lange graue Haar zu einem Dutt zusammengebunden. Sie begrüßte die beiden überschwänglich und bat sie einzutreten. Der Hausflur, in den sie ihre Gäste bat, quoll über von Kunstblumen, Kruzifixen, goldenen und glitzernden Figuren. Ein Kreuz war mit einer pinkfarbenen Girlande versehen.

„Ich bin Maria Nowack", sagte die Frau mit starkem Akzent, als sie die Tür geschlossen hatte. Sie wies auf eine weiße Holztür am Ende des Korridors, die in eine kleine Küche führte. In der Ecke stand ein alter weißer gusseiserner Ofen, in dem das Feuer bollerte. Der Geruch von verbranntem Holz zog sich durch den Raum und mischte sich mit dem von Kohl, der vermutlich am heutigen Tag hier gekocht worden war. Alles war pikobello sauber, aber hoffnungslos überfrachtet mit Kleinkram, Figuren und Spitze jeglicher Art. Auf dem Küchentisch, der mit einem karierten Wachstischtuch bedeckt war, standen vier Kaffeetassen in buntem Muster mit dazu passenden Tellern.

„Ich habe gedacht, Sie werden von der langen Reise müde und hungrig sein", erklärte Maria Nowack. „Bitte essen Sie erst, dann zeige ich Ihnen das Zimmer."

Sie bat die beiden, Platz zu nehmen.

Eigentlich wäre Malin gern zuerst aufs Zimmer gegangen, aber sie wollte Frau Nowack nicht vor den Kopf stoßen und fragte lediglich nach der Toilette.

Als sie zurückkam, hatte die Wirtin aus dem Kühlschrank schon ein üppiges Abendessen gezaubert, von dem sicher die dreifache Personenzahl hätte satt werden können. Knoblauchwurst lag neben hausgemachter Leberwurst, Rotwurst war in dicken Stücken und nicht in Scheiben zusammen mit hart gekochten Eiern auf einer weiteren Platte drapiert. Daneben standen Schälchen mit sauer eingelegten Gurken, Kürbis und Zucchini. Dazu reichte Frau Nowack dick geschnittenes, selbst gebackenes Brot und Butter in einer Tonschale. „Wir machen hier alles selbst", erklärte sie. „In der Stadt kaufen sie das Nötige in den Einkaufszentren, aber auf dem Dorf ... Die Wege sind zu weit und wir haben ja meist noch etwas Vieh. Möchten Sie noch Dickmilch? Oder kuhwarme Milch, eben gemolken?"

Obwohl Malin gern davon gekostet hätte, lehnte sie ab und nahm etwas Wasser aus der Karaffe. Sie war von der Gastfreundschaft überwältigt. Das Zimmer kostete nur wenige Zloty und dafür tischte Frau Nowack sehr reichlich auf.

Nachdem sie sich satt gegessen hatten, wagte Malin Frau Nowack vorsichtig nach dem Gutshof und Matteusz zu fragen, doch die winkte sofort ab. „Es war schlimm früher, junge Frau. Schlimm. Wir sind froh, dass alles vorbei ist, man sollte nicht darüber sprechen. Ich habe damals hier auch nicht gewohnt. Erst nach der Umsiedlung." Ihr Ton machte deutlich, dass sie das Gespräch nicht weiterverfolgen wollte. Wie zur Bekräftigung stand Frau Nowack nun auf. „Ich zeige Ihnen jetzt das Zimmer."

Malins Mut war nach dieser Abfuhr merklich in sich zusammengesackt. Was war, wenn alle so dachten wie die alte Frau? Wenn sie hier, ähnlich wie zu Hause, nur gegen unsichtbare Mauern des Schweigens rannten? Das würde sich morgen und in den nächsten Tagen zeigen, machte sich Malin neuen Mut. Jetzt bloß nicht aufgeben.

Sie schleppten ihre Koffer durch den dunklen Korridor. Am Fuß der Treppe war eine einzige kleine Lampe angebracht, die die gemusterten Tapeten beinahe gnädig in ein sanftes Licht tauchte. Der Flur im ersten Stock war überraschend groß, eine Balustrade aus geschwungenen weißen Pfeilern rahmte die Treppe ein. Der Bereich aber war vollgestellt mit alten Kommoden und Tischchen, auch hier überall Kreuze und Porzellanfiguren, Spitzendeckchen. Was es für eine Arbeit machen musste, das alles zu entstauben!

Zuerst zeigte Maria Nowack ihren Gästen den Schlafraum, der sich gestaltete, wie Malin es befürchtet hatte. Ein überdimensionales Doppelbett mit riesigen Federbetten stand mitten im Raum. Seitlich befand sich ein großer dunkler Schrank.

„Das Bad haben Sie ganz für sich allein. Ich wasche mich unten", sagte Frau Nowack.

„Ich glaube, wir legen uns jetzt erst mal hin", schlug Tania vor. „Das Essen war so reichlich, die Fahrt lang, wir sollten uns ausruhen. Ich bin vollkommen am Ende."

„Mach das, Oma", antwortete Malin, die glaubte, diesem überfrachteten Haus erst einmal eine Weile entfliehen zu müssen. „Ich gehe noch einmal kurz vor die Tür. Muss nach der langen Autofahrt noch ein bisschen Luft schnappen."

Auf halber Treppe kam ihr Frau Nowack entgegen. „Parken Sie das Auto bitte auf dem Hof. Das Tor habe ich schon geöffnet und schließe es gleich hinter Ihnen. Ist mir lieber, wenn es nicht an der Straße steht."

Malin tat, wie ihr geheißen, und fuhr den Wagen aufs Grundstück. Als sie es kurz darauf verlassen wollte, um den ersehnten Spaziergang zu unternehmen, sah sie, dass Maria Nowack an der Tür auf sie wartete. „Ich schließe kurz das Tor, Moment bitte." Sie huschte in die Dunkelheit und zog es quietschend ins Schloss. Kurz darauf stand sie wieder vor Malin. „Sie haben eben nach dem Gutshof gefragt."

Malin nickte. „Ja, es wäre für uns wichtig zu wissen, wo er liegt. Es gibt sicher nur einen in Borntuchen. Es ist für uns von großer Bedeutung, ihn zu finden. Eigentlich wollte ich eben noch ein Stück laufen, Frau Nowack. Einen Schlüssel habe ich ja, aber wenn Sie mir etwas erzählen wollen ..."

Frau Nowack schien mit sich zu kämpfen. Schließlich nickte sie. „Kommen Sie, Frau Meißner. Bitte!" Sie zog Malin ins Wohnzimmer, das ähnlich überladen war wie das restliche Haus. An der Stirnwand hing ein geschmücktes Kruzifix, vor dem sich Maria Nowack kurz verbeugte, ein Kreuz schlug und leise einen Satz auf Polnisch murmelte. Dann drehte sie sich zu Malin um und bat sie, auf dem gepolsterten Sofa, das mit reichlich bestickten Kissen und einer roten Wolldecke belegt war, Platz zu nehmen. Sie holte eine Flasche und zwei Gläser aus dem Schrank und goss sie bis zum Rand voll. „Wodka löst die Zunge", sagte sie. „Wir Alten sind noch immer zögerlich, wenn Leute wie ihr kommen. Es waren nicht alle gut zu uns. Mein Vater ist auch im Krieg geblieben, als er eine deutsche Familie als Kutscher in den Westen gebracht hat. Viele Polen sind dabei ums Leben gekommen. Sie wollten aber helfen, trotz allem. Weil die Frauen und Kinder doch nichts dafürkonnten. Und der Russe ..." Sie winkte ab, als wollte sie sich nicht in den alten Erinnerungen verlieren.

Wie ähnlich sich da die Frauen aus dieser Generation sind, dachte Malin. Sie stieß mit Maria Nowack an und schluckte den Wodka in einem Zug hinunter. Er brannte wie Feuer in der Kehle, doch der eine war Frau Nowack nicht genug, und ehe Malin es sich versah, glitzerte der zweite Schnaps in ihrem Glas. „Na zdrowie."

Der zweite Wodka war nicht mehr ganz so scharf und er verbreitete die Illusion, das Leben sei leicht. Malin stellte das Glas ab. Auf einen weiteren sollte sie besser verzichten. Wodkatrinken gehörte nicht zu ihren Gewohnheiten. „Und gibt es diesen Gutshof hier oder sind wir versehentlich im falschen Dorf gelandet?", wagte sie schließlich zu fragen.

Maria Nowack nickte. „Es gibt ihn, wenn es der ist, den Sie suchen. Dort haben sich am Ende des Krieges und auch danach noch etliche deutsche Flüchtlinge aufgehalten. Er ist aber mittlerweile sehr heruntergekommen. Sie müssen sich nur auf der Straße hier rechts halten, dann finden Sie ihn."

„Leben dort noch dieselben Leute wie im Krieg?"

„Nein, natürlich nicht. Die mussten fast alle weg, als der Russe kam." Frau Nowack schenkte beiden noch einen Wodka ein und Malin hoffte, sich am nächsten Tag nicht mit einem dicken Kopf auf den Weg machen zu müssen.

Sie wagte noch einen Vorstoß, bevor sie endlich an die frische Luft wollte. „Dann kennen Sie auch keinen Matteusz, der damals als Zwölfjähriger auf dem Hof gelebt hat?"

„Nein, den kenne ich leider nicht", kam es etwas zu schnell. „Aber warum suchen Sie den Hof?" Maria Nowack stellte die Wodkaflasche zurück in den Schrank und räumte die Gläser vom Tisch. Ihre Auskunftsfreudigkeit hatte sich offenbar erschöpft.

„Meine Urgroßmutter ist dort im Februar 1945 ums Leben gekommen, wir suchen ihr Grab und einen alten Freund, der uns kürzlich etwas von ihr vorbeigebracht hat."

„Dieser Matteusz?", fragte Frau Nowack. „Schlimme Zeiten damals. Ich rate, sie besser ruhen zu lassen. Suchen führt zu nichts, Mädchen. Ihr jungen Leute könnt das nicht verstehen." Sie knipste das Licht aus.

Malin war auf einmal unendlich müde. Sie beschloss, ihren Spaziergang auf den nächsten Tag zu verschieben und heute nichts weiter zu tun, als einfach nur zu schlafen.

***

Kenza saß in ihrem Büro auf dem Kommissariat in Wilhelmshaven. Es war eine gute Entscheidung gewesen, dass von nun an alle Ermittlungen wieder hier stattfinden sollten.

Hier hatte sie die Fäden in der Hand und das war richtig so. Janßen musste widerwillig sein Büro mit Finn teilen, während der Besprechungsraum auch für das erweiterte Team genug Platz bot.

„Malin Meißner und ihre Großmutter sind nach Polen aufgebrochen", wusste Kenza in der Morgenbesprechung zu berichten, die sie gemeinsam mit Finn und Janßen abhielt. „Sie haben nicht einmal die Beerdigung abgewartet. Das Pflegeheim hat eben angerufen, weil sie sich um alles kümmern sollen."

„Ist der Leichnam denn überhaupt schon freigegeben?", fragte Janßen, den Kopf über einen Stapel Papiere gebeugt.

„Laut Doc Stock ist die Tote schon wieder beim Bestatter. Die haben in der Rechtsmedizin ja keine Lagerungsmöglichkeiten für die Toten. Wirklich ein Manko in Oldenburg!" Doc Stock hatte schon mehrfach bei Kenza angerufen und sie wurde das Gefühl nicht los, dass er das nicht nur tat, weil er ihr dienstlich so viel zu sagen hatte. Dazu schweifte er zu häufig auf private Themen ab. „Von daher kann Frau von Kraft jederzeit beigesetzt werden."

Finn kratzte sich am Kinn. „Trotz allem finde ich die Situation merkwürdig. Frau Lewalder hat lediglich die Rahmenbedingungen mit dem Bestatter geklärt und hat sich dann vom Acker gemacht?"

Kenza schürzte die Lippen und Janßen blickte endlich von seinem Papierwust hoch. „Also will sie die Alte einfach so verscharren und verschwinden lassen?"

„Muss wohl so sein. Da wird tatsächlich mehr als Entfremdung im Spiel gewesen sein", sagte Kenza. „Die Pflegerin will Frau von Kraft auf ihrem letzten Weg begleiten. Und Jens Hoffmann ist auch mit von der Partie. Ich glaube aber nicht, dass viel mehr Gäste kommen werden – die Kapelle wird wohl eher leer bleiben."

„Komische Familie, kalt wie die Fische. Anonym verscharren! Hey, so mies kann die Alte doch gar nicht gewesen sein. Jeder hat schließlich seine Schwächen, aber sie muss doch auch ihre guten Seiten gehabt haben." Janßen rekelte sich auf dem Stuhl.

„Wir können uns da kein Urteil erlauben", sagte Kenza. Sie verspürte keine Lust auf eine ethische Diskussion mit ihm.

„Wir sollten auf jeden Fall hingehen. Immerhin könnten wir dort Dinge erfahren, die wir vorher nicht bedacht haben. Herr Janßen, können Sie bitte den Termin klären?" Kenza sah ihn herausfordernd an.

„Klar! Ich komme auch gerne mit." Janßen grinste schon wieder äußerst selbstgefällig. „Gibt es auch einen Leichenschmaus? Ich liebe diesen Butterkuchen."

„Das hat Frau von Kraft tatsächlich verfügt, es gilt aber nicht für uns, Herr Janßen." Kenza hatte einen sarkastischen Ton angeschlagen.

„Schade. Na dann. Ich bin gespannt, wer später meinem Sarg so folgt. Werden auch nicht allzu viele sein. Bestimmt mottet meine buckelige Verwandtschaft mich auch irgendwo ein, wo sie posthum keine Arbeit mehr mit mir haben."

„Ich dachte, sie bauen Ihnen bestimmt eine Pyramide", sagte Kenza abfällig.

„Das wäre ja wenigstens standesgemäß." Janßen strich sich über den Bauch.

Kenza verzog das Gesicht. Sie würde Bert Janßen nicht mehr ändern können und wollte keine Energie darauf verschwenden, es zu versuchen. „Gibt es neue Erkenntnisse wegen dieses Aktionsbündnisses von Lutz Eichler?", wechselte sie das Thema.

„Ne, da ist auch nichts", entgegnete Janßen. „Lutz Eichler nutzt sein Geld zur Unterstützung, aber er selbst macht sich die Finger nicht schmutzig. Und, liebe Frau Klausen, weisen Sie einem gewieften Geschäftsmann mal nach, dass er Dreck am Stecken und andere beauftragt hat, für ihn zu morden. Das wird nichts. Tot geborenes Kind."

Kann der mal aufhören, ständig Phrasen zu dreschen, dachte Kenza. In einer Ansage gleich drei Sprüche.

„Nun, Herr Janßen, es ist unsere Aufgabe, das herauszufinden", sagte sie ungerührt.

„Ich finde lieber weiter heraus, inwiefern der alte Pole in diese Einbrecherbanden verstrickt war." Janßen klopfte mit dem Zeigefinger auf seinen Papierstapel.

„Das ist der Weg zum Ziel, glauben Sie es einem erfahrenen Ermittler. Sie können sich eigentlich glücklich schätzen, mich als Unterstützer an Ihrer Seite zu wissen."

Kenza ignorierte sein Gelaber. „Aber bitte vorab klären, wann die Beisetzung ist und wo genau." Sie sog die Luft scharf ein. „Haben Sie denn überprüft, ob in der letzten Zeit in Wilhelmshaven und Umkreis vermehrt Obdachlose aus Osteuropa umgekommen oder angegriffen worden sind?"

Janßen schlug mit der Faust auf den Tisch. „Mann, diese Penner sterben nun mal öfter als andere Leute. Das liegt an ihrem Lebenswandel, dem Saufen und ihrer Art, wie sie den Tag verbringen. Aber nicht an dem Aktionsbündnis, mien Deern.- Ne, da gibt es nix."

„Bitte nicht ‚mien Deern', Herr Janßen, und bitte nicht in dem Tonfall", gab Kenza betont ruhig zurück. „Wir ermitteln, wir urteilen nicht, alles klar? Also überprüfen Sie das. Sofort!" Sie machte auf dem Absatz kehrt und verließ den Besprechungsraum. Sie musste dringend an die frische Luft, sonst würde sie platzen.

Vor der Tür verspürte sie auf einmal unbändige Lust auf eine Zigarette. Sie hatte sich das Rauchen allerdings nach ihrer Scheidung vor zwei Jahren abgewöhnt und wegen eines aufgeblasenen Bert Janßen würde sie bestimmt nicht wieder anfangen. Diese Macht über sie wollte sie ihm weiß Gott nicht zugestehen. Kein Mensch sollte sie je wieder beherrschen. So wie ihr Vater und auch ihr Ehemann das getan hatten. Nie wieder wollte sie sich so hilflos und ausgeliefert fühlen wie damals, als sie begriff, dass Jasper nicht nur mit ihr ins

Bett stieg, und sie sich in ihrer Verzweiflung völlig lächerlich gemacht hatte. Genau wie damals, als ihr Vater mit ihrer Mutter ähnlich umgegangen war und sie beide um seine Gunst gewinselt hatten. Also: keine Fluppe, schon gar nicht wegen *ihm*.

Finn kam ihr hinterhergeeilt. „Janßen nervt."

Kenza nickte. „Er soll einfach seine Arbeit machen. Stattdessen nimmt er diese Rechten in Schutz und labert dummes Zeug. Er hat mich sogar schon so weit, dass ich gerne eine rauchen würde, und das ist bei mir ein untrügliches Anzeichen für den seelischen Supergau." Kenza kickte einen Stein weg. Er verfehlte nur knapp Janßens Auto.

„Komm, nimm es locker. Am Ende ist er wirklich ein guter Bulle und hat bisher immer sauber gearbeitet. Und eine Zigarette löst deine Probleme nun wirklich nicht." Finn hatte bei diesen Worten spontan seinen Arm um ihre Schultern gelegt. Es war eine kumpelhafte Geste, die Kenza aber guttat. Eine starke Schulter zum Anlehnen half tatsächlich.

„Dein Wort in Gottes Ohr, Finn", sagte sie dann. „Mich nervt einfach, dass wir nicht weiterkommen. Janßens Einbruchsthese ist durch nichts zu halten, Lutz Eichler können wir auch nichts nachweisen und Frau Meißner ist mit ihrer Oma nach Borntuchen gefahren. Aber auch in Polen konnten uns die Kollegen nichts sagen. Matteusz Mazur war ein unauffälliger Typ, sein ganzes Leben lang. Und was kann er für seine Verwandtschaft? Sippenhaft gibt es bei uns schließlich nicht. Wir haben stumpf: nichts."

Finn nickte. „Nicht, dass das ein ungelöster Fall wird, an dem sich eines Tages die Fallanalytiker die Zähne ausbeißen."

„Mach mich nicht schwach. Wir müssen beide Täter überführen." Kenza fuhr sich mit den Händen übers Gesicht.

„Es ist wirklich komisch, aber es sind absolut keine verwertbaren Spuren dabei. Thilo geht davon aus, dass man Matteusz einen dicken Ast über den Kopf gezogen hat, aber der liegt vermutlich irgendwo in einer der Graften oder ist sogar verfeuert worden. Und bei Frau von Kraft wurden viele Fingerabdrücke sichergestellt, allerdings von Leuten, die sich völlig bedenkenlos in ihrem Zimmer hatten aufhalten dürfen. Die Schwestern, der Nachtpfleger, Malin Meißner, Tania Lewalder. Du hast recht: Es ist frustrierend."

Kenza sah Finn fest an. „Ich würde gern deine ehrliche Meinung hören. Denkst du, Janßen liegt mit seiner Theorie richtig?"

Finn schabte mit der Fußspitze übers Pflaster. Er überlegte eine Weile, ehe er antwortete. „Es gibt wirklich nichts, was uns sicher machen kann. Aber meine Intuition sagt mir, dass beide Fälle irgendwie miteinander zusammenhängen. Da bin ich ganz bei dir."

„Danke", entgegnete Kenza. „Aber warum zum Teufel finden wir nichts? Absolut nichts?"

„Ganz sicher wird sich was ergeben, es braucht nur Geduld", beruhigte Finn sie und seine Worte legten sich wie Balsam auf Kenzas Seele. „Ein Mensch, der aus Wut tötet, macht Fehler und ist meist leicht zu überführen. Hier aber ist es fast schon zu sauber abgelaufen, wenn du verstehst, was ich meine. Der Mörder wusste genau, was er tat. Fast so, als hätte er sich viele Jahre auf den Moment des Mordes oder gar der Morde vorbereitet."

„Ein Mensch, der etwas vertuschen will?"

„Zum Beispiel. Allerdings passt dieses Bündnis von Eichler da nicht ins Bild, und trotzdem ist es eine Möglichkeit, die wir nicht außer Acht lassen dürfen. Wir müssen in alle Richtungen weiterdenken – auch wenn wir eine Intuition haben. Wir dürfen uns davon nicht ausschließlich leiten lassen."

Kenza nickte. „Du hast recht, Finn, danke. Lass uns weitermachen!"

Sie wandte sich zum Gehen, doch Finn hielt sie am Ärmel fest. „Warte kurz. Ich bin dir nicht nur wegen Janßen nachgelaufen. Ich muss auch noch etwas anderes mit dir besprechen. Es gibt nämlich eine neue Erkenntnis. Ob sie wichtig ist, kann ich noch nicht beurteilen."

„Und das sagst du erst jetzt?", fragte Kenza und bedeutete ihm, ihr in ihr Büro zu folgen.

Dort setzte sich ihm gegenüber und sah ihn abwartend an. „Also? Die Erkenntnis, bitte!"

Finn sortierte ein paar Ausdrucke, die er draußen schon die ganze Zeit in der Hand gehalten hatte, stand dann noch einmal auf und schloss die Tür mit Nachdruck. Offensichtlich wollte er unter allen Umständen vermeiden, dass Janßen etwas von ihrer Unterredung mitbekam. „Ich habe das Testament überprüft und mich danach noch einmal gefragt, wem der Tod von Matteusz Mazur nützt und wem der von Paula von Kraft. Also, ob es jemanden gibt, der von beiden profitiert. Ich wollte wissen, ob mich mein Gefühl wirklich nicht trügt und beides in unmittelbarem Zusammenhang steht."

„Und, tut es das?"

„Warte ab. Zunächst habe ich nach der Höhe der Summe gesucht."

Kenza dachte kurz nach. „War viel Geld da?"

Finn lachte auf. „Wie man es nimmt und was du als viel empfindest. Es ist viel für die Pflege draufgegangen, das stimmt. Aber es sind noch 400.000 Euro im Jackpot."

„Wow. Doch so viel."

„Und da kommt meine neue Info ins Spiel: Das, was übrig war, hat die Pflegerin Frau Post geerbt. Paula von Kraft hat diese Verfügung bei der Heimleitung hinterlegt, alles ist notariell beglaubigt."

„Lavina Post ist Alleinerbin?" Kenza war sprachlos.

„So sieht es aus. Weil Tania Lewalder nur ihre Stieftochter war und Paula von Kraft sie nie adoptiert hat, hat sie nicht einmal den Anspruch auf einen Pflichtteil. Echt übel, wo sie sich trotz allem, was zwischen ihnen vorgefallen war, am Ende um sie gesorgt hat. Sie hat sie zumindest nicht ganz fallen lassen. Wer weiß, was Tanias Vater seiner zweiten Frau noch so alles hinterlassen hat, wovon Frau Lewalder auch nach seinem Tod, außer ihrem Pflichtteil, nichts gesehen hat."

„Der Pflichtteil wird denkbar gering gewesen sein. Er hat reich eingeheiratet und es gab einen Ehevertrag. Da wird für Frau Lewalder so gut wie nichts abgefallen sein. Es gibt also wirklich keinen Sohn?"

Finn schüttelte den Kopf. „Nein, den gibt es nicht. Frau von Kraft hatte keine eigenen Kinder."

„Aber wer war dann der junge Mann auf dem Foto in ihrem Zimmer?", fuhr Kenza fort.

„Was für ein Foto meinst du?", fragte Finn überrascht.

„Das auf der Eichenkommode. Dort standen zwei Bilder. Eines von ihrer Hochzeit und eines mit einem Teenager, etwa 15 Jahre alt. Allerdings war es ein älteres Schwarz-Weiß-Foto. Wir müssen herausbekommen, wer das ist, schließlich könnte derjenige unter Umständen eine wichtige Rolle in unserem Fall spielen."

Finn hieb mit der Handfläche auf den Tisch. „Mist! Ich habe gar nicht darauf geachtet, sonst hätte ich das Bild gleich sichergestellt. Wir müssen es unbedingt haben, Kenza. Und du hast keinen Anhaltspunkt, wer der Junge sein könnte?"

Kenza schüttelte den Kopf. „Er kam mir bekannt vor, mehr nicht. Lass es uns holen. Mit etwas Glück taucht der Mann, von dem Lavina sprach, ja auch noch von allein wieder auf und mit noch mehr Glück sind er und der Junge auf dem Foto identisch."

„Hoffentlich ist das Bild überhaupt noch da", sagte Finn düster. „Nachdem die Spusi alles durchkämmt hat, ist der Raum für den nächsten Bewohner freigegeben worden. Das muss im Heim schnell gehen, die Wartelisten sind lang. Ich hoffe, die Kollegen haben die Fotos gesichert. Mich würde nämlich auch interessieren, wer darauf zu sehen ist."

Kenza war zwischenzeitlich aufgestanden und lief unruhig im Zimmer auf und ab. „Fassen wir zusammen: Tania Lewalder hatte kein wirtschaftliches Interesse am Tod ihrer Stiefmutter, denn sie wusste schon zu Lebzeiten, dass sie nichts erben würde. Und Frau Lewalder erscheint mir auch kein Typ, für den materielle

Dinge wichtig sind. Allein ihr Haus, an dem sie offensichtlich lange nichts hat machen lassen. Sie scheint sich in ihrem einfachen Leben eingerichtet zu haben. Ich kann es nicht belegen, aber das wirkt einfach so. Und selbst wenn sie gerne reicher wäre: Sie hätte vom Tod von Frau Kraft nicht profitiert."

„Dasselbe trifft auf Malin zu. Ihr bringt der Tod der alten Dame gar nichts, zumal sie nicht einmal eine Beziehung zu ihr hatte", ergänzte Finn. „Bleibt Frau Post. Oder der Mann auf dem Foto, wenn er irgendeinen Vorteil aus Frau von Krafts Tod zieht, den wir noch nicht kennen."

„Die Erbsumme ist für eine Altenpflegerin jedenfalls eine Menge Holz."

„Hinfahren?", fragte Finn.

Kenza hob den Daumen.

***

„Hier ist der See", wurde Malin am Montagmorgen von ihrer Großmutter geweckt. „Er ist noch da!" Sie stand am Fenster, hatte die Spitzengardine beiseitegezogen und blickte auf das Gewässer, das im Nebel ein Stück entfernt vor ihnen lag und sich über eine breite Fläche hinweg hinter einem Teil des Dorfes ausbreitete. Eine Pferdeweide mit Holzzaun befand sich zwischen dem Haus und dem See, am anderen Ufer grenzte ein Mischwald an. Das Laub hatte sich schon bunt gefärbt, das Grün der Tannen stach heraus. Auf dem See schwamm ein Schwanenpaar.

„Colpus, der Schwan", flüsterte Tania. „Das ist slawisch." Malin stellte sich neben ihre Oma und griff nach deren Hand.

„Ich habe Angst! Alles bricht wieder auf und kommt nach oben", sagte Oma Tania und deutete mit dem Kopf aus dem Fenster. „Wären wir im Sommer noch hier gewesen, hätte Matteusz mir das Schwimmen beigebracht. Er hatte es mir versprochen. Aber da waren wir lange weg und schon in Wilhelmshaven." Sie machte eine Pause. „Ich kann bis heute nicht schwimmen, weil es mir nie jemand gezeigt hat. Es war nicht wichtig genug. Weder für meine Stiefmutter noch für meinen Vater." Ihre Augen schweiften ab. „Weißt du eigentlich, wie es war, als ich meinen Vater nach all den Monaten das erste Mal wiedergesehen habe?"

Malin sah ihre Oma fragend an.

„Ich war in einem Zimmer mit Oma Luise. Sie hatte mithilfe vom Roten Kreuz meinen Vater ausfindig gemacht. Ich kannte ihn fast nur in Uniform und mit äußerst strammer Haltung. Klar habe ich mich auf ihn gefreut. Er war schließlich das Einzige, was mir geblieben war."

Malin sah ihre Oma an, die nun die Augen geschlossen hatte.

„Aber dann erwartete mich ein Fremder. Vater sah so anders aus. Dünner, verhärmter. Die Augen in tiefen Höhlen, der Bart kratzte. Er stürmte ins Zimmer, sah sich um und rief immer nur: ‚Wo ist Eva? Wo ist Eva?' Dann sah er mich und warf mich in die Luft. Ich habe mich vor ihm gefürchtet. Er erinnerte mich an die alten Männer auf dem Gutshof, und doch konnte er noch gar nicht so alt sein wie sie."

„Wie hat er denn reagiert, als er erfahren hat, dass deine Mutter tot ist?", fragte Malin.

Tania sog die Luft scharf ein. „Er hat mich abgesetzt und Oma Luise noch einmal nach meiner Mutter gefragt. ‚Sie ist gestorben, Georg', hat sie gesagt. ‚Später mehr.' Mein Vater hat sich auf einen Stuhl gesetzt und stumm auf den Boden gestiert. Ganz lange. Irgendwann bin ich rausgeschlichen, ich konnte den Anblick nicht ertragen. Und ich war froh, von ihm wegzukommen. Von meinem fremden Vater. Aber schon am nächsten Tag war Mutters Tod kein Thema mehr. Vater hatte sich rasiert und war später sehr stolz, dass er diese Urkunde hatte. Heute weiß ich, es handelte sich um die Entnazifizierungsurkunde. Wie auch immer er es angestellt hatte, sie zu bekommen. Kurz darauf, mir kam es zumindest so vor, kam meine Stiefmutter zu uns und wir sind auf den Hof ihres Vaters gezogen."

Malin drückte Oma Tanias Hand. „Geht es?"

Die alte Frau nickte. „Ja, es geht. Alles in Ordnung."

„Wir machen uns jetzt fertig und gehen dann runter zum Frühstück. Danach suchen wir zuerst den Hof, wo Uroma gestorben ist. Frau Nowack hat mir gestern gesagt, wo er liegt. Dort fragen wir nach Matteusz. Immerhin habe ich gestern Abend noch herausgefunden, wohin wir ungefähr gehen müssen."

„Deiner Fahne nach hast du auch getrunken." Oma Tania schmunzelte.

„Sonst hätte ich ja nichts erfahren", sagte Malin. „Das ging nur mit Wodka."

***

Maria Nowack erwartete sie schon in der Küche, wo sie das Frühstück eingedeckt hatte. Sie war blass. „Ich muss mich bei Ihnen entschuldigen, Frau Meißner" sagte sie, als sie den Kaffee in die geblümten Tassen einschenkte.

„Bei mir? Wofür denn?"

Maria Nowack stellte die Kanne ab. „Weil ich gestern nicht die Wahrheit gesagt habe. Ich kenne Matteusz Mazur. Er lebt seit Menschengedenken in Borzytuchom und er ist seit Kurzem verschwunden. Nun geht das Gerücht herum, man habe ihn in Deutschland ermordet. Und da kommen Sie daher und fragen nach ihm ..." Maria Nowack begann zu zittern. „Es ist für uns alle noch immer nicht leicht, wenn Fragen kommen. Von Deutschen. Nach der Vergangenheit."

Malin stand spontan auf und nahm Frau Nowack in den Arm. Sie roch nach Tosca und ihr Zittern verstärkte sich immer mehr.

„Das tut mir leid, Frau Nowack, wir wollten Sie nicht beunruhigen! Wir sind wirklich nur hier, um herauszufinden, was mit der Mutter meiner Oma passiert ist. In Deutschland bekommen wir darauf keine Antworten. Herr Mazur ist vor Kurzem bei meiner Oma in Deutschland gewesen und wir müssen wissen, was er dort wollte. Sie kannten sich von früher und plötzlich stand er vor der Tür."

„Ist er denn wirklich tot?"

Malin nickte. „Ja, leider. Matteusz Mazur ist in Jever ums Leben gekommen, nachdem er zuvor einen Brief von der Mutter meiner Oma bei ihr eingeworfen hat. Darin gibt es einen Hinweis auf ein Tagebuch."

„Ein Tagebuch? O Gott!" Frau Nowack schluckte. „Weiß man denn, wer es war? Also, wer ihn umgebracht hat?"

Malin schüttelte den Kopf. „Nein, die Polizei tappt noch im Dunkeln. Wir vermuten, dass das Tagebuch der Grund für den Mord war und es darin einen Hinweis gibt. Deshalb sind wir hier – wir wollen es finden. Wir hoffen, dass es uns verrät, was mit meiner Urgroßmutter hier in Borntuchen passiert ist."

Maria Nowack musste sich setzen. „Waren damals die Russen schon da? Sie haben die Frauen ja allesamt ... und dann haben die sich aus Verzweiflung ... also ich meine ..." Maria Nowack winkte ab.

„Ich glaube nicht", sagte Malin. „Es muss etwas anderes dahinterstecken."

Frau Nowack hatte das Gesicht in ihre Hände gelegt. „Matteusz ist tot. Dann stimmt es tatsächlich. Er war ein so lieber Mensch, hat immer geholfen, wenn man ihn brauchte." Sie blickte auf. „Sie hatten, wenn ich das recht verstehe, zuvor all die Jahre keinen Kontakt mehr mit ihm, oder? Aber woher hatte er denn Ihre Adresse?"

Tania zuckte mit den Schultern. „Das wüsste ich selbst gern. Und manchmal denke ich: Wäre er bloß hiergeblieben und hätte alles beim Alten gelassen. Ich habe ja nicht mehr unendlich viel Zeit und zu ändern ist die Vergangenheit ohnehin nicht. Ich hatte mich doch mit allem arrangiert."

„Hast du nicht, Omi!", begehrte Malin auf. „Du leidest seit fast 70 Jahren. Ich habe dich nie weinen gesehen, nicht einmal, als Opa gestorben ist. Und wann hast du das letzte Mal aus vollem Herzen gelacht?"

Tania kaute auf der Unterlippe und Malin fuhr fort: "Aber als Matteusz kam und du erfahren hast, dass er tot ist, da hattest du Tränen in den Augen." Noch einmal wurde Malin klar, wie sehr sie der Anblick irritiert hatte.

"Alles schlimm", wiederholte Maria Nowack. "Alles schlimm." Dann gab sie sich einen Ruck. "Wenn Sie was über den Tod Ihrer Mutter wissen wollen, Frau Lewalder, dann gehen Sie zu Pawel Adamczak. Er kann Ihnen weiterhelfen und sich mit dem Standesamt von Bytow in Verbindung setzen. Wenn Ihre Mutter hier in Borzytuchom verstorben ist, ist sie auf dem Amt dort geführt. Wenn nichts weggekommen ist damals."

Malin ließ sich die Adresse des Mannes geben.

"Und wenn Sie das Grab Ihrer Mutter suchen, Frau Lewalder. Gehen Sie die Hauptstraße entlang aus dem Dorf heraus, auf den Hügel zu. Es ist alles überwuchert, aber am Berg im Wald lag der deutsche Friedhof. Ich weiß nicht, was davon noch übrig ist. Bin nie dort gewesen, man soll die Toten ja in Frieden lassen."

"Danke", sagte Tania. "Von Herzen danke."

***

Kenza und Finn beschlossen, zum Heim zu fahren, ohne Janßen davon in Kenntnis zu setzen. Die Bilder waren von der KTU nicht sichergestellt worden und mussten sich deshalb noch dort befinden. Janßen sah nicht einmal auf, als Kenza mit der Lederjacke in der Hand auf dem Flur an der offenen Bürotür an ihm vorbeistürmte. Er war vermutlich wieder dabei, sich durch ein paar Seiten zu klicken, die sich mit osteuropäischen

Banden beschäftigten. Kenza zuckte mit den Schultern. Sollte er doch weiter seinen Einbrechertheorien nachgehen.

Kenzas Handy piepte, als sie sich neben Finn auf den Beifahrersitz des Passats fallen ließ. Sie sah erstaunt auf das Display. „Die Nachricht ist von Malin Meißner."

„Und?" Finn startete den Motor und fuhr los. Er blickte konzentriert auf die Fahrbahn, während die Sonne ihn von vorne blendete.

„Sie lässt aus Polen grüßen und schreibt, sie haben eine Spur zum Gutshof und eine Adresse, wo sie die Todesurkunde der Mutter einsehen können."

„Na, immerhin teilt sie dir mit, was sie so treibt. Doch nicht schlecht, wenn man seine Visitenkarten überall hinterlässt."

Kenza schickte Malin einen erhobenen Daumen zurück, bat kurz darum, sie auf dem Laufenden zu halten, und speicherte die Nummer in ihrem Handy ab. „Gibt es eigentlich was Neues im Fall des Einbruchs bei den Eichlers?", fragte sie dann. „Nein. Lutz Eichler macht wohl in Wilhelmshaven deswegen eine Riesenwelle, aber sie kommen nicht weiter. Ich habe den Vater auch zu Lutz befragt, aber die spielen alle die reinsten Unschuldslämmer."

„Gibt es eigentlich eine Verbindung der Eichlers zu Frau Lewalder? Nur mal so gedacht. Verwandtschaft zu ihr oder so?"

„Nicht, dass ich wüsste." Finn steuerte den VW auf den Parkplatz des Pflegeheims. „Aber wie soll das mit dem Einbruch zusammenhängen? Frau Lewalder als Mafiaboss?"

Kenza lachte auf. „Blödmann. Keine Ahnung. Ist mir nur gerade eingefallen. Man muss schließlich an alles denken – deine Worte."

Sie stiegen aus und Kenza ließ den Blick über die Fassade schweifen. „Hauptsache, die gute Frau Post hat jetzt auch Dienst", sagte sie, als sie die große Glastür zum Foyer öffneten.

Sie fragten sich zu der Altenpflegerin durch. Sie war gerade im Speisesaal und reichte einer Bewohnerin im Rollstuhl das Mittagessen an. „Einen Augenblick, bitte. Warten Sie doch vorn im Flur. Da sind auch Sitzgelegenheiten."

Kenza war froh, der merkwürdigen Atmosphäre und den strengen Essensausdünstungen entfliehen zu können.

Finn atmete auf dem Flur ebenfalls erleichtert aus. „Wir sind wohl noch nicht alt genug dafür", kommentierte er mit einem Grinsen im Gesicht. „Aber ich bewundere die Pfleger, die hier tagtäglich hart arbeiten."

Sie setzten sich unter eine Palme, die neben einem Springbrunnen stand, und beobachteten die Goldfische, die sich in dem Wasserlauf tummelten.

Es dauerte etwa eine halbe Stunde, bis Frau Post zu ihnen stieß. Sie rieb ihre Hände, die nach Desinfektionsmittel rochen. „Entschuldigen Sie, dass Sie warten mussten, aber die Arbeit geht vor."

„Alles gut", sagte Kenza. „Wir haben auch nur ein paar kleine Fragen." Täuschte sie sich oder wirkte Frau Post doch etwas beunruhigt?

„Worum geht es?" Sie setzte sich ihnen gegenüber auf einen der Sessel.

„Auf der Kommode von Frau von Kraft standen zwei Bilder. Sie sind nicht bei uns gelandet, weil sie der Spurensicherung wohl nicht wichtig erschienen. Uns würde allerdings interessieren, ob es sie noch gibt und wer der junge Mann auf einem der Fotos war?"

Frau Post blies sich eine Locke aus der Stirn. „Die Bilder werden schon auf der Müllhalde sein. Die Container wurden heute abgeholt. Anziehsachen heben wir auf und geben sie intern an Bedürftige im Heim weiter. Aber persönliche Gegenstände wie Fotos werden entsorgt, wenn keiner der Angehörigen Anspruch darauf erhebt. In Frau von Krafts Fall gab es niemanden, der sie haben wollte. Und Frau Lewalder will nicht mal zur Beisetzung kommen! Herzlos, finden Sie nicht?"

„Nun, darüber können wir nicht urteilen, das steht uns nicht zu", beschied Kenza. „Vielleicht können Sie uns aber trotzdem sagen, wer der Mann auf dem Bild war? Bitte, denken Sie nach!"

„Der Sohn?", kam es zögernd.

„Sie wissen genauso gut wie wir, dass es keinen Sohn gibt. In dem Fall müsste das Foto außerdem viel älter sein. Es könnte sich allenfalls um einen Enkel handeln, den es aber ebenfalls nicht geben dürfte. Frau von Kraft hatte keine eigenen Kinder."

Lavina Post wirkte plötzlich hilflos.

Kenza beobachtete sie ganz genau. „Frau Post. Es gibt keine Blutsverwandten, das wissen Sie selbst. - Also: Wer ist der Mann?"

Die Pflegerin geriet zunehmend aus der Fassung. Ihre Stimme wackelte. „Ich weiß es nicht. Da gab es nur einen, der selten reinschneite, wie man so schön sagt." Sie wurde rot bis zu den Ohren.

Kenza glaubte ihr kein Wort. Was hatte Jens Hoffmann gesagt? Lavina Post und Paula von Kraft hatten sich sehr nahegestanden und der Pflegerin fehlte die professionelle Distanz. Für sie war klar, dass Lavina log und vermutlich einen triftigen Grund dafür hatte. Sie musste wissen, wer der Mann auf dem Foto war, und auch, wer Paula von Kraft hin und wieder besucht hatte. Ob es mit dem erhaltenen Erbe zusammenhing? Wusste Lavina Post überhaupt davon?

Kenza beschloss, sie hier nicht darauf anzusprechen und die Befragung an dieser Stelle abzubrechen. Mehr würden sie im Moment nicht von der Pflegerin erfahren, sie würden Lavina Post jedoch im Blick behalten.

„Das war es vorerst", entließ Kenza die Altenpflegerin und erhob sich gemeinsam mit Finn.

„Wir möchten trotzdem noch einmal ganz in Ruhe mit Ihnen reden, Frau Post. Es gibt noch ein paar Ungereimtheiten und neue Erkenntnisse. Wann passt es Ihnen?" Kenza hoffte, zu Hause mehr von der Frau zu erfahren als hier, wo alle Kollegen neugierig herüberlinsten.

Frau Post stand ebenfalls auf. „Heute Nachmittag? Gegen 16 Uhr? Dann habe ich frei." Sie nannte ihnen die Adresse und eilte rasch zurück in den Speisesaal. Sie war sichtlich froh, den beiden Polizisten nicht weiter Rede und Antwort stehen zu müssen.

„Die Frau hätte zumindest auch am frühen Morgen Zutritt zum Heim gehabt und es wäre niemandem komisch vorgekommen, wenn sie zu dieser Zeit dort aufgetaucht wäre", sagte Finn. „Sie wirkt pflichtbewusst und vermutlich achtet keiner weiter darauf, wenn sie mal eine Viertelstunde früher kommt. Geld ist immer ein Motiv, vor allem bei einer solchen Summe. Da wurde schon für weitaus weniger gemordet."

„Das stimmt allerdings nur dann, wenn sie davon wusste. Nur wäre in dem Fall unsere Theorie, beide Morde hätten etwas miteinander zu tun, hinfällig. Warum hätte Frau Post Matteusz töten sollen?"

„Auch wieder wahr", gab Finn zu. Er schaute sich um. „Aber stammt sie nicht auch aus Polen? Vielleicht kannten die beiden sich."

„Möglich, aber wo ist das Motiv?"

„Wir werden etwas finden. Verlass dich drauf. Die Frau lügt und steckt ganz tief in der Sache drin. Ich spüre so etwas." Mit diesen Worten wandte Finn sich zum Gehen, als Kenza eine Idee kam.

„Warte noch!" Sie hielt ihn zurück und lief auf eine junge Pflegerin zu, die eben auf dem Weg zum Speisesaal an ihnen vorbeikam. Kenza zeigte ihr den Dienstausweis. „Entschuldigen Sie bitte, wenn ich Sie von der Arbeit abhalte, aber ich habe ein paar Fragen an Sie. Haben Sie Frau von Kraft gekannt?", kam sie gleich zur Sache.

Die dunkelhaarige Frau nickte. „Ja, leider. Sie war sehr unangenehm. Kein Wunder, dass sie kaum Besuch hatte. Aber man soll über Tote ja nicht schlecht reden. Warum?"

„Wer kam denn so zu Besuch, wenn jemand kam?"

„Ihre Stieftochter, ganz selten eine junge Frau und ab und zu ein Mann. Sie hatte auch ein Foto von ihm in ihrem Zimmer stehen, auf dem war er allerdings noch ein Kind. Aber das Lachen hat sich nicht verändert. Dachte immer, es wäre ihr Enkel. Aber in ihren Akten steht nur diese Stieftochter." Sie senkte den Kopf. „Ich war neugierig und habe nachgesehen."

„Der Mann, der sie besucht hat, ist der vom Foto?", hakte Kenza sicherheitshalber nach. Frau Post hatte doch behauptet, ihn nicht zu kennen. „Wissen Sie, wer das war?"

„Ich glaube, dieser Typ vom Eichler-Unternehmen", sagte die junge Frau. „Hab den mal in der Zeitung gesehen. Dachte noch, wow, was kennt die Alte berühmte Leute. Der unterstützt doch so eine Bürgerinitiative. Der war auch am Abend da, bevor sie gestorben, also umgebracht worden ist. Erst die junge Frau, dann er. Er hat sich definitiv so verhalten, als wolle er nicht gesehen werden. Ich fand es allerdings nicht wichtig, Frau von Kraft war ohnehin schon sehr somnolent wegen des Medikaments. Wahrscheinlich ist der deshalb so schnell wieder weg. Und danach hat sie ja noch gelebt. Also kann er sie nicht umgebracht haben." Die Pflegerin kicherte albern. „Ich muss jetzt aber auch." Sie eilte davon und ließ Kenza stehen. Der klopfte das Herz bis zum Hals. Warum war sie da nicht von selbst draufgekommen? Ihr war das Gesicht deshalb bekannt vorgekommen, weil die Eichlers vor ein paar Tagen in der Zeitung gewesen waren, als vorbildliche Arbeitgeber in Friesland.

Sie musste Scheuklappen aufgehabt haben, als sie Lutz Eichler gegenübergestanden und ihn nicht mit dem Foto in Verbindung gebracht hatte. Das konnte nur der Tatsache geschuldet sein, dass der Mann auf dem Bild erheblich jünger war.

„Lutz Eichler hat also Kontakt zu Paula von Kraft gehabt. Und Frau Post leugnet das", rissen Finns Worte sie aus ihren Gedanken. „Sie weiß mit Sicherheit, dass er es ist. Ich glaube, das wird heute Nachmittag ein spannendes Gespräch."

Kenza erzählte ihm nichts davon, dass sie auch selbst auf die Verbindung hätte kommen können. Es war ihr peinlich.

„Lass uns erst einmal verschwinden", sagte Kenza. „Ich würde jetzt erst gern Lutz Eichler dazu befragen."

12

Das Frühstück hatte länger gedauert als gedacht, aber da Frau Nowack dann doch recht gesprächig geworden war, wollten weder Malin noch Tania sie unterbrechen. Sie hatten nach längerer Diskussion beschlossen, erst das Gutshaus zu suchen und danach zu Pawel Adamczak und dann zu Matteusz' Enkel Michal zu gehen. Nach langem Hin und Her hatte Frau Nowack ihnen auch diese Adresse gegeben.

Malin und Tania holten ihre Jacken, die sie draußen aber schnell wieder auszogen, denn es war noch immer recht warm.

„Wir müssen Richtung Kirche", bestimmte Malin und ihre Großmutter folgte ihr widerspruchslos.

Sie passierten den Backsteinbau, wandten sich dann nach rechts in eine Seitenstraße, so wie Frau Nowack ihnen den Weg beschrieben hatte.

Ihre Oma war unglaublich aufgeregt, auch wenn sie sich bemühte, es zu kaschieren. Jetzt verlangsamte sie ihren Schritt. „Ich kann nicht weiter."

„Du schaffst das, Oma", flüsterte Malin. „Ich bin doch bei dir!"

Ihre Großmutter atmete tief ein und setzte danach vorsichtig einen Fuß vor den anderen. Ihre Körperhaltung aber hatte sich merklich verändert. Obwohl sie sonst für ihr Alter recht rüstig war, wirkte sie plötzlich uralt und geduckt.

„Mute ich dir jetzt doch zu viel zu?", hakte Malin deshalb vorsichtig nach. „Ich kann auch allein weitergehen und dir hinterher berichten."

Jetzt richtete ihre Oma sich auf. „Nein, das wäre nicht recht. Wir haben uns für diesen Weg entschieden und wir müssen ihn nun zusammen gehen. Oma schafft das schon!" Sie lächelte, aber es wirkte nicht nur gequält, sondern auch unendlich müde.

Der schmale Weg führte an der Feuerwehr vorbei, dahinter lagen moderne Gebäude, in denen landwirtschaftliche Fahrzeuge abgestellt waren. „Es ist nicht mehr weit", sagte Malins Oma plötzlich. „Nur noch ein kleines Stück." Sie hielt den Blick weiter gesenkt, hob aber zwischenzeitlich den Kopf, um sich zu orientieren, lief dann bis zu einer Weggabelung, wo sie nach rechts abbog. Ein zerfallener Torbogen markierte den Beginn eines weitläufigen Grundstücks, an dessen Ende sich ein ungepflegtes Backsteingebäude mit Veranda und dem dahinterliegenden See befanden. Rechts säumten marode Stallungen den Weg.

Der Hof wirkte unbewohnt und heruntergekommen, nichts war mehr von dem Glanz vergangener Tage zu merken, der diesem Gehöft sicher mal angehaftet hatte. Tania stand wie angewurzelt auf einer Stelle. Ihre Augen wanderten hin und her, aber ihrer Mimik war nicht anzumerken, ob sie etwas bewegte oder wiedererkannte.

„Wir müssen klingeln", sagte Malin. „Sagen, warum wir hier sind und was wir suchen. Schließlich können wir uns nicht einfach so auf einem fremden Grundstück aufhalten."

Ihre Oma war blass, die Unterlippe zitterte. Sie deutete auf die maroden Stallungen. „Da haben die Pferde gestanden und da saßen immer die alten Männer", sagte sie. „Wir sind richtig, Malin."

Dann lief sie auf den Gutshof zu, als würde sie von einem unsichtbaren Faden gezogen. Sie stoppte erst, als sie die alten Pferdestallungen hinter sich gelassen hatte und vor der Treppe der Veranda stand. Oma Tania wandte den Blick und taxierte das Gelände neben dem Wohnhaus. Dort standen nur ein paar Ruinen, aus denen schon kleine Bäume wuchsen. Dahinter waren moderne Gebäude errichtet worden. „Dort haben wir gewohnt. Da waren weitere Ställe. Unsere Box war neben dem Schweinestall. Aber es ist alles fort."

„In dem Stall ist also deine Mutter gestorben?", fragte Malin. Ihr lief ein Schauer über den Rücken. Sie sah vor ihrem inneren Auge ihre Urgroßmutter, wie sie verzweifelt versuchte, sich um ihre kleine Tochter zu kümmern. Doch dann verblasste das Bild und sie konzentrierte sich wieder auf ihre Oma, die kreidebleich war und sichtlich um Fassung rang.

„Die Sonne scheint", sagte sie wie in Trance, „und der ganze Hof ist leer. Trotzdem sehe ich zerlumpte Menschen herumlaufen. Ich sehe meine Miez. Matteusz und Oma Luise, wie sie ihn mal wieder über das Gehöft scheucht und er an der Ecke weint, weil sie ihm eine Ohrfeige gegeben hat. Wenn ich zu ihm kam, hat er aber gelächelt. Immer." Tania glitt ebenfalls ein flüchtiges Lächeln übers Gesicht.

„Lachen durften wir nicht. Dann wurde meine Großmutter böse. Es waren ernste Zeiten und in ernsten Zeiten war man nicht fröhlich. Da habt ihr es heute besser. Ihr sollt es alle besser haben als wir."

Jetzt setzte sich auch Malins Film wieder in Gang. Sie sah ihre alte Ururgroßmutter, dunkel gekleidet, die Haare zu einem Dutt gebunden, das Gesicht ernst. So wie sie es auf dem Foto aus der Kiste ihrer Mutter gesehen hatte. Sie sah sie auf dem Hof stehen, mit mürrischem Gesicht Wäsche in einem Bottich waschen und zwischendurch die kleine Tania und Matteusz anfauchen.

„Mutter hat sich immer um die Kranken gekümmert. Auch wenn sie Polen waren und das nicht gern gesehen war", hörte Malin die Stimme ihrer Großmutter wie aus der Ferne.

Es war eine eigenartige Stimmung, die die beiden Frauen umspann. Fast so, als hätten sie eine Zeitreise gemacht, die sie aber nicht ganz in der Vergangenheit ankommen ließ. Es war eine Art Schwebezustand – irgendwo zwischen den Zeiten.

„Da drüben hat Matteusz gewohnt." Ihre Oma zeigte auf eine Baracke. „Ihn mochte keiner von den Geflüchteten. Außer Mutter. Mutter mochte ihn. Matteusz war über."

„Was heißt das?", hakte Malin nach.

„Matteusz gehörte zu niemandem", erklärte Tania. „Er hatte keine Eltern, keine Verwandten." Sie hielt kurz inne, ihr Mienenspiel wechselte und sie war wieder ganz im Hier und Jetzt. „Lass uns gehen, es bringt nichts." Oma Tania wandte sich ab und wollte den Hof verlassen, doch Malin hielt sie noch an der Hand.

„Ich klingle und frage, ob wir in die Ställe dürfen. Ich glaube, wir sind ohnehin schon entdeckt worden, da war eben ein Gesicht hinter der Scheibe. Und ich möchte keinen Ärger bekommen, weil wir uns hier aufhalten." Malin war wirklich mulmig zumute. Es war nicht ihre Art, einfach so auf fremden Grundstücken herumzulaufen, sie mussten zumindest kurz Bescheid geben, was sie hier taten.

Ihre Großmutter schüttelte den Kopf. „Wenn, dann mache ich das." Schwerfällig setzte sie den Fuß auf die Treppe. Die erste Stufe schien die schwierigste zu sein, doch dann ging sie entschlossen weiter. An der Haustür gab es keine Klingel, deshalb klopfte sie mit dem angebrachten Ring dagegen.

Es dauerte eine Weile, ehe geöffnet wurde. Ein alter Mann mit schlohweißem Haar stand ihnen gegenüber, der sie kritisch musterte.

Oma Tania stellte sich kurz vor und begann auf Deutsch auf den Mann einzureden. Als dieser ihr nur polnische Antworten gab, vollzog sich plötzlich ein Wandel mit ihr, den sie selbst gar nicht zu bemerken schien. Wie selbstverständlich begann sie, Polnisch zu sprechen. Erst nur bruchstückhaft, doch dann kamen die Worte immer fließender, bis sie in eine Unterhaltung übergingen, die von lebhafter Gestik und Mimik begleitet wurde.

Schließlich nickte der Mann und trat einen Schritt beiseite.

Malin stieß ihre Großmutter an. „Was war das denn eben? Du sprichst Polnisch?"

Tania sah ihre Enkelin erschrocken an. „Habe ich das wirklich getan?"

„Hast du."

Oma Tania schüttelte ungläubig den Kopf. „Ich konnte das früher, klar. Sonst hätte ich mich ja schließlich nicht mit Matteusz unterhalten können. Aber ich hatte es jahrelang verdrängt."

Sie folgten dem Besitzer des Hofes ins Haus.

In der Küche dominierte ein großer Ofen. Der Mann deutete auf einen dunklen Tisch, der mit einer weißen Spitzendecke und einem üppigen Herbstasternstrauch geschmückt war. Eine Frau eilte hinzu und kochte sofort Kaffee, zerrte aus einer Blechdose Kekse hervor. Was sind die hier gastfreundlich, dachte Malin, die kennen uns gar nicht und noch dazu sind wir Deutsche.

Anton Felski konnte bruchstückhaft Deutsch und lebte mit seiner Frau seit etwa 50 Jahren auf dem Hof. Er sprach langsam, aber nun konnte auch Malin verstehen, was er sagte, zumal Oma Tania sich jetzt plötzlich außerstande sah, weiter Polnisch zu reden.

„Er kennt also Matteusz, hat ihn aber länger nicht gesehen", fasste Malin am Ende das Gespräch zusammen.

Es dauerte eine Stunde, ehe Anton und seine Frau die beiden wieder aus dem Haus ließen, obwohl sie ihnen eigentlich kaum etwas Neues hatten erzählen können. Während Tanias Zeit hier auf dem Gutshof hatten sie noch nicht in Borntuchen gelebt, waren erst nach der Umsiedlung durch die Russen hierhergekommen. Aber sie erlaubten Tania und Malin, in die Stallungen zu gehen und sich alles anzusehen.

Oma Tania zog es vor allem in die Pferdeställe, die nunmehr mit Traktoren verschiedener Größen vollgestellt waren. Sie trat zunächst unter die Remise, von der aus eine Tür in den eigentlichen Pferdestall führte. Einzelne Boxen wechselten sich dort mit schmalen Einstellplätzen ab.

„Hier hat unser Pferd gestanden", sagte sie und zeigte auf einen der Plätze. „Es war dunkelbraun und hatte eine schwarze Mähne. Wir durften es aber nicht mitnehmen." Sie lief weiter und blickte durch ein staubiges Fenster auf den Hof. „Und von hier aus habe ich beobachtet, wie sie alles von meiner Mutter verbrannt haben. Alles." Mit diesen Worten sackte sie in sich zusammen und ließ sich erschöpft auf einen Strohballen fallen.

***

„Fangen wir mit Frau Post oder Lutz Eichler an?", fragte Kenza.

„Eichler, erst den Kotzbrocken", sagte Finn. Sie standen bei Janßen im Büro, weil sie ihn mit wenigen Worten über ihre neuen Erkenntnisse informiert hatten.

„Ja, dann kennen die sich halt", murmelte er gleichgültig. „Ich bin mit der Einbruchsache dafür ein Stück weiter. Die KTU hat alle Ergebnisse abgeglichen, es handelt sich sowohl in Schortens als auch in Sande und Rastede immer um dieselbe Bande. Sie haben sogar Fingerabdrücke sicherstellen können und zwei Personen sind namentlich erfasst. Die beiden Männer sind eindeutig polnischer Staatsangehörigkeit und dort auch bekannt."

Kenza trommelte mit den Fingern auf der Tischplatte. „Das hilft uns jetzt nicht weiter, Herr Janßen. Haben die beiden bekannten Männer denn eine Verbindung zu Paula von Kraft oder zu Matteusz Mazur?"

„Nein. Es sind nicht die Verwandten von Mazur. Unser lieber Bogdan ist nicht dabei. Aber das heißt ja nichts."

Finn grinste. „Gut, Bert. Dann hast du ja deine Fleißarbeit gemacht, gibt drei Sternchen. Nun fände ich es echt gut, wenn du Lavina Post mal etwas durchleuchten könntest. Woher sie kommt, ob sie schon mal auffällig war und all so was."

Bert verzog zwar das Gesicht, konzentrierte sich dann aber wieder auf seinen Rechner und tippte eifrig auf der Tastatur herum. „Ich kümmere mich. Wenn es da was geben sollte: Bert Janßen findet es raus!"

Kenza war erstaunt, dass Janßen ihrer Anweisung ohne weitere Diskussion Folge leistete. Aber sie beschloss, sich einfach darüber zu freuen, denn es erleichterte vieles. Entschlossen nickte sie Finn zu. „Wir suchen jetzt erst wie abgesprochen Lutz Eichler und dann die Dame in ihrem Zuhause auf. Bis später, Bert."

Eine Antwort bekam sie nicht mehr, denn Janßen hing längst am Telefon.

***

Lutz Eichler war nicht zu Hause und seine Putzfrau gab kund, dass er mit seiner Dogge am Südstrand spazieren war.

„Da wollte ich sowieso mal am Tag hin", erklärte Kenza. „Eigentlich allerdings, um die Nordsee zu genießen."

„Machst du halt jetzt beides", grinste Finn. „Genießen und arbeiten."

„Lutz Eichler aufzusuchen, ist wohl eher kein Genuss", gab Kenza zurück.

Sie durchquerten die Stadt und fuhren über die Kaiser-Wilhelm-Brücke zum Südstrand. Anschließend hielten sie sich links und Kenza staunte über das dort liegende Kriegsschiff des Marinemuseums. Finn bog rechts ab und stellte den Wagen am Hafen auf dem Parkplatz unterhalb des Seewasseraquariums ab.

„Von hier können wir nach rechts über die Südstrandpromenade zum Stand und zum Fliegerdeich gehen. Ich glaube aber, dass er dort hinterm Nassauhafen am Deich zu finden ist." Er wies mit dem Kopf in die andere Richtung, wo sich hinter dem Deich weiße hohe Häuserfronten zeigten. „Die Hundebesitzer lassen ihre Tiere meist dort laufen, denn es herrscht keine Leinenpflicht. Bringt aber auch die Gefahr von Tretminen mit sich, denn längst nicht alle räumen die Hinterlassenschaften ihrer Vierbeiner auch weg."

Kenza stieg aus und folgte Finn am Seglerheim und dem Jachthafen vorbei zum Deich. Von hier war der Jadebusen gut zu überschauen. Sie umrundeten die Kurve und tatsächlich tummelten sich dort etliche Hunde auf dem Grün. Es war gerade Ebbe. Die Sonne brach sich im Watt und tauchte den Jadebusen in ein wunderschönes Licht.

„Den Arngaster Leuchtturm habe ich mir bei Nacht angesehen." Kenza deutete auf den rot-weißen Turm, der wie gemalt seine Streifen in den Himmel reckte.

„Und nun siehst du ihn bei Tag. Da drüben findest du Dangast und dort", Finn zeigte etwas weiter nach links,

„das ist Eckwarderhörne. Dorthin kann man auch mit der ‚Etta von Dangast' fahren."

„Und was ist das?" Kenza deutete auf einen Steinwall, der ins Meer ragte und vorne rund zulief.

„Eine Mole." Finn zeigte nach Norden. „Dahinten beginnt auch der Marinestützpunkt."

Kenza und Finn hielten nun Ausschau nach Lutz Eichler und seinem Hund. Da sie das Tier bei ihrem letzten Besuch nicht zu Gesicht bekommen hatten, wussten sie allerdings nicht genau, wonach sie suchen sollten.

„Auf jeden Fall groß", sagte Finn. „Doggen sind riesig."

„Da, schau! Ist das nicht Eichler?" Kenza zeigte auf einen Mann, der auf dem roten Pflasterweg lief und sich die Leine lässig um den Hals gehängt hatte. Eben bückte er sich und warf einen kleinen Stock, dem ein großer schwarzer Hund sogleich hinterherjagte.

„Jo, das ist er. Gut beobachtet." Sie liefen Lutz Eichler entgegen.

Als sie ihn erreicht hatten, wirkte er keineswegs erstaunt, den beiden Kommissaren schon wieder gegenüberzustehen. „Moin, die Dame, moin, der Herr", begrüßte er sie und trug dabei sein typisches, überhebliches Lächeln im Gesicht. „Was führt Sie schon wieder zu mir? Muss ja wichtig sein, wenn Sie mich sogar bei meinem täglichen Spaziergang belämmern." Er strich seinem Hund über den Kopf. Der schien genauso zu grinsen wie sein Herrchen, allerdings tropfte ihm dabei der Speichel von den Lefzen.

„Sie kennen Frau von Kraft?"

„Ja, das tu ich. Warum fragen Sie? Paula ist für mich wie eine Großmutter. Leider habe ich nur wenig Zeit für sie. Das ist schade, denn sie ist sehr allein." Noch einmal warf er seinem Hund das Stöckchen. „Miss Ellie muss sich bewegen, sonst zerkaut sie mir nachher wieder die Stuhlbeine", erklärte er. „Kleiner Scherz", setzte er nach, als er Kenzas entsetzten Blick bemerkte.

„Sie wissen es also noch nicht?"

„Nein, was soll ich wissen?"

Miss Ellie war zurückgekehrt und bellte, nachdem sie Eichler den Stock vor die Füße gelegt hatte. Sofort bückte er sich wieder danach. „Sie ist sehr einnehmend, wenn es um ihr tägliches Spiel geht." Er schleuderte das Holz in Richtung Watt.

Kenza nervte dieses Ablenkungsmanöver. „Bitte Herr Eichler, könnten Sie uns mal einen Augenblick Ihre ungeteilte Aufmerksamkeit schenken?"

Endlich blieb der Mann stehen und sah Kenza und Finn direkt an. War da nicht ein leichtes Flackern in seinen Augen zu sehen? Wurde er etwa unsicher?

„Was ist denn los mit Oma Paula?", fragte er, als er die ernsten Gesichter der beiden Polizisten sah.

„Sie ist tot", sagte Finn mit ruhiger Stimme und ohne sein Gegenüber aus den Augen zu lassen. „Ermordet."

Lutz Eichler schluckte und gab sich sichtlich Mühe, betroffen auszusehen.

Mit dem ist genauso was faul wie mit Lavina Post, fuhr es Kenza durch den Kopf.

„Ermordet", wiederholte Eichler dann. „Warum? Und wie?"

„Wir dachten, Sie könnten uns dazu etwas sagen", entgegnete Finn. „Wir bringen Sie jetzt schon mit zwei Morden in Verbindung, die beide wiederum über Tania Lewalder in einem Zusammenhang stehen. Tania kannte Matteusz Mazur und war die Stieftochter von Paula von Kraft. Da Sie Letzterer offenbar sehr nahestanden, gehe ich davon aus, dass Sie auch Tania Lewalder kennen."

„Flüchtig", wiegelte Eichler ab. „Ganz flüchtig. Wir mochten uns nicht und sind einander aus dem Weg gegangen. Frau Lewalder ist eine kühle Person und sie hatte keine enge Beziehung zu ihrer Stiefmutter. Ich fand das immer sehr undankbar, weil sie das Mädchen nach dem Krieg doch großgezogen hat, mutterlos, wie sie war. Wenn sie das Bindeglied zwischen den beiden Toten ist, wird sie wohl logischerweise auch mit den Morden zu tun haben. Was kommen Sie also mit Ihrer Fragerei ausgerechnet zu mir? Diesen toten Polen kannte ich beispielsweise nicht."

Kenza schüttelte über seine Unverfrorenheit nur den Kopf.

„Also haben sie keinen Kontakt zu Frau Lewalder?", hakte Finn nach.

„Nein, sonst hätte sie mich vermutlich längst selbst über Paulas Tod in Kenntnis gesetzt. Ich aber wusste von nichts."

„Wie gut sind Sie mit Lavina Post, Frau von Krafts ehemaliger Pflegerin bekannt?"

Diese Frage irritierte Lutz Eichler sichtlich. Damit er nicht gleich antworten musste, rief er Miss Ellie und kraulte sie ausgiebig, ehe er ihr Holzstück wieder wegschleuderte.

„Den Kontakt zu Frau Post habe ich hergestellt, als Frau von Kraft auf dem Hof in Cäci pflegebedürftig wurde. Herr von Kraft war schon tot und Oma Paula wollte nicht ins Heim. Da habe ich mit ihrer Einwilligung Frau Post als 24-Stunden-Pflege eingestellt. Sie wissen, dass Paula vermögend war und sich das leisten konnte. Zumindest wenn es Kräfte aus dem Osten waren. Gute Arbeit für weniger Geld, Sie verstehen?" Sein Blick verfinsterte sich. „Aber damit war Frau Lewalder nicht einverstanden und wir haben uns deshalb überworfen. Danach herrschte endgültig Funkstille zwischen uns."

„Was wollte Frau Lewalder denn alternativ?"

Eichler winkte ab. „Sie hätte es besser gefunden, den Hof zu verkaufen und Oma Paula gleich ins Heim zu geben. Sie fand, wir beuteten die Pflegerinnen aus, wenn sie unter diesen Bedingungen arbeiten mussten." Er zuckte mit den Schultern. „Wenn Sie es aber freiwillig tun und auf diese Weise ihre Familien über Wasser halten können? Who cares?"

„Frau von Kraft hätte der Dame mehr zahlen können, sie hatte schließlich einen harten Job. Gab es denn Anspruch auf Urlaub oder andere freie Tage?", fragte Finn.

„Was sollte sie damit? Sie brauchte die Kohle. Und Oma Paula hat sie ihr gezahlt. Ab und zu durfte sie natürlich nach Hause."

Kenza sah Eichler missbilligend an. „24 Stunden arbeiten, geringer Lohn und kaum frei? Das ist illegal."

Eichler zuckte mit den Schultern. „Hat in gegenseitigem Einvernehmen schon so gepasst, dass kein Amtsschimmel darüber gefallen wäre. Aber wenn mich nicht alles täuscht, sind Sie ja nicht von der Ethikkommission, sondern haben mich wegen des Mordes an Oma Paula bei meinem Spaziergang gestört."

Kenza schluckte. „Okay, Frau Lewalder wollte also den Hof verkaufen."

„Jo, aber sie hatte ja nichts zu sagen. Zum Glück. Oma Paula war schließlich immer noch im Vollbesitz ihrer geistigen Kräfte und hat sich anders entschieden. Ich habe sie wiederum darin bestärkt."

„Wie lange ist das her?" Kenza bemühte sich, den Faden nicht zu verlieren.

„Etwa 18 Jahre. Frau von Krafts körperliche Konstitution brach damals nach einer Schenkelhalsfraktur ein. Sie hat sich von der OP lange nicht erholen können. Dann kam noch Osteoporose hinzu und so konnte sie den Haushalt schon mit 75 Jahren nicht mehr richtig führen. Sie brauchte Unterstützung. Da habe ich ihr den Vorschlag gemacht, diese Pflegerin einzustellen."

Kenza überlegte weiter. „Lavina Post ist dann später als normale Pflegerin mit ins Heim gegangen?"

„Genau. Sie konnte dort sofort beginnen, schließlich ist sie eine zuverlässige Arbeitskraft." Lutz Eichler war wieder ganz bei sich. „Sonst noch was?"

„Warum und wann ist Frau Post dann doch ins Heim gegangen?"

„Vor etwa zehn Jahren stellte sich die Frage, wie Frau von Kraft weiter betreut werden sollte, erneut. Und da erwies sich das Heim dann als die bessere Lösung."

Kenza sah Finn an. Ihm schienen die gleichen Fragen durch den Kopf zu gehen wie ihr. „Trotzdem ist mir da einiges unklar, Herr Eichler. Sie sind im Heim nirgendwo als Kontakt vermerkt, obwohl sie offensichtlich eine enge Beziehung zu der Verstorbenen hatten."

„Nun, ich habe mich zwar früher um etliche Belange von Oma Paula gekümmert – es gibt da eine verwandtschaftliche Verbindung, wegen der ich mich verpflichtet fühlte; Oma Paula ist eine entfernte Cousine meines Großvaters", fügte er als Erklärung hinzu, als er Kenzas fragenden Blick bemerkte. „Aber in der letzten Zeit war ich nur selten bei ihr. Als sie noch auf dem Hof lebte, bin ich öfter da gewesen. Ich hatte beruflich in den vergangenen Jahren viel zu tun, wissen Sie. Dann die Arbeit in dem Aktionsbündnis. Und plötzlich bemerkt man, wie die Zeit vergangen ist."

Finn bekam seinen Adlerblick. „Herr Eichler, kann es sein, dass Sie sich von der Betreuung zurückgezogen haben, als Sie erfuhren, dass Sie keineswegs dafür belohnt würden und Frau von Kraft Sie als Erben nicht in Betracht gezogen hat?"

Eichler winkte ab. „Ich habe genug Geld und bin auf die Erbschaft einer alten Frau nicht angewiesen."

„Es handelte sich aber um kein unbeträchtliches Vermögen, das wissen Sie." Kenza versuchte Eichler mit den Augen zu fixieren, aber der senkte nur den Blick. Also nicht lockerlassen, ihm war das Gespräch mittlerweile sichtlich unangenehm. „Donnerstagabend waren Sie im Heim bei ihr. Nach langer Zeit mal wieder. Warum?"

Jetzt verfinsterte sich Eichlers Blick, als er kurz aufschaute. „Zufall. Ich war in der Nähe und dachte, ich schau mal ganz spontan rein. Unangemeldet ist es doch immer am schönsten oder nicht? – Muss ich mich jetzt rechtfertigen, wenn ich eine alte Freundin der Familie besuche?"

Kenza ließ Eichler nicht aus den Augen. Er wirkte nach außen hin zwar lässig, aber seine Gesichtszüge sprachen eine andere Sprache. Das kurze Zucken der Mundwinkel, das leichte Zusammenziehen der Brauen und das unkontrollierte Augenzwinkern verrieten seine Unsicherheit. Schon bald würde er wieder die Flucht nach vorn antreten, da war Kenza sich ganz sicher. Und schon preschte er auch vor: „Warum vernehmen Sie nicht Frau Lewalder? Sie wollte sich zwar kaum um ihre Mutter kümmern, duldete aber andererseits auch keine anderen Götter neben sich. Hatte wohl Angst um ihr Erbe. Solche Frauen sind so."

„Frau Lewalder hat aber nicht geerbt und sie wusste im Vorfeld, dass sie es nicht tun würde", sagte Finn. „Das Geld geht an Frau Post. Ich bin mir ziemlich sicher, dass Sie das genau wissen."

Eichler ignorierte die letzte Bemerkung. „Wann ist die Beisetzung? Ich möchte meiner Oma Paula gern das letzte Geleit geben."

Kenza bat ihn, sich mit der Pflegedienstleitung im Heim kurzzuschließen. Das sollte er mal hübsch selbst herausfinden.

„War es das jetzt? Ich möchte noch ein paar Schritte mit Miss Ellie gehen. Wenn Sie einen Rat von mir wollen, Frau Klausen, Herr Gerdes: Tania Lewalder und Malin Meißner sind raffgierig und gefühlskalt. Echte, wie nennt man das noch? Nicht Egozentriker, nein ..."

„Sie meinen Narzissten? Der Begriff wird heutzutage ja schon fast inflationär verwendet, das hilft uns an der Stelle nicht weiter."

„Egal. Sie sind trotzdem in beide Fälle verwickelt. Ich aber ganz sicher nicht."

Finn und Kenza wandten sich zum Gehen. „Gut, Herr Eichler. Wenn noch etwas sein sollte, melden wir uns."

„Wir müssen zu Lavina Post", sagte Kenza, als sie außer Hörweite waren, mit einem Blick auf die Armbanduhr. „Sie kennt Lutz Eichler nicht nur, sie ist sogar von ihm aus Polen nach Deutschland geholt worden. Und vor uns sie tut so, als wüsste sie überhaupt nicht, wer er ist. Das stinkt doch zum Himmel!"

Finn lachte auf. „Je mehr wir in diesem Misthaufen herumstochern, desto deutlicher mieft es."

Kenzas Telefon klingelte, als sie wieder im Auto saßen. „Es ist Janßen", flüsterte sie Finn zu.

„Ja, was gibt es, Kollege? Schon was zur Person Lavina Post herausgefunden?"

„Nein, dazu nichts, aber mir kam da vorhin spontan eine Idee und ich dachte, ich guck mal, ob die Verblichene vor ihrem Tod telefoniert hat. Zum Glück hatte sie ja einen topmodernen Apparat."

Kenza wurde hellhörig. „Und, hat sie?"

„Vor ihrem eigenen Tod nicht, aber am späten Nachmittag vor dem Tod von Matteusz Mazur. Und, mien Deern, wissen Sie, mit wem?"

„Spucken Sie es aus, mien Jung", sagte Kenza und rollte angesichts seiner Wortwahl mit den Augen.

„Mit Lutz Eichler. Am Sonntagabend etwa 15 Minuten lang."

„Danke, Janßen, gute Arbeit."

„Spürnase, mien Deern."

Kenza drückte das Gespräch weg und sah Finn an. Janßen hatte laut genug gesprochen, sodass er alles mitbekommen hatte.

„Das ist schon interessant. Er hat also mit Paula von Kraft telefoniert. Am Abend vor Mazurs Tod. Zu uns aber hat er gesagt, er wäre spontan am Abend vor Frau von Krafts Tod seit Langem mal wieder bei ihr gewesen. Wir müssen ihn damit konfrontieren."
Kenza nickte. „Dann nichts wie noch mal hin zu dem Doggenmann."
In diesem Moment quietschten hinter ihnen die Reifen und Lutz Eichler raste mit seinem dunklen Wagen an ihnen vorbei.
„Dann suchen wir ihn halt später noch in seiner Villa auf", beschloss Kenza.
„Das können wir tun, aber es wird nicht viel dabei herauskommen. Er wird das Telefonat nicht abstreiten und behaupten, sie hätte neue Wäsche gebraucht oder sonst was Belangloses. Und dass er das im Gespräch mit uns einfach vergessen hätte zu erwähnen."
„Egal, vielleicht verunsichert es ihn, wenn er weiß, dass wir davon wissen."

***

Tania hatte sich wieder gefangen und sah ihre Enkelin an. „Und jetzt machen wir uns auf die Suche nach diesem Mann, der mir die Todesurkunde meiner Mutter geben kann. Dann will ich zum Friedhof und ganz zum Schluss suchen wir Matteusz' Enkel auf. Was auch immer man meiner Mutter angetan hat: Ich will es wissen."
Sie durchquerten Borntuchen. Malin hatte ihr Handy eingeschaltet und so fanden sie den Weg mittels Google Maps recht schnell.

„Das muss es sein", sagte Malin. Sie standen vor einem grau verputzen Einfamilienhaus, das von einer Ligusterhecke umgeben war. Auch hier gackerten Hühner und ein Großteil des Gartens war für den Gemüseanbau kultiviert.

Malin studierte das Klingelschild. „Adamczak", las sie. „Ist auf jeden Fall korrekt." Sie drückte den Klingelknopf.

Ein Mann mittleren Alters mit schwarzem Stoppelbart und Bierbauch, der über der grauen Stoffhose von Hosenträgern gehalten wurde, öffnete ihnen. Er hatte freundliche blaue Augen.

„Sprechen Sie Deutsch?", fragte Malin.

„Aber ja, mein Großvater kommt aus Hamburg." Der Mann lächelte.

Malin erklärte ihm, dass sie seine Adresse von Maria Nowack erhalten hatten und was genau sie nach Borntuchen führte. „Frau Nowack sagte, Sie könnten in Bütow vielleicht an die Papiere meiner Großmutter kommen. Wir hätten gern die Todesurkunde."

„Da haben Sie aber Glück, dass ich gerade heute meinen freien Tag habe und Sie mich antreffen", sagte er. „Morgen muss ich wieder zum Dienst und ich will sehen, was ich für Sie tun kann. Bitte kommen Sie rein, ich brauche ein paar Angaben."

Herr Adamczak erklärte, dass er auch Einblick in die Kirchenbücher nehmen könnte. Er ließ sich Tanias Pass und Abstammungsurkunde zeigen und schrieb sich den Namen und das ungefähre Todesdatum von Eva von Kraft auf.

„Wissen Sie, es kommen in den letzten Jahren immer mehr Leute, die nach ihren Angehörigen fragen. Es wird Zeit, dass wir alle zusammenhalten und endlich einen Schlussstrich ziehen. Dazu ist es aber notwendig, über Dinge zu sprechen und Unerklärtes aufzudecken. Bitte kommen Sie morgen wieder! Ich will versuchen, bis dahin alles zu organisieren."

Malin fiel ein Stein vom Herzen. Der erste Schritt war getan! Wenn Herr Adamczak die Todesurkunde fand, hatte sich die Reise schon mal gelohnt, denn dann hatten sie etwas Greifbares in der Hand.

***

Kenza und Finn fuhren nach ihrem Gespräch mit Eichler direkt zu Lavina Post nach Hause. Egal, was Janßen noch herausfinden würde, sie mussten sich noch einmal mit ihr unterhalten. Sie hatte ihnen zu viel verschwiegen. Sie kannte Lutz Eichler durchaus, und das nicht erst seit Kurzem. Und es war notwendig, sie mit der Erbschaft zu konfrontieren.

„Frau Post?" Kenza sprach in den Lautsprecher, der unten am Europahaus angebracht war. Es war vermutlich das höchste Wohnhaus in Wilhelmshaven. Kenza hatte bislang nur wenige andere hohe Gebäude entdeckt, etwa das Rathaus und das Klinikum.

„Sie schon wieder? Ach ja, wir waren verabredet."

Eine freundliche Begrüßung klingt anders, dachte Kenza.

Der Türsummer ertönte und die beiden Kommissare konnten das Gebäude betreten. Im Treppenhaus roch es nach Waschpulver, Bohnerwachs und weiteren undefinierbaren Gerüchen. Sie betraten den Fahrstuhl und fuhren hinauf in den siebten Stock.

Frau Post wirkte verschlafen, erwartete sie aber schon an der Etagentür. Sie ging ihnen voraus zu ihrer Wohnung und bat sie hinein.

Drinnen war Kenza vom Ausblick, der sich vom Wohnbereich aus bot, wirklich beeindruckt. Sie konnten weit über Wilhelmshaven in Richtung der Südstadt blicken.

Lavina Post bot ihnen erst gar keinen Platz an, sondern fiel gleich mit der Tür ins Haus. „Sie wollen noch einmal mit mir reden, weil ich nicht ganz die Wahrheit gesagt habe. Über Lutz Eichler. Stimmt's?"

Kenza sah sie abwartend an, entgegnete aber nichts.

„Ja, ich kenne ihn und habe das verschwiegen, weil er nicht benachrichtigt werden durfte. Frau Lewalder wollte das so. Es gab da schon früher ein paar Unstimmigkeiten. Da hat sie gesagt, ich solle so tun, als gäbe es ihn nicht." Sie hob abwehrend die Hände.

„Frau Post! Das kann nicht stimmen. Immerhin hatte sie immer noch ein Foto von ihm auf der Kommode stehen", insistierte Kenza.

„Sie war eben sentimental. Ich wollte es längst wegtun, aber sie sagte, damals wäre der Bengel noch lieb gewesen und das schöne Bild von ihm wollte sie sich erhalten."

Kenza sah zu Finn. Stumm kamen sie überein, dass Lavina Post nicht die Wahrheit sagte.

Die Pflegerin ignorierte den offensichtlichen Blickwechsel und redete weiter. „Vor ein paar Tagen dann haben sie sich regelrecht gestritten."

„Worum ging es?", hakte Kenza sofort nach.

Lavina Post nahm sich eine Zigarette aus der bereitliegenden Schachtel. „Ich hoffe, es stört Sie nicht, wenn ich jetzt rauche."

Kenza störte es durchaus, weil allein der Geruch ihr wieder Lust auf eine Kippe machen würde, aber wenn es der Wahrheitsfindung diente, wollte sie es aushalten. „Bitte!"

„Ich weiß nicht, worüber sie genau gestritten haben. Lutz Eichler war länger nicht mehr bei ihr gewesen. Und das, wo sie ihn früher behandelt hatte, als wäre er ihr eigener Sohn."

„Der sich dann als Enttäuschung auf ganzer Linie erwies?", hakte Finn nach.

„Ja, er wollte immer nur Geld und am Ende hat sie ihm klargemacht, dass für ihn nichts abfallen würde. Weder jetzt noch nach ihrem Tod. Frau von Kraft mochte sein Gebettel nicht."

„Gut, das erklärt, warum er sie nur noch selten besuchte", sagte Kenza.

„Es gab aber einen Streit, sagten Sie. Vor ein paar Tagen", nahm Finn den Faden wieder auf.

„Genau. Er hat sie angerufen. Worum es ging, wollte sie nicht sagen. Es war eine uralte Geschichte. Danach war sie am Boden zerstört und als dann auch noch Malin Meißner aufkreuzte, ist sie regelrecht ausgeflippt."

„Das sagten Sie ja schon." Finn strich sich übers Kinn. „Aber Herr Eichler war am Vorabend ihres Todes noch einmal bei ihr?"

Lavina Post nickte. „Ja, das war er. Danach war sie wie ausgewechselt. Ich habe sie noch gefragt, was sie denn plötzlich so gelassen mache, aber das wollte sie mir nicht beantworten. ‚Jetzt geht alles seinen Weg', hat sie gesagt. ‚Und jeder bekommt die Strafe, die er verdient.'"

Finn kratzte sich noch immer das Kinn. Hinter seiner Stirn schien es zu arbeiten. „Gut, dann wäre zumindest das geklärt. Sie sagten, Herr Eichler hätte schon zu Lebzeiten von Frau von Kraft keinen Cent mehr bekommen und er ist auch nicht als Erbe eingesetzt. Wissen Sie, wer Paula von Kraft stattdessen beerbt?"

Frau Posts Blick zitterte leicht, als sie sagte: „Nein, das weiß ich leider nicht, Herr Kommissar."

„Machen Sie uns doch kein X für ein U vor, Frau Post!" Finn klang nun merklich verärgert. „Sie sind die Alleinerbin. Und ich bin mir sicher, dass Sie das schon vor Frau von Krafts Tod genau wussten."

Lavina Post presste die Lippen fest aufeinander. Sie schwieg eine Weile, bevor sie hervorpresste: „Ja, stimmt, das wusste ich. Ich fand das auch richtig, schließlich war Frau von Kraft so etwas wie eine Mutter für mich. Ich habe sie geliebt. Erst durfte ich sie noch zu Hause pflegen, bis Frau Lewalder sich durchgesetzt und sie hier in die Pflegeeinrichtung geschickt hat."

„Warum lag Frau Lewalder eigentlich so viel daran, dass Frau von Kraft in ein Heim kam?", warf Kenza ein. Sie konnte sich nicht vorstellen, dass Tania Lewalder keine gewichtigen Gründe für diesen Wunsch gehabt hatte.

„Der Hof hätte Frau von Krafts Vermögen aufgefressen. Das Dach hätte erneuert werden müssen. Und die Klärgrube. Ein paar Fenster waren auch undicht, all so etwas. Ist halt ein alter Hof. Sie hat Frau von Kraft so lange in den Ohren gelegen, bis sie eingewilligt hat."

„Nun, das wäre ja auch eine immens teure Investition geworden", sagte Finn. „Allein eine Klärgrube kostet etwa 6.000 Euro. Mein Opa musste seine auch kürzlich erneuern."

Kenza schrieb alles auf, damit sie es später im Büro sortieren konnte. Das Ganze wurde immer komplexer, da war es wichtig, den Überblick zu behalten.

„Wie ist Herr Eichler denn in Polen ausgerechnet auf Sie als Pflegerin gestoßen? Über eine Agentur?", fragte sie dann.

Lavina Post schüttelte den Kopf. Das Thema schien ihr unangenehm zu sein. „Es war mehr Zufall. Wir sind uns in Bromberg, also in Bydgoszcz, über den Weg gelaufen, ins Gespräch gekommen, und so hat es sich ergeben. Ganz unspektakulär."

Janßen würde mit etwas Glück herausfinden, ob es stimmte, was Lavina Post behauptete.

„Gut, dann kennen wir jetzt Ihre Verbindung zu Herrn Eichler", begann Kenza. „Nun müssen wir wissen, um welche Uhrzeit Sie genau am Mordtag zum Dienst gekommen sind? Ich meine, als Alleinerbin ist Ihnen schon klar, dass Sie zum engeren Kreis der Verdächtigen gehören, zumal Sie die Möglichkeit hatten, Frau von Kraft zu töten. Über Ihre Anwesenheit an diesem Tag hat sich schließlich keiner gewundert, weil Sie ohnehin im Dienst waren."

Frau Posts Stimme zitterte, als sie antwortete: „Ich habe Paula von Kraft sehr gemocht. Ich habe sie nicht getötet! Und ich war wie immer eine halbe Stunde vor Dienstbeginn im Heim. Also gegen halb sechs. Das machen viele von uns, weil wir die Arbeit sonst nicht schaffen. Zahlen tut uns das aber keiner."

„Dann waren Sie definitiv zur Tatzeit im Haus", sagte Finn.

Lavina Post wurde blass. Aber sie schwieg zu der Feststellung.

Es würde schwierig sein, ihr den Mord zu beweisen, und wenn sie ihn begangen hatte, wusste sie das genau. Sie war zur fraglichen Zeit von niemandem im Zimmer von Frau von Kraft gesehen worden.

Kenza hatte mittlerweile Mühe, ihre Gedanken zu sortieren, aber nun wollte sie noch wissen, was sie sich schon im Auto die ganze Zeit gefragt hatte: „Kennen Sie die Verbindung der Eichlers zu Frau von Kraft eigentlich genauer?"

Die Antwort kam ohne besondere Gefühlsregung. „Der Senior, also der ganz alte Herr Eichler, ist ein entfernter Cousin von Frau von Kraft und sie standen seit jeher in Kontakt."

Das deckte sich mit Lutz Eichlers Aussage.

„Das hat sich auf seinen Sohn und die nächste Generation übertragen", erklärte Lavina Post weiter. „Sie fühlten sich wohl verantwortlich, zumal vonseiten Frau Lewalders ja nicht viel kam. Und der alte Eichler war zudem mit Georg von Kraft, dem Gatten von Frau von Kraft, gut bekannt."

Kenza überlegte, wie noch der Name des „Kleeblatt"-Imperium-Gründers war. Sie kam nicht drauf. „Wie heißt er, der alte Herr Eichler?"

„Horst. Sein Sohn ist Jobst, der lässt aber die Geschäfte größtenteils von Lutz abwickeln. Der aber wird mit Argusaugen von dem ganz alten Eichler überwacht. Er hat nicht viele Kompetenzen, auch wenn es anders wirkt."

„Horst Eichler", wiederholte Kenza. „Wir müssen Frau Lewalder nach ihm fragen. Sie muss ihn doch aus ihren Kindertagen kennen."

Verdammt, hing der Einbruch doch mit dem Mord an Matteusz und Paula von Kraft zusammen? Denn nun gab es mit der nachweislichen Eichler-von-Kraft-Tangente doch eine kleine Schnittmenge. Das Ganze wurde immer verworrener.

13

„Da lag eben was im Briefkasten für Sie." Frau Nowack schob Malin und Tania einen Brief über den Tisch.

Malin riss ihn ungeduldig auf. Es war die Todesurkunde ihrer Großmutter. Dabei lag ein Zettel von Herrn Adamczak.

Ich wusste, Sie würden ungeduldig sein, und ich kann das verstehen. Bin gestern noch nach Bütow gefahren und habe schnell gefunden, was Sie suchen. Sie brauchen folglich nicht mehr vorbeizukommen. Sicher haben Sie genug zu tun, um alles aufzuklären. Sollten noch Fragen offen sein, stehe ich zur Verfügung.

Viel Glück
C. Adamczak

Malin faltete das beiliegende Schriftstück hastig auseinander und überflog die Einträge. „Was heißt das?" Sie tippte auf den Eintrag oben. „Ewang", las sie.

„Das heißt evangelisch", übersetzte Frau Nowack.

Sie konnten das Sterbedatum am 27.2.1945 um 12.30 Uhr entziffern. Luise von Kraft hatte den Tod angezeigt, und zwar am 28.2.1945. Einen Tag später, am 1.3.1945, war Eva beigesetzt worden. Das Ganze war auf dem Standesamt von Bütow beglaubigt worden und Luise von Kraft hatte unterschrieben, dass man ihr alles vorgelesen und sie es genehmigt hatte. Malin ließ den Blick weiter über das Dokument schweifen. Ganz unten entdeckte sie den entscheidenden Eintrag. „Difteryt".

„Das heißt Diphtherie", übersetzte Frau Nowack wieder.

„Das kann doch nicht sein. Das passt nicht zu dem Brief! Sie schrieb, sie wäre an keiner Krankheit gestorben! Das haben sie bestimmt dort hineingeschrieben, weil das eine typische Erkrankung war, die viele Menschen zu der Zeit dahingerafft hat. Wenn etwas anderes dahintersteckte, fiel das gar nicht auf. Ich glaube nicht, dass man in diesen wirren Zeiten den Tod einer Deutschen näher untersucht hat."

Tania stimmte Malin zu. „Wenn sie sich selbst das Leben genommen hat, hätte man sie gar nicht christlich bestatten dürfen. Und wenn es Mord war, hat man das auf diese Weise gut vertuscht."

Malin nagte an der Unterlippe und klopfte dann mit dem Zeigefinger auf das Papier. „Damit stimmt etwas nicht. Das ist nur angezeigt und abgeheftet. Das hat sich kein Arzt angeschaut, das hat absolut niemand überprüft. Evas Schwiegermutter kann ja wer weiß was behauptet haben. Ich weiß einfach, dass es eine kolossale Lüge ist!"

Dann ging eine WhatsApp bei ihr ein. „Frau Klausen", sagte sie mit einem Blick aufs Display.

„Was will sie?" Tanias Frage klang eher beiläufig. Sie war offenbar noch viel zu sehr mit den Gedanken an die Todesurkunde beschäftigt.

Malin las die Nachricht und schaute besorgt zu ihrer Oma. „Sie will wissen, ob du einen Horst Eichler kennst."

„Flüchtig", gab Tania zu. „Ich weiß, wer das ist, habe aber keinen Kontakt zu ihm, denn diese Familie ist mir unangenehm. Horst ist der Großvater von Lutz Eichler, mit dem ich mich wegen meiner Stiefmutter früher sehr gestritten habe. Der wiederum ist der Mann auf dem Foto, das auf der Kommode im Heim stand. Sie hat immer gesagt, er wäre ihr Sohn. Aber wohl nur, um mich zu demütigen. Darin war sie ja groß."

„Eichler? Sind das die Eichlers vom ‚Kleeblatt'-Konzern?"

„Genau. Der Enkel, also Lutz, hat sich damals arg eingemischt, als meine Stiefmutter pflegebedürftig wurde. Er hat sich um eine private Pflegerin gekümmert. Die hat er aus Polen besorgt. Ich sage extra ‚besorgt', denn sie war einfach billig und wurde ausgenutzt."

Malin konnte sich vorstellen, was ihre Oma meinte. Sie hatte schon etliche Berichte darüber gelesen. Ganz sauber lief das Geschäft mit der Pflege nicht immer ab.

Ihre Oma wirkte nun merklich aufgebracht. „Dieser Lutz hat sich extrem an meine Stiefmutter rangewanzt. Er wollte aber nur an ihr Geld. Am Ende musste sie dann doch ins Heim." Oma Tania erzählte, was sich dann weiter zugetragen hatte und wie die Kosten für die Renovierung ihre Stiefmutter maßlos überfordert hätten. „Dann wäre es fraglich gewesen, wie sie die Pflege noch hätte bezahlen sollen. Sie hatte schließlich einige Ansprüche, eine schlichte Seniorenanlage wäre nicht nach ihrem Geschmack gewesen. Sie konnte zwar später im Heim wieder ganz gut laufen. Aber alles andere war für sie zu anstrengend und schmerzhaft."

Malin war überrascht, wie viele Geheimnisse ihre Großmutter ganz offensichtlich vor ihr hatte, und fragte sich, wie viel da noch war, von dem sie bisher nichts ahnte. So hatte sie nichts von einer Verbindung zu den Inhabern der bekannten Supermarktkette gewusst. Ihre Oma war wirklich eine Meisterin im Vertuschen und Verdrängen. „Aber wie kommen diese Eichlers denn dazu, sich in eure Familieninterna einzumischen? Eine Pflegerin zu bestellen, ist schon arg übergriffig. Sind sie denn mit dir verwandt?"

Tania verneinte. „Mit mir nicht, aber mit meiner Stiefmutter. Entfernte Cousine oder so, was weiß denn ich."

Malin tippte die Zusammenfassung dieser Infos kurz ins Handy.

Währenddessen sprach ihre Großmutter ganz ruhig weiter. „Horst Eichler kam nach dem Krieg, es war etwa in den 50ern, zu uns. Mein Vater und er schienen sich gut zu kennen. Jedenfalls haben sie sich zur Begrüßung umarmt und so. Sprachen von den alten Zeiten und haben sich dann immer mit ihren Zigarren ins Herrenzimmer zurückgezogen. Glaubte man ihnen, war damals unter dem Führer alles besser." Ihre Stimme war düster geworden. „Ein Hohn, wenn man bedenkt, was damals alles passiert ist, oder?"

„War dein Vater denn wirklich ein überzeugter Nationalsozialist?", fragte Malin vorsichtig nach. Meist behaupteten ja alle Nachkommen, dass ihre Vorfahren eher so etwas wie Helden, aber ganz sicher nicht in der

Partei gewesen wären, dass sie die Nazis abgelehnt hätten und so weiter.

Nicht aber Malins Oma. Sie lachte heiser auf. „Mein Vater war einer der größten Nazis in der Gegend. Er war Ortsbauernführer. Ich weiß nicht, wie viel Dreck er am Stecken hatte, aber er war ganz sicher kein unbeschriebenes Blatt." Ihre Stimme wurde leiser. „Aber er war trotzdem mein Vater. Ein liebevoller Mensch, der sich jedoch gegen eine Furie wie Stiefmutter Paula nicht durchsetzen konnte. Das musste auch ich erst verstehen. Auf der einen Seite ein hohes Tier bei denen, die man am liebsten vergessen würde, und auf der anderen Seite hat er gekuscht wie ein räudiger Hund, wenn meine Stiefmutter ihn gemaßregelt hat."

Malin musterte ihre Oma. Sie benahm sich plötzlich merkwürdig. So, als hätte sie ein weiteres Puzzlestück gefunden. Diese Tatsache schien sie aber eher zu verunsichern. Es kam Malin so vor, als wagte ihre Großmutter es gar nicht, das Bild zu vervollständigen.

„Du kannst dir gar nicht vorstellen, wie sehr es mich als Erwachsene zerrissen hat, als mir all diese Dinge gegenwärtig wurden. Ich bekomme das bis heute nicht zusammen. Mein Vater - die Bestie. Mein Vater - der Mann, der stundenlang mit mir durch die Wälder gestreift ist und versucht hat, mir die Natur nahezubringen."

Malin strich ihrer Oma sacht über die Wange. „Immerhin hattest du einen Vater. Ich kenne meinen gar nicht."

Ihre Oma schüttelte den Kopf. „Ehrlich gesagt weiß ich manchmal nicht, ob er wirklich mein Vater war.

Wenn ich an ihn als brutalen Menschen denke, ist er mir so fremd."

Malin konnte das gut verstehen. Und es erklärte so manche Verschlossenheit. Es musste ihre Oma große Überwindung gekostet haben, darüber zu reden.

Sie hingen eine Weile ihren Gedanken nach. Dann sprach Malins Großmutter plötzlich weiter. „Einmal hat mein Vater Onkel Horst ‚Heinz' genannt und das fand ich komisch. Weil er doch Horst hieß. Er hat sich dann ganz schnell verbessert, aber es war ihm unangenehm, so als dürfe man den Namen nicht aussprechen."

„Heinz Eichler?", wiederholte Kenza. „Hast du nicht was von einem Heinz erwähnt, der nach dem Tod deiner Mutter geflohen ist? Hieß der Eichler?"

„Heinz war Heinz und viel jünger als mein Vater. Keine Ahnung, wie er mit Zunamen hieß. Ich war ein Kind."

Malin wurde ganz aufgeregt. „Aber überlege mal, Oma: Wenn dieser Horst Eichler vielleicht Heinz ist! Wie alt ist Horst Eichler denn?"

„Marjellchen, du stellst Fragen", seufzte ihre Oma. „Was weiß denn ich?"

„Fragen wir doch einfach mal Herrn Google", sagte Malin. „Dort findet man häufig eine ganze Menge über Personen. Und Horst Eichler ist ja ein bekannter Mann." Schon kurz darauf wurde sie fündig. „Horst Eichler wurde 1920 in Bromberg geboren", las sie vor. „Welcher Jahrgang war dein Vater?"

Ihre Oma musste nicht lange überlegen. „1910. Er war also 10 Jahre älter. Das passt. Damals muss Heinz 25 Jahre alt gewesen sein." Dann wurde sie blass. „Das darf doch alles nicht wahr sein. Wenn das stimmt: Warum zum Teufel heißt er dann jetzt Horst und macht ein Geheimnis daraus, dass er Heinz ist?"

Maria Nowack hatte beiden die ganze Zeit über kommentarlos zugehört. Jetzt straffte sie die Schultern und sagte vorsichtig: „Ich will mich ja nicht einmischen, aber das klingt mir ganz danach, als wolle er mit damals einfach nichts mehr zu tun haben. War er auch ein Nazi? Vielleicht hätte es ihm Probleme bereitet, den sognannten ‚Persilschein' zu bekommen, wenn er weiter Heinz Eichler geblieben wäre." Sie erhob sich und wischte ihre Hände an der Schürze ab. „Ich hole Ihnen mal etwas zu trinken!"

In Malin fuhren die Gedanken Achterbahn. „Er ist aber jetzt der Letzte, der damals dabei war und Licht ins Dunkel bringen kann."

Auch Oma Tania war ihre Verwirrung deutlich anzumerken. „Ich kann noch immer nicht glauben, dass es derselbe Mann sein soll. Hätte er dann nicht zu mir gesagt: Hallo, ich bin Heinz, erinnerst du dich?"

Malin kniff die Lippen fest zusammen. „Nicht, wenn ihm nicht daran gelegen ist, dass du ihn wiedererkennst und womöglich Fragen hast. So konnte er weiter sein Ding machen und unbehelligt eine ruhige Kugel schieben."

Frau Nowack kam zurück und stellte Malin und ihrer Oma ein Glas Wasser hin. „Sie sehen so aus, als könnten Sie das brauchen."

Oma Tania sah die Vermieterin dankbar an.

„Ich schreibe Frau Klausen. Sie kann prüfen, ob Horst Eichler einen Zweitnamen hat", sagte Malin, während ihre Finger über die Tastatur flogen.

Fünf Minuten später kam die Antwort. „Hat er. Er heißt Heinz-Horst Eichler. Warum?", las Malin.

Ihr klopfte das Herz, als sie in die Tastatur eingab: „Weil er dann vermutlich zum Zeitpunkt des Todes meiner Urgroßmutter auch in Borntuchen war. Unter dem Namen Heinz Eichler."

Tania nippte noch immer am Wasser. Ihre Hand zitterte. „Ich glaube, mich überfordert das gerade."

Frau Nowack räusperte sich. „Sie sehen wirklich nicht gut aus, Frau Lewalder. Etwas frische Luft wird Ihnen helfen. Gehen Sie zum Friedhof und schließen Sie Frieden mit dem Tod Ihrer Mutter. Pflanzen Sie ein Blümchen und dann gehen Sie zurück in Ihre Heimat. Es ist besser, glauben Sie mir. Alte Leichen gräbt man lieber nicht aus. Nehmen Sie Abschied und ziehen Sie einen dicken Schlussstrich unter die Vergangenheit."

Malin sah zu ihrer Oma, die wortlos vor sich hinstarrte. Schließlich sog sie die Luft scharf ein und sagte: „Sie hat recht. Lass uns zum Friedhof gehen und schauen, ob wir das Grab meiner Mutter finden. Und dann suchen wir Michal Mazur auf. Ich will dieses Tagebuch haben. Jetzt erst recht!"

***

Bert Janßen strahlte Kenza und Finn an, als sie ins Büro kamen. Sie waren sich schon auf dem Parkplatz begegnet und gemeinsam ins Kommissariat gegangen.

„Was freust du dich denn so?", fragte Finn, denn Bert Janßens gute Laune war unübersehbar.

„Ich habe es gewusst", sagte er. „Ich hatte recht! So was von!"

Kenza runzelte die Stirn. „Womit hatten Sie recht, Herr Janßen?"

„Dass ich gut daran getan habe, nach der Einbrecherbande zu forschen. Jetzt habe ich nämlich eine Spur, die zwar damit gar nichts zu tun hat, aber uns auf eine neue Fährte bringt."

„Und?", fragte Finn.

„Ihr habt mich doch auf Lavina Post angesetzt und mir von ihren Lügen erzählt." Bert Janßen aalte sich genüsslich auf dem Stuhl. „Nun, ich kann da noch was hinzufügen."

„Bert, nun erzähl, was du weißt!", forderte Finn ihn auf. „Wir haben ja nicht ewig Zeit."

„Spielverderber", maulte Janßen. „Also gut: Ich habe mich dann mal mit den polnischen Kollegen kurzgeschlossen. Die gute Frau Post hat bis vor 18 Jahren in Bromberg gelebt und stammt tatsächlich aus diesem Kaff, aus dem auch Matteusz Mazur kommt. Borzytuchom heißt es, nicht wahr?"

„Wow!" Das war wirklich eine brisante Neuigkeit, die ein ganz neues Licht auf den Fall warf. Die Wahrscheinlichkeit war nunmehr groß, dass beide Morde miteinander zu tun hatten und die Spur tatsächlich nach Pommern führte.

Dann aber fragte sich Kenza: „Warum ist sie der polnischen Polizei denn bekannt? Ist sie straffällig geworden? In Zusammenhang mit dieser Diebesbande?"

„Ne, besser!" Janßen grinste.

„Wie besser?", hakte Finn nach.

„Beischlafdiebstahl. - Die Frau war eine Nutte."

Kenza musste sich setzen. „Sie hat als Prostituierte gearbeitet und ist dann als Pflegerin nach Deutschland gekommen?" Das war harter Tobak und erklärte, warum sie damit nicht freiwillig rausgerückt war.

„So sieht das aus." Janßen kraulte sich am Ohr. „Man muss eben ein gutes Gespür haben. Als ich bei den Diebstahlsdateien der Kollegen auf ihren Namen gestoßen bin, haben bei mir die Alarmglocken geschrillt. Da habe ich nachgehakt. Bin eben ein guter Cop! Die Dame hat öfter mal was mitgehen lassen, wenn die Herren gut betucht waren."

„Wann war das? Dieser Beischlafdiebstahl?", fragte Finn.

Bert erzählte alles, was er wusste. Lavina Post hatte sich in Bromberg als Prostituierte verdingt, war immer mal wieder wegen Diebstahls bei den Kunden nach dem Beischlaf auffällig geworden. Vor etwa 18 Jahren war sie vermutlich nach Deutschland gegangen, hatte aber ihren Namen behalten.

„Irgendwer muss ihr doch gefälschte Papiere besorgt haben, damit sie Paula von Kraft pflegen konnte. Spätestens als sie die Stelle im Heim angenommen hat, wäre es sonst aufgefallen", gab Kenza zu bedenken.

„Die Eichlers", kam es wie aus einem Munde von Janßen und Finn.

„Die stecken da echt tief mit drin." Finn kratzte sich am Kinn.

„Ich sag ja, der Einbruch dort war kein Zufall", bestätigte Janßen. Er sah seine Chefin an. „So, und was tun wir als Nächstes?"

„Wir müssen auf jeden Fall zu Lutz Eichler und ihn mit den neuen Erkenntnissen konfrontieren. Genau wie mit seinem Anruf bei Frau von Kraft am späten Nachmittag vor Mazurs Tod", bestimmte Kenza.

„Wir laden aber auch Lavina Post vor. Höflich und förmlich. Dann interviewen wir sie so lange, bis sie uns endlich sagt, was wirklich Sache ist. Sie muss weichgekocht werden, ich vermute, sie ist die Mörderin von Paula von Kraft. Ob sie im Auftrag gehandelt hat oder aus Geldgier, wird sich klären." Finn hatte schon die Jacke in der Hand.

„Das bringt uns im Mordfall Mazur zwar kein Stück weiter, aber es klingt plausibel", sagte Kenza. „Janßen, bitte kümmern Sie sich um die Vorladung von Frau Post. Sie ist Ihr Fisch." Sie sah die beiden Kollegen an. „Ich habe da noch was. Wir müssen gleich auch noch zu dem alten Eichler, der soll ja geistig sehr rege sein. Er muss mir ein paar Fragen beantworten. Endlich kommt Bewegung in den Fall!"

„Was denn für Fragen?" Bert Janßen schaute sie wie immer missbilligend an.

„Es sieht so aus, als benutzt der gute Mann seit Ende des Krieges einen anderen Vornamen. Früher war er noch als ‚Heinz Eichler' unterwegs. Nach dem Tod von Tanias Mutter, der offenbar noch ungeklärt ist, ist er noch vor der Familie in den Westen aufgebrochen."

„Na, der hatte Schiss in der Büx. Da war er wohl nicht der Einzige zu der Zeit", winkte Janßen ab.

„Das mag sein, aber warum wechselt er den Namen? Warum stellt er sich Jahre später nicht als Heinz, sondern als Onkel Horst bei Tania vor? Da stimmt doch was nicht."

Finn hatte die ganze Zeit stiekum zugehört. „Ich glaube, Kenza hat recht. Es passt doch, dass all unsere Spuren nach Polen in dieses Dorf führen. Und wenn

Horst Eichler der Heinz von damals ist, haben wir die zweite Verbindungslinie zwischen beiden Morden."

„Nur noch kein Motiv", brummte Janßen. „Aber mit dem Rest liegt ihr richtig."

Kenza holte tief Luft: „Wir werden das Motiv in Borntuchen bei Horst Eichler finden. Dann gilt es nur noch herauszufinden, wer warum und an wen die Morde in Auftrag gegeben hat."

„Zuerst fahren wir zu Lutz Eichler, dann suchen wir den alten Herrn auf."

„Und ich knacke unsere Altenpflegerin!" Janßen rieb sich vor Vorfreude die Hände.

***

Der Friedhof war auf den ersten Blick tatsächlich nicht als solcher erkennbar. Er lag ein Stück außerhalb von Borntuchen in einem Wäldchen auf einer Anhöhe. Zum alten Friedhof führte kein Weg, dichte Brombeeranken versperrten den Zugang, als habe die Natur beschlossen, Eindringlinge von nun an fernzuhalten.

„Es muss einen Eingang geben", sagte Malin. „Irgendjemand muss die Verstorbenen doch mal aufsuchen wollen."

„Hier ist keiner mehr, der das möchte." Tania sah sich immer wieder um, ob es irgendetwas gab, an das sie sich erinnern konnte. „Die Leute sind Hals über Kopf geflohen und wer jetzt in Borntuchen lebt, hat kein Interesse an der Vergangenheit."

Malin inspizierte derweil eine Vertiefung im Gestrüpp, die darauf hindeutete, dass sich hier einmal ein

Weg befunden hatte. „Es sieht alles kein bisschen danach aus, als läge hinter diesem Dornröschendickicht etwas anderes als ein polnischer Wald."

Tania ließ wieder ihren Blick schweifen und versuchte, sich zu orientieren. „Warte mal kurz!"

Es war damals ein Stück aufwärts gegangen. Sehr steil für ihre kleinen, viel zu dünnen Kinderbeine. Immer bergauf. Bis zu einem dreigeteilten Baum. Tania sah den Weg plötzlich genau vor sich und dann entdeckte sie auch den Zugang zum Trampelpfad. Er lag ein Stück weiter links von der Stelle, an der Malin suchte.

„Komm, ich weiß, wo es reingeht!" Zielstrebig steuerte Tania auf ein Gebüsch zu. Es handelte sich um zwei Ebereschen, die in der Mitte miteinander verwachsen waren. Sie bog die Äste auseinander und musste ein wenig rütteln und schütteln, bis sie die ineinander verhakten Zweige entwirrt hatte. Dahinter war zwischen dem hochgewachsenen Gras ein schmaler Trampelpfad zu erkennen. Beidseitig hatte sich die Natur mit wildem Gestrüpp das Terrain zurückerobert.

Tania schob beim Laufen immer wieder Äste beiseite, Meter für Meter kämpfte sie sich aufwärts. Sie nahm weder das Knacken wahr, das ein aufgeschrecktes Kaninchen verursachte, noch das leise Zwitschern eines Vogels. Tania ging einfach vorwärts.

Sie erinnerte sich an das Schmerzen der Füße, deren Blasen aufgerieben waren. Sie lief wie automatisiert. Bekam nicht mit, ob Malin ihr folgte. Sie wollte einfach nur ankommen. Abschied nehmen, ihrer Mutter nah sein. Die Kälte vergessen wäre schön. Nicht ihre dunkel gefärbten Lippen in Erinnerung zu haben, sondern das helle Lachen, das über die Wiesen an der Weichsel geklungen war. Tania dachte an die warmen Oberarme, wenn sie sich um ihren kleinen Kinderkörper legten. An den frischen Atem und den leichten Milchgeruch, der ihre Mutter wegen der Arbeit im Kuhstall immer umwabert hatte.

Schließlich stand sie vor dem Baum, den sie gesucht hatte. Ein Baum mit drei Stämmen, von denen jeder wie ein Wegweiser in eine andere Richtung wies.

Erst jetzt wurde ihr bewusst, wie still es in dem Wäldchen war. Selbst die Vögel hatten zu singen aufgehört. Kein Windhauch brachte die Blätter zum Rascheln, kein Specht klopfte seinen Rhythmus. Plötzlich wurde ihr mulmig, aber sie beruhigte sich selbst – Malin würde bestimmt gleich bei ihr sein. Und sie würde hier ihre Mutter finden. Und endlich abschließen können.

Seitlich des Weges waren deutliche rechteckige Einbuchtungen zu erkennen. Darauf wuchsen Buchsbäume, immergrüne Bodendecker und andere Friedhofsgewächse, doch sie hatten sich verselbstständigt und das Regiment in diesem Wald übernommen. Rechts von Tania lag ein kleiner umgestoßener Grabstein. Moos hatte die Oberfläche verschlungen. Tanias Herz begann zu rasen. Sie näherte sich dem Stein und kratzte das Moos vorsichtig mit der Fußspitze ab, bis sie den eingravierten Namen freigelegt hatte. Sie hielt den Atem an.

„Wilhelm Weber", stand auf dem Stein. Also weitersuchen. Tania setzte ihren Weg fort, blieb aber in der Nähe des Baumes.

Das nächste Grab ein Stück weiter oben war besonders tief abgesackt. Als Tania einen Schritt darauf zumachen wollte, merkte sie, dass ihr Fuß tief in die Erde versunken war. Fast so, als wolle der Verstorbene darunter sie festhalten und daran hindern weiterzugehen.

Tania erfasste bei dem Gedanken Panik. Mit hektischen Bewegungen zerrte sie den Fuß aus der Erde.

„Malin?", rief sie. „Wo steckst du?"

Sie bekam keine Antwort. Sie war allein inmitten der Toten von damals, von denen sie einige bestimmt gekannt hatte.

Tania wurde die Kehle eng, aber wieder gelang es ihr nicht, den Tränen freien Lauf zu lassen. Plötzlich wollte sie nur noch weg. Was brachte es, wenn sie am Grab ihrer Mutter stand, was änderte es an den Dingen, die geschehen waren? Sie wollte zurück nach Jever, mit alldem nichts mehr zu tun haben. Man konnte die Vergangenheit nicht zurechtbiegen, nichts daraus ableiten. Das Leben war, wie es war.

„Malin?", rief sie wieder. „Malin?" Ihre Stimme hallte hohl durch den Herbstwald, und endlich ertönte eine Antwort.

„Manno, Oma? Wo bist du?"

„Hier oben. Bei der Buche!" Tania hatte ihren Fuß befreit und machte einen Schritt zurück auf den Trampelpfad.

„Warum sagst du nicht Bescheid, wo du hingehst?", fragte Malin. „Ich habe mir Sorgen gemacht! Du schleichst dich einfach so durch die Büsche und lässt mich alleine stehen ..."

„Ich habe dich doch gerufen", setzte Tania an, doch dann verstummte sie. Wenn Malin nichts gehört hatte, hatte sie sich ihr eigenes Rufen vielleicht nur eingebildet?

„Hast du denn was entdeckt, Oma?"

Tania schüttelte den Kopf. „Ich weiß es nicht. Aber das Grab muss hier in der Nähe sein, da bin ich mir ganz sicher."

„Dann finden wir es." Malin stob los und studierte jede Inschrift der überwucherten und teilweise umgestoßenen Grabsteine.

Tania ging derweil zur Buche zurück und versuchte sich zu erinnern. Plötzlich wies sie mit der Hand ein Stück nach oben. „Es war dort", sagte sie. „Ich bin mir ganz sicher, auch wenn wir dort keinen Grabstein finden."

„Oma, ich kann mir vorstellen, dass deine Mutter gar keinen Grabstein hatte. Wann sollen sie den denn gemacht haben, wenn sie schon zwei Tage nach ihrem Tod begraben wurde und ihr danach gleich aufgebrochen seid?"

Ihre Enkelin hatte recht, und doch erinnerte Tania sich deutlich, dass einer der Männer etwas in der Hand gehabt hatte, als das Grab zugeschaufelt wurde. „Sie hatte ein Kreuz", sagte sie dann. „Ein Holzkreuz, das aus zwei Latten zusammengenagelt worden war."

Malin gab ein Seufzen von sich. „Das ist nach all den Jahren bestimmt längst verwittert. Aber wir können hier nach einem Grab ohne Stein suchen, das könnte es dann ja sein."

Es gab rings um den Baum fünf Gräber, die man den Umrissen nach noch ausmachen konnte. Auf vieren standen kleine Grabsteine mit Namen, eines war stark mit grünem Bodendecker überwuchert und es war kein Hinweis zu erkennen, wer hier begraben lag.

Tania dröhnten die Ohren. Sie sah sich als kleines Mädchen hier vor der Grabstelle stehen. Vor dem Loch mit der Holzkiste darin. Die Kiste, die zugenagelt war und es unmöglich machte, dass ihre Mutter in den Himmel fliegen konnte. So wie Matteusz es versprochen hatte. Was war sie klein und dumm gewesen. Und doch war diese Vorstellung damals der einzige Trost gewesen, der ihr geblieben war. Diese Hoffnung, ihre Mutter hatte es doch zu den Engeln geschafft.

Langsam trat Tania an der Seite ihrer Enkelin vor das Grab, bückte sich und strich über die Blätter, die sich in die Vertiefung gelegt hatten. Ein paar wischte sie beiseite. Sie wollte die Erde fühlen, die den Leib ihrer Mutter bedeckte. Schließlich ging sie in die Hocke und knetete den feuchten Boden mit der Hand, so als würde ihr das die Antworten geben, nach denen sie so lange gesucht hatte. „Hallo, Mutter", flüsterte sie schließlich. „Hier bin ich. Nach all den Jahren bin ich zu dir gekommen, um zu hören, was du mir sagen wolltest."

In dem Moment wusste Tania, dass sie ihren Frieden nicht finden würde, wenn sie einen Schlussstrich zog und zurück nach Deutschland fuhr, so wie es Frau Nowack vorgeschlagen hatte. Sondern nur dann, wenn sie dieses Tagebuch mit allen Antworten fand.

14

Kenza und Finn waren auf dem Weg zu Lutz Eichler. Von seiner Sekretärin wussten sie, dass sie ihn in seinem Büro in Schortens antreffen würden.

Er saß am Rechner, als sie eintraten. „Was gibt es denn schon wieder?", empfing er sie ungehalten. „Ich muss arbeiten."

„Wir auch", gab Kenza ungerührt zurück. „Und je ehrlicher Sie uns nun unsere Fragen beantworten, desto eher sind Sie uns wieder los. Es ist eine ganz einfache Rechnung, Herr Eichler."

Er drehte sich schwungvoll auf seinem Schreibtischstuhl um.

„Na denn. Was gibt es noch?"

„Sie haben uns Ihr Telefonat mit Frau von Kraft am Vorabend von Mazurs Tod verschwiegen."

Lutz Eichler runzelte die Stirn. „Nun reicht es aber! Darf ich denn nicht einmal mehr mit meiner Ersatzoma telefonieren?"

„Erst erzählen Sie uns, Sie hätten kaum noch Kontakt zu ihr gehabt. Dann sagen Sie, Sie wären am Vortag vor dem Mord an ihr spontan und unangekündigt im Heim aufgetaucht, und nun finden wir bei der Überprüfung ihrer Telefonverbindungen Ihren Anruf von ein paar Tagen zuvor. Das kommt uns in Anbetracht der Umstände doch sehr merkwürdig vor. Zudem Frau von Kraft nach Ihrem Anruf anscheinend sehr aufgebracht war. Und nach ihrem letzten Besuch bewiesenermaßen tot. Was können Sie uns zum Inhalt des letzten Gesprächs und dem Telefonat davor sagen?" Kenza baute sich unmittelbar vor ihm auf, aber Lutz Eichler war nicht leicht zu beeindrucken.

„Nichts, Frau Kommissarin. Ich kann nichts dazu sagen. Ich habe Oma Paula lediglich gefragt, ob sie etwas benötigt. Warum sie das aufgeregt haben soll, verstehe ich allerdings nicht. Aber alte Leute sind nun mal hin und wieder eigenartig, nicht wahr?"

„Das Telefonat dauerte genau 16 Minuten und vier Sekunden. Das ist eine sehr lange Zeit, um lediglich danach zu fragen, ob Frau von Kraft etwas brauchte", konfrontierte Kenza ihn weiter, aber noch immer ließ sich Lutz Eichler nicht aus der Ruhe bringen.

„Oma Paula ist in der letzten Zeit ein wenig umständlich geworden."

„Das können Sie doch gar nicht wissen, wenn Sie so gut wie keinen Kontakt mehr zu ihr hatten", schoss Kenza weiter.

Jetzt zeigte Eichler erste Anzeichen von Verunsicherung. „Ist aber so", sagte er knapp.

„Kann es nicht sein, dass Sie über Matteusz Mazur gesprochen haben? Und über Eva von Kraft? Sie war für Ihre Oma Paula zeitlebens ein rotes Tuch."

„Wieso sollte ich mit ihr über diese Personen gesprochen haben?" Lutz Eichler hob abwehrend die Arme und Finn konfrontierte ihn damit, dass sein Großvater einen anderen Namen angenommen hatte.

„Das ist doch alles Sache meines Großvaters", wiegelte Eichler ab, nachdem der Kommissar geendet hatte. „Warum belämmern Sie *mich* damit?"

„Weil Sie die ganze Zeit versuchen, uns an der Nase herumzuführen", sagte Kenza. „Das betrifft auch Frau Post. Wir wissen, was sie wirklich in Bromberg getan hat, und fragen uns die ganze Zeit, wie sie an die Papiere kam, mit denen sie in Deutschland als Pflegerin arbeiten durfte."

„Sie hatte eine Ausbildung, bevor sie auf den Strich ging", beharrte Eichler. Es klang fast trotzig.

„Sie hatte keine Ausbildung. Unser Kollege hat das nachgeprüft. In welchem Abhängigkeitsverhältnis stand sie deshalb zu Ihnen?"

„Ich muss Sie bitten, jetzt mein Büro zu verlassen. Ihre infamen Unterstellungen muss ich mir nicht weiter anhören, Frau Klausen. Wenn Sie mehr von mir wollen: nur über meinen Anwalt. Ich werde ihn gleich kontaktieren."

Kenza und Finn verließen umgehend das Büro und grinsten sich auf dem Parkplatz breit an.

„Der hat Schiss in der Büx", sagte Finn. „Den haben wir bald an der Angel, da bin ich ganz sicher!"

***

Gleich im Anschluss fuhren sie weiter zur Villa nach Jever, in der Horst Eichler lebte.

„Hauptsache, Janßen hat Lavina Post schon auf dem Kommissariat."

„Worauf du einen lassen kannst", sagte Finn, schlug sich dann aber die Hand vor den Mund. „Ich meine, worauf du dich verlassen kannst!"

Kenza war inzwischen wieder wesentlich optimistischer, den Fall zu lösen. Sogar Bert Janßen erschien ihr umgänglicher, sein Fahndungserfolg hatte ihm gutgetan.

Sie schrieb sich während der Fahrt alle Spuren und Verbindungen auf, die sie mittlerweile als bewiesen ansah. Das machte alles überschaubarer. Dann las sie sich ihre Aufzeichnungen noch einmal in Ruhe durch.

Matteusz Mazur war wahrscheinlich mit einem dicken Holzstück erschlagen worden, nachdem er Tania Lewalder einen Brief ihrer verstorbenen Mutter überbracht hatte und danach noch einmal an ihrem Haus war. Er stammte aus Borntuchen genau wie Lavina Post, die zunächst in Bromberg als Prostituierte gearbeitet hatte und von dort mithilfe von Lutz Eichler als Pflegerin zur ebenfalls ermordeten Frau von Kraft nach Deutschland gekommen war.

Matteusz Mazurs Neffen wiederum waren als Einbrecherbande bekannt und noch nicht gefasst. Es hatte zudem einen Einbruch in eine der Filialen der Eichlers gegeben, die wiederum nach dem neuesten Kenntnisstand eine Verbindung zu beiden Toten hatten.

Horst beziehungsweise Heinz Eichler war ein alter Weggefährte von Georg von Kraft und zum Zeitpunkt des Todes von Eva von Kraft in Borntuchen zugegen gewesen. Er war entfernt verwandt mit Paula Müller, die später Tanias Vater Georg geheiratet hatte. Die Beziehung zur Stieftochter war konfliktreich.

Dann waren da noch Eichlers Sohn und der Enkel, beide vermögend und unnahbar. Ein besonders unangenehmer Schnösel war Lutz Eichler, der zudem noch eine zweifelhafte rechte Organisation sponserte. Ob die aber was mit Matteusz' Tod zu tun hatte, fand Kenza jetzt, wo so viele Fäden nach Polen führten, doch fragwürdig.

Tania Lewalder war zum Zeitpunkt des Todes ihrer Mutter sechs Jahre alt gewesen und mit Matteusz Mazur befreundet. Zum gegenwärtigen Zeitpunkt befand sie sich auf der Suche nach einem verschollenen Tagebuch, das Mazur ihr vermutlich hatte geben wollen.

„Mist", entfuhr es Kenza.

Finn sah sie erstaunt an. „Was ist Mist?"

„Wir haben das Tagebuch ganz aus den Augen verloren. Es gibt keine Spur davon und ich glaube mittlerweile, dass es, wenn es wirklich existiert, sich nicht in Polen, sondern beim Mörder von Mazur befindet. Wir müssen unseren Fokus wieder stärker darauf richten und es nicht so nebensächlich behandeln."

Finn bremste den Wagen und fuhr an einer Bushaltestelle rechts ran. „Du hast recht. Wir brauchen einen Durchsuchungsbeschluss von Lutz Eichlers Haus und Büro. Was ist, wenn der Einbruch einzig dem Zweck diente, das Tagebuch zurückzubekommen?"

Kenza stimmte ihm zu. „Es wird höchste Zeit, dem alten Eichler auf den Zahn zu fühlen. „Fahr los!", forderte sie Finn auf, der den Motor sofort startete.

Kenza konzentrierte sich wieder auf ihre Notizen. Wenn sie eins beherrschte, war es die Fokussierung auf eine Sache und die hieß momentan: Aufklärung der Morde an Matteusz Mazur und Paula von Kraft.

Also weiter. Wen hatte sie noch nicht beleuchtet?

Malin Meißner. Die schien ihr die normalste und sympathischste Person in diesem Ränkespiel. Sie versuchte einfach nur, ihrer Oma zu helfen.

Kenza steckte den Stift ein. Dann klingelte ihr Handy. Janßen war am Apparat. „Es tut mir leid, mien Deern. Aber Lavina Post hat sich abgesetzt. Sie ist unauffindbar und heute auch nicht zum Dienst erschienen. Niemand weiß, wo sie steckt."

Na bravo, dachte Kenza. Die Ratten verlassen das sinkende Schiff. Jetzt mussten sie Lavina Post nur ausfindig machen und ihr den Mord an Frau von Kraft nachweisen. Ihre Flucht stank doch zum Himmel. Aber eine innere Stimme sagte Kenza, dass da etwas nicht zusammenpasste. Denn es gab noch Matteusz. Und diesen Brief. Und das Tagebuch. Sie hieb mit der Faust auf die Armatur.

„Sofort Fahndung rausgeben, danke. Und vor allem die Grenzen nach Polen kontrollieren."

Finn sah erstaunt zu ihr herüber. Kenza klärte ihn mit wenigen Worten auf.

„Dann werden wir dem alten Eichler gleich mal so richtig Feuer unterm Hintern machen. Egal, ob er betagt ist oder nicht. Er ist der einzige Mensch, der Licht ins Dunkel bringen kann! Er ist der Einzige neben Tania Lewalder, der noch lebt und dabei war."

***

Malin hatte ihre Oma noch nie so gesehen. Tania hatte am heutigen Tag eine Seite von sich gezeigt, die Malin bisher nicht kannte. Es dauerte eine Weile, ehe die alte Dame sich vom Grab lösen konnte, und es gelang ihr erst, nachdem sie ihrer Mutter versprochen hatte zurückzukommen. Malin hatte ihre Oma schließlich an den Schultern umfasst und lief nun langsam mit ihr den Hügel abwärts.

Bis kurz vor Borntuchen hingen sie ihren Gedanken nach. Tania wirkte befreit, wenngleich ihr Kinn noch immer bebte. Nun galt es, Matteusz' Enkel und mit ihm vielleicht das Tagebuch zu finden. Malin hoffte so sehr, dass er Auskunft über dessen Verbleib geben konnte.

„Hast du die Adresse von Michal Mazur dabei?", fragte Tania.

Malin nickte. Sie hatte erneut Google Maps aufgerufen und versuchte sich zu orientieren.

Nach einer Viertelstunde hatten sie den Ortstrand erreicht.

„Wir müssen rechts an der Kirche vorbei", sagte Malin. Ihr Herz klopfte bis zum Hals. Waren sie gleich am Ziel? Konnte Michal Mazur ihnen sagen, wo sie das Tagebuch finden würden, oder es ihnen gar aushändigen?

Sie steuerte auf ein weißes Haus zu. Es war von einer Ligusterhecke eingerahmt, bunte Dahlien säumten die Hauswand. Rechts war eine Garage zu finden, dahinter musste, zumindest dem Gegacker nach, der Hühnerstall liegen.

„Die haben hier alle Gemüsegärten", sagte Malins Oma. „Sieh nur, was für eine große Fläche!"

Malin nickte. Es gab im ganzen Dorf wohl kaum ein Haus, das sich nicht größtenteils mit Gemüse selbst versorgte. An den Obstbäumen hingen Äpfel in bunten Farben, die Birnbäume taten es ihnen gleich. Hinzu kamen die vielen Schilder an den Zufahrten, die auf kleine Imkereibetriebe hinwiesen.

Malin liebte Honig und würde sich ganz sicher welchen mit nach Jever nehmen, zumal er – neben Pfifferlingen – in den Verkaufskästen überall in großen Gläsern für wenige Zloty angeboten wurde. So günstig war in Deutschland nur die billigste Industrieware, die der Bezeichnung „Honig" vermutlich nicht einmal würdig war.

„Malin, wo bist du denn mit deinen Gedanken? Wir sind da und sollten klingeln." Ihre Oma stieß sie an.

Malin drückte den Knopf. Kurz darauf standen sie vor einem schlanken Mann mit dunklem Haar und den blauesten Augen, die Malin je gesehen hatte.

„Matteusz!", rief ihre Oma aus. „O mein Gott, Sie sehen aus wie Matteusz!"

***

Die Sonne stand schon tief, als Kenza und Finn zur Villa von Eichler fuhren. Sie lag in der Schlosserstraße in Jever und wirkte genauso pompös wie die seines Enkels in Wilhelmshaven. Der Garten war auch ähnlich angelegt und glich einem Schlossgarten mit akkurat geschnittenen Buchsbäumen und Beeten, die selbst im Herbst eine üppige Blütenpracht zur Schau trugen.

Die haben Kohle ohne Ende, dachte Kenza und bemühte sich, keinen Neid aufkommen zu lassen. Gar nicht so einfach, wenn sie daran dachte, wie hart sie und ihre Kollegen bei der Polizei arbeiteten und dabei ständig ihr Leben für andere in Gefahr brachten, ohne angemessen dafür entlohnt zu werden. Bei den Kollegen von der Streife kam noch dieser grässliche Schichtdienst dazu.

Leute wie Lutz Eichler dagegen wohnten in Luxusvillen, bloß weil sie einen reichen Großvater hatten. Von Beruf Enkel, dachte Kenza abfällig, schob die negativen Gedanken dann aber energisch beiseite. Darum ging es jetzt nicht, und ganz davon abgesehen war Lutz Eichler im „Kleeblatt"-Imperium beschäftigt und verdiente somit sein eigenes Geld. Wenn auch stets unter der Beobachtung des Großvaters, der die Fäden nicht aus der Hand geben wollte.

Kenza konzentrierte sich nun ganz auf die bevorstehende Befragung. Sie musste in Erfahrung bringen, warum Horst Eichler sich anders nannte, warum er sich gegenüber Tania nicht geoutet hatte und was genau damals im Winter 1945 mit Eva von Kraft passiert war. Kenza war gespannt, wie der alte Eichler auf diese unangenehmen Fragen reagieren würde.

Zu ihrer Überraschung wurde die Tür aber von einer Frau geöffnet. Kenza schätzte sie auf Mitte 50. Sie trug Jeans und eine Bluse, dazu Turnschuhe. Ihr blondes Haar war zu einem einfachen Pferdeschwanz zurückgebunden, geschminkt war sie nicht. „Guten Tag! Was kann ich für Sie tun?", fragte sie unverbindlich.

„Wir möchten bitte Herrn Eichler senior sprechen."

Die Miene der Frau versteinerte sich augenblicklich. „Herr Eichler ist leider unpässlich und ohne Begleitung seines Sohnes oder seines Enkels empfängt er keinen Besuch."

Finn lächelte die Dame freundlich an. Dabei zeigten sich seine Grübchen, die ihm einen umwerfenden Charme verliehen, dem sich wohl auch die Frau vor ihnen nicht entziehen konnte. Augenblicklich wurde ihr Gesicht merklich weicher. „Liebe Frau ... Wie ist Ihr Name?", setzte Finn an.

„Mischke. Ich bin die Pflegerin und Haushälterin von Herrn Eichler. Und wer sind Sie? Zeugen Jehovas?" Ihre Stimme klang noch immer reserviert, aber es hatte sich auch echtes Interesse in ihren Blick gemischt.

„Wir sind weder Besuch", begann Finn, „noch von den Zeugen Jehovas. Wir sind dienstlich hier und von der Kriminalpolizei." Er kramte seinen Ausweis hervor und Kenza tat es ihm gleich.

„Dann kommen Sie sicher wegen des Einbruchs", stellte die Haushälterin fest, „darum kümmern sich aber Jobst und Lutz Eichler." Sie machte noch immer keine Anstalten, die beiden Kommissare ins Haus zu lassen.

„Bitte, Frau Mischke!" Finn behielt seine Freundlichkeit bei. „Wir sind nicht wegen des Einbruchs hier, wir sind von der Mordkommission und möchten Sie nun bitten, uns zu Herrn Eichler zu lassen. Andernfalls müssten wir ihn vorladen und das wäre doch sicher nicht in Ihrem Sinne, oder?"

„Nein, das wäre ja auch eine Zumutung für Herrn Eichler. In seinem Alter ..." Sie trat einen Schritt beiseite. „Dann kommen Sie bitte herein. Ich gebe ihm Bescheid."

Im Flur, der im Gegensatz zum Haus von Eichlers Urenkel eher gediegen und dunkel gestaltet war, schlug ihnen ein leicht muffiger Geruch entgegen, der Kenza an den im Pflegeheim erinnerte. Schwere Eichenmöbel säumten die Wände, ein mit grünem Samt gepolsterter Biedermeierstuhl war neben einem gleich gestalteten runden Tischchen mit Dreibein in einer Nische auf der rechten Seite platziert. Darüber prangte ein Spiegel mit Goldfassung. Die Einrichtung entsprach wirklich nicht Kenzas Geschmack, aber alles wirkte teuer und exklusiv.

Frau Mischke führte die beiden durch eine doppelte Glasflügeltür in den Salon. Auch hier setzte sich der Biedermeierstil mit den düsteren Möbeln fort. Allerdings fielen in diesem Raum die großflächigen Ölgemälde auf. Sie zeigten in erster Linie englische Herrensitze.

„Herr Eichler ist ein großer Kunstliebhaber", erklärte die Haushälterin. „Bitte nehmen Sie Platz. Möchten Sie etwas trinken?"

Sie wies auf einen Barwagen, auf dem verschiedene Liköre und Whiskys in Flaschen oder Kristallkaraffen bereitstanden.

„Nein danke, wir sind im Dienst."

Auch den angebotenen Kaffee lehnten die Kommissare ab. Kenza fröstelte. Sie spürte eine merkwürdige Kälte, die von diesen Räumlichkeiten ausging. Selbst der gemauerte Kamin wirkte düster und abweisend. Von einem Erker aus konnten sie zwar in den Garten blicken, aber alle Fenster und Terrassentüren waren schalldicht, sodass nicht einmal der Vogelgesang bis in den Salon drang.

Es fehlt das Leben, dachte Kenza und ihr fiel auf, dass sie bisher noch nie etwas über die Frauen der Eichlers gehört hatte. Da aber Sohn und Enkel vorhanden waren, musste es doch auch die entsprechenden Mütter geben – oder gegeben haben. Sie würde Horst Eichler auch dazu befragen.

Kenza rieb sich die Schultern. Aus den Augenwinkeln sah sie, dass es Finn ähnlich erging wie ihr, denn auch er wirkte bedrückt.

„Ich werde nun Herrn Eichler zurechtmachen und ihn zu Ihnen bringen", riss Frau Mischke sie aus ihren Gedanken. „Eine Wahl hat er vermutlich nicht, wenn Sie von der Polizei sind."

„Nein, da haben Sie vollkommen recht." Finn schenkte der Haushälterin wieder sein Grübchen-Lächeln, das sie diesmal sogar erwiderte.

Während Frau Mischke sich aus dem Salon begab, setzten Kenza und Finn sich auf die Stühle, die um einen übergroßen Tisch platziert waren, und schwiegen zunächst vor sich hin.

„Komisch hier", sagte Kenza schließlich. Am liebsten hätte sie das große Fenster aufgerissen und die klare Nachmittagsluft ins Haus gelassen.

„Ja, irgendwie tot. Gruselig. Wie in einem Mausoleum." Jetzt rieb auch Finn sich die Oberarme. „Hier bekommt man echt Beklemmungen."

Kenza musste ihm recht geben. Es war viel zu still in diesem Haus. Man hörte kein Radio, kein Geschirrklappern. Keine Geräusche der Straße und eben keine Vogelstimmen. Die Villa glich wirklich einer Gruft. „Gibt es bei den Eichlers eigentlich keine Frauen?", sagte Kenza in die nachfolgende Stille hinein. „Habe ich mich eben gefragt."

„Genau das ist mir auch schon durch den Kopf gegangen." Finn sah aus dem Fenster. „Man hört immer nur vom Sohn und Enkel. Aber jemand muss die Burschen doch auf die Welt gebracht haben."

Jetzt hörten sie leise Schritte und das Quietschen eines Rollstuhls, der über den Boden geschoben wurde. Kurz darauf kam Frau Mischke mit Horst Eichler herein.

Der Mann hatte wache und aufmerksame Augen. Aber sein Körper wirkte gebrechlich. Er saß leicht vornübergebeugt in seinem Rollstuhl, der offensichtlich sämtliche Funktionen hatte, um ihn auch ohne fremde Hilfe fortzubewegen.

„Was wollen Sie von mir?", brummte Horst Eichler unfreundlich. Auch sein Blick war abweisend. Er richtete ihn kurz auf Frau Mischke, die sofort verstand und den Salon verließ. Die Tür schloss sie leise, aber nachdrücklich.

„Guten Tag. Ich bin Kenza Klausen von der Mordkommission Wilhelmshaven/Friesland. Das ist mein Kollege Finn Gerdes."

„Ist es in diesem Land schon so weit gekommen, dass die Frauen die Männer vorstellen und die Hosen anhaben?"

Kenza überging den Einwand. Ihr war schon jetzt klar, dass sie Horst Eichler nicht leiden konnte. Der Mann war so kalt wie das Haus, in dem er lebte.

„Wir sind hier wegen der Morde an Matteusz Mazur und Paula von Kraft. Ich gehe davon aus, dass Sie davon Kenntnis haben."

„Was habe ich damit zu tun?"

„Das wollen wir von Ihnen wissen." Kenza bemühte sich um Höflichkeit, was angesichts des harschen Tonfalls des Mannes nicht leicht war.

„Nichts. Sie können wieder gehen. Auf Wiedersehen." Horst Eichler drückte einen Knopf an seinem Rollstuhl und wendete ihn in Richtung Tür.

Doch Finn stellte sich ihm in den Weg. Auf seiner Stirn zeigte sich jetzt eine steile Falte. Er konnte seinen Unmut nur schwer zähmen. „Wann das Gespräch zu Ende ist, entscheiden wir, Herr Eichler. Wenn Sie hier nicht mit uns reden wollen, dann lassen wir Sie aufs Kommissariat kommen. So einfach ist das."

Eichler lachte dunkel auf. „Sie sind ja doch kein Weichei."

Er wendete wieder und fuhr zum Tisch. „Dann mal los. Ich habe nicht ewig Zeit, und das bitte ich meines hohen Alters wegen wörtlich zu nehmen."

„Ihr Urenkel hat für Paula von Kraft eine Pflegerin aus Polen eingestellt. Lavina Post." Finn fixierte den alten Mann. Er wollte erst einmal das Gespräch in Gang bringen.

„Und - was ist mit ihr? Sie ist eine gute Pflegerin, denke ich, sonst hätte Lutz sie wohl nicht gewählt."

„Sie wissen nicht, was sie in Polen, genauer gesagt in Bromberg, gemacht hat, bevor sie nach Deutschland kam?" Finn schaute mit stechendem Blick auf Eichler hinab.

„Was schon, sie wird alte Leute gepflegt haben."

„Wie kam sie denn Ihrer Ansicht nach zu Frau von Kraft?", hakte Kenza nach. „Da Sie nicht nur entfernt verwandt, sondern noch dazu befreundet waren, hatten Sie doch sicher Interesse daran, wer Ihre Freundin so versorgt."

Horst Eichler fuhr sich mit der Zunge über die vollen Lippen. „Sie hat sich beworben, was sonst. Gibt schließlich Pflegeagenturen da drüben. Ist noch was?"

Kenza holte tief Luft. Sie wollte das erst einmal so stehen lassen. „Ja, leider schon, Herr Eichler. Wir sind da auf etwas gestoßen, was uns angesichts unserer Ermittlungen, die uns auch nach Borntuchen in Polen geführt haben, eigenartig vorgekommen ist."

„Was habe ich mit Polen zu tun?"

„Ich denke, eine ganze Menge, und das wissen Sie auch, Herr Eichler", fuhr Kenza unbeirrt fort. „Sie waren während des Dritten Reichs in Polen unter dem Namen Heinz Eichler bekannt und haben sich danach in Horst umbenannt."

Jetzt flackerte es kurz in seinen Augen, dann hatte sich Horst Eichler sofort wieder gefangen. „Das ist nur halbwegs korrekt", belehrte er Kenza. „Mein Geburtsname ist Heinz-Horst. Nach dem Krieg fand ich den Namen Horst attraktiver. Manchmal muss man neu anfangen und alte Dinge hinter sich lassen. Das ist schließlich nicht verboten, junge Frau. Polen ist lange her. Eigentlich habe ich es beinahe vergessen."

„Haben Sie die Namensänderung nicht vielleicht vorgenommen, weil Sie etwas zu verbergen hatten?"

Horst Eichler war es offensichtlich gewohnt zu pokern, er ließ sich von Kenzas Fragen kein bisschen aus der Ruhe bringen. Er war ein Mann, der seine Contenance bewahrte, egal, was passierte, und er war in der Lage, sich nicht in die Karten schauen zu lassen.

Eine harte Nuss, dachte Kenza. Aber ich werde sie knacken.

Der alte Eichler ließ sich unglaublich viel Zeit mit der Antwort. „Nein, ich wollte nichts verbergen, sondern viel Leid vergessen. Was wissen Sie junges Ding vom Krieg? Von der Vernichtung? Von dem Gefühl, alles verloren zu haben? Haus, Hof, Heimat. Nichts wissen Sie! Gar nichts!" Jetzt hatte er tatsächlich seine Stimme erhoben. Die erste Andeutung einer Gefühlsregung, seit sie sich begegnet waren. Er sammelte sich jedoch rasch und sprach mit der gewohnten Ruhe weiter. „Ich bitte Sie folglich, Ihre bösartigen Mutmaßungen zu unterlassen. Nicht alle, die damals gelebt haben, haben auch Dreck am Stecken. Ich habe in Westpreußen alles verloren. Mein ganzes Leben, meinen Besitz, meine zukünftige Frau."

Wenn man ihn so hörte, war man fast versucht, ihm Glauben zu schenken und Mitleid mit ihm zu haben.

„Wenig später müssen Sie dann aber doch noch geheiratet haben", hakte Kenza sofort nach. „Ihr Sohn Jobst ist schon 1947 geboren, also knapp zwei Jahre nach dem Krieg."

„Ja", war die schlichte Antwort und auf weitere Erklärungen warteten die Kommissare vergeblich. Kenza beschloss, später noch einmal darauf zurückzukommen.

Finn gab sich mit seinen Erklärungen zum Thema Namenswechsel noch nicht zufrieden. „Alles schön und gut, Herr Eichler, aber es ist schon sehr merkwürdig, wenn Sie mit Ihrem Rufnamen auch gleichermaßen Ihre alte Identität komplett ablegen. Warum haben Sie Tania Lewalder, als Sie nach dem Krieg wieder in Kontakt mit ihrem Vater, Georg von Kraft, gestanden haben, nicht gesagt, wer Sie wirklich sind? Und warum hat Herr von Kraft dieses Versteckspiel mitgespielt? Sie hätten dem Mädchen helfen können. Sie hatte ihre Mutter verloren, und Sie sind damals dabei gewesen. Aber Sie haben ihr gegenüber so getan, als wären sie ihr noch nie im Leben begegnet!"

Horst Eichler wirkte zunehmend verärgert. „Wollen Sie es nicht verstehen oder können Sie nicht? Es waren Zeiten, in denen man einfach nur vergessen wollte. Es war besser, sich nicht zu erinnern. Für mich, für Georg. Für Tania. Warum alte Wunden aufreißen? Das bringt ihr doch die Mutter nicht zurück." Er schnaubte wütend. „Neumodisches Gefasel, dieses ‚Wir müssen drüber reden'. Es waren andere Zeiten damals! Und davon habt ihr keine Ahnung."

„Aber Frau Lewalder hat eine Ahnung. Und sie sucht nach ihrer Mutter. Jetzt!", rutschte es Kenza heraus. Sie fühlte sich provoziert von den Worten des alten Mannes.

Seine faltigen Hände umklammerten den Bügel des Rollstuhls so fest, dass das Weiß der Knöchel hervortrat.

„So, tut sie das? Was will sie denn da finden? Ihren Geist, der imaginäre Wahrheiten kundtut? Lächerlich!"

Finn wurde zunehmend ungeduldig. „Herr Eichler, dann nehmen wir die Namensänderung so zu Protokoll und setzen die Befragung an einem anderen Punkt fort. Wie gut kannten Sie Georg von Kraft und seine Familie?"

„Wir haben in Westpreußen darauf achtgegeben, dass alles seinen Weg geht. Er in Topolno, ich im Nachbarbezirk."

Finn schluckte. „Sie waren also durchaus wichtig bei den Nationalsozialisten."

Jetzt wurde Eichler blass. Er hatte einen Fehler begangen. „Wir waren beide in der Partei. Ich noch recht jung, aber dank Georgs Fürsprache durfte ich sehr früh Verantwortung übernehmen. Einer musste in der Landwirtschaft schließlich nach dem Rechten sehen. Die Pola..., die polnischen Mitbürger konnten das ja nicht alleine. Die hatten davon keine Ahnung."

„Herr Eichler, die Nazis haben die gesamte polnische Elite und einen Großteil der Bevölkerung festgenommen, eingesperrt oder umgebracht. Das ist die Wahrheit. Deshalb fehlte es an Fachkräften." Finn atmete tief durch. Er schien kurz davor, die Beherrschung zu verlieren. „Aber gut, Sie waren also überzeugte Nationalsozialisten und befreundet. Warum ist Georg von Kraft nicht bei seiner Familie geblieben, sondern im Vorfeld geflohen?"

Horst Eichler lachte blechern auf. „Die hätten den doch kaltgemacht, als es kippte. Ich war aus meinem Bezirk schon weg, deshalb konnte ich mich um Eva und die Kleine samt Eltern kümmern. Georg ist bei Nacht mit dem Rad los. Wir wollten uns später im Reich treffen."

„Dann hat er der Bevölkerung wohl ganz schön was angetan, wenn seine Angst derart groß war", sagte Kenza.

„Er hat getan, was er tun musste. Wie wir alle. Kurz zuvor war etwas ein bisschen aus dem Ruder gelaufen. In diesem konkreten Fall hat er einfach überreagiert!" Eichler wurde wieder lauter: „Zum letzten Mal, das waren andere Zeiten damals! Es sollen heute bloß nicht alle so tun, als hätten sie es anders gemacht. Es war, wie es war, und Georg musste für Ordnung sorgen. Dazu wären die da drüben doch selbst gar nicht in der Lage gewesen!"

Kenza stieß die Luft aus. Was war Horst Eichler bloß für ein Mensch!

Der aber war noch nicht fertig. „Luise von Kraft und Eva würden das mit meiner Begleitung schon schaffen, hatten wir gedacht. Der Opa ist ja später umgedreht und hat sich lieber von den Russen abknallen lassen, als sein Land herzugeben. Der hatte mehr Rückgrat als wir."

Rückgrat nannte er das also! Kenza biss sich auf die Unterlippe. So viel rechte Gesinnung hatte sie selbst bei Eichler senior nicht erwartet, und nun wunderte es sie keineswegs mehr, dass Lutz Eichler war, wie er war.

„Was ist damals genau mit Eva von Kraft passiert? Sie sind gleich nach ihrem Tod verschwunden, müssen aber ja noch mitbekommen haben, was geschehen ist." Kenza beugte sich über den Tisch.

Horst Eichler überlegte kurz. „Sie erkrankte an Diphtherie und das war es dann. Sie mussten all ihre Sachen verbrennen, es bestand schließlich Ansteckungsgefahr." Er rieb sich das Kinn. „Ich bin eher los, weil ich einen Transfer in Stolp für die von Krafts sichern wollte. War ja nur noch die Oma mit dem Marjellchen da. Es war eine Herausforderung, aber Luise war eine starke Frau. Und sie hat es geschafft. Andere waren da weniger erfolgreich oder ihnen ist Schlimmes widerfahren auf der Flucht. Die Gräueltaten der Roten Armee muss ich hier wohl nicht näher erklären."

„Das tut auch nichts zur Sache. Es bringt nichts, Schuld mit Schuld aufzuwiegen", stoppte Finn seinen Redefluss.

Kenza sah ihn dankbar an. „Und was ist mit Matteusz Mazur? Kannten Sie den?", fuhr sie fort.

Eichler lachte wieder auf. Er begann heftig zu husten, doch es klang unecht. Dann brach es aus ihm heraus. „Der kleine verlauste Bengel? Ein Mörder ist der!" Erschrocken schlug er sich die Hand vor den Mund.

15

Es wurde schon dunkel, als Oma Tania und Malin bei Michal Mazur am Küchentisch saßen. Malins Großmutter hatte eine Weile gebraucht, ehe sie sich beruhigt hatte. Matteusz' Enkel musste ihrem Kinderfreund wie aus dem Gesicht geschnitten sein.

Die beiden erklärten zunächst mit knappen Worten, wer sie waren und was sie wollten. Michal Mazur war sehr traurig über den Tod seines Großvaters, von dem er von der polnischen Polizei gehört hatte. Er hatte mit ihm unter einem Dach gelebt und war ihm im Garten, bei den Bienen und Hühnern zur Hand gegangen.

Trotz seiner Trauer war Michal überaus freundlich zu den beiden Frauen. Er war etwa in Malins Alter, ein großer und kräftiger Mann, aber beileibe nicht dick. Er trug das dunkle Haar sehr kurz, ein kleines, schmales Ziegenbärtchen prangte am Kinn. Wenn er lachte, zeigte sich ein kleines Grübchen auf der rechten Wange. Und er lachte gern und oft, wenngleich bei genauem Hinsehen in seinen tiefblauen Augen die Trauer gut zu erkennen war.

Michal sah an sich herunter. Er trug eine Lederweste und hatte vorhin im Flur seine derben Schuhe ausgezogen, an denen noch Lehm klebte. „Bitte entschuldigen Sie meinen Aufzug, aber ich bin eben erst von der Arbeit gekommen." Er stellte einen Kessel auf den Herd und wartete, bis das Wasser kochte. Dann befüllte er den Kaffeebereiter.

„Möchten Sie auch etwas? Ich brauche nach der Arbeit immer einen Wachmacher. Ab morgen habe ich glücklicherweise eine Woche Urlaub."

Als Tania und Malin nickten, drückte er den Hebel der Maschine herunter, presste den Kaffeesatz zusammen und schenkte den Frauen anschließend ein.

„Mit Milch und Zucker?" Er stellte beides auf den Tisch. „Bitte bedienen Sie sich."

Malin schaute sich um. Es war gemütlich bei Michal. Eine moderne Küche in Naturtönen, mit Blick in den Garten, der mit Liebe zum Detail angelegt war. Hier eine Wasserlandschaft mit kleinen Tonfiguren, da ein geschnittener Busch als Laube mit einer lauschigen Bank.

Michal Mazur setzte sich zu ihnen. „Ich weiß, dass es eigentlich die Älteren anbieten müssen, aber ich denke, da uns so viel aus der Vergangenheit verbindet, sagen wir Du, oder? Ich bin Michal."

Die beiden Frauen nickten und Malin stellte sie vor. Ihre Oma war seit dem Friedhofsbesuch merklich stiller geworden.

„Was machst du eigentlich beruflich?", fragte Malin.

„Ich bin Gärtner, habe aber ursprünglich Deutsch studiert. Und Gartenbau."

Malin nickte. Das erklärte sein fließendes Deutsch ebenso wie die beeindruckende Gestaltung des Außengeländes.

Michal rührte in der Tasse. Es war aber mehr eine Verlegenheitsgeste, denn er hatte weder Milch noch Zucker hineingetan. „Ich bin über den Tod meines

Großvaters untröstlich. Bislang war es mir versagt, ihn zu beerdigen. Er muss erst aus Deutschland zurück zu uns kommen." Michal schenkte Malin Kaffee nach, bevor er weitersprach. „Er war, vor allem in den letzten zwei Jahren, sehr in sich gekehrt, wobei ich sagen muss, dass er nie eine Ausgeburt an Freude war. Ihm haftete immer etwas Tragisches an. Ob es an den kriminellen Machenschaften meiner Cousins lag? Die sind völlig abgeglitten, nur auf der Flucht, weil sie einen Bruch nach dem anderen machen. Das hat ihn sehr belastet, obwohl er gar nichts dafür konnte und nicht einmal ein enger Kontakt zwischen ihnen bestand." Michal seufzte. „Trotzdem fühlte sich mein Großvater für alles Schlechte in der Familie verantwortlich."

Tania sah ihn an. „Als er vor meinem Haus stand, lief er so gebeugt, dass ich dachte, er trägt die Last des ganzen Universums auf seinen Schultern."

„Das meine ich", bestätigte Michal. „Ich kann mir denken, warum das so war. Meine Großmutter ist früh gestorben, er konnte sie nicht retten, der Krebs hat sie dahingerafft. Deshalb war er mit 50 schon allein. Aber da waren noch meine Eltern und ich. Wobei auch die vor fünf Jahren bei einem Unfall ums Leben gekommen sind. Und dann diese Sache aus der Vergangenheit, von der er erst spät erlöst wurde."

Malin wurde hellhörig, doch ihre Oma zeigte sich noch voller Mitleid mit Michals Familie.

„Viel Glück war euch dann wohl nicht beschert", sagte sie. „Manchmal trifft es einzelne Menschen besonders hart."

„Wie man's nimmt." Michal lächelte wieder. „Jedes Leben kann durchaus erfüllend sein, oder? Auch wenn es kurz und manchmal schmerzhaft ist. Man muss immer das Beste daraus machen." Er legte den Löffel ab und nahm einen Schluck Kaffee. „Ich habe meinen Großvater als vermisst gemeldet, weil er plötzlich verschwunden war. Trotzdem war ich schockiert, als der Anruf von der Polizei kam. Mit so etwas habe ich nicht gerechnet."

„Hat er je über die Vergangenheit gesprochen? Über seine Zeit auf dem Gutshof?", fragte Malin. „Du hast eben von einer Sache von damals geredet, die er mit sich herumtrug."

„Er hat kaum darüber gesprochen, aber es muss für ihn sehr schlimm gewesen sein. Er hatte lange Zeit das Gefühl, er wäre schuld am Tod deiner Mutter, Tania."

„Er fühlte sich schuldig? Warum?", fragte Malin. „Was hat er getan? Und warum ist er nach Jever gekommen? Wollte er die Schuld begleichen?"

„Eins nach dem anderen", bremste Michal sie. So schnell kann ich das nicht erzählen. Ich hoffe, ihr habt etwas Zeit mitgebracht."

***

„Was wollen Sie damit sagen, Herr Eichler? Was ist mit Matteusz Mazur?"

„Er war einfach ein unverschämter Junge", wiegelte Eichler ab. Seine Stimme wurde schleppender, er schien müde zu werden. „Faul war er und unverschämt."

Kenza ließ das zunächst so stehen. Eine andere Antwort würden sie jetzt ohnehin nicht bekommen. „Und

Paula? Wie standen Sie zu Paula von Kraft? Außer, dass sie Ihre entfernte Cousine war?"

Jetzt wurde sein Gesicht weicher. „Paula war die perfekte Frau. Ein bisschen habe ich den guten Georg immer um sie beneidet. Aber er hat so viel mitgemacht, da habe ich es ihm von Herzen gegönnt. Leider hatten sie keine eigenen Kinder. Nur Tania." Er lächelte versonnen. „Luise hat die beiden verkuppelt. Das Marjellchen brauchte schließlich eine Mutter." Horst Eichler schnaufte und Kenza befürchtete, dass er nicht mehr lange durchhielt. Vermutlich würde seine Pflegerin gleich wie eine Furie um die Ecke geschossen kommen und ihn aus den Klauen der Polizei befreien. Aber Kenza wollte ihre Chance nutzen und erfahren, so viel sie nur konnte.

„Aber Sie hatten doch selbst keine Frau mehr, oder? Überhaupt vermisse ich sämtliche weibliche Wesen in Ihrer Familie. Sie wirkt furchtbar männerdominiert!"

Jetzt lachte Horst Eichler laut auf. „Ja, wir Eichlers haben kein Glück mit der Damenwelt." Er bekam einen erneuten Hustenanfall, der sofort Frau Mischke auf den Plan rief.

„Sie überfordern Herrn Eichler! Es reicht jetzt!" Sie stürzte zum Rollstuhl, doch Finn stellte sich ihr in den Weg.

„Wir bestimmen, wann das Gespräch beendet ist!" Er sah Eichler an, der nickte.

„Lassen Sie es gut sein, ich habe mich nur verschluckt."

Die Pflegerin sah zweifelnd von ihrem Chef zu den Kommissaren und verließ zögernd den Salon.

„Inwiefern haben Sie Pech mit den Frauen?", fragte Kenza. „Sind sie Singles? Alle drei?"

Wieder lachte Eichler auf. „Single, ja, so nennt man das heute, wenn man ohne Partner durchs Leben geht." Seine Stimme klang nun etwas düster. „Es gibt tatsächlich momentan keine Frau Eichler. Nicht mal eine, die Ambitionen hat, es zu werden. Von daher lebe ich hier zusammen mit meinem Sohn."

Kenza ging in Habachtstellung. Horst Eichlers Mimik wirkte plötzlich eingefroren und unglaublich traurig. Zum ersten Mal empfand sie so etwas wie Mitgefühl für den alten Mann. Zum ersten Mal wirkte er authentisch.

„Sind Sie alle getrennt oder verwitwet?"

Er räusperte sich. „Meine zukünftige Frau starb in Bromberg an der Halsbräune, also an Diphtherie Kurz bevor wir da wegmussten. Wir wollten eigentlich heiraten, sie war schwanger. Das Schlimme daran war, dass kein Arzt ihr helfen wollte. Weil wir Deutsche waren." Seine Stimme zitterte. „Eine deutsche Frau hat kein Recht zu leben, haben sie zu mir gesagt, und sie ist samt Kind im Bauch erstickt."

Kenza schluckte. Horst Eichlers Blick streifte den Garten. „Ich habe sie sehr geliebt. Eine solche Liebe gibt es nur einmal im Leben. Aber meine zweite Frau und ich hatten eine gute Zeit. Sie hat mir Jobst geschenkt und ist später mit 60 Jahren gestorben. Brustkrebs. Danach wollte ich keine mehr. Ich ziehe das Unglück wohl an. Nur leider hat sich das Drama bei meinem Sohn fortgesetzt. Auch seine Frau ist viel zu früh und auf überaus tragische Weise verstorben. Sie ist bei Grün über die

Fußgängerampel gelaufen, ein nach rechts abbiegender LKW hat sie übersehen. Noch Fragen?" Er blickte die beiden Kommissare schmerzverzerrt an.

Finn schüttelte den Kopf. „Nein, danke, Herr Eichler."

„Ich hoffe einfach, dass Lutz mehr Glück hat. Seine Frau muss aber wohl noch gebacken werden. Er ist ein gebranntes Kind und wagt keine Beziehung. Deshalb lebt er allein."

„In Wilhelmshaven", kommentierte Kenza.

„Genau. Ich hielt es für sinnvoll, dass er sich dort seine eigenen vier Wände zulegt. Muss ja nicht jeder mitbekommen, wie sein Privatleben aussieht. Hier in der Kleinstadt steht er viel stärker unter Beobachtung." Wieder schwieg Eichler eine Weile. Dann gab er sich einen Ruck und richtete sich in seinem Rollstuhl auf. „Bitte gehen Sie jetzt! Ich habe genug von unserem Gespräch! Frau Mischke!" Sein Rufen klang heiser und aggressiv. Er war wieder ganz der Alte. Der Unnahbare. Der Herr im Haus.

Kenza und Finn verabschiedeten sich rasch.

***

Malin sah Michal an. „Bitte erzähl, was du weißt! Gleichgültig, wie lange es dauert."

„Nun, mein Großvater hat immer geglaubt, dass er schuld am Tod von Eva von Kraft war. Und damit konnte er nur schwer umgehen, weil er sie sehr geliebt hat. Das habe ich aber erst vor ein paar Jahren erfahren. Damals, als er das Tagebuch gefunden hat. Vorher hat er immer abgewinkt. ‚Schlimme Zeiten waren das, besser, man vergisst es, sonst kann man nicht weiterleben', hat er immer gesagt."

Michal lächelte Tania warmherzig an. „Und nun weiß ich endlich, wer du bist. Er hat dich so gemocht, und dann seine vermeintliche Schuld, dein Leben zerstört zu haben! Bitte, ich möchte alles wissen: Wann war er bei dir? Hat er mit dir gesprochen und dir das Tagebuch gegeben, damit du endlich weißt, was damals passiert ist?"

Oma Tania schüttelte den Kopf. „Leider nicht." Dann erzählte sie, was sich genau zugetragen hatte.

Michal schüttelte den Kopf. „Das Tagebuch ist bestimmt nicht mehr hier. Es war sein erklärtes Ziel, es dir zu bringen, damit er seine Schuld endgültig los war." Er überlegte kurz. „Es muss in Jever abhandengekommen sein, bevor er es dir geben konnte. Dass er es verloren hat, glaube ich nicht. Ich vermute was viel Schlimmeres: Es ist bei seinem Mörder, und der muss gewichtige Gründe gesehen haben, meinen Opa dafür zu töten."

Eine Weile war es still im Zimmer. Michals Stimme klang fast unheilvoll nach. Malin war die Erste, die wieder Worte fand. „Wir vermuten, dass er es meiner Oma bei einem zweiten Besuch geben wollte. Sein Brief sollte meine Oma vermutlich darauf vorbereiten, dass es dieses Geheimnis gibt."

Michal nickte. „Dieses Vorgehen würde zu ihm passen. Mein Opa war einfach kein Mensch, der mit der Tür ins Haus fällt."

„Wo hat er das Tagebuch denn gefunden und wann?", fragte Malin. „Du sagtest eben, er hätte es nicht von Beginn an gehabt."

Michal rührte wieder in seinem Kaffee. „Das war reiner Zufall. Er hat immer noch viel auf dem Gutshof gearbeitet, weil er die Zeit gern draußen und bei den Tieren verbrachte. Die Felskis haben sich sehr gefreut, dass er ihnen zur Hand ging. Dadurch verdiente er auch noch etwas Taschengeld – finanziell war mein Opa schlecht gestellt."

Malin goss sich aus der Kaffeekanne eine weitere Tasse ein. Ihr war es egal, ob sie später Schwierigkeiten haben würde einzuschlafen. Vermutlich würde sie so oder so die ganze Nacht wach bleiben und versuchen, alles neu zu sortieren.

„Das Buch lag schlussendlich im Pferdestall. Gut eingewickelt in Sackleinen und trocken verstaut unter einer Bodendiele, da, wo das Heu gelagert wurde." Michal nickte. „Es war fast ein Wunder, dass die meisten Seiten noch lesbar waren. Eva kann es selbst nicht mehr dorthin gelegt haben, das schließe ich aus. Wer auch immer es getan hat, hat damit das Seelenheil meines Großvaters gerettet. Bis dato hatte er schwer an der Schuld zu schleppen." Michal lachte bitter auf. „Am Ende hat es dann aber sein irdisches Leben beendet."

Oma Tania war sehr still und blass geworden. Sie standen so kurz vorm Ziel, der Aufklärung der Todesumstände ihrer Mutter. Malin sah ihr aber deutlich an, dass sie es selbst noch kaum glauben mochte.

Sie versuchte, das Gespräch ein bisschen zu beschleunigen. „Matteusz wusste also nach dem Lesen, dass er mit dem Tod meiner Uroma nichts zu tun hatte?"

„Eins nach dem anderen, ich muss mich erst sortieren." Michal stand auf. „Ich mach uns eben eine Kleinigkeit zu essen und erzähle dabei, wie mein Großvater auf euch gekommen ist. Erst danach kann ich euch den Rest erzählen. Die Angelegenheit ist ganz schön heftig und ich hatte eigentlich mit mir selbst abgemacht, sie für mich zu behalten, weil doch keiner mehr da ist, der zur Rechenschaft gezogen werden kann. Ich wusste ja nicht, dass ihr mir einmal gegenüberstehen würdet und mein Opa vermutlich wegen der Geschichte sterben musste. Es läuft da drüben bei euch also noch jemand herum, dem das Wissen um die Wahrheit sehr gefährlich werden kann."

Malin verspürte zwar weder Hunger noch Appetit, aber wahrscheinlich brauchte Michal diese Verschnaufpause und es war besser, ihn nicht unter Druck zu setzen.

Er nahm einen Laib Brot aus dem Schub, schnitt dünne Scheiben davon ab und belegte sie mit Wurst und Käse. Danach stellte er alles auf den Tisch und bat die Frauen, sich ebenfalls zu bedienen. „Ich habe meine Vermutung auch schon der Polizei mitgeteilt, aber ohne das Tagebuch haben wir keine Beweise."

„In Deutschland sucht die Kriminalpolizei danach", sagte Malin. „Wie hat Matteusz meine Oma überhaupt ausfindig gemacht? Nach all der Zeit?"

„Er hat das Tagebuch vor etwa zehn Jahren gefunden. Danach war er wie ausgewechselt, und doch gelang es ihm nicht, ganz loszulassen. ‚Was hilft es mir, wenn ich weiß, was passiert ist, und Tania erfährt nie, wer ihre Mutter auf dem Gewissen hat und warum?' Er hat es fast wie eine Litanei heruntergebetet." Michal biss vom

Brot ab. „Wir haben versucht, Nachforschungen anzustellen. Über soziale Netzwerke und so. Aber wir haben Tania nicht gefunden. Wir wussten ja nicht einmal, wo wir anfangen sollten zu suchen." Er warf Malins Großmutter einen entschuldigenden Blick zu. „Er wusste deinen Nachnamen nicht mehr. Ich nehme an, er hatte ihn verdrängt, aber selbst wenn er ihn gekannt hätte, so heißt du ja heute ganz anders. Außerdem war nicht sicher, ob du überhaupt überlebt hattest. Sucht mal nach einer Tania ohne Nachnamen, die im Krieg vermutlich irgendwohin emigriert ist. Kurzum: Es war ein hoffnungsloses Unterfangen."

„Stimmt, wir hätten ja auch nach Schweden oder Dänemark gehen können. Damals wurde man einfach so fortgespült und lebte da, wo man gestrandet war." Malins Oma wählte eine Käsestulle und biss vorsichtig davon ab.

„Nach etwa einem Jahr, als mein Großvater schon Gefahr lief, in eine schwere depressive Phase abzugleiten, weil es einfach keine Aussicht gab, Tania jemals zu finden, habe ich ihm geraten, die Vergangenheit ruhen zu lassen und endlich wieder anzufangen zu leben. Es wurde Zeit, dass er losließ. Das hat er dann auch getan, bis zu diesem einen Augenblick ..."

„Was ist passiert?", fragte Malin, als er nicht weitersprach. „Warum hat er die Suche plötzlich wieder aufgenommen?"

„Er hat Lavina getroffen."

„Lavina, wer ist das?", fragte Oma Tania und dann dämmerte es ihr. „Ist es die Pflegerin meiner Stiefmutter?"

Michal nickte. „Ja, sie hatte in Deutschland das große Los gezogen, nachdem es hier mit ihr ziemlich bergab gegangen war. Drogen, Prostitution, Diebstahl und so."

„Sie hat meine Stiefmutter erst zu Hause gepflegt und dann im Heim", sagte Oma Tania zu Malin, aber die hatte schon begriffen.

„Und Lavina Post stammt aus Borntuchen?", fragte sie.

Michal nickte. „Ja, sie ist hier aufgewachsen. Jedenfalls hat sie meinem Opa während eines ihrer wenigen Heimaturlaube erzählt, wie die Frau heißt, für die sie arbeitet. Die Erwähnung des Namens ‚von Kraft' muss in ihm alles nach oben gespült haben. Er war von einer Sekunde auf die nächste felsenfest davon überzeugt, dass es auch Tanias Zuname gewesen war. Ich konnte ihn nicht davon abbringen. Kein bisschen."

„Und dann hat er sich auf den Weg gemacht?"

„Zuerst hat er von Lavina erfahren, dass ihre Arbeitgeberin tatsächlich Tanias Stiefmutter ist und auch, wo Tania heute lebt. Nachdem das geklärt war, gab es für ihn kein Halten mehr. Ich gebe zu, dass ich nicht wollte, dass er fährt. Wir haben regelrecht gestritten deswegen. Er hatte nämlich große Angst, dir nach so vielen Jahren wiederzubegegnen. Vielleicht würdest du gar nichts mehr wissen wollen von all dem."

„Dann hat er sich also heimlich auf den Weg gemacht?", hakte Malin nach.

Michal nickte.

Malins Oma legte ihre Scheibe Brot zurück auf den Teller. „Dann bedeutet das tatsächlich, dass das Tagebuch nicht hier in Borntuchen, sondern immer noch in Jever ist. Bei Matteusz' Mörder. Michal hat recht."

Malin zog ihr Handy aus der Tasche. „Ich schicke Frau Klausen eine WhatsApp, mit diesen Infos kann sie bestimmt etwas anfangen."

„Es wird Zeit für die Wahrheit", sagte Michal. „Ich erzähle euch jetzt, was in dem Tagebuch steht. Die Geschichte beginnt im September 1944."

16

Lavina Post war kurz vor der polnischen Grenze ausgestiegen. Sie wusste, dass sie keine Chance hatte, denn Lutz Eichler würde ihr den Mord an Paula von Kraft in die Schuhe schieben. Sie, die Erbschleicherin, wie er sie noch vor wenigen Tagen beschimpft hatte, als sie nach ihrem Dienst zum Auto gelaufen war. Bedroht hatte er sie. „Ich werde hier im Heim herumerzählen, was du getan hast, bevor ich dich aus der Gosse gezogen habe."

Und dann hatte er ihr einen Deal vorgeschlagen. „Ich sage keinem, woher ich dich kenne. Ich sage nicht einmal, aus welchem Kuhdorf in Polen du kommst. Dafür gibst du mir die Kohle. Ohne mich hättest du sie sowieso nicht geerbt. 5.000 Euro darfst du behalten. Das ist ein großzügiges Angebot."

Erst hatte Lavina ihn ausgelacht. Pah, dann sollte er doch erzählen, dass sie eine Nutte war und keine Lizenz zum Pflegen hatte! Sie war nun reich und konnte mit der Erbschaft eine Weile überleben. Zumindest in ihrem Dorf.

Aber dann war Lutz Eichler deutlicher geworden. Was für ein Hass musste in ihm entbrannt sein, als er erfahren hatte, dass er als entfernter Verwandter wirklich gar nichts vom Erbe erwarten konnte und die kleine polnische Nutte, wie er sie immer nannte, jetzt reich war. 400.000 Euro! Ein Vermögen, wenn man richtig damit umging.

„Ich werde bezeugen, dass ich gesehen habe, wie du Oma Paula das Kissen aufs Gesicht gedrückt hast. Du hast als Alleinerbin, die ohne das Geld ein Nichts ist, das stärkste Motiv, meine Gute!"

Lavina hatte Angst vor Lutz Eichler. Angst, dass er seine Drohung wahr machen würde. Sie müsste vermutlich eine hohe Strafe zahlen für die gefälschten Papiere. Zudem müsste sie ins Gefängnis, wenn man ihm Glauben schenkte, dass sie aus Gier nun auch zur Mörderin geworden war. Lavina war Hochstaplerin und ehemalige Prostituierte, er dagegen ein erfolg- und einflussreicher Geschäftsmann. Wer einmal log, dem glaubte die Polizei nicht so schnell wieder und sie war nun mal kein unbeschriebenes Blatt. Lavina hatte keine andere Wahl, als zu tun, was Eichler verlangte.

Sobald sie Zugriff auf die Erbschaft hatte, würde sie ihm 395.000 Euro in bar auszahlen. Dazu mussten sie sich treffen, aber das würde er arrangieren.

Im Gegenzug wollte Eichler aussagen, dass Lavina Post den besten Leumund hatte und ganz sicher keine Mörderin war. Er würde sich für sie verbürgen. Lavina saß in der Zwickmühle: Wenn sie nicht das tat, was Lutz Eichler wollte, konnte sie sich genauso gut einen Strick nehmen. Ihr Leben war verwirkt.

Und so war ihr keine andere Idee gekommen, als zunächst einmal zurück nach Polen zu gehen. Vor allen Problemen wegzulaufen. Lavina wusste, dass sie kopflos handelte.

Eben hatte Lutz Eichler angerufen. Die Grenzen wurden überwacht, man suchte sie tatsächlich wegen des dringenden Tatverdachts des Mordes an Paula von Kraft. Er würde ihr ja helfen, wenn ...

„Ich mach alles, Herr Eichler. Alles."

Lavina blieb nun nur die Flucht über die grüne Grenze, anschließend konnte sie mit dem Zug bis Bütow und dann mit dem Bus nach Borntuchen fahren. Sie hoffte, dass die polnische Polizei sie vorerst in Ruhe ließ. Sie wusste allerdings nicht, ob die Behörden eng zusammenarbeiteten oder ob es dauerte, ehe die Informationen geflossen waren.

Lavina schlug das Herz bis zum Hals.

Jetzt schlich sie sich durchs Unterholz. Jedes Knacken ließ sie aufschrecken. Sie fürchtete sich vor den Wildschweinen, auch Wölfe trieben sich in der Gegend herum.

Ihr Auto würde man irgendwann auf dem Parkplatz finden. Die Nummernschilder hatte sie abmontiert und in einem Graben verschwinden lassen. Es tat ihr weh, ihren kleinen Wagen zurückzulassen, aber vielleicht gab es ihr Vorsprung und Deckung.

Lavina kämpfte sich weiter vor. Sie hätte sich auf all das nicht einlassen sollen. Niemals! Verdammt, warum war sie nur so dumm gewesen? Jetzt drohte ihr sogar der Knast, und wer sollte sich dann um Onkel Adam und ihre Tochter kümmern? Sie brauchten doch ihr Geld. So dringend!

Nein, das Leben hatte es mit Lavina Post nicht gut gemeint. Sie hatte schon früh dem falschen Mann vertraut, der sie mit der kranken Tochter allein gelassen hatte. Trisomie 21 war die vernichtende Diagnose des Arztes gewesen. Einen Tag später war ihr Mann fort und sie stand mit allen Entscheidungen und ohne Geld allein da.

Mila war auf Hilfe und Betreuung angewiesen. Ihr Leben lang. Und sie brauchte ihre Mutter, aber die war damit beschäftigt, das nötige Geld zum Überleben heranzuschaffen, denn auch ihr Onkel war krank, hatte Sarkoidose und seine Lunge wurde immer weniger belastbar.

Mit der Diagnose ihrer Tochter hatte Lavinas Abstieg in die Hölle begonnen. Und so, wie es aussah, kam sie da wohl auch nie mehr wieder heraus. Mila war zwar versorgt, konnte eine gute Einrichtung besuchen, aber bei den wenigen Treffen, die Lavina möglich machen konnte, erkannte Mila die eigene Mutter nicht. Sie war ihrem eigenen Kind fremd geworden – schlimmer ging es kaum.

Nach Paula von Krafts Tod hatte Lavina geglaubt, nun würde Ruhe in ihr Leben einkehren, stattdessen stand sie nun mit einem Bein im Knast, wenn sie nicht tat, was Lutz Eichler von ihr wollte.

Lavina war aber der einzige Mensch, der sich um ihren Onkel und um Mila kümmern konnte. Und so hatte sie erst sich verkauft und dann ihr Leben. Es gehörte nunmehr seit 18 Jahren den Eichlers.

Genauer gesagt, Lutz Eichler. Er war gerade 18 Jahre alt gewesen, als er sie in Bromberg als Freier aufgesucht hatte. Dafür war er eigens nach Polen gereist, weil er weit weg von zu Hause herausfinden wollte, wie weit er gehen konnte. Und ihm zu Ohren gekommen war, dass die polnischen Huren gefügiger wären als die in Deutschland.

Es war die grauenvollste Nacht ihres Lebens gewesen. Egal, was auch immer sie versucht hatte: Lutz Eichler bekam keine Erektion. Nach zwei Stunden war er wütend geworden, hatte etliche Zloty auf den Tisch geworfen, sie geschlagen und mit verschiedenen Spielzeugen und Hilfsmitteln traktiert. Geholfen hatte es nichts. Lutz Eichler war impotent.

Am Ende aber hatte er ihr einen Kuss auf die Wange gegeben, gesagt, dass er ihre Leidensfähigkeit bewundere und er für sie eine andere Aufgabe hätte, mit der es ihr fortan sicher besser ginge.

Lavina musste die Wunde an der Lippe kühlen und einen Eisbeutel auf das blaue Auge legen. An dem Morgen wäre ihr alles besser vorgekommen, als eine solche Nacht noch einmal mit einem Freier erleben zu müssen.

Eichler kam am nächsten Tag wieder. Er hatte einen Plan entworfen und ihn Lavina dargelegt. Erst war sie äußerst misstrauisch gewesen, aber dann hatte er sie überzeugt, ihm nach Deutschland zu folgen.

Entgegen ihrer Befürchtung musste sie dort wirklich nicht auf den Strich gehen, sondern durfte in einem komfortablen Zimmer auf einem Bauernhof in Deichnähe wohnen und hatte sich lediglich um Paula von Kraft zu kümmern. Seitdem kam sie finanziell über die Runden und Mila konnte die bestmögliche Förderung erhalten. Sie war auf ewig abgesichert, wenn sie tat, was Lutz Eichler verlangte: Paula von Kraft pflegen und ihn stets auf dem Laufenden halten, was die alte Dame unternahm oder nicht.

Lavina wusste, dass Frau von Kraft schon bald nicht mehr gut auf Lutz zu sprechen war, hatte sie doch früh durchschaut, dass er nur auf ihr Geld aus war. Lutz hatte sich später nicht mehr um seine Oma Paula geschert, weil er sicher war, dass er Lavina am Ende über den Tisch ziehen und trotzdem an das Geld kommen würde.

Lavina kämpfte sich weiter und weiter durch das Dickicht. Zerriss ihre dünne Jacke an einer Brombeerranke, die sich auch in ihrem Haar verfangen hatte. Sie zerrte und zurrte, bis das Haar frei war. Ihr liefen Tränen über die Wangen, aber die kamen nicht vom Schmerz.

Sie musste sich nicht mehr prostituieren, und doch war sie eine Hure geblieben, auch ohne Sex für Geld. Sie hatte sich und das gemeinsame Leben mit ihrer Tochter verkauft.

Und jetzt? Jetzt fand sie den Weg nicht. Nicht nach Borntuchen und nicht zu sich selbst. Lutz Eichler hatte sie zu einem Menschen ohne Achtung vor sich selbst gemacht.

Lavina Post war ein Niemand.

***

Kenza hatte Janßen und Finn gleich zu einer Konferenz gebeten.

„Worum geht es, Frau Kommissar?", fragte Janßen mit einem feisten Grinsen im Gesicht. Wenigstens sagte er heute nicht mien Deern.

„Habt ihr schon eine Spur von Lavina Post?", fragte Kenza.

„Jo, eben reingekommen", entgegnete Janßen. „Sie war definitiv keine ausgebildete Pflegerin. Weder in Polen noch hier."

„Dann war dein Blindschuss bei Eichler korrekt. Es stimmt", sagte Finn. „Wer hat ihr die Papiere verschafft? Lass mich raten: Lutz Eichler." Er kratzte sich am Kinn. „Aber warum?"

Janßen schürzte wichtig die Lippen. „Er brauchte eine vollständig von ihm abhängige Person. Und er brauchte einen guten Draht zu Paula von Kraft. Ich vermute mal, er wollte sich mit seiner Großzügigkeit und der Verschaffung einer Hilfskraft das Erbe sichern, und Lavina sollte hübsch achtgeben, damit er es auch bekam."

„Was ja gehörig schiefgegangen ist", überlegte Kenza laut.

„Aber wo steckt sie jetzt?"

„Sie wird auf dem Weg nach Polen sein, was ihr aber nichts nützt. Wir wissen, in welcher Einrichtung ihre gehandicapte Tochter betreut wird. Dort wird Lavina über kurz oder lang auftauchen. Und wir wissen, dass sie aus Borntuchen stammt. Wohin soll sie sonst gehen, wenn nicht in ihr Heimatdorf?" Janßen war sich seiner Sache sehr sicher.

„Sie wird sich eine Weile verstecken. Vielleicht hat sie in Bromberg noch alte Freunde", gab Kenza zu bedenken. „Sie weiß, dass sie unsere Hauptverdächtige ist, sonst wäre sie ja hiergeblieben."

Sie überlegte kurz. „Okay, Janßen, Sie geben den polnischen Kollegen bitte alle Details durch, dann werden wir sie hoffentlich rasch schnappen."

Finn lächelte Kenza gewinnend an. „Du siehst aus, als hättest du noch etwas für uns", sagte er schließlich.

„Das stimmt", gab Kenza zu. „Ich habe gestern spätabends von Malin Meißner noch eine Nachricht bekommen, die mich die ganze Nacht beschäftigt hat."

„Und die wäre?" Janßen klopfte auf die Uhr als Zeichen, dass er noch etliche Dinge auf dem Zettel hatte, die er schnell zu erledigen gedachte.

„Sie haben den Enkel von Matteusz Mazur ausfindig gemacht. Er sagt, sein Großvater hätte das Tagebuch ganz sicher mit nach Deutschland genommen. Es ist bei Tania Lewalder aber nicht aufgetaucht. Also kann es tatsächlich nur bei seinem Mörder sein, der es hat mitgehen lassen, in der Hoffnung, damit etwas Wichtiges vertuschen zu können."

Janßen grunzte. „Haben wir den Mörder, haben wir das Tagebuch. Wir haben den Mörder aber nicht, mien Deern."

Über Kenzas Gesicht glitt ein Lächeln. „Aber das Tagebuch kann nur bei den Eichlers sein. Der Alte ist bei den Ereignissen von damals mit dabei gewesen, der Junge steckt in den aktuellen Fällen tief mit drin. Jetzt brauchen wir nur noch einen Durchsuchungsbeschluss und dann geht es hier ein paar Leuten gehörig an den Kragen."

Janßen feixte sie wieder an. „Dann versuch mal dein Glück, mien Deern. Bestimmt haben sie das Buch längst verbrannt."

Kenza glaubte selbst nicht, dass der Staatsanwalt aufgrund dieser Beweislage sein Okay geben würde, aber wenn sie nicht fragte, würde sie keine Antwort bekommen.

Also nahm sie den Hörer in die Hand.

Eva

September 1944

Eva betrachtete Mareks glatte Haut, fuhr mit dem Finger über seine bloße Hüfte. Sie froren, und doch hielten sie die Kälte aus. Weil sie sich hatten. „Ich liebe dich", sagte sie. In diesen drei Worten lag alles an Gefühl, was sie geben konnte.

Marek zog sie dichter an sich heran, seine Lippen berührten ihr Haar.

„Er darf es nie erfahren, Marek. Nie darf er es wissen", flüsterte Eva in seine Armbeuge.

„Er würde mich töten. Aber die Leute reden. Es geht schon zu lange mit uns und es wird immer gefährlicher. So viele Jahre haben wir Glück gehabt. Ich fürchte den Zorn deines Mannes." Marek setzte sich auf und sprach nicht weiter. Eva wusste auch so, was er meinte. Sie hatten zwischenzeitlich versucht, sich nicht zu treffen, und es war ihnen auch drei Jahre lang gelungen, wenngleich jede andere Begegnung auf dem Hof unglaublich schmerzlich gewesen war. Doch dann hatten sie keine Kraft mehr gehabt, sich gegen ihre Liebe zu wehren. Vor allem, wo Evas Ehe immer unerträglicher geworden war. Und seit sie sicher war, dass Marek Tanias Vater war.

Georg von Kraft war schon lange nicht mehr der Mann, in den sie sich einmal verliebt hatte. Oder den sie geglaubt hatte zu lieben. Mittlerweile kannte sie Seiten an ihm, die sie lieber nicht kennen wollte. Seiten, die sie des Nachts aus dem Schlaf hochschrecken ließen.

„Was sollen wir tun, Marek? Was?", wisperte sie. Eva wagte nicht, auch nur eine Spur lauter zu sprechen, denn sie fürchtete, die Wände hätten Ohren und die ganze Welt höre mit, was sie sprachen. Und doch befanden sie sich in einer einsamen Scheune, ein ganzes Stück von Topolno entfernt.

Marek presste die Lippen aufeinander. „Ich weiß es nicht, Eva. Ich weiß es einfach nicht. Wir lieben uns, was sollen wir dagegen tun?" Er lachte dumpf auf. „Wie soll das gehen?"

„Ich fühle alles andere als Schuld. Ich habe nur dieses tiefe und warme Gefühl, das mir sagt: Es ist richtig. – Und doch kann nichts verkehrter sein als das, was mit uns geschehen ist. Wir leben mit einer so großen Lüge!"

Beide sahen sich lange in die Augen. Es war stets wie ein gemeinsamer Flügelschlag, der sie immer im Gleichtakt hielt, egal, wie weit sie voneinander entfernt waren. Sie wussten, dass der Abschied nahte. Die Umstände waren noch schwieriger geworden, es schien, als rückten von allen Seiten Wände auf sie zu, die sie schon bald erdrücken würden.

Marek strich das blonde Haar zurück, das sich mit einer vorwitzigen Locke in seine Stirn kringelte. Er wirkte verzweifelt, als wolle er die Zeit anhalten. „Er wird gleich aus Bromberg kommen, und wenn du nicht zu Hause bist, musst du viel zu viel erklären." Er machte eine Pause, dabei verdunkelte sich sein Blick. „Und die Kleine wartet. Du musst gehen! Ihr muss es immer gut gehen, hörst du?" Der Schmerz in seiner Stimme war so präsent, dass es Eva einen Stich versetzte.

Marek hatte recht, auch wenn sie ihm eben noch vehement widersprechen wollte. Aber die Erwähnung ihrer Tochter warf sie in die Realität zurück. Egal, was sie für Marek empfand, egal, wie die Wahrheit aussah: Sie musste an Georgs Seite ausharren. Bis zum Tod. Allein Tania wegen musste sie schweigen.

Außerdem liebte ihre Tochter den Vater, der ihr gegenüber ein so anderes Gesicht zeigte als jenes, das Eva von ihm kannte. Er ließ sie auf dem Heuwagen fahren, zeigte ihr die Natur und erklärte Tania die Welt auf eine Weise, die keinen Schrecken und keine Angst zuließ. Tania fühlte sich bei ihm sicher, und doch befand sie sich auf brüchigem Eis.

Eva hatte ihren Mann erlebt, als er die Nachbarn von gegenüber in der Nacht aus dem Haus hatte holen lassen. Sie hatte ihn erlebt, als er den Stock gegen den polnischen Knecht erhob und die Pistole gegen einen vermeintlichen Widerstandskämpfer.

Und sie liebte einen Polen. Einen Polacken, wie Georg es ausdrücken würde. Sie würden ihr die Haare scheren, das hatten sie auch mit Liesel getan. Oder sie erschießen, das war im Nachbardorf geschehen. Der Krieg neigte sich nach Evas Ansicht dem Ende zu, auch wenn sie es nicht wagen würde, das laut auszusprechen. Aber die meisten ahnten es, vor allem die, die tief in dem Sumpf drinsteckten. Und nun benahmen sie sich wie angriffslustige Wespen, kurz bevor sie im Herbst einfach starben.

Eva durfte ihren Gefühlen nicht länger freien Lauf lassen, sonst würde sie Unglück über so viele Menschen bringen. Obwohl diese andere Katastrophe ohnehin auf sie zuraste. Eva hatte viele Gerüchte gehört und sie schenkte den meisten davon Glauben.

„Wer morgens aus dem Haus geht, weiß nie, ob er abends auch wieder zurückkommt. Vielleicht wird er erschossen oder als Arbeiter in den Westen geschickt. Oder ins Arbeitslager in den Osten. Da wird nicht gefragt. Das wird einfach gemacht." Marek hatte ihr viele Dinge erzählt, die Eva lieber nicht gehört hätte. Er beließ es aber nicht beim Reden. Er stand mit der PPS, der Widerstandsorganisation, in Verbindung. „Wir versuchen, die Ordnung wiederherzustellen, weißt du? Einfache Regeln, die unser Selbstwertgefühl aufleben lassen. Einen Untergrundstaat, in dem Recht und Gesetz erneut etwas gelten. Wir sind ein Netzwerk, das sich stützt in einem haltlosen Raum."

Eva seufzte.

„Du musst gehen, Liebes", wiederholte Marek und stieß sie sacht an. Er sah die Tränen in ihren Augen. „Vielleicht ist der Krieg bald vorbei und alles wird gut."

„Du weißt, dass nichts gut werden kann, weil es immer Verlierer und Verletzte gibt. Wir reißen Wunden, die tief sind und nicht heilen. Entweder bei uns oder bei den anderen. Das weißt du selbst, Marek. Du weißt es."

„Die Front rückt näher", sagte Marek. „Sie werden uns befreien."

„Euch werden sie befreien. Von uns", war Evas Antwort. „Und wenn sie euch von uns befreien, gibt es auch keine Zukunft. Wir werden nicht bleiben können. Ich auch nicht. Wer weiß, wohin du musst, wenn der Russe Polen einnimmt."

Es gab kein Morgen für sie. Es gab nur das Jetzt, das für den Rest des Lebens reichen musste. Als quälende Erinnerung an das, was hätte sein können, wenn das Schicksal nicht andere Pläne für sie gehabt hätte.

Eva zog sich an, umarmte Marek ein letztes Mal. Er war noch immer nackt und dieses Bild wollte sie sich einprägen. „Das mit dir ist das Beste, was ich je in meinem Leben gehabt habe. Wahrscheinlich, weil es Liebe ist."

„Liebe und sonst nichts." Marek zog Eva noch einmal zu sich, streifte ihre Lippen mit seinen. „Do widzenia", flüsterte Marek. „Auf Wiedersehen."

„Do widzenia, Marek." Eva verschwand in den beginnenden Abend. Sie lief, ohne sich umzudrehen, denn dann hätte sie kehrtgemacht, Marek angefleht, mit ihr zu fliehen, egal wohin. Sie hätte alles aufgegeben, hätte Tania entführt und in Kauf genommen, den Rest ihres Daseins um ihr Leben bangen zu müssen. Es geht nicht, hämmerte es hinter Evas Stirn. Es geht nicht. Also lief sie vorwärts, sah auf den Boden, zwang sich zu jedem Schritt. Als sie die Felder erreichte, versank gerade die Sonne blutrot am Horizont. In diesem Augenblick wusste sie, dass die Begegnung mit Marek nicht folgenlos geblieben war.

17

Kenza rief den Staatsanwalt umgehend an und brachte ihn über die Erkenntnisse auf den neusten Stand.

Er war schon zuvor überaus interessiert an dem Fall gewesen und gab sofort grünes Licht für die beiden Durchsuchungen. „Stellen Sie die Eichler-Villen auf den Kopf. Ich will dieses Tagebuch und hoffe, dass es noch nicht vernichtet ist."

Kenza leitete alle Maßnahmen ein und binnen kürzester Zeit hatten sie die Mannschaften zusammen, weil sie Unterstützung aus Jever und Schortens bekamen.

Lutz Eichler schien schon auf sie gewartet zu haben. Er ließ alle anstandslos ins Haus und half sogar mit, heimliche Verstecke zu öffnen. Kenza wurde schon nach kurzer Zeit klar, dass sie hier nichts finden würden. Dazu war Eichler viel zu freimütig. Wenn er das Tagebuch an sich genommen hatte, dann war es woanders oder, wie Janßen vermutete, längst vernichtet.

Kenza verließ bereits nach einer halben Stunde die Villa, nachdem sie Finn gebeten hatte, weiter achtzugeben. Vor dem Haus befand sich eine Menschentraube, die das Geschehen neugierig verfolgte. Kenza wollte rasch nach Jever, wo Janßen die Durchsuchung bei dem alten Eichler überwachte. Dort hatte sie allerdings erst recht keine Hoffnung, etwas zu finden.

Sie gab Gas und erreichte etwa 25 Minuten später die Villa in der Schlosserstraße. Auch hier hatten sich etliche Neugierige eingefunden.

„Geht das um den Einbruch neulich?", hörte Kenza jemanden fragen. Sie gab keine Antwort, sondern schlüpfte unter der Absperrung hindurch ins Haus.

„Horst Eichler hat sich während der Durchsuchung nicht blicken lassen", grummelte Janßen, als ihm Kenza über den Weg lief.

„Schon was gefunden?" Blöde Frage, dann sähen alle glücklicher aus. Kenza war dankbar, dass Janßen das einfach unkommentiert ließ. Es war alles frustrierend genug. Sie wurden von den Eichlers und Lavina Fost an der Nase herumgeführt und tanzten zu ihrer Musik wie ein Bär an der Kette.

Warum sollte auch der alte Eichler das Tagebuch haben? Er konnte es ja gar nicht mehr lesen und sein Sohn Jobst war ein stiller und zurückhaltender Mann, der noch gar nicht so recht in Erscheinung getreten war. Er würde es ihm wohl kaum als Gute-Nacht-Lektüre gegeben haben.

Mit Jobst Eichler hatten sie tatsächlich bisher kaum ein Wort gewechselt. Er war wie ein Schatten und verblasste sowohl hinter seinem Vater als auch seinem Sohn. Ein Nobody in einem Unternehmen, das eindeutig die Handschrift von Horst Eichler trug.

Auch jetzt stand Jobst Eichler stoisch im Erker und sah in den Garten hinaus. Er wirkte beinahe, als denke er über die Neugestaltung nach und nahm gar nicht recht zur Kenntnis, was an Dramatik rings um ihn herum geschah.

Eben schaute ein junger Kollege um die Ecke. „Wir sind unten fast durch, Frau Klausen. Da ist nichts."

„Bitte trotzdem weitersuchen. Und auch im ersten Stock, im Keller und auf dem Dachboden." Dieselbe Anweisung gab sie an Janßen weiter. Wenn sie heute nichts fanden, waren sie ohne Handhabe, es sei denn, der Zufall würde ihnen noch etwas anderes in die Hände spielen.

„Hätten Sie mal einen Augenblick Zeit für mich?", fragte Kenza Jobst Eichler, der bei ihrer Ansprache erschrocken zusammenfuhr.

Er hatte die eine Hand vorne in seine Weste gesteckt. „Was kann ich für Sie tun?" Sein Blick war unsicher, obwohl sein ganzes Auftreten etwas Aristokratisches hatte. Diese Hose, das Polohemd mit dem Einstecktuch und der Weste. Er glich einem englischen Landlord.

„Ich wollte Sie einmal kennenlernen. Mit Ihrem Sohn und Ihrem Vater hatte ich ja schon das Vergnügen."

„Nun, dann kennen Sie die Eichler-Familie im Wesentlichen. Ich bin nur noch sporadisch in der Firma. Ich bin zwar Firmenchef, habe mich allerdings größtenteils zurückgezogen. Mein Vater hat vorgegeben, wie es laufen soll, und mein Sohn macht das alles ganz wunderbar." Jobst Eichler hatte eine weiche Stimme, die leise vor sich hinplätscherte. Er war der Einzige in dieser Familie, der Kenza auch nur ansatzweise sympathisch war.

„Was wissen Sie denn von der Vergangenheit Ihres Vaters? Er war in Polen bei den Nationalsozialisten kein unbeschriebenes Blatt."

Jetzt wirkte Jobst Eichler verärgert. „Meine Güte, die alten Kamellen. Damals waren alle Nazis, ob sie es heute zugeben oder nicht. Sonst hätten Hitler und Goebbels und wie sie alle heißen schließlich nicht das tun können, was sie gemacht haben. Bei meinem Vater ist es nur eben bekannt. Er streitet es auch gar nicht ab, soweit ich weiß. Und dass er es heute nicht mehr an die große Glocke hängt, ist ja wohl verständlich. Würden Ihre Großeltern doch auch nicht tun."

„Gut, aber wie Sie wissen, suchen wir nach einem Tagebuch. Wegen genau der alten Kamellen scheint nicht nur damals ein Mensch ums Leben gekommen zu sein, sondern auch heute mindestens einer, wenn nicht sogar zwei."

„Das alte Ding gibt es vermutlich gar nicht und ist eine Fantasieausgeburt eines alten gebrechlichen Mannes. Dieser Mazur soll doch schon als Junge nicht ganz koscher gewesen sein."

Kenza sog die Luft scharf ein. Jegliche Sympathiepunkte Jobst Eichlers waren mit seinen Sätzen in der letzten Minute zunichte gemacht. Er war genau wie die anderen beiden. Ein Wolf im Schafspelz.

„Kennen Sie die Orga Ihres Sohnes? ‚Aktion Sauberes Leben'?"

„Klar. Ich weiß schon genau, was in dieser Familie passiert. Warum fragen Sie all diesen Mumpitz? Machen Sie Ihre Arbeit, ich will meine Ruhe zurück. Räumen Sie hier auch wieder auf?"

„Weitgehend", gab Kenza zurück.

Jobst Eichlers Augen verengten sich plötzlich, er hob beide Arme und fuchtelte vor Kenza herum. Die Ader an seiner Schläfe war dick angeschwollen, als er losbrüllte: „Weitgehend? Sie machen hier einen Aufstand wegen nichts und wieder nichts und …" Ihm blieb das Wort im Hals stecken, als etwas polterte.

Kenza sah zeitgleich mit ihm zum Boden, auf dem ein Ledereinband lag. Etwas zerschlissen, aber weitgehend erhalten. Ein Tagebuch.

Marek

September 1944

Marek sah Eva nach. Er begehrte sie, wie er noch nie eine Frau begehrt hatte. Der junge Mann erhob sich, strich sich durchs Haar und schlüpfte in seine Hose. Jede Bewegung tat weh. Der Schmerz in seinem Herzen übertrug sich auf den ganzen Körper und war kaum zu ertragen. Kurz war er versucht, Eva hinterherzueilen und sie zu bitten, dass sie blieb. Aber das durfte er nicht. Das nicht. Es wäre egoistisch. Es wäre ihr Verderben. Sein Verderben. Das von Tania.

Er musste eine andere Entscheidung treffen. Für sie drei.

Marek schlurfte nach Hause, sah weder die Schnecken am Wegesrand noch die anderen Menschen, die ihm begegneten. Sie grüßten ohnehin nur verhalten und mit gesenktem Kopf. Das Lachen auf den Gesichtern war schon lange verschwunden und hatte der Angst Platz gemacht.

„Wo warst du?" Seine Schwester Anna kam ihm am Hoftor entgegen, wo sie in einer Baracke gemeinsam eine kleine Kammer mit Kochecke bewohnten. Anna trug wie immer ihre geblümte Schürze, die ihre rundliche Hüfte umspielte. Ihre halblangen Haare hatte sie auf dem Hinterkopf zusammengefasst und mit einem blauen Tuch zurückgebunden.

„Auf dem Feld. Ich bin müde."

Anna zog ihn hinein. Auf dem großen Ofen blubberte im Topf die Kochwäsche. Es war leicht nebelig und der Geruch von Seife zog durch den Raum. Marek öffnete das Fenster, er bekam kaum Luft.

Anna knallte ihm ein Brett mit einer dünn beschmierten Stulle auf den Tisch. Die Brotscheibe rutschte herunter, die Leberwurst klebte auf der hölzernen Tischplatte. Marek wischte den Klecks mit dem Zeigefinger fort. Er mochte nichts essen.

„Die Wurst habe ich mühsam ergattert. Du weißt, wie schwer es ist daranzukommen. Ich habe sie nur für dich aufgespart."

Marek biss pflichtschuldig ab. Die Stulle war hart und schon etwas älter, aber besser als nichts.

Noch während er kaute, sprach Anna weiter. „Um diese Zeit hast du auf dem Feld nichts zu tun, mein Lieber. Also lüg mich nicht an! Aber", sie verschränkte ihre Arme vor der Brust, „ich habe Eva von Kraft aus derselben Richtung kommen sehen. Ist sie dir begegnet?"

„Wer?" Marek zuckte zusammen.

„Eva von Kraft. Du weißt genau, von wem ich rede! Es geht doch schon wieder was mit euch. Mach mir nichts vor, die Kleine ist doch auch von dir. Das sieht jeder, der genau hinschaut! Du darfst die Frau nicht wiedersehen! Stell dir vor, es passiert wieder etwas! Dieses Mal würde der Bauer nicht wegsehen, da sei dir mal sicher." Anna stellte sich vor ihren Bruder und umfasste seine Schultern. „Du musst sie vergessen! Sofort!"

Marek wand sich aus der Umklammerung. „Ich habe sie nicht gesehen." Er bat Anna um einen Tee, den sie ihm widerwillig einschenkte.

Hinter ihrer Stirn arbeitete es sichtlich. „An seiner Tür klebt das tödliche Schild mit dem Hoheitsadler: ‚Reichsnährstand, Ortsbauernführer - Blut und Boden'." Anna spuckte Marek diese Worte förmlich ins Gesicht. Dann fügte sie noch hinzu: „Und Georg von Kraft ist kein Mensch, er ist ein Ungeheuer." Sie wandte sich ab und verschwand aus der Kammer.

Marek aß das restliche Leberwurstbrot auf, es blieb ihm fast im Hals stecken.

Seine Gedanken, die ihm schon draußen durch den Kopf gegangen waren, nahmen nun Formen an. Er würde gehen und sie alle auf diese Weise schützen.

Es gab einen Weg, der zudem nützlich war. Er, Marek Gierczewski, würde ganz in den Widerstand gehen und von dort aus etwas gegen die Herrschenden unternehmen. Die Deutschen tobten mit solch einer Willkür durchs Land, dass es egal war, ob man Widerstandskämpfer war oder nicht. Sterben konnte man auch einfach als Normalbürger, nur hatte man im Widerstand noch Brüder und Schwestern, die sich notfalls um die Hinterbliebenen kümmerten.

Er konnte Eva nicht haben. Warum sollte er da nicht kämpfen, irgendetwas Sinnvolles tun? Marek stand auf. Er würde sich erst nach Danzig durchschlagen, hoffen, dort auf viele Gleichgesinnte zu treffen. Marek betete, der Ortsbauernführer würde Anna in Ruhe lassen und seine Wut über sein Verschwinden die Schwester nicht büßen lassen.

Marek nahm eine Tasche und packte seine wenigen Habseligkeiten zusammen.

„Was tust du da?" Anna war mit verschränkten Armen hinter ihn getreten.

„Ich gehe."

Sie wurde blass. „Du willst weg?"

„Ich kann nicht hierbleiben. Ich soll Eva vergessen, hast du gesagt. Dann muss ich fort."

„Wohin willst du? Nicht zu diesen Leuten ..." Anna sprach es nicht aus, und doch wusste Marek sofort, wen sie meinte. Er nickte unmerklich.

„Und was wird aus mir? Du setzt mein Leben aufs Spiel. Er wird mich dafür bestrafen", flüsterte Anna.

„Darüber habe ich mir schon Gedanken gemacht. Du musst Georg von Kraft sagen, dass ich abgehauen und dabei erschossen worden bin."

„Wenn er mir das glaubt ... Ich werde es versuchen." Sie sah Marek an. „Ich verstehe dich ja. Es bricht mir das Herz, auf dem Hof zu arbeiten, wo er unsere Eltern hat abholen lassen. Es macht mich wütend, dass sie sich aufführen, als wären sie die neuen Götter. Am liebsten würde ich sie alle töten!"

„Aber Eva ist anders. Eva denkt anders."

„Eva, Eva!", äffte Anna ihn nach. „Sie ist eine von ihnen."

Marek schüttelte den Kopf. „Ist sie nicht."

Anna fixierte ihren Bruder. „Du schläfst mit einem dieser Ungeheuer. Unschuldig ist einzig Tania. Sie aber muss in diesem Moloch aufwachsen und weiß nicht einmal, wer ihr Vater ist. Ich hoffe so sehr, dass sie sie nicht auch noch verderben. Sie ist eine Gierczewski."

Marek griff nach Annas Hand, zögerte. Dann wandte er sich abrupt ab und packte weiter zusammen. „Ich komme zurück", versprach er. „Eines Tages bin ich wieder da."

Annas Lippen waren ein schmaler Strich.

Marek hielt in seiner hektischen Aktion inne. Er ergriff ein weiteres Mal ihre Hände. In ihren Augen fand er das tiefe Wissen über das, was er ihr verheimlichen, vor dem er sie auch schützen wollte, denn was er ihr jetzt sagte, musste sie tief verletzen. Er liebte die Frau des Mörders seiner Eltern. „Du hast recht, Anna. Ich liebe Eva von Kraft, auch wenn ich es nicht will."

Anna lachte leise auf, und doch klang es mehr wie ein Weinen. „Die Deutschen werden Polen schon bald verlassen müssen. Auch wenn es dir das Herz bricht, so wird es doch das Beste sein, wenn du sie nicht wiedersiehst. Wann willst du los?"

„Noch heute Nacht."

18

Tania saß fast regungslos auf dem Bett ihres Pensionszimmers. Seit sie gestern von Michal zurückgekommen waren, hatte sie weder etwas gegessen noch getrunken. Einzig ein bisschen Schlaf hatte ihre Grübeleien unterbrochen.

„Oma", hörte sie Malins Stimme wie aus der Ferne. „Oma, hör doch! Wir müssen gleich noch einmal zu Michal. Er will uns die Geschichte weitererzählen."

Tania winkte ab. Im Augenblick konnte sie nicht weiter zuhören. Sie war keine von Kraft. Ihr Vater war ein Marek Gierczewski. Ein polnischer Landarbeiter. Ein Mann, mit dem ihre Mutter den anderen Vater, der mit ihr durch die Wälder gestreift war, betrogen hatte. Ihr Vater war im Widerstand gewesen, kein Ortsbauernführer.

„Was wohl aus Marek, meinem Vater geworden ist, Malin? Er lebt bestimmt nicht mehr."

„Das wird so sein, Oma. Wir können versuchen, ihn zu finden, obwohl es vermutlich aussichtslos ist."

Jetzt erwachten Tanias Lebensgeister. „Es gab so viel Aussichtloses und wir haben Dinge erfahren, an die wir nie gedacht hätten. Wir werden meinen Vater finden. Ich bin mir sicher, er wartet auf mich."

Malin ließ ihre Oma in diesem Glauben. „Aber bitte, lass uns zu Michal gehen. Ich muss wissen, was weiter passiert ist. Schaffst du das jetzt?"

Nachdem Tania gestern die Wahrheit über ihre Herkunft erfahren hatte, war sie einfach zusammengebrochen und hatte den ganzen Tag stumm vor sich hingeschaut, bis sie eben wieder mit Malin gesprochen hatte.

„Ja, mien Deern. Jetzt schaffe ich es." Tania stand auf, war aber noch arg wackelig auf den Beinen.

Es klopfte, und Frau Nowack steckte ihren Kopf ins Zimmer. „Geht es Ihrer Großmutter besser?", fragte sie. „Und ich sag noch: Lasst die Vergangenheit ruhen!"

„Es geht schon wieder, Frau Nowack. Wir wollen gleich noch einmal zu Michal."

„Nix da, erst wird gegessen." Die Wirtin schob die Tür nun ganz auf und balancierte ein voll beladenes Tablett hinein. Es quoll über mit belegten Broten, Würstchen und Gurken.

Malin leckte sich die Lippen und Tania überkam ein schlechtes Gewissen. Wie sie ihre Enkelin kannte, hatte sie die ganze Zeit bei ihr ausgeharrt und ebenfalls kaum etwas zu sich genommen.

Als Frau Nowack das Zimmer verlassen hatte, setzte sich Malin neben Tania. „Du, Oma, es gibt auch aus Deutschland neue Erkenntnisse."

Tania zog die Brauen hoch. „Was denn?"

„Sie haben gestern Abend das Tagebuch gefunden. Es war bei Jobst Eichler."

***

Kenza saß zum dritten Mal im Verhörraum, aber Jobst Eichler schwieg sich aus.

„Bitte, Sie verkürzen alles, wenn Sie uns endlich sagen, wie Sie in den Besitz des Tagebuchs gekommen sind." Mittlerweile hatte Kenza es auch zur Hälfte gelesen. Teilweise war die Schrift krakelig und schwer zu entziffern, so als hätte Eva von Kraft nur im Dunkeln oder bei schlechtem Licht schreiben können. Was wahrscheinlich war, da sie dem Tagebuch Dinge anvertraut hatte, die schon damals niemand hatte lesen dürfen. Auf den anderen Seiten war die Schrift verlaufen und verwischt. Da würde die KTU zu tun haben.

„Ich gehe davon aus, dass Sie mit dem Inhalt vertraut sind. Wir wissen jetzt, dass Tania mitnichten das Kind von Georg von Kraft war. Hat er das herausgefunden, war das Evas Todesurteil?"

Jobst Eichler sah Kenza nun zum ersten Mal direkt an. Sein Blick war gebrochen. „Ich war damals nicht dabei."

„Herr Eichler, warum haben Sie das Tagebuch vor uns versteckt? Es wäre in Ihrem eigenen Interesse, wenn Sie kooperieren!"

Jobst Eichler zuckte mit den Schultern und senkte den Kopf wieder. „Ich habe das alles nur für Lutz gemacht", flüsterte er. Dann hieb er mit der Faust auf den Tisch. „Nur für Lutz! Verdammt, er ist doch mein einziger Sohn!"

Es klopfte. „Kenza, die KTU hat die nächsten Seiten lesbar gemacht", sagte Finn.

Kenza warf einen Blick auf Jobst Eichler. Ein gebrochener Mann. Vermutlich hatte er zwei Menschen auf dem Gewissen und sie würden es ihm nachweisen.

September 1944 - Topolno

„Mama!", rief Tania und fiel ihrer Mutter in die Arme. „Du riechst anders", sagte sie und verzog das Gesicht.

Eva schrak zusammen. Sie musste sich waschen, bevor Georg nach Hause kam. Sie musste Mareks Geruch loswerden, obwohl sie ihn an sich kleben lassen und nie mehr loswerden wollte. „Geh auf den Hof! Ich komme gleich."

Sie ging in die Waschküche, ließ Wasser in die Waschschüssel laufen und versuchte, seine Nässe herauszuwaschen. Auf keinen Fall durfte sie heute ihrem Mann nachgeben, er würde sofort spüren, dass etwas nicht stimmte. Georg hatte kein großes Feingefühl, wachte aber mit Argusaugen über das Tun seiner Frau. Eva trocknete sich rasch ab und hoffte, dass der Geruch der Kernseife den von Marek übertünchen würde. Sie goss das verräterische Wasser in den Ausguss.

„Hast du die Hühner gefüttert?", rief ihre Schwiegermutter Luise, die mit ihren derben Schuhen über das Pflaster polterte und schon von Weitem zu hören war. Mit dem nächsten Satz herrschte sie eine der Arbeiterinnen auf dem Hof an.

Eva bekam Gänsehaut. Sie antwortete aber rasch, nicht, dass ihre Schwiegermutter noch hereinkam und sie erwischte. „Mach ich sofort, Mutter. Ich nehme Tania mit." Eva zog den Schlüpfer hoch, nachdem sie auch den abgewischt hatte, zupfte die Strumpfbänder zurecht und ruckelte so lange am Rock, bis er wieder richtig auf der Hüfte saß.

Danach rief sie nach ihrer Tochter, die auf dem Hof mit einem Stock in einer Pfütze herumrührte. „Komm, wir füttern die Hühner und suchen Eier."

Tania stürmte los und kam mit einem Körbchen zurück, das stets hinter der Eingangstür auf der Kommode stand und worin sie die Eier einsammelten.

Eva strich Tania über den Kopf. Sie war immer wieder erstaunt, mit welcher Sicherheit ihre fast sechsjährige Tochter auch mit der polnischen Sprache umging.

Tania spielte gern mit den Kindern im Ort. Auch wenn Luise das anstößig fand, konnte sie den Umgang auf einem polnischen Dorf nicht völlig verhindern, so gern sie das auch getan hätte. Eva amüsierte es, wenn ihre Kleine die beiden Sprachen miteinander vermischte und obskure Sätze bildete.

Sie wollte nichts verhindern. Tania war noch klein, da sollte sie unbeschwert reden und spielen, mit wem immer sie mochte. Niemals, schwor sie sich, niemals würde sie ihrem Kind vorschreiben wollen, wer gut genug für ihren Umgang war.

Tania und Eva sammelten die Eier ein, warfen den Hühnern Körner hin, die sie rasch aufpickten. Eva genoss dieses Tun allein mit ihrer Tochter. Es war wie eine friedliche Insel in einer Zeit, die nicht friedlich war, in der man am Abend nie wusste, was der nächste Tag an Grausamkeiten bringen würde.

Georg drehte früh an jedem Morgen das Radio laut auf, um die neuesten Frontmeldungen zu erhaschen. Hitler gab sich weiter siegesgewiss. Würde es je wieder Frieden geben?

„Ihr wisst auch nicht, wann ich euch den Kopf abschlage, um euch in den Suppentopf zu werfen", flüsterte Eva zu den Hennen. „Genauso werden wir zur Schlachtbank gebracht und wissen nicht, wann es so weit ist."

Kurz bevor sie fertig waren, kam Georg auf den Hof. Er wankte leicht, hatte getrunken. „Was gibt es zu essen?", rief er, sodass es die ganze Straße hören konnte.

Eva deutete mit dem Kopf in Richtung Haus. „Die Suppe steht auf dem Ofen. Ich mache sie gleich warm."

Georg kam glücklicherweise nicht näher, sondern verschwand sofort im Haus. Sie war froh, wenn er sie heute noch weniger beachtete als sonst.

Als Eva und Tania eine Viertelstunde später in die Küche traten, lag er auf der Bank, hatte die Beine weit von sich gestreckt, den Kopf in den Nacken gelegt und schnarchte. Am Kragen seiner Uniform, die er immer trug, wenn er nach Bromberg fuhr, waren Lippenstiftreste zu sehen. Er hatte es sich in der Stadt wieder gut gehen lassen. Eva vermutete, dass er sich regelmäßig mit Prostituierten vergnügte. Um den Reichsnährstand kümmerte er sich in diesem Zustand jedenfalls nicht. Zumindest würde er sie heute in Ruhe lassen, er hatte sein Pulver schon verschossen.

„Was hat Vater?", fragte Tania. „Ist er krank?" Sie kletterte auf die Bank und schnüffelte an seinem Gesicht. „Vater stinkt."

Eva nahm Tania von Georg herunter. „Er ist müde."

„Dobry", sagte Tania. Gut.

Eva gab ihr einen Klaps. „Sprich in Vaters Gegenwart lieber Deutsch."

Tania lachte, sie hatte vermutlich gar nicht verstanden, was ihre Mutter meinte. Für sie gab es keinen Unterschied zwischen den Sprachen, kein Gut und kein Böse. Eva hoffte, Tania möge sich diese Unbeschwertheit noch lange erhalten. Aber die Menschen in ihrer Umgebung würden dafür sorgen, dass es nicht so war. Sie machte sich keine Illusionen.

Eva zog Georg Jacke und Schuhe aus. Dann versuchte sie, ihn hochzustemmen, damit sie ihn ins anliegende

Schlafzimmer bringen konnte. Doch er war zu schwer, sodass sie ihn auf der Küchenbank zudeckte. Irgendwann würde er schon erwachen und sich von allein nach nebenan schleppen.

Eva aß mit Tania, räumte die Küche auf und brachte anschließend ihre Tochter ins Bett. „Singen, Mama! Bitte singen. Die Sternlein."

Eva wiegte ihre Tochter in den Schlaf. „Weißt du, wie viel Sternlein stehen …" Noch während sie sang, wusste sie, wofür sie auf ein Leben mit Marek verzichtete.

19

Lavina hatte Borntuchen erreicht. Sie war völlig erschöpft und konnte sich kaum mehr auf den Beinen halten. Jetzt nur noch zu ihrem Onkel und ihre Tochter in den Arm nehmen!

Sie schleppte sich durch die dunklen Straßen, an der Kirche vorbei. Dann aber stoppte sie abrupt. Vor ihr tauchten zwei Frauen auf, denen sie am liebsten nie mehr begegnet wäre und mit denen sie hier auch nicht gerechnet hatte.

Tania Lewalder und ihre Enkelin.

„Was machen denn Sie hier?" Frau Lewalder stürzte gleich auf sie zu.

„Ich ... ich ..." Lavina druckste herum. „Ich komme von hier und wollte einfach nur zu meinem Kind."

Frau Lewalder musterte sie. „Komischer Zufall, oder? Sie sind nicht viel eher abgehauen, weil Sie in Deutschland etwas zu vertuschen haben?"

Jetzt trat auch ihre Enkelin einen Schritt vor. „Haben Sie etwas mit Paula von Krafts Tod zu tun und sind deshalb hier?"

Lavina begann am ganzen Körper zu beben. Ihr schossen Tränen in die Augen, dann kam ein Schluchzen aus ihrer Kehle. Ihre ganze Angst, der Druck der letzten Jahre. Alles löste sich auf. Am Ende stammelte sie nur noch: „Nein, nein, nein. Ich habe ihr nichts getan!"

Tania Lewalder schien Mitleid mit ihr zu haben. Sie fasste sie am Arm. „Dann kommen Sie mal mit, Frau Post. Wir wollten eben zu Michal und ich möchte gern von Ihnen hören, warum sie in Borntuchen sind. Sie wären nicht hier, wenn Sie keine Ahnung von den Vorgängen hätten, die die Polizei und uns beschäftigen."

Lavina senkte den Kopf. „Ich muss mich erst frisch machen und mein Kind begrüßen. Bitte! Dann komme ich gern nach."

„Und wenn Sie sich dann aus dem Staub machen?", fragte Malin skeptisch. „Ich trau keinem mehr."

„Ich verspreche es Ihnen beim Leben meines Kindes. Nein, ich werde kommen. Ich muss loswerden, was ich weiß."

„Ich glaube ihr", beschwichtigte Frau Lewalder ihre Enkelin. „Lass uns schon voraus zu Michal gehen. Sie wissen, wo er wohnt?"

Lavina nickte. „Ich bin in einer halben Stunde dort."

Die beiden Frauen liefen weiter, lediglich die jüngere drehte sich noch einmal zu ihr um.

Lavina hatte es nun nicht mehr weit. Sie trat ins Haus, das wie immer nicht abgeschlossen war. Ihr schlug der süßliche Duft von Zuhause entgegen. Auf der Kommode standen wie immer die rosa Seidenblumen, an der Wand hing das Bild von einem Viermaster. Es hatte sich nichts verändert, und doch war alles anders. Denn fortan würde sie bleiben.

Lavina betrat das Wohnzimmer. Ihr Onkel saß gebeugt auf dem Sessel vor dem Fernseher, vor sich eine Glasschale mit Chips. Die dunkle Eichenschrankwand war mit Fotos von ihr und Mila vollgestellt. „Hallo, Adam", sagte Lavina.

Ihr Onkel fuhr herum und ein erfreutes Lächeln glitt über sein zerfurchtes Gesicht, als er sie erkannte. Begleitet wurde seine Freude von einem heftigen Hustenanfall. Es dauerte eine Weile, ehe er vorüber war.

„Mensch, Lavina! Du bist wieder da!"

„Das bin ich, und ich werde auch nicht mehr fortgehen", sagte sie. „Es ist eine lange Geschichte, die ich dir zu erzählen habe. Aber vorher muss ich noch zu Michal Mazur. Morgen werde ich dir alles berichten, Onkel."

„Egal, was du zu erzählen hast: Hauptsache, du bist zurück."

Lavina schlich sich ins Zimmer ihrer Tochter. Sie schlief längst tief und fest. Ab morgen hatte sie immer Zeit für sie. Morgen ... plötzlich kam Lavina die Zukunft so wunderbar vor. Sie war frei, auch wenn Lutz Eichler sie verraten und verkauft hatte. Aber sie war wieder jemand. Hier, bei ihrem Kind. Hier, in diesem Dorf in Polen. Zu Hause! Irgendwie würde sie sich auch finanziell durchschlagen. Sie machte sich rasch frisch und lief dann auf dem schnellsten Weg zu Michal Mazur.

Topolno, September 1944

Georg war in der Nacht noch neben Eva ins Bett getorkelt. Jetzt schlief er seinen Rausch aus und Eva hatte Zeit, sich ein Stück Brot aus der Küche zu holen und den Tag in Ruhe beginnen zu können. Sie liebte diese Augenblicke, in denen Tania und Georg noch schliefen und sie ganz für sich sein und von Marek träumen konnte. Diese Gedanken gaben ihr ein Stück Freiheit. Wenn sie an ihren Geliebten dachte, war es, als rieche sie seinen Duft, als höre sie seine Stimme dicht an ihrem Ohr.

Schon lange hatte sie keine liebevolle Begegnung mehr mit Georg gehabt. Mühe hatte er sich nur zu Beginn gegeben, als er sie, die schöne Eva, für sich gewinnen wollte. Sie hatte viel zu rasch nachgegeben, aber vor ein paar Jahren galt es noch etwas, von einem Mann wie Georg von Kraft umworben zu werden. Er hatte Charme gehabt, war lustig und überaus attraktiv. Ein hochgewachsener Mann, der einer Frau das Gefühl von Geborgenheit vermittelte. Sie hatte von seinen muskulösen Armen geträumt, die sich ein Leben lang um sie schlingen würden, und damals dachte sie, die große Liebe gefunden zu haben. Was wusste sie als junge Frau schon von Politik und wie sie Menschen veränderte oder das wahre Ich aus ihnen hervorkitzelte.

Damals dachte Eva, alles sei gut. Das Volk lebte fürs Reich und der Führer sorgte dafür, dass es ihnen gut ging. Georgs Ehrgeiz hatte sie damals noch als begehrenswert empfunden. So lange, bis er den Posten des Ortsbauernführers innehatte und auch zu Hause seine Führungsrolle immer stärker einforderte. Rasch kam die Zeit, als alle Menschen im Dorf sich vor ihm fürchteten, eine gebückte Haltung einnahmen, wenn er auftauchte. Doch es nützte ihnen nichts. Wenn Georg von Kraft beschloss, sie gehörten nicht ins Dorf, dann verschwanden sie bei diesen Nacht- und Nebelaktionen und keiner hörte je wieder etwas von ihnen.

Eva aß das Stück Brot auf, trank einen Schluck Wasser und schlich sich zurück ins Bett. Es war noch still im Haus. Tania war ein ruhiges Kind, das sich nur selten vor 8 Uhr muckte. Eva legte sich ein Stück entfernt von ihrem Mann, bemüht, ihn nicht zu wecken. Georg aber hatte ihr Zurückkommen bemerkt und wandte sich noch im Halbschlaf zu ihr um.

Eva konnte gar nicht so schnell ihr Nachthemd hochziehen, wie Georg sich auf sie warf, ihr Höschen beiseiteschob und sich wie wild auf ihr gebärdete. Schon nach wenigen Stößen entglitt ihrem Mann ein dunkler Laut und er wälzte sich von ihr herunter. Nur ein paar Atemzüge später schnarchte er bereits wieder.

Eva stand auf und machte sich ans Tagewerk. Das verdrängte ihre Schmerzen, Georg war nicht zimperlich gewesen. Draußen waren die Leute schon auf dem Hof und hatten mit der Arbeit begonnen.

Es klopfte an der Küchentür und Anna Gierczewski trat ein. „Mein Bruder Marek ist fort. Man hat ihn erschossen. Er war nachts unterwegs, es gab einen Knall und dann habe ich von meinem Bruder nichts mehr gehört. Er ist nicht mehr heimgekommen." Anna senkte den Blick.

Eva glaubte ihr kein Wort. Der Druck in ihrer Kehle war unerträglich, denn sie wusste, wohin Marek gegangen war, und auch, warum.

„Ist gut, Anna. Unser Beileid. Bitte gehen Sie zurück an die Arbeit. Ich werde es meinem Mann sagen."

Anna verschwand mit einem vernichtenden Blick.

Als Georg später in die Küche kam, informierte Eva ihn sofort. Er brummte böse. „Erschossen? Pah! Aus dem Staub wird er sich gemacht haben! Lumpenpack. Wenn der hier noch einmal auftaucht!"

Eva wandte sich wieder der Arbeit zu, aber sie bekam ihre Nervosität kaum in den Griff. Marek hatte sie und Tania schützen wollen. Ihre Liebe wäre eines Tages ans

Tageslicht gekommen und hätte zumindest Mareks sicheren Tod bedeutet. Und vermutlich auch den ihren. Ein Georg von Kraft ließ sich keine Hörner aufsetzen.

Polnischer Widerstand, Oktober 1944

Mittlerweile hatte sich die früh einsetzende Oktoberkälte bis zu ihren Lagerstätten gefressen und machte es schwer, nicht zu frieren, vor allem, wenn man wie Marek keine warmen Sachen mehr hatte. Ein Tross versprengter deutscher Soldaten hatte sie ihm abgenommen, er war froh, dass er noch lebte.

Die Flucht in den Untergrund hatte sein Leben wahrlich nicht einfacher gemacht. Es gelang ihm kaum eine Minute, Eva und Tania aus seinen Gedanken zu verbannen, es gelang ihm genauso wenig, mit dem schlechten Gewissen Anna gegenüber umzugehen. Immer wieder schob sich ihr wissender und trauriger Blick vor seine Augen, er war unkonzentriert und wurde von Pavel, dem Anführer der Organisation, oft angeherrscht. Hier konnte man sich keinen Fehler leisten. Das war zu gefährlich für die ganze Bewegung. Marek wusste das, und doch gelang es ihm nur selten, wirklich ganz bei der Sache zu sein. So gern er es auch wollte, allein, damit sein Kopf endlich befreit war.

Pavel hatte die Versammlung heute zeitig einberufen, ein paar von ihnen mussten sich schon bald wieder auf den Weg machen. Sie verteilten nicht mehr nur bösartige Karikaturen über den dicken und arroganten Deutschen, degradierten ihn zu einer Witzfigur, sondern verübten jetzt auch Sabotageakte.

Marek musste sich zusammenreißen, sonst würde er bald wieder aus der Gruppe geworfen. Es lag auch daran, dass er des Nachts häufig keinen Schlaf fand. Entweder fror er oder er schrieb alles auf, was er hier erlebte und fühlte. Sein Bleistiftstummel kratzte über die Papierfetzen und füllte Blatt um Blatt. Mit jedem Wort fühlte er sich Eva und Tania nah, seine Gedanken waren das Einzige, was er hatte. Er wollte Eva und seiner Tochter etwas hinterlassen, auch wenn er nicht wusste, wie sie diese Aufzeichnungen je erhalten sollten. Nur musste er vorsichtig sein, es wäre fatal, wenn auch nur einer seiner Genossen herausfinden würde, an wen er seine sehnsüchtigen Gedanken richtete. Alle dachten, er schreibe seiner Freundin, und ganz bestimmt dachten sie dabei nicht an eine Deutsche.

„Liebe musst du hier vergessen, Marek", hatte Pavel zu ihm gesagt, als er gehört hatte, mit was er sich die Nacht um die Ohren schlug. „Liebe geht erst nach dem Krieg wieder. Hier herrscht Kampf. Mit ganzem Einsatz und nichts dazwischen."

Marek ertappte sich auch jetzt wieder dabei, dass seine Gedanken abschweiften. Er hatte von Pavels Rede gar nichts mitbekommen. In der Gruppe herrschte aber große Unruhe. Marek reimte sich zusammen, dass nun nicht mehr klar war, ob der Krieg tatsächlich so bald zu Ende sein würde. Die Rote Armee litt bei Königsberg gerade unter erheblichen Nachschubproblemen und die Deutschen behaupteten sich dort. Solange die Armee schwächelte, würde es für sie keine Freiheit geben. Wobei nicht alle sicher waren, ob es sich bei einem Sieg der Roten Armee auch um eine Befreiung Polens handeln würde. Alles war ungewiss, doch viel schlimmer als jetzt konnte es sicher nicht werden.

Niemand würde mit erhobenem Haupt durch die Straßen des eigenen Landes gehen können, solange die Deutschen sich in Polen breitmachten und sie aussaugten wie Läuse die Blätter. Es gab beinahe keine Intellektuellen, Lehrer, Schriftsteller, Ärzte, Industrielle und Journalisten mehr. Entweder waren sie gleich getötet oder aber zur Zwangsarbeit verpflichtet worden. Ein Teil befand sich in den Internierungslagern, über die man sich solche Grausamkeiten erzählte, dass Marek sie lieber ins Reich der bösen Märchen verbannen wollte.

„Wir müssen weiter an unsere Sache glauben. Die Rote Armee wird sich wieder fangen, in Südosteuropa geht es auch voran. Die selbst ernannten Herrenmenschen werden ihre Rechnung bekommen! Diese eine Niederlage wird den Sieg gegen sie nicht infrage stellen!" Pavel konnte sehr überzeugend sein und so reckten sich alle Fäuste rhythmisch in die Luft, schien sie mit jedem Schlag zu zerteilen.

„Habe kürzlich gehört, wie sie behauptet haben, sie hätten uns erst beibringen müssen, wie man Maschinen einsetzt und Landwirtschaft betreibt", höhnte Karol, dessen ganze Familie beim Brand seines Hauses ums Leben gekommen war. Die deutschen Besatzer hatten es angezündet. Karol kannte keine Skrupel mehr, ihm stand das Wort „Rache" dick auf der Stirn geschrieben.

Pavel lachte bitter. Es hallte in der kleinen Halle wider. „Na, wenn sie uns erst der Elite, die sie fürchten, berauben, muss sie das nicht wundern. Und wenn man dann bedenkt, was sie uns allenfalls zugestehen wollen! Wie sagte noch der gute Generalgouverneur Frank ‚Für die nichtdeutsche Bevölkerung darf es keine höhere Schulbildung geben. Rechnen reicht bis 500 und Lesen halte ich nicht für erforderlich.'"

„Der Pole ist nach ihrer Ansicht zu niederer Arbeit geboren", vervollständigte Karol die Ausführungen. Das Raunen in der Gruppe schwoll an, die Worte heizten die Männer auf, denn nur so hatten sie den nötigen Biss, nur so waren sie in der Lage, ihre Mission durchzuhalten.

Wenn Marek diese Dinge hörte, brodelte in ihm Wut. Vor allem auf Menschen wie Georg von Kraft, der jetzt, wo er Gefahr lief, dass sein Stern fiel, sicher zu einem Raubtier mutierte, das wie angeschossen mit aller Macht sein Territorium verteidigen würde. Marek hatte große Furcht um Anna. Aber auch Eva schwebte in höchster Gefahr. Der Zorn seiner Landsleute würde auf sie niederprasseln, wenn sie erst bemerkten, dass die Deutschen an Macht verloren.

Ich muss zurück, muss nach dem Rechten sehen, schoss es Marek durch den Kopf. Er konnte nicht im aktiven Widerstand sein, während die Frau, die er liebte, sein Kind und seine Schwester in Gefahr waren.

Er wollte Pavel fragen, ob es eine Aufgabe gab, die er in seinem Heimatort lösen konnte. Pavel war aber abgelenkt, denn eine ältere Frau blickte herein. Sie zog ihr Tuch vom Kopf. „Es kommen die ersten Flüchtlingstrecks aus Ostpreußen. Man sagt, es sind nur ganz Ängstliche, die jetzt verschwinden. Noch sind es nicht viele, aber wenn die Rote Armee kommt, werden es

Hunderttausende sein, das sag ich euch. Sie werden unser Land mit wehenden Fahnen verlassen und zu Kreuze kriechen, dass wir sie heil hier wieder rauslassen!" Ein Johlen ging durch die Gruppe.

Marek zog sich nach der Versammlung zurück und lag mit geöffneten Augen auf seinem Lager. Noch in der folgenden Nacht packte er seine paar Sachen in den Rucksack und schlich sich hinaus in die kalte Danziger Luft.

20

„Mein Vater war also ein Widerstandskämpfer", sagte Tania.

„Ja, das war er. Eva hatte seine Briefe alle in das Tagebuch gelegt. Anna hat sie ihr gegeben, wenn auch schweren Herzens. Aber er ist eben nicht lange dort geblieben", sagte Michal. „Er hatte Angst um seine Schwester und auch um Eva und sein Kind. Es war immer klarer, dass die Deutschen die Ostfront nicht würden halten können. Auch wenn der Bevölkerung etwas ganz anderes erzählt wurde. Wer eher fliehen wollte, lief Gefahr, erschossen zu werden. Sie durften einfach nicht weg."

Tania schüttelte immer wieder den Kopf. Und sie hatte sich als kleines Mädchen von sechs Jahren so sicher gefühlt. Beschützt von einem starken Vater, der gar nicht ihr Vater war. Ein Mann mit zwei Gesichtern, von dem sie das eine jetzt nach und nach entdeckte. Und beschützt von einer Mutter, die schon damals kreuzunglücklich gewesen sein musste.

„Ich brauche eine Tagebuchpause", sagte sie.

Es klingelte. Michal ließ Lavina Post ein, die tatsächlich auf die Minute pünktlich war. Sie wirkte längst nicht mehr so verzweifelt wie vorhin. Nun umgab sie ein feines Leuchten, so als wäre eine große Last von ihr abgefallen.

„Da bin ich", sagte sie und nahm dankbar die angebotene Tasse Tee an.

Da Tania vom Tagebuch erst mal nichts mehr hören wollte, begann Lavina, ihre Geschichte zu erzählen. Wie sie aus Verzweiflung auf den Strich gegangen war, die Stelle in Deutschland als Rettung und Lösung gesehen hatte. Wie sie Paula von Kraft nahegekommen war und auch, dass Lutz Eichler sie jetzt damit bedrohte, sie als Mörderin dastehen zu lassen, weil er an die Erbschaft kommen wollte. Er wollte behaupten, sie beim Mord an Paula von Kraft gesehen zu haben.

„Am Ende hat sie mich beerbt, aber das Geld bekommt nun Lutz Eichler. Er sagt sonst gegen mich aus. Aber ich habe Ihre Stiefmutter nicht getötet! Ich schwöre es bei allen Heiligen, bei Gott und beim Leben meines Kindes!"

„Wer aber war es dann, Frau Post?", fragte Malin.

„Ich weiß es nicht. Ich dachte erst, es wäre Lutz selbst gewesen, aber der macht sich die Hände nicht schmutzig. Er ist ein Saubermann, der nur die Fäden zieht."

„Wir müssen Frau Klausen darüber in Kenntnis setzen, dass Sie hier sind, das wissen Sie", erklärte Malin weiter.

„Aber die verdächtigen mich doch!", begann Lavina zu schluchzen und die Hoffnungslosigkeit kehrte in ihren Blick zurück.

„Das mag sein, aber selbst wenn Lutz Eichler Sie anzeigen sollte: Die Polizei würde sich fragen, warum er es erst jetzt tut und was er um die Tageszeit überhaupt im Heim zu suchen hatte. Das stinkt doch zum Himmel. Ich fürchte, Sie haben sich in ihrer Furcht vor Lutz Eichler vorschnell einschüchtern lassen. Er kann

Ihnen doch gar nichts anhaben. Eine derartige Aussage ist völlig unglaubwürdig!"

„Er hat mich in der Hand. Allein wegen der gefälschten Papiere!" Lavina Post stand die Panik ins Gesicht geschrieben. „Und man hat schon Pferde kotzen sehen. Sie dürfen der Polizei nichts sagen!"

Tania lächelte Lavina an. „Die Polizei wird hier so oder so auftauchen. Sie werden schnell herausfinden, dass Sie aus Borntuchen stammen, wenn sie es nicht ohnehin schon wissen. Und dann wird es nur noch schlimmer für Sie."

„Das mit den falschen Papieren ist aber auch das Einzige, was man Ihnen anhängen kann. Wobei der Eichler sich selbst reinreitet, wenn er das publik macht. Er hat sie ihnen schließlich besorgt." Malin ging sehr rational an die Angelegenheit heran.

„Meinen Sie?" Frau Post war immer noch nicht restlos überzeugt.

„Ja, meine ich." Malin zückte das Handy und schrieb der Kommissarin eine Nachricht.

21

Kenza hatte über Nacht das Handy ausgeschaltet. Sie war gestern erst nach 24 Uhr aus dem Büro gekommen und hatte dringend ein paar Stunden ungestörten Schlaf gebraucht. Jetzt stand sie auf und ließ die Erkenntnisse des Vortages noch einmal Revue passieren.

Mit der Befragung von Jobst Eichler waren sie nicht weitergekommen, er schwieg sich einfach aus. Sie würden ihn heute wieder auf freien Fuß setzen müssen, wenn sich keine neuen Beweise auftaten.

Dennoch waren Eichlers Alibis für beide Morde fragwürdig. Jobst hatte ausgesagt, sich jeweils allein in seinem Zimmer in der Villa aufgehalten zu haben, was weder die Haushälterin noch der Großvater glaubhaft bezeugen konnten, auch wenn sie aussagten, dass sie Jobst hatten schnarchen hören. Warum auch immer beide in den betreffenden Nächten vor seinem Zimmer hätten lauschen sollen. Nein, das war mehr als zweifelhaft.

Kenza drückte die Taste für einen starken Kaffee an ihrem Vollautomaten, den ihr der Ex überlassen hatte. Auch wenn sie sonst Tee bevorzugte: Besondere Vorkommnisse erforderten besondere Maßnahmen, und wenn es nur ein Koffeinkick war.

Sie aktivierte ihr Handy und entdeckte darauf die Nachricht von Malin Meißner. Lavina Post war tatsächlich in Borntuchen. Als Kenza die Sprachnachricht abhörte, wurde ihr klar, dass sie auch Lutz Eichler noch einmal gründlich durchleuchten mussten.

Kenza machte sich in Windeseile fertig und raste ins Büro. Dort rief sie ihre Kollegen zusammen und erklärte kurz, was sie erfahren hatte. „Lutz Eichler muss festgesetzt werden", schloss sie ihren Vortrag.

Es dauerte nur eine Stunde, bis er im Verhörraum saß.

Er bestritt nicht, dass er Lavina Post falsche Papiere besorgt hatte, beschuldigte sie aber – entgegen der Befürchtung der Pflegerin – auch nicht des Mordes.

Kenza sprach ihn auf seine diesbezügliche Drohung an.

„Die lügt wie gedruckt! Das hatte ich nie vor! Das wäre doch arg unglaubwürdig, wenn ich das jetzt behaupten würde. Ich bitte Sie! Dann hätte ich zur Tatzeit im Heim sein müssen und wäre so selbst im Kreis der Verdächtigen. Und jetzt erwarte ich erst einmal meinen Anwalt." Wieder lächelte er süffisant.

Dem Mann war genauso wenig beizukommen wie seinem Vater. Sie drehten sich im Kreis. Am liebsten hätte Kenza alle drei Eichlers weggesperrt. Sie hoffte nur, Thilo würde schon bald die nächsten Seiten des Tagebuchs freigeben können. Aber auch dann brauchten sie Beweise für die Taten in der Gegenwart.

Topolno, Dezember 1944

Eva sah Anna, als sie aus dem Hoftor trat. Sie waren sich in den letzten Wochen aus dem Weg gegangen. Jetzt aber war es, als hätten sie nur aufeinander gewartet.

Es dauerte nicht lange, bis sich die beiden Frauen gegenüberstanden. Anna zog die wollene Stola fester um ihre Schultern und sah sich vorsichtig um. „Eigentlich wollte ich Sie im Ungewissen lassen, Frau von Kraft, aber das würde Marek mir nie verzeihen. Er ist nicht tot. Er ist im Widerstand", sagte Anna ohne Regung. „Er hat es nicht ausgehalten. Sie verstehen ganz gut, was ich meine. Es ist kein gutes Gefühl zu wissen, dass der eigene Bruder sich mit der Mörderin der eigenen Eltern eingelassen hat. Aber nun werden Sie bald fortmüssen, das wissen Sie genauso gut wie ich." Am Ende des Satzes kippte ihre Stimme.

„Danke, Anna. Wenn Sie ihn je wiedersehen …"

Anna schüttelte den Kopf. „Nein, das werde ich nicht tun. Ich grüße ihn nicht von Ihnen. Er soll Sie vergessen!" Danach machte sie kehrt und ließ Eva auf der Straße stehen.

Als die sich nach einer Weile umdrehte, sah sie noch das Wackeln der Gardine. Sie konnte nicht sagen, ob es Luise oder Georg gewesen war und auch nicht, was genau die Person von dem Gespräch mitbekommen hatte. Dennoch schlug ihr Herz heftig.

Als sie wenig später in die Küche trat und Georg allein dort sitzen sah, war klar, dass er Bescheid wusste.

„Was ist dran?", fragte er seine Frau. Seine Stimme klang ruhig. Wer Georg nicht kannte, würde nicht glauben, dass es unter seiner freundlich wirkenden Fassade brodelte.

„Woran soll etwas sein?", antwortete Eva. Sie lächelte Georg an, doch es wirkte verunglückt.

„Ich habe euch gehört! Dich und das Polackenweib."
Er goss Tee nach und auch diese Geste wirkte außerordentlich gelassen.

„Ich und ein Pole! Georg, ich bitte dich." Eva kam sich schäbig vor, wie Judas, weil sie Marek verriet.

„Das würdest du nie tun", sagte Georg. Noch immer klang seine Stimme gefährlich ruhig. Mit einer gezielten Bewegung umschlang er plötzlich Evas Hals.

„Du tust mir weh!"

Er hielt den Druck noch eine Weile, bevor er abrupt losließ, nach Evas Handgelenk griff und sie mit dem Oberkörper zu sich über den Tisch zerrte. So saßen sie voreinander. Auge in Auge.

Eva atmete tief ein. Sie durfte sich jetzt nicht wehren. „Ich habe nichts mit Marek. Ich schwöre es beim Führer!" Ein höherer Schwur in Gegenwart ihres Mannes fiel ihr nicht ein.

„Eine Frau, die einen Polacken an ihre Wäsche lässt, sollte nicht auf den Führer schwören!" Seine Augen waren eiskalt. „Ich weiß, dass du seit Jahren mit ihm rumhurst. Und ich weiß auch, dass Tania nicht von mir ist. Ich kann nämlich keine Kinder zeugen. Und doch glaube ich, dass du schon wieder in Umständen bist. Meinst du, ich bekomme nicht mit, dass du dich morgens ständig übergibst?"

Eva schluckte.

Georg sprach ganz ruhig weiter, doch sie spürte, wie er innerlich kochte. „Lüg mich nicht an! Das habe ich nicht verdient. Ich weiß alles. Lüg – mich – einfach – nicht – an!"

Eva riss sich los, strauchelte und knallte mit dem Rücken gegen den Ofen, in dem das Feuer brannte. Schmerzverzerrt rappelte sie sich auf.

„Tania wird das nie erfahren, hörst du? Diese Schande wirst du nicht über mich bringen."

Georg holte kräftig aus und ließ die Außenseite seiner Hand auf ihre Wange niedersausen. Eva schmeckte Blut, durch die Erschütterung hatte sie sich auf die Zunge gebissen. Als sie in die Augen ihres Mannes blickte, erkannte sie darin eine Verletzlichkeit, die sie nicht erwartet hatte. Georg schossen Tränen in die Augen. „Verdammt, Eva, ich liebe dich! Du bist die Liebe meines Lebens! Warum tust du mir das an?"

Auf dem Weg von Danzig nach Topolno, Dezember 1944

Marek quälte der Hunger, aber es konnte nicht mehr weit sein. Er wusste noch nicht, wie er unbemerkt zu Hause ankommen sollte, denn zeigen durfte er sich in Topolno nicht. Georg von Kraft würde ihn totschlagen, ihn, den flüchtigen Polen. Außerdem war er sich nicht sicher, wie Anna ihn aufnehmen würde. Sofern sie seine Flucht unbeschadet überstanden hatte. Marek hoffte es so sehr.

Er holte einen Kanten Brot aus dem Rucksack, den er beim Bauern gestohlen hatte. Er schmeckte leicht schimmelig, aber er durfte nicht wählerisch sein. Es war gut, dass er überhaupt etwas zu essen hatte. Nur so hatte er die Kraft weiterzugehen.

Dennoch war jeder Schritt eine Qual. Er trug Holzpantinen, denn seine anderen Schuhe hatte man ihm gestohlen und mehr war nicht aufzutreiben. Seine Füße waren wundgescheuert und an den restlichen Stellen von Blasen übersät.

Marek kaute, trank einen Schluck Wasser aus einer Feldflasche. Sie hatte einem deutschen Soldaten gehört, der tot am Wegesrand gelegen hatte. „Hoffentlich ist er nicht an Typhus oder Ähnlichem krepiert", murmelte Marek vor sich hin. Er hatte es sich zur Gewohnheit gemacht, mit sich selbst zu reden, seitdem er sein Heimatdorf verlassen hatte. Es half ihm, seine Einsamkeit besser zu ertragen.

Durch seine Rast gestärkt lief er weiter, und mit jedem Kilometer kam ihm die Gegend bekannter vor. So gelangte er an das Ufer der Weichsel.

Nicht mehr weit, hämmerte es hinter seiner Stirn. Es ist nicht mehr weit. Irgendwie würde er ungesehen ins Dorf kommen, bei Nacht war es am sichersten. Der Mond schien hell, wies ihm den Weg, sodass er nicht völlig orientierungslos war. Er hielt sich nach Süden, immer dem Fluss nach. Marek musste nur achtgeben, an der richtigen Stelle westlich abzubiegen. Die Dunkelheit würde bald zum Morgengrauen werden. Marek beschleunigte seinen Schritt.

22

„Wir haben doch etwas gefunden, was uns weiterbringen kann", sagte Thilo. „Hab es eben gesichtet."

Kenza schaute vom Rechner auf. „Was habt ihr gefunden und wo?"

„In der Wohnung von Lutz Eichler." Thilo wedelte mit einigen Fotos.

„Was ist das?"

„Briefe und drei Fotos mit einer Erkenntnis, die ich angesichts der Umstände und Einstellungen der Eichlers durchaus für relevant halte."

Kenza sah Thilo fragend an. „Und?"

„Lutz Eichler ist offenbar homosexuell. Er hat eine heimliche Beziehung zu einem Mirko Wahnfeld. Ein recht stämmiger Zeitgenosse. Voll mit Tattoos. Sieht aus wie ein Türsteher."

„Und warum soll uns das weiterbringen? Das ist nichts Ungewöhnliches und auch kein Vergehen!" Waren die hier in Wilhelmshaven etwa derart verklemmt?

„Für uns nicht", bestätigte Thilo. „Aber seine Familie sieht das bestimmt ganz anders. Wenn man bedenkt, für welche Werte sie dort stehen!"

„Du meinst, er darf sich nicht outen?" Das ließ die Aussage des alten Eichlers, der Enkel stünde in Jever unter stärkerer Beobachtung, in einem ganz anderen Licht erscheinen. „Aber was hat das wiederum mit unseren Morden zu tun?" Kenza versuchte ihre Gedanken zu sortieren. Dann begriff sie, was Thilo sagen wollte. „Du meinst, er musste seinen Großvater bei Laune halten und mehr tun, als nur sein Enkel zu sein? Mit seiner sexuellen Neigung ist er Gefahr gelaufen, enterbt zu werden, weil sie nicht ins Weltbild des Alten passt. Das erklärt auch, warum er offiziell nur wenige Kompetenzen in der Firma hat und ihm Jobst Eichler offenbar nur welche zuschustert. Sollte Horst Eichler nun von früher Dreck am Stecken haben, konnte Lutz sich auf der Leiter ein bisschen nach oben katapultieren, indem er den Alten reinwäscht."

„Genau. Indem er zum Beispiel das Tagebuch verschwinden lässt und den einzigen Zeugen der damaligen Ereignisse beiseiteschafft."

„Matteusz Mazur."

Kenza nagte wieder am Kugelschreiberende. „Es sind aber noch Fragen offen: Erstens, warum war das Tagebuch dann bei Jobst Eichler? Zweitens, man sagt Lutz nach, er würde sich nie selbst die Finger schmutzig machen. Wen wird er also gegebenenfalls beauftragt haben, das für ihn zu tun? Und drittens, was steht in den restlichen Tagebucheinträgen? Wir müssen wissen, ob Heinz-Horst Eichler zusammen mit Georg von Kraft am Tod von Eva schuldig war. Sonst fällt diese Theorie in sich zusammen wie ein marodes Kartenhaus."

Thilo zog einen Stapel Zettel hinter seinem Rücken hervor. „Punkt eins und zwei würde ich so interpretieren, dass Vater Eichler dem Sohn entweder die ganze Zeit die Hand vor den Hintern hält oder dass er sogar selbst Hand bei den Morden angelegt hat, um Lutz Eichler zu helfen. Das müssen wir herausfinden. Auf jeden

Fall deckt er ihn. Punkt drei kannst du umgehend erledigen", er reichte Kenza die Papiere, die er in der Hand hielt. „Wir konnten weitere Einträge leserlich machen. Den Rest finden wir heraus, wenn wir sie vernehmen. Ein paar Seiten waren leider irreparabel geschädigt, da werden wir wohl nie herausbekommen, was sich in der Zwischenzeit ereignet hat."

Kenza stimmte ihm zu. „Also laden wir beide vor. Am besten zusammen, vielleicht plaudern sie dann mehr.- Und zuvor lese ich, was ich für diese Vernehmung noch wissen muss."

***

Tania fühlte sich heute kräftig genug, den Rest der Geschichte zu hören. Sie waren gleich nach dem Essen zu Michal gegangen, der sich eigens freigenommen hatte.

Lavina hatte sich am gestrigen Abend noch bei den dreien bedankt. Das Verfahren wegen der gefälschten Papiere würde sie überstehen, und so wie es aussah, würde sie Lutz Eichler nicht einen Cent ihrer Erbschaft abgeben müssen.

„Ich habe mein Leben und mein Kind zurück", hatte sie erleichtert ausgerufen. „Endlich!"

Michal wartete schon auf Tania und Malin. „Heute kann ich euch den Rest erzählen. Es wird aber kein Kinderspiel, Tania. Ich hoffe, du verkraftest das."

„Ja, das werde ich. Es ist gut, endlich Klarheit zu haben, auch wenn sie noch so grausam ist. Das Einzige, was ich mir dann noch wünsche, ist, dass Frau Klausen auch die Mörder der Gegenwart fasst. Ich möchte genauso frei sein wie Lavina."

„Schon erstaunlich, dass ein paar wenige Menschen ein ganzes Familiengefüge durcheinanderbringen können", sagte Michal.

„Nun, der Krieg hat dem Ganzen Vorschub geleistet. Was ich am furchtbarsten finde, ist, dass das alles schon so lange her ist und doch noch solche Auswirkungen hat."

„Die Tentakel des Krieges", sagte Malin. „Also gut, hören wir den Rest."

„Bei den Aufzeichnungen fehlten etliche Wochen. Eva hat zwischendurch zwar geschrieben, aber ein paar der Seiten waren leider komplett unleserlich. Die vielen Jahre im Stall haben dem Tagebuch nicht gutgetan. Es geht daher erst im Januar weiter."

Topolno, Ende Januar 1945

Die nächsten Wochen wurde es zunehmend kälter. Der Wind pfiff durch sämtliche Mauern der Häuser. Georg war in den letzten Wochen schweigsam gewesen. Als brüte er etwas aus, fand Eva. Er behandelte sie nach seinem Ausbruch vor ein paar Wochen wie Luft. Ihre einzige Freude war Tania.

Anna hatte Eva erzählt, dass Marek zurück war, sich aber versteckt hielt. Und sie hatte Eva ein paar Briefe von ihm in die Hand gedrückt. „Er will, dass ich sie dir gebe. Versteck sie gut."

Eva vermisste Marek. Seine Liebe, seine Gespräche, alles. Sie würden sich immer lieben. Jeden Tag, jede Stunde, jede Minute. Vielleicht fühlte man so, wenn man einander nicht haben konnte. Vielleicht machte gerade die Unmöglichkeit ihre große Liebe aus.

Nacht für Nacht lag Eva wach in ihrem Bett, sie kannte den Inhalt der Briefe fast auswendig. Sie wärmte sich in Gedanken an seinen Zeilen, während ihr Mann neben ihr schnarchte. Sie war tatsächlich wieder schwanger, daran bestand kein Zweifel. Leider hatten das sowohl ihre Schwiegermutter als auch Georg mitbekommen.

Eva fasste sich an den Bauch. Gestern hatte ihr Mann davon gesprochen, dass er bald gehen würde. Die Front kam unausweichlich näher, alle Zeichen standen auf Flucht und für Männer wie ihn wurde die Luft zunehmend dünner. Er fürchtete den entfesselten Sturm der Bevölkerung, aber auch die Russen, die mit einem wie ihm alles andere als zimperlich umgehen würden.

Eva tastete mit der Hand übers Nebenbett. Es war leer. „Georg?", raunte sie, doch es kam keine Antwort. „Georg?" Eva stand auf, knipste das Licht an und sah, dass der Schrank geöffnet war und etliche Sachen ihres Mannes daraus fehlten.

Eva warf sich ihre Stola über und hastete in die Küche. Das Feuer im Ofen glühte noch, auf dem Tisch stand ein Becher, dessen Porzellan ebenfalls noch warm war. Daraus hatte vor nicht allzu langer Zeit jemand getrunken.

Sie lief weiter zur Haustür, die nur angelehnt war. Georg hatte sie nicht einmal richtig verschlossen. Sie steckte den Kopf hinaus und zuckte zurück. Ihr Atem verursachte kleine Wolken. Es war still, nicht ein Laut war zu hören. Sie hielt ihre Ohren in die eiskalte Nachtluft. War ihr Mann schon fort? Ließ er sie tatsächlich allein? Gerüchteweise hatte sie die furchtbarsten Dinge gehört, wenn der Iwan kam. Brandschatzungen, Vergewaltigungen und Mord.

Wie hatte auch nur einer glauben können, die andere Seite ginge mildtätiger mit ihnen um? Auge um Auge, Zahn um Zahn, und wie gern legte jede Seite noch einen Zahn drauf. Eine nicht enden wollende Spirale.

Eva ging zurück ins Haus. Sie huschte zu Tanias Zimmer. Die Kleine lag schlafend in ihrem Bettchen. Es war eiskalt im Raum. Eva wollte eben das Zimmer verlassen, als sie Geräusche hörte. Erst klang es nur wie ein dumpfes Schlagen, dann wuchs es sich zu einem größeren Lärm aus und schlagartig erkannte sie, was draußen geschah. Es klang wie in den vielen Nächten zuvor. Es war der Lärm des Todes, der von Mannen ihres Gatten herrührte, die mordlustig durch die Straßen trieben und ihre Opfer töteten oder der Willkür des Staates auslieferten. Nur, warum taten sie das noch? Wenn sowieso alles verloren war. Ein letztes Aufbäumen gegen die Unvermeidbarkeit der Dinge?

„Komm vom Fenster weg!" Luise war hinter Eva getreten und umkrallte ihr Handgelenk.

Als Eva nicht sofort reagierte, stieß ihre Schwiegermutter sie unsanft beiseite und zog mit Wucht die Gardinen zu. Doch es war zu spät. Eva hörte die Schreie, die die Nacht durchschnitten. Sie glaubte, darin Annas Stimme zu erkennen. Eine Kälte schob sich über ihren ganzen Körper.

Sie riss sich von Luise los, stieß ihre Schwiegermutter weg, zog die Gardine zurück und blickte auf die Straße. Ein Motor heulte auf und kurz darauf kam ein großer Wagen um die Kurve. Auf dem Fahrersitz erkannte Eva ihren Mann, der sein Haus jedoch keines Blickes würdigte, gerade so, als gäbe es keinerlei Verbindung dorthin.

Dem Wagen folgte ein Mann, der stolperte, wenn sich das Tempo des Autos erhöhte. Als der Mond einen Moment von den Wolken freigegeben wurde, sah Eva das Seil, das ihn mit der Stoßstange des Wagens verband, und sie erkannte Marek, den sie auf diese Weise aus dem Dorf hinauszerrten.

Eva rannte zurück ins Schlafzimmer und warf sich schluchzend aufs Bett. Luise folgte ihr. „Hast du wirklich geglaubt, wir wären dumm?", fragte sie mit frostiger Stimme.

Am darauffolgenden Tag fiel weiterer Schnee und vergrub alles unter sich. Eva schaute zu Tania, die von den Ereignissen der letzten Nacht nichts mitbekommen hatte. Sie freute sich, trotz der Kälte in die wirbelnden Flocken hinauszulaufen. Sie hielt den Kopf gen Himmel gerichtet und versuchte, den Schnee mit der Zunge aufzufangen. Tania hatte ihren bunten Schal umgebunden, der dicke Pullover war noch mindestens eine Nummer zu groß. Trotz ihres Kummers glitt ein Lächeln über Evas Lippen. Tania sah einfach zu niedlich aus, wie sie mit ihren blonden Haaren durch die fallenden Flocken tanzte. Noch hatte sie nicht nach ihrem Vater gefragt. Und wenn sie es tat ... Eva wusste die Antwort noch nicht. Zu sehr hatten sich Annas Schreie eingeprägt, zu nah war das Bild Mareks, wie er hinter dem Auto herrannte und am Ende mit der steigenden Geschwindigkeit nicht Schritt halten konnte. Was wusste Tania schon von der Grausamkeit des Lebens, was wusste die Kleine schon von der dunklen Seite ihres vermeintlichen Vaters.

Eva war froh, Mareks Gesicht nicht gesehen zu haben, sie hätte die Todesangst darin nicht ertragen. Im Augenblick konnte sie nicht einmal weinen. Sie fühlte sich von einer Tränenflut überschwemmt, die aber nicht in der Lage war, ihren Weg nach draußen zu finden. Sie konnte und wollte es auch nicht zulassen, denn in diesem Moment wäre sie verloren gewesen. Sie musste stark sein. Für Tania. Allein das zählte.

„Wir packen und verlassen Topolno", hörte sie Luise sagen. „Wir können nicht bleiben, egal was der Reichsgauleiter sagt! Wir machen schon den Leiterwagen fertig. Georg ist vorausgegangen. Er kann keinen Tag mehr warten."

Er hatte sich also nicht einmal verabschiedet, und Eva ahnte, warum. Weil er wusste, dass sie zum zweiten Mal Mareks Kind in sich trug. Marek hatte schon büßen müssen. Wer wusste, was auf sie wartete, wenn sie sich wieder begegneten.

Sie würde nie erfahren, was aus ihrem Geliebten geworden war, vermutlich war er längst tot. Eva glaubte nicht, dass Georg sich am Ende gnädig gezeigt hatte. Sie wagte sich jetzt ohnehin nicht mehr auf die Straße. Vielleicht würde man schon bald ihr Haus stürmen und Rache nehmen wollen.

„Guck mal, Mama, bald kann ich einen Schneemann bauen!", rief Tania. Sie tanzte immer wilder. Eva stand in der Tür. Als sie ihren Blick zum Gartentor wandte, sah sie ein paar Männer auf ihr Haus zulaufen. In ihrem Hals bildete sich ein Kloß.

„Tania, kommst du?" Lächeln, nur lächeln, dem Kind keine Angst machen.

„Gleich, Mama. Gleich. Ich muss nur noch rasch diese eine Flocke fangen." Tania rannte weiter mit geöffnetem Mund im Garten herum, die Zunge leicht herausgestreckt.

„Tania, bitte komm sofort her!" Evas Stimme kippte beim letzten Wort.

Diese veränderte Tonlage ließ Tania augenblicklich innehalten und so gelangte sie zu ihrer Mutter, gerade noch rechtzeitig, bevor die Männer das Gartentor erreichten. Eva legte den Arm um ihre Tochter. Sie wollte eben die Haustür zuziehen, als einer der Männer sie ansprach.

„Warten Sie, Frau Ortsbauernführer!"

Eva zuckte zurück, schob Tania durch die geöffnete Tür ins Haus hinein und wies sie mit einem Kopfnicken an, sich in die Küche zurückzuziehen. Tania muckte nicht auf, sondern gehorchte aufs Wort, als spüre sie die Gefahr. Anschließend wandte sich Eva den Männern zu. Obwohl ihr Herz bis zum Hals schlug, gelang es ihr, mit fester Stimme zu antworten. „Ich bin Eva von Kraft, aber nicht Frau Ortsbauernführer. Mein Mann hat uns letzte Nacht verlassen, nachdem er wiederholt zum Mörder wurde. Ich bitte um Verzeihung. Przebaczenie", sagte sie und hoffte, das richtige polnische Wort gefunden zu haben.

„Verzeiht mir", flüsterte sie auf Deutsch.

Die Mienen der Männer, die eben noch versteinert gewesen waren, veränderten sich bei ihren Worten. Eva hoffte, dass sie sich daran erinnerten, sie nie herrisch erlebt zu haben, und daran, wie Tania mit ihren Kindern gespielt hatte. Und doch war sie die Frau des Ortsbauernführers. Er, der etliche ihrer Mitbürger auf dem Gewissen hatte. All diese widersprüchlichen Gedanken spiegelten sich in der Mimik der Männer wider. Je länger sie nachdachten, desto unschlüssiger schienen sie zu sein, wie sie nun mit Eva umgehen sollten.

„Dein Mann hat viele von uns auf dem Gewissen."

„Ich weiß", sagte Eva. „Ich weiß! Und ich schäme mich dafür.- Bitte, sagt mir, was mit Marek ist!"

Die Männer schienen nicht zu wissen, was sie nun tun sollten. Schließlich nickten sie sich kurz zu und verließen den Garten, ohne Eva geantwortet zu haben. Am Tor drehte sich einer von ihnen noch einmal zu Eva um. Er legte die Handkante an den Hals und zog sie ruckartig quer darüber.

„Was tust du an der Tür?", hörte Eva ihre Schwiegermutter von drinnen fragen. „Pack mit an, sonst kommen wir morgen nicht los."

Der Schnee fiel immer dichter und die Temperaturen sanken stetig. Es war wahnsinnig, zu diesem Zeitpunkt zu fliehen und Tania dieser Eiseskälte auszusetzen. Aber konnte man wirklich noch warten, bis es wärmer wurde?

Plötzlich wurde Eva unsanft an der Schulter gepackt und zurück ins Haus gezogen. Vor ihr stand Luise mit zusammengekniffenen Augen. „Warum redest du mit diesen Polacken? Was fällt dir eigentlich ein?"

„Sie sind wütend wegen Marek", sagte Eva. „Nachdem, was gestern Nacht und in der Zeit davor geschehen ist, ist das mehr als verständlich!"

Eva spürte die Handfläche Luises an ihrer Wange.

„Unverschämtheit, so über den eigenen Ehemann zu sprechen. Die können uns nicht drohen, meine liebe Eva. Wir können gnädig mit ihnen sein. Gnade kann nur durch uns, das deutsche Volk kommen. Und vergiss bitte nicht, es ist *dein* Mann, der letzte Nacht fliehen musste!"

Aus dem Augenwinkel erkannte Luise Tania, die mit ihrer kleinen Puppe auf dem Arm in der Tür stand und die beiden Frauen mit großen Augen ansah.

„Pack jetzt! Uns bleibt keine Zeit!"

Der Schneesturm tobte weiter ums Haus. Gerade fuhr wieder eine Familie mit Pferd und Wagen vorbei. Voll beladen, die Fracht schwankte bedenklich. Eva hatte von einem großen Treck aus Ostpreußen gehört, dem sie sich anschließen wollten. Hoffentlich ist es noch nicht zu spät, dachte sie.

Luise rumorte nebenan, und auch sie packte die letzten Dinge zusammen. Der Leiterwagen war bis oben gefüllt mit den Dingen, die sie für notwendig erachtete. Töpfe, Pfannen, Geschirr und Schmuck hatte sie bereits vor geraumer Zeit eingepackt. Dazu kamen nun Decken, Matratzen und anderer Hausrat. Eva wollte nur noch eins: Tania heil aus der Hölle herausbringen. Die ganze Sache sah nicht gut aus, egal, ob sie blieben oder losgingen, denn auch die Dinge, die die durchreisenden Flüchtlinge erzählten, wenn sie um etwas Milch baten, hätte Eva lieber nicht gewusst.

Sie schloss die Augen.

„Mama, warum packt Oma?"

Eva strich ihrer Tochter über den Kopf. Sie lächelte. „Oma packt, weil wir uns auf eine ganz große Reise begeben. Wir wollen ein Abenteuer erleben."

Tanias Augen wurden größer, so richtig überzeugt schien sie nicht zu sein. „Eine Reise?"

„Ganz weit weg. Mit dem Pferdewagen. Oma, du und ich."

„Und Vater? Kommt Vater nicht mit?"

Eva nahm Tania in den Arm, spürte das kleine Herz schnell schlagen. „Das ist ja die Überraschung. Vater wartet nämlich am Ende der Reise auf uns."

„Wirklich?"

„Ja, Kleine, das tut er." Eva drückte Tania an sich, damit sie ihr Gesicht nicht sehen konnte.

Kurz darauf kam Luise herein. Ihre Miene wirkte versteinert. Sie nahm Tania an die Hand. „Kommt jetzt! Mit dem Treck morgen werden wir nach Stolp gehen. Vielleicht müssen wir mit dem Zug in Richtung Westen fahren, vielleicht geht ein Schiff." Sie blickte Eva an. „Wir brechen um 5 Uhr auf. Heinz begleitet uns."

Gemeinsam mit ihrem Schwiegervater wären sie also zwei Männer, zwei Frauen und ein Kind. Konnte man das schaffen? Eva mochte Heinz Eichler nicht. Er war verschlagen und einer der Schergen ihres Mannes. Heinz würde alles tun, um Georg zu imponieren. Und der dankte es dem Emporkömmling, indem er ihn mit seinen Kontakten nach oben auf der Karrierestufe höher klettern ließ. Trotz ihrer Vorbehalte Heinz gegenüber war es dennoch gut, einen jüngeren Mann dabeizuhaben.

Luise verließ mit Tania das Zimmer, doch schon kurze Zeit später stand die Kleine wieder in der Tür. Ihre Augen wirkten viel zu groß, viel zu wissend in dem kleinen Gesicht. Luise hatte ihr das Haar zu zwei Zöpfen geflochten. Tania hielt ihre Puppe in der Hand.

Eva wurde von einer großen Wärme erfüllt, die sich mit einem schlechten Gewissen paarte, weil sie sich schuldig fühlte. Sie winkte ihre Tochter heran und nahm sie in den Arm. „Ich habe dich lieb, Tania."

Das Mädchen versuchte tapfer zu sein, aber es gelang ihm nicht. „Ich habe Angst vor dem Abenteuer. Weil ich Miez nicht mitnehmen darf. Sagt Oma."

„Miez darf mit. Wir stecken sie morgen unter deinen Mantel. Da friert sie nicht. Meine kleine Große kann nicht ohne Miez gehen, da hast du recht", versprach Eva.

Tania kuschelte sich eng an ihre Mutter.

***

Eva erwachte, als ihre Schwiegermutter ihr mit drei Fingern gegen die Wange schlug. „Aufstehen. Wir wollen los!"

„Wo ist Tania?", fragte Eva. „Ich möchte sie warm genug kleiden. Es ist grauenvoll kalt." Sie zog die Decke hoch bis zu den Schultern, doch auch das half kaum etwas gegen die beißende Kälte, die sich trotz des noch glühenden Feuers in der Küche bis ins Schlafgemach drängte. Seit dem Verschwinden von Georg war der Ofen im Schlafzimmer nicht mehr angemacht worden.

„Hab sie eben geweckt", sagte Luise. „Nun komm! Trink einen Becher warme Milch. Für Tania habe ich auch einen hingestellt. Das Pferd ist schon angeschirrt."

Eva erhob sich. Ihr war schwindelig, es würde nicht leicht werden, diese Strapaze in ihrem Zustand durchzustehen, zumal ihr Bauch sich schon leicht wölbte.

„Bist ganz schön schwach auf den Beinen", sagte Luise und betrachtete ihre Schwiegertochter abschätzig. „Der Liebeskummer steht dir nicht. Wenn du ihn wenigstens meines Sohnes wegen hättest."

Eva war froh, als ihre Schwiegermutter das Zimmer verlassen hatte. Sie hatte sich überlegt, mehrere Schichten Kleidung übereinander anzuziehen. Der Wagen war voll beladen, sie konnte keinerlei Sachen mehr auf der Ladefläche verstauen. Luise hatte in erster Linie ihre eigenen Dinge untergebracht. So thronten etwa das Sofa und ein Sekretär aus Luises Zimmer darauf.

Eva wusch sich notdürftig, viel Zeit blieb ihr nicht. Anschließend ging sie nach nebenan in die Küche, wo Tania bereits ihre Milch trank. Sie wirkte ungewohnt lebendig, zwinkerte ihrer Mutter zu. „Miez", flüsterte sie mit verschwörerischer Miene. „Wir müssen an Miez denken."

Eva strich ihr über das blonde Haar. „Ja, das werden wir. Und an Leni." Sie konnte ihre Milch nur zur Hälfte trinken, das Brot rührte sie gar nicht an und war froh, als Tania es zusätzlich verspeiste, denn wer wusste schon, ob und wann ihre Tochter in den nächsten Wochen wieder richtig satt werden würde.

Luise war schon auf dem Hof und traf die letzten Vorbereitungen. Eva band sich das Haar zu einem Zopf, stopfte es unter das geblümte Kopftuch und schlüpfte dann in mehrere Unterröcke, Mieder und Pullover. Mit Tania machte sie dasselbe, auch wenn ihre Kleine massiv protestierte. „Es ist bitterkalt, du wirst froh sein, wenn du genug Kleidung trägst", erklärte Eva. Wie zur Bestätigung pfiff der Wind ums Haus und jaulte in den Fenstern.

Eva knotete Tanias Kopftuch fest, stülpte eine dicke Wollmütze darüber. Anschließend musste ihre Tochter den Kapuzenmantel anziehen.

„Nun holen wir noch Miez und dann geht es los."

„Und was ist mit den Hühnern und den Schweinen? Was machen wir mit den Kühen?" Tania verschränkte die dünnen Ärmchen vor der Brust. „Ich will doch lieber nicht verreisen!"

„Um die Tiere kümmern sich die Leute, mach dir keine Sorgen."

In den ersten Wohnungen und Häusern ging bereits das Licht an, als sie Topolno verließen.

23

„Nun fahren sie also nach Borntuchen", sagte Malin. „Davon hat meine Großmutter erzählt und was du eben berichtet hast, deckt sich mit allem. Du hast dich richtig erinnert, Oma." Malin strich ihrer Großmutter über die Hand. „Jetzt fehlt nur noch der Mord."

Michal nickte. „Das war richtig tragisch. Sowohl Luise als auch Georg wussten von der neuen Schwangerschaft. Luise hat ihre Schwiegertochter deshalb gehasst. Jedenfalls hat sich Heinz Eichler mit auf den Weg gemacht und er hat Eva für ihr Tun verachtet. In Borntuchen haben sie länger Rast gemacht, weil das Gerücht umging, sie könnten wieder umkehren und auf die Höfe zurückgehen. Ein Teil der Menschen glaubte das und verpasste so den sicheren Rückzug. Diese Pause spielte dem perfiden Plan von Luise und Georg in die Hände." Michals Stimme überschlug sich, als er weitersprach. „Sie konnten nicht dulden, dass Eva einen zweiten Bastard auf die Welt brachte. Also musste sie auf der Flucht sterben."

„Und wie haben sie das gemacht?", fragte Malin. Sie hatte die Hand ihrer Oma die ganze Zeit nicht losgelassen.

„Ihr Mann, dieser Georg, wollte sie loswerden. Schon allein deshalb, weil sie wieder schwanger war und weil er vermeiden wollte, dass Tania und alle anderen jemals erfuhren, wer ihr leiblicher Vater war. Das hätte er nicht ertragen. Eva hatte gehört, wie Luise und Heinz darüber sprachen, dass es auf der Flucht genug Wege gab, jemanden beiseitezuräumen. Sie sollten aber auf Tania achtgeben."

„Meine Mutter hat gewusst, dass sie sterben muss?" Tania war entsetzt. „Warum hat sie sich nicht gewehrt?"

Michal lachte auf. „Tania, dann hätte sie dich doch allein gelassen! So hegte deine Mutter bis zum Schluss die Hoffnung, dass sie dem Komplott entkommen könnte, wenn sie nur auf der Hut war."

„Das ist ihr dann ja nicht gelungen. Wie haben sie es angestellt?"

Michals Gesicht verdüsterte sich. „Sie haben meinen Großvater benutzt, und deshalb ist Eva nicht argwöhnisch geworden. Heinz Eichler hat Stalldesinfektionsmittel in ihr Trinkwasser gemischt und meinen Opa Matteusz damit zu ihr geschickt. Es war genügend verdünnt, sodass sie es nicht sofort schmecken konnte. Zuerst war ihr nur übel und sie litt unter Kopfschmerzen. Sie war unglaublich matt. Da hat sie geahnt, dass etwas nicht stimmt, und vermutlich den Brief geschrieben sowie alles im Tagebuch dokumentiert. Kurz darauf haben sie die Dosis so erhöht, dass sie sterben musste. Sie ist elendig erstickt." Michal holte tief Luft. „Im Zweifelsfall hätte immer Opa Matteusz als Mörder dagestanden."

„Wie grausam ist das?", fragte Tania. „Und das Tagebuch war weg, wer auch immer es an sich genommen und dann versteckt hat."

Michal lehnte sich zurück. „Nun kennt ihr die Geschichte."

„Und Frau Klausen kennt sie auch", sagte Malin. „Bis auf den Teil, dass Matteusz ihr das Gift brachte, in dem Glauben, sie bekomme etwas zu trinken. Das alles kann sie ja nicht aufgeschrieben haben, das hat er dir sicher erzählt, oder?"

„Ja", bestätigte Michal. „Er konnte alles erst einordnen, als er das Tagebuch gelesen hatte. Da wusste er, dass es kein Saft zur Stärkung war, den Heinz in die Flasche gemischt hatte."

„Ich werde gleich alles an Frau Klausen weiterleiten. Denn jetzt fehlen nur noch die Mörder von Matteusz und Uroma Paula." Malin strich sich das Haar zurück.

„O nein", entgegnete ihre Oma. „Mir fehlt mein wirklicher Vater. Ich will wissen, wo er ist. Und wenn ich nur sein Grab finde."

Michal legte den Arm um ihre Schultern. „Ich finde ihn für dich!"

***

Kenza saß nun zusammen mit Finn den beiden Eichlers im Kommissariat in Wilhelmshaven gegenüber. Sie hatte sie mit den neusten Erkenntnissen konfrontiert. „Sie brauchen also nichts mehr deckeln. Ihr Vater und Großvater haben sich mitschuldig am Tod von Eva von Kraft gemacht. Und nun will ich endgültig wissen, wie das Tagebuch zu Ihnen gekommen ist!"

Als Erstes brach Jobst ein. Er reagierte nicht auf die bösen Blicke seines Sohnes und auch nicht, als er ihn sogar heftig gegen das Schienbein trat, sodass Finn Lutz Eichler schließlich aus dem Raum brachte.

„Ich kann nicht mehr!" Jobst Eichler legte den Kopf in die aufgestützten Hände. „Lutz ist homosexuell und so hat mein Vater verfügt, dass er ihn enterben wird, wenn er seine unnatürliche Neigung nicht aufgibt. Lutz hätte alles getan, um ihn umzustimmen, nur konnte er nicht leugnen, dass ihn Frauen nicht interessierten. Er dachte dann, er könnte an Paulas Vermögen kommen und sich auf diese Weise unabhängig machen. Aber sie hat rasch bemerkt, dass es ihm nur ums Geld ging. Lutz wollte das lange nicht wahrhaben und hat geglaubt, über Lavina Einfluss nehmen zu können. Aber das Biest hat ihn ganz schön an der Nase herumgeführt und sich das Geld selbst unter den Nagel gerissen."

Kenza schüttelte den Kopf. „Hat er Frau von Kraft deshalb ermordet? Aus Wut, weil er nichts bekommen sollte?"

Jobst Eichler lachte dunkel auf. „Er hatte von Oma Paula erfahren, dass ein gewisser Matteusz Mazur aus Polen bei ihr im Heim war, der beweisen konnte, dass mein Vater ein Mörder ist. Da hat Lutz seine Chance gesehen: Er ist nach dem Telefonat sofort zu meinem Vater gegangen und hat gesagt, er könne das in Ordnung bringen, wenn der dafür endlich die Klausel aus dem Testament entfernt. Mein Vater wollte erst Taten sehen. Ich habe ihr Gespräch mit angehört. Ich bekomme immer mit, was im Haus meines Vaters vor sich geht."

Jobst Eichler verlangte nach einem Glas Wasser. Er trank einige Schlucke, bevor er bedächtig weitersprach. „Anschließend hat Lutz seinen Schlägern von der ,Aktion Sauberes Leben' Bescheid gegeben und sie haben Mazur beseitigt. Kurz und schmerzlos. Das Tagebuch haben sie hier abgegeben. Ich sollte es meinem

Vater aushändigen, aber ich wollte es erst selbst lesen. Ein paar Seiten waren vollkommen unleserlich. Der Inhalt des Tagebuchs hätte meinen Vater arg aufgeregt, ich hätte es ihm nicht vorlesen wollen."

„Warum haben Sie das Tagebuch nicht sofort vernichtet?", wollte Finn wissen. „Dann hätten wir es nicht gefunden."

Jobst Eichler zuckte mit den Schultern. „Erstens habe ich es gerade erst selbst gelesen und zweitens dachte ich nicht, dass Sie auch mein Haus durchsuchen würden. Drittens war es doch für Lutz wichtig, dass er meinem Vater das Buch vorlegen kann. Als Beweis, dass er alles für ihn und die Firma tut." Er schluckte. „Morgen hätte es im Kamin gelegen."

Kenza hatte wieder das Bedürfnis nach viel Kaffee und einer Zigarette. Sie war dem Staatsanwalt noch immer dankbar, wie rasch er reagiert und den Durchsuchungsbeschluss veranlasst hatte.

„Dann der Mord an Frau von Kraft. Warum musste sie sterben?"

Jobst Eichler atmete einmal tief durch. „Sie wollte reden. Sie hat Matteusz Mazur die Geschichte geglaubt und wusste nun, dass ihr Mann den Mord in Auftrag gegeben hatte. Sie ist von Georg nur benutzt worden. Paula von Kraft hatte Geld und sie sollte sich um Tania kümmern, die er trotz allem sehr geliebt hat. Ich denke, er hatte verdrängt, dass sie das Kind von einem anderen war. Wissen Sie, im Krieg gelten andere Gesetze, und ist er vorbei, dann regeln und relativieren sich Dinge."

Kenza musste an sich halten angesichts der Lässigkeit, mit der die Eichlers sämtliche Kriegsverbrechen einfach wegredeten. Aber sie wollte Jobst Eichler nicht unterbrechen. Finns Mimik jedoch sagte ihr, dass er ähnlich darüber dachte.

„Gut, Paula von Kraft ist von ihrem Ehemann also nur benutzt worden. Das hat sie ihm so übelgenommen, dass sie ihn posthum mit Dreck bewerfen wollte?"

„Es war nicht nur das Geld. Georg hat Eva nie vergessen können. Sie hat ihn nach Strich und Faden betrogen, aber er hat sie trotzdem geliebt."

Deshalb hat er sie auch verprügelt, ist selbst zu Prostituierten gegangen und hat seine Frau am Ende töten lassen, schoss es Kenza mit einem Anflug von Sarkasmus durch den Kopf. Er konnte vermutlich eher nicht ertragen, dass sie ihm nicht gehörte. Georg von Kraft wollte Eva besitzen. Liebe sah anders aus. „Gut, dann war auch verschmähte Liebe eines ihrer Motive, sich an Georg zu rächen."

Jobst Eichler nickte. „Nun drohte für Lutz eine neue Gefahr: Paula. Mein Vater hatte das Testament natürlich noch nicht geändert, also musste Lutz auch diese Frau aus dem Weg räumen. Er hatte von Lavina mit ein paar geschickt getarnten Fragen erfahren, wie man beinahe ungesehen ins Haus kam. Auch hier war einer seiner Schläger für ihn unterwegs. Lutz macht so etwas nicht selbst. Das könnte er gar nicht. Tja, das war es. Nun haben Sie den Fall geklärt. Der Mann, der Paula für ihn beseitigt hat, ist übrigens Mirko Wahnfeld, sein Geliebter. Der würde alles für Lutz tun, damit er sich endlich zu ihm bekennt. Aber darauf kann die Schwuchtel lange warten und nun geht der Typ ja auch erst einmal wegen zweifachen Mordes in den Bau."

Jobst Eichler trank noch einen Schluck Wasser. Seine Hand zitterte. „Kann ich jetzt gehen? Bitte seien Sie nicht zu hart mit meinem Jungen. Das Schicksal hat ihm doch übel mitgespielt. Nun muss ihn mein Vater wenigstens wieder ins Testament aufnehmen."

„Hätte er denn nicht geerbt, wenn Sie gestorben wären?"

Jobst Eichler schüttelte den Kopf. „Nur den Pflichtteil. Es war explizit vermerkt, dass an Lutz keine Firmenanteile und kein Vermögen vonseiten meines Vaters gehen durften."

„Nun, im Gefängnis wird er nicht viel von seinem zukünftigen Reichtum haben."

„Wir haben gute Anwälte, ich kriege Lutz zur Bewährung raus. Er hat doch auch gar keinen umgebracht, das waren ja seine Schläger", sagte Jobst.

Kenza rollte nur noch mit den Augen. Den Eichlers war einfach nicht zu helfen.

In diesem Moment klingelte das Telefon. Es war Janßen.

„Du, der alte Eichler hat sich eigenhändig vom Acker auf in den Himmel gemacht. Mit seinem Jagdgewehr."

***

Kenza räumte ihren Schreibtisch auf. Sie hatte ihre ersten beiden Fälle hier tatsächlich gelöst, und sogar mit Janßen war es zum Schluss ganz gut gelaufen. Gleich würden die Kollegen noch zur Abschlussbesprechung kommen.

Nach und nach trudelte das Kernteam ein, und alle klopften Kenza anerkennend auf die Schulter.

„Gut gemacht, Kollegin!", sagte Janßen. „Auch wenn ich Ihnen das anfangs nicht zugetraut hätte. Lassen Sie uns das Kriegsbeil begraben. Ich bin Bert!"

„Kenza!" Leicht würde es mit ihm sicher auch zukünftig nicht werden, aber es war ein Anfang.

Als alle saßen, fasste sie die Ergebnisse zusammen. „Das haben wir also gemeinsam geschafft. Die Einbruchsserie hatte nach den neusten Erkenntnissen wirklich nichts mit den Morden zu tun, das war purer Zufall. Alles andere ein aufwendiges Puzzle."

„Erbt Lutz Eichler denn jetzt eigentlich?", fragte Finn.

Kenza schüttelte den Kopf. „Das Testament hatte der Alte vor seinem Tod noch nicht geändert, wenn er es überhaupt je vorhatte. Lutz Eichler ist völlig umsonst zum Mörder geworden."

„Es ist Anstiftung zum zweifachen Mord", korrigierte Janßen. Er konnte es eben nicht lassen.

„Aber trotzdem schuldig. Ich hoffe, Eichlers Anwälte sind nicht zu gut. Sonst ,säubert' der Typ mit seiner Aktionsgruppe noch sämtliche Straßen und wäscht sich die Hände immer wieder in Unschuld." Kenza hatte da wirklich ihre Befürchtungen.

„Die Beweislast ist erdrückend und sein Handeln war heimtückisch. Hoffen wir auf Gerechtigkeit!" Finn zwinkerte Kenza zu.

„Dann räumen wir mal auf und warten auf den nächsten Fall", entgegnete sie. „Ich für meinen Teil fahre erst mal nach Hooksiel und gehe am Strand spazieren. Jetzt bin ich schon so lange hier und habe das Meer trotzdem nur von Weitem gesehen."

Wieder grinste Janßen. „Das wird heute nicht anders sein, wenn du dich jetzt auf den Weg machst. Flut ist erst in drei Stunden."

„Egal, aber die frische Luft wird mir guttun." Es war ihr so egal, ob sie nur übers Watt schauen konnte oder übers Wasser.

„Lass Janßen reden!" Finn lächelte. „Meer ist Meer!"

Epilog

Tania und Malin standen mit Michal vor dem hellen weißen Gebäude. Michal hatte Wort gehalten und recherchiert, ob Tanias Vater noch lebte und wo er sich aufhielt. Es war nicht ganz leicht gewesen, doch es war ihm am Ende gelungen, ihn in einem Heim ausfindig zu machen. Er hatte angeboten, die beiden Frauen zu begleiten. Falls es im Heim Fragen gab, konnte er ihnen helfen. Es war spannend, wie gut es noch um Mareks Deutschkenntnisse bestellt war.

Marek Gierczewski war mittlerweile 97 Jahre alt, aber nach Auskunft der Heimleitung geistig noch völlig klar und rüstig.

„Er schreibt an seinen Memoiren", hatte die Dame am Telefon zu Michal gesagt. „Ihm fehlt aber noch der Schluss. Bevor Sie mit der Tochter und Enkelin kommen, müssen wir ihn vorwarnen. Er ist so darauf fixiert, dass Tania eines Tages kommt, aber der Schock, dass es nun wirklich passiert, könnte ihn umbringen. Wir bereiten ihn ganz langsam darauf vor."

Zwei Tage später kam der erlösende Anruf aus dem Heim. Marek freue sich, endlich seine Tochter zu treffen.

Sie durchquerten einen langen Flur, der aber hell und freundlich anmutete. Überall standen Grünpflanzen, an den Wänden hingen Kunstdrucke von Hundertwasser. Alle Fenster zeigten ins Grüne. Tania aber hatte für all das keinen Blick, sondern lief mit großen Schritten voraus, bis sie zu einer Sitzecke kam, in der ein alter Mann saß, der seinen Gehstock in der Hand hielt. Als er seine Tochter auf sich zukommen sah, stand er langsam auf.

„Tania?", fragte er.

Sie erkannte die Stimme sofort. Marek, der mit ihr an der Weichsel Fangen gespielt hatte. „Vater?"

Dann liefen sie aufeinander zu, sahen sich kurz an und fielen sich in die Arme.

Lange sagten sie kein einziges Wort. Dann schob Tanias Vater sie ein Stück von sich weg. „Ich habe gewusst, dass du eines Tages kommen wirst. Aber so langsam dachte ich, es wird Zeit!"

Tania fühlte einen dicken Kloß im Hals. Sie schluckte. Und dann kamen die Tränen. Nicht nur zwei oder drei wie in dem Augenblick, als sie von Matteusz' Tod erfahren hatte, sondern ein ganzer Sturzbach. Sie konnte endlich wieder weinen.

Ende

Nachwort

Zu diesem Roman hat mich meine eigene Familiengeschichte inspiriert. Es gab zwar keinen Mordfall, aber wie Malin habe auch ich mich eines Tages auf die Suche nach meiner Großmutter gemacht, die nach dem Krieg in Polen verstorben war und meine Mutter, ihren Bruder und meine Urgroßmutter in dieser turbulenten Zeit zurückgelassen hatte. Ich wusste nicht viel von ihr, nur dass meine Mutter damals nicht einmal von ihr hatte Abschied nehmen können. Das wollte ich ändern.

Ich habe meine Stiefoma nach ihr befragt, die mir leider auch nicht viel sagen konnte. Zumindest aber fand ich heraus, in welchem Dorf meine Großmutter verstorben war und von welchem Ort aus meine Mutter mit ihrer eigenen Oma Polen verlassen hatte. So kam ich auf Borntuchen und Stolp, die ich auch als Schauplätze für den Roman verwendet habe.

Doch diese Informationen reichten mir keineswegs. Anhand von Zeitzeugenberichten habe ich begonnen, Fluchtrouten zu recherchieren, mich mit Truppenbewegungen auseinanderzusetzen und dergleichen mehr. Dann endlich erfolgte meine erste Reise nach Polen, auf die mich meine Eltern begleiteten.

Sie führte uns zunächst nach Bromberg. Von dort aus fuhren wir weiter nach Goldfeld zu dem Hof, auf dem meine Mutter aufgewachsen war. Die Menschen dort waren unglaublich freundlich und haben uns bereitwillig zum Kaffee eingeladen, als wir ihnen erzählten, was uns zu ihnen führte. Zu Dolmetscherzwecken hatten wir eigens einen Deutsch sprechenden Taxifahrer gebeten, uns zu begleiten, aber dann passierte meiner Mutter am Ort ihrer frühen Kindheit plötzlich das, was auch Tania im Roman widerfuhr: Sie verstand Polnisch! Problemlos konnte sie zunächst alles übersetzen, was die jetzigen Hofbewohner ihr erzählten. Doch so seltsam es klingt: Im selben Moment, in dem sie sich ihrer Polnischkenntnisse bewusst wurde, waren sie wie weggeblasen. Sie verstand plötzlich kein Wort mehr und dabei ist es bis heute geblieben.

Wir besuchten auch Topolno, einen Nachbarort an der Weichsel, aus dem meine Urgroßeltern stammen. Der Ort ist so hübsch, dass ich mich dafür entschied, ihn ebenfalls zum Schauplatz meines Romans zu machen.

Eine zweite Polen-Reise führte uns dann nach Borntuchen. Mittlerweile stand fest, dass meine Großmutter tatsächlich dort gestorben war. Über den Bürgermeister der Gemeinde lagen mir inzwischen die Todesurkunden mit den Todesursachen meines ebenfalls dort verstorbenen Urgroßvaters vor. Abgestempelt auf dem Amt in Bütow, angezeigt von meiner Urgroßmutter. In dem kleinen verschlafenen Dorf deutet heute nichts mehr auf unsere persönliche Familientragödie hin, auf den Tag, als meine Oma an Diphtherie starb und zwei Kinder in den Wirren des Krieges zurückließ.

Wir fragten uns zum Gutshof durch, den man als Schauplatz auch im Buch wiederfindet. Dort angekommen, erkannte meine Mutter alles: den alten Pferdestall, den See, das Haus, zu dem sie regelmäßig betteln gehen musste. Der Schweinestall, in dem ihre Mutter starb, stand nicht mehr. Trotzdem war es berührend, an dem Ort zu stehen, an dem meine Großmutter ihr Leben verlor.

Wie Malin und Tania im Roman suchten auch wir anschließend den Friedhof auf, auf dem meine Oma begraben worden war. Seine Beschreibung findet sich eins zu eins im Buch wieder. Tatsächlich ist dieser Ort inzwischen von einem Wäldchen überwuchert, die Wege und Gräber sind dank ihrer Umrisse im Boden oder der umgestoßenen Grabsteine wegen nur noch zu erahnen. Wie Tania im Roman konnte sich meine Mutter lediglich daran erinnern, beim Begräbnis einen Berg hinaufgelaufen zu sein, auf dessen Kuppe ein großer Baum stand. Wo genau das Grab meiner Großmutter lag, wusste sie nicht mehr. Was uns auf unserer Suche dort widerfuhr, habe ich im Roman bewusst nicht beschrieben – es hätte zu mystisch angemutet: Als wir kurz vor dem großen Baum standen, an den meine Mutter sich noch so gut erinnern konnte, sprang direkt dahinter ein Reh von einer Grabstelle, die mit keinem Stein versehen war. Für uns war klar: Das ist das Grab meiner Oma. Ob es stimmt, kann ich natürlich nicht sagen. Wir haben geweint, Blumen gepflanzt und konnten endlich Abschied nehmen.

Auf unserer dritten Reise vollzogen wir die Fluchtroute nach, die meine Mutter als kleines Kind genommen hatte. Ich wollte die Landschaft erleben, die Tucheler Heide fühlen, aber auch den Weg nach Stolp und die Stadt selbst. Meine Mutter wusste nur noch, dass sie brannte, als sie dort gewesen war; das gab mir geschichtlich ein bisschen Orientierung.

Als wir durch die großen Buchenwälder fuhren, fiel meiner Mutter der Tieffliegerangriff wieder ein, den ich auch im Roman beschreibe. Tatsächlich hatte sie sich damals zum Schutz unter Blättern einbuddeln müssen. Und wie Tania in meiner Geschichte hat auch sie während der beschwerlichen Flucht an Typhus gelitten. Dass Tania nicht weinen konnte, ist ebenfalls nicht völlig aus der Luft gegriffen, sondern ein Umstand, den ich bei meiner anderen Großmutter kennenlernen durfte. Sie hatte die Fähigkeit zu weinen, im Krieg verloren und bis zu ihrem Tod nicht wiedererlangt. Tania aber wollte ich das Weinen zurückgeben.

Meine Urgroßmutter muss eine sehr starke Frau gewesen sein, wenn sie es geschafft hat, zwei kleine Kinder in diesen Wirren sicher zu Verwandten nach Westfalen zu bringen – nicht wie im Roman nach Wilhelmshaven. Diese Abwandlung schaffte für mich die notwendige Distanz.

Der Roman hat also, was die Flucht und die Ereignisse drum herum angeht, einen hohen Wahrheitsgehalt und mich dadurch viel Zeit und Recherche gekostet. Zwischendurch brauchte ich sogar zwei Jahre Pause, ehe ich mich dem Thema wieder widmen konnte, denn das Schicksal meiner Großmutter hat mich tief erschüttert. Nach dieser Auszeit hatte ich wieder genügend Kraft und Muße, zusätzlich viel über die Zeit zu lesen. Ein entsprechendes Literaturverzeichnis finden Sie im Anhang.

Wahr sind auch die Fakten zum Thema Obdachlosigkeit, über das ich im Zuge eines anderen Buches viel recherchiert habe. Auch den immensen und nicht nur von mir als bedrohlich empfundenen Rechtsruck in unserem Land wollte ich in meinem Roman bewusst thematisieren; nicht nur, weil er sehr gut zum Stoff des Buches passt. Leute wie die Eichlers aus meiner Geschichte gibt es leider in allen Schichten unserer Gesellschaft.

Erfunden ist aber alles andere.

Es gab keinen Mord und keinen Matteusz. Und es gibt niemanden, der heute noch für irgendetwas aus meiner Familiengeschichte zur Rechenschaft gezogen werden müsste.

So ist die fiktive Geschichte um Tania, Malin und Kenza im Verlauf mehrerer Jahre gewachsen, bis ich sie am Ende aufschreiben konnte. Ich bin meinen Eltern sehr dankbar, dass sie sich mit mir auf das Abenteuer dieser Reisen eingelassen haben. Es hat vor allem meine Mutter viel Kraft gekostet, aber ich konnte ihr auf diese Weise ein Stück ihrer eigenen Mutter wiedergeben. Und es ist wie ein Geschenk für mich, dass ich ihre Erlebnisse in diesem Roman verwenden durfte.

Danksagung

Danke an alle, die mich in meinem Vorhaben so grandios unterstützt haben.
An meine Eltern, die mich auf allen Recherchereisen für dieses Buch begleitet haben.
An unsere beiden Töchter Inga und Karen, die sich uns ebenfalls zweimal angeschlossen und von unserer Familiengeschichte haben mitreißen lassen.
Danke an meinen Mann Frank; auch er war bei einer der Reisen an meiner Seite und hat sich meine Romanerzählung unzählige Male geduldig angehört, bis sie endlich stand und funktionierte.
Danke an meine Agentin Anna Mechler, die nie aufgegeben hat, mich zu motivieren, diese Geschichte endlich zu schreiben, weil sie wusste, wie wichtig sie mir war.
Danke an die Jugendgruppe der Schreibwerkstatt in der Kirchengemeinde Heppens und Pastor Claus, der das Erzählcafé mit der Kriegsgeneration organisiert hat. Wir haben dort zwei Tage lang Gelegenheit gehabt, ältere Menschen zu ihren Kriegs- und Nachkriegserlebnissen in Wilhelmshaven zu interviewen. Auch ihre Erzählungen haben mir beim Schreiben sehr geholfen.
Und danke an Sie, liebe Leser, die mich auf den zurückliegenden Seiten in die Vergangenheit begleitet haben.

Regine Kölpin

Literaturverzeichnis

Stefan Aust/Stephan Burgdorff: Die Flucht- Über die Vertreibung der Deutschen aus dem Osten, Weltbild 2012.

Beevor Anthony: Der Zweite Weltkrieg, C. Bertelsmann 2012.

Bode Sabine: Die deutsche Krankheit - German Angst, Piper 2008.

Bode Sabine: Die vergessene Generation. Klett-Cotta 2004.

Bode Sabine: Nachkriegskinder, Klett-Cotta 2011.

Bode Sabine: Kriegsenkel, Klett-Cotta 2009.

Buchheister/Ottersbach: Buchregister Ottersbach - Vorschriftenbuch für Drogisten, Georg Ottersbach - Antiquariat, Hamburg-Volksdorf 1919.

Dörr Margarete: ... und dann stand ich mit meinen drei Kleinen allein da. Frauenschicksale in der Kriegs- und Nachkriegszeit, Bechtermünz 1998.

Dörr Margarete: Vertrieben, ausgebombt auf sich gestellt. Frauen meistern Kriegs- und Nachkriegsjahre, Bechtermünz 1998.

Frerichs Holger: Der Bombenkrieg in Friesland 1939 bis 1945, Verlag Hermann Lüers 1997.
Kölpin Regine/Claus Rainer: Auf ein Wort - Lebensgeschichte erzählt, BOD 2014.

Hans Lemberg, K. Erik Franzen: Die Vertriebenen - Hitlers letzte Opfer, Weltbild Paperback 2001.

Schmidt Jürgen W.: Als die Heimat zur Fremde wurde ... Flucht und Vertreibung aus Westpreußen, Verlag Dr Köster, Berlin 2011.

Schmidbauer Wolfgang: Die deutsche Ehe. Liebe im Schatten der Geschichte, orell füssli 2015.

Wolfgang Schneider: Alltag unter Hitler, Rowohlt 2000.

Straßenkarten Hinterpommern

Dr. H. Thoms und Dr. E. Gilg (Bearbeitung): Schule der Pharmazie V.: Warenkunde, Verlag Julius Springer, Antiquariat 1904.